75 महिला स्वतंत्रता सेनानी

AF564976

75 महिला स्वतंत्रता सेनानी

ममता चंद्रशेखर

ज्ञान गंगा, दिल्ली

प्रकाशक : ज्ञान गंगा, 2/42, अंसारी रोड, दरियागंज, नई दिल्ली–110002
सर्वाधिकार : सुरक्षित / संस्करण : 2024 / पेपरबैक मूल्य : तीन सौ पचास रुपए
मुद्रक : आर टेक ऑफसेट प्रिंटर्स, दिल्ली ISBN 978-81-960946-9-0

75 MAHILA SWATANTRATA SENANI
by Smt. Mamta Chandrasekhar ₹ 350.00 (PB)
Published by **GYAN GANGA**
2/42, Ansari Road, Daryaganj, New Delhi-11002

प्रस्तावना

इस धरा के समस्त प्राणियों को अपनी जन्मभूमि स्वर्ग से भी ज्यादा श्रेष्ठ प्रतीत होती है। भगवान् श्रीराम ने अवध को स्वर्ग से भी बढ़कर माना है। इसलिए भारतभूमि पर मर-मिटने वाले उन समस्त जाने-अनजाने वीर और वीरांगनाओं को शत-शत नमन, जिन्होंने अपनी मातृभूमि को श्रेष्ठ मानकर, उसकी रक्षार्थ, अपना सर्वस्व लुटा देने में तनिक भी संकोच नहीं किया। उन्होंने विदेशी ताकतों से जंग करते हुए खुद की बलि चढ़ा दी। माँ भारती की स्वाधीनता की खातिर खून की नदियाँ बहा दीं। भारत के स्वर्णिम इतिहास के पन्नों में अपने जुझारूपन की कहानी बलिदान की अमर स्याही से अंकित कर दी।

यही कारण है कि कृतज्ञ भारत उन समस्त वीर-वीरांगनाओं के व्यक्तित्व व कृतित्व को अपने दिल में सँजोकर रखता है। भारतभूमि के समूचे बलिदानियों की प्रेरणादायी गाथाओं को ससम्मान स्मरण करता है और सदियों तक यूँ अपने दिलों में समाकर रखेगा। स्वतंत्र भारत की गरिमामयी गाथा की संरचना करने वाले समस्त स्वतंत्रता संग्राम सेनानी शहीद होकर भी अमरत्व को प्राप्त हुए हैं। इन पर भारतमाता को गर्व है। समूचे भारतीय उन सभी के ऋणी हैं।

जब हम अपनी स्वतंत्रता की वैभवशाली विरासत पर नजर डालते हैं, तो यह विदित होता है कि 'सोने की चिड़िया' कहे जाने वाले भारत का वैभव लूटने के लिए कई विदेशियों ने बारंबार आक्रमण किए। इसका सुखद पक्ष यह रहा कि ज्यादातर आक्रमणकारी हमारे देश की समायोजित संस्कृति में रच-बस गए, लेकिन 20 मई, 1498 को पुर्तगाली नाविक वास्कोडिगामा ने केरल के रास्ते भारत की भूमि पर कदम रखकर यूरोपियन के साम्राज्यवादी नजरिए को विस्तार देने की राह खोल दी। यह उनके लिए सुअवसर की भाँति था। भारतीय संपदा को लालायित दृष्टि से देखते हुए पुर्तगाल ने

भारत में उपनिवेशवाद का बीजारोपण किया। उसके बाद डच साम्राज्यवादियों का कहर बरसा। इसके बाद शोषण की कालिमा लेकर अंग्रेज आए। इसके उपरांत फ्रांसीसियों ने भारत को अपना शिकार बनाया।

सर्वविदित है कि अंग्रेजों ने भारतभूमि के वैभव को सर्वाधिक हानि पहुँचाई। सन् 1600 ई. में वे व्यापारी बनकर आए और फिर शोषक बनते चले गए। भारत में रह रहे अपने यूरोपीय प्रतिद्वंद्वियों को देश से बाहर निकालकर उन्होंने अपने आधिपत्य का भव्य साम्राज्य खड़ा कर लिया। 1750 के बाद उन्होंने भारत की राजनीति में भी हस्तक्षेप करना शुरू कर दिया। करीब सात साल की कार्ययोजना के बाद 1757 के प्लासी युद्ध में वे खुलकर सामने आ गए और फिर उनके दमन-चक्र के तांडव से समूचे भारत में त्राहि-त्राहि मच गई।

प्लासी युद्ध के ठीक सौ साल बाद, अंग्रेजी हुकूमत की दासता से मुक्ति पाने के लिए भारतीयों का प्रथम सामूहिक प्रयास 1857 की क्रांति के रूप में ज्वाला बनकर सामने आया। यह वह दौर था, जबकि देश की हवाओं में भी अंग्रेजों का खौफ था। उनके जुल्मों से पत्ता-पत्ता काँपता था। उनके अत्याचारों व दमन की आँधी इतनी तेज थी कि हर भारतीय का सम्मान व हित उस आँधी में उड़कर कहीं दूर गुम हो जाता था। ऐसे समय में विद्रोह की ज्वाला जलाना अदम्य साहस का परिचायक था।

प्रथम स्वतंत्रता संग्राम के दौरान क्रांतिकारियों को भयंकर यातनाएँ दी गईं। कइयों को जिंदा जला दिया गया। असंख्य वीर-वीरांगनाओं को मौत के घाट उतार दिया गया। क्रांति को बलपूर्वक कुचल दिया गया। तब भी यह वह क्रांति साबित हुई जिसने अंग्रेजी हुकूमत की जड़ों को हिलाकर रख दिया था। ब्रिटेन में खलबली मच गई थी। ब्रिटिश सरकार को 'भारत शासन अधिनियम, 1958' पारित करने के लिए मजबूर होना पड़ा। ब्रिटेन के तत्कालीन प्रधानमंत्री लॉर्ड पामस्टर्न ने भारत की मौजूदा व्यवस्था को गंभीर व दोषपूर्ण बताया।

अस्तु, ईस्ट इंडिया कंपनी के हाथों से भारतीय उपनिवेश का नियंत्रण ब्रितानी राजशाही को हस्तांतरण कर दिया गया। इसके साथ ही ब्रिटिश सरकार ने अपने रवैये में भी बदलाव किया। काफी चिंतन व सर्वे के बाद उन्होंने भारत की दुखती नस पर प्रहार करने का फैसला दिया। उन्होंने भारतीयों के मध्य पड़ी मतभेद की दरार को और अधिक गहरा करने की रणनीति बनाई। कालांतर में 'फूट डालो, राज करो' की नीति में उन्हें अपार सफलता मिली और अंततः वे हमारे देश के दो टुकडे करवाने में सफल रहे।

इतिहास गवाह है कि भारतीय स्वतंत्रता संग्राम में अनंत महिलाओं ने अपने साहस व बहादुरी के बल पर देश की दशा व दिशा बदल दी। पुरुषों के साथ कंधे-से-कंधा मिलाकर क्रांतिकारी गातिविधियों में अभूतपूर्व योगदान दिया। शुरुआती दौर में रानी

अवंती बाई, रानी लक्ष्मीबाई, बेगम हजरत महल, अजीजन बाई, झलकारी बाई जैसी अनंत वीरांगनाओं ने अंग्रेजों के विरुद्ध जंग में अपने पराक्रम से खुद को अमर कर लिया। आज भी उनके व्यक्तित्व व कृतित्व की कहानियाँ हम सब के लिए प्रेरणास्रोत हैं।

दिसंबर 1885 में अंग्रेजों से अपने लिए एक सेफ्टी वाल्व तैयार करने के लिए ब्रिटिश अधिकारी ए.ओ. ह्यूम से भारतीय राष्ट्रीय कांग्रेस की स्थापना करवाई। यह उनकी कूटनीतिक चाल थी, जो कालांतर में रेल, तार की भाँति उन्हीं पर भारी पड़ी। उनकी इस पहल ने भारतमाता की मुक्ति का एक मंच तैयार कर दिया। कालांतर में इसी मंच से एक के बाद एक सामूहिक संग्राम हुए। इसकी स्थापना के कुछ वर्षों बाद कांग्रेस के वार्षिक अधिवेशनों में भारतीय महिलाएँ भी भाग लेने के लिए आगे आने लगीं। 1890 के कलकत्ता अधिवेशन में स्वर्ण कुमारी देवी और श्रीमती कादंबिनी गांगुली ने भाग लिया। श्रीमती गांगुली प्रथम महिला थीं, जिन्होंने राष्ट्रीय कांग्रेस के मंच से अपना पहला भाषण देश के नाम समर्पित किया। यह संभवत: भारतीय महिलाओं के राष्ट्रीय आंदोलन में सक्रियता का शुभारंभ था। इसके बाद तो मातृभूमि की खातिर राजनीतिक गतिविधियों में सक्रिय होने वाली महिलाओं की संख्या लगातार बढ़ती ही चली गई।

तत्कालीन वायसराय कर्जन ने 19 जुलाई, 1905 को बंगाल विभाजन की घोषणा कर बंगाल को दो भागों में बाँट दिया था। यह प्रशासनिक व्यवस्था की आड़ में भारत की एकता को विभाजित करने की सुनिर्धारित चाल थी। अस्तु, इसके विरोध में व्यापक स्तर पर पुरुषों के साथ-साथ अनेक महिलाएँ भी विरोध की धरती पर उतर आईं। 1908 आते-आते संपूर्ण देश में 'बंग-भंग आंदोलन' शुरू हो गया। इस आंदोलन की तीव्रता को देखते हुए ब्रिटिश हुकूमत को यह विभाजन 1911 में रद्द करना पड़ा।

सर्वविदित है कि हिंदू धर्म से प्रभावित एनी बेसेंट जैसी साहसी महिला के 'होमरूम आंदोलन' को लोकमान्य बालगंगाधर तिलक ने गति प्रदान की। एनी बेसेंट ने हिंदू धर्म, दर्शन और संस्कृति का अध्ययन किया। हिंदू आचार, व्यवहार को आदर की दृष्टि से देखते हुए उसके प्रसार-प्रचार में महती भूमिका का निर्वहन किया। उनकी इस पहल से भारतीयों को अपनी सभ्यता, संस्कृति व मान्यताओं के प्रति गर्व की अनुभूति हुई, जिसने स्वतंत्रता संग्राम को एक सशक्त आधार प्रदान करने का कार्य किया।

प्रथम विश्वयुद्ध में भारतीयों ने अंग्रेजों की तन-मन-धन से सहायता की, लेकिन बदले में उन्हें निराशा मिली। इससे भारतीयों के जन आक्रोश में वृद्धि हुई। साथ ही अंग्रेजों के इस छल ने राष्ट्रीय चेतना की तीव्रता में बढ़ोतरी की। अस्तु, जब रॉलेट एक्ट, जलियाँवाला बाग हत्याकांड, हंटर रिपोर्ट तथा खिलाफत आंदोलन जैसे घटनाक्रम घटित हुए, तो क्रांतिकारियों के साथ-साथ महिलाओं व जन सामान्य में भी रोष बढ़ा। अपना विरोध जताने के लिए गांधीजी ने सरकार द्वारा प्रदत्त 'कैसर-ए-हिंद' की उपाधि वापस कर दी।

गांधीजी के नेतृत्व में भारतीय इतिहास का पहला जन आंदोलन 1 अगस्त, 1920 को औपचारिक रूप से शुरू किया गया। इस आंदोलन का प्रस्ताव कांग्रेस के कलकत्ता अधिवेशन में 4 सितंबर, 1920 को पारित हुआ, जिसके बाद कांग्रेस ने इसे अपना औपचारिक आंदोलन स्वीकृत कर लिया। गांधीजी ने देशवासियों से आग्रह किया कि वे अंग्रेजों द्वारा स्थापित स्कूलों, कॉलेजों और न्यायालय न जाएँ और न ही अंग्रेजी हुकूमत को कोई कर चुकाएँ।

इस आंदोलन को सफल बनाने के लिए उन्होंने महिलाओं का आह्वान किया। उन्हें इस आंदोलन से जुड़ने व सार्वजनिक जीवन में प्रवेश करने के लिए प्रोत्साहित किया।

दरअसल गांधीजी को इस बात का अहसास था कि महिलाएँ समाज की आधी ताकत हैं। आधे-अधूरे समाज के बल पर कोई भी जंग नहीं जीती जा सकती है। उन्हें रानी अवंती बाई, लक्ष्मीबाई जैसी वीरांगनाओं के अदम्य साहस का अंदाजा था।

अस्तु, गांधीजी के आह्वान पर महिलाएँ बड़ी संख्या में इस आंदोलन से जुड़ीं। इसका मुख्य कारण यह भी था कि गांधीजी की सत्य, अहिंसा और सत्याग्रह की नीति महिलाओं के स्वभाव के अनुकूल थी। महात्मा गांधी द्वारा घोषित इस असहयोग आंदोलन से महिलाओं को न केवल एक उद्देश्य मिला, अपितु उन्हें एक नई दिशा भी मिली। असहयोग आंदोलन के दौरान ही प्रसिद्ध स्वतंत्रता संग्राम सेनानी सरोजिनी नायडू के नेतृत्व में 'राष्ट्रीय स्त्री संघ' की स्थापना की गई थी। बंगाल में उर्मिला (सी. आर. दास की विधवा बहन) और बसंती देवी के नेतृत्व में महिलाओं के एक समूह ने खादी के वस्त्रों की बिक्री कर सरकार की अवज्ञा की थी।

असहयोग आंदोलन चौराचौरी कांड के कारण 1922 में स्थगित करना पड़ा। इसके बाद खिलाफत आंदोलन के संग जुड़े मुसलिम वर्ग व एक आस का दीपक जलाए क्रांतिकारी युवा वर्ग अलग-थलग हो गए। अंग्रेजी दमन-चक्र प्रारंभ हो गया। गांधी सहित समस्त बड़े नेताओं को जेल में डाल दिया गया।

सन् 1919 के अधिनियम की समीक्षा करने 1928 में साइमन कमीशन भारत आया। उसमें एक भी भारतीय नहीं था, इसलिए इसका समूचे भारत में विरोध हुआ। तदुरांत इस कमीशन ने अपनी रिपोर्ट दे दी। जब भारतीयों ने इस रिपोर्ट को नकार दिया, तो अंग्रेजी हुकूमत ने भारतीयों को एक चुनौती दी कि वे ऐसा प्रतिवेदन बनाएँ, जो सबको स्वीकार हो। पं. मोतीलाल नेहरू की अध्यक्षता में 28 सूत्रीय एक रिपोर्ट बनाई गई, लेकिन मो. अली जिन्ना ने भी 14 सूत्रीय रिपोर्ट प्रस्तुत कर दी। अस्तु, अंग्रेजी शासन ने दोनों प्रतिवेदनों को अस्वीकार कर दिया।

अस्तु, आक्रोशित स्वतंत्रता संग्राम सेनानियों ने 31 दिसंबर, 1929 को लाहौर में रावी नदी के तट पर हुए कांग्रेस के वार्षिक अधिवेशन में पूर्ण स्वराज का लक्ष्य रखा।

1929 में उर्मिला देवी की अध्यक्षता में 'नारी सत्याग्रह समिति' का गठन किया गया। मद्रास के पूर्वी गोदावरी जिले में दुबरी सुबासम नामक महिला ने 'देव सेविका' नामक स्त्री संघ की स्थापना की थी। 26 जनवरी, 1930 को संपूर्ण देश में स्वतंत्रता दिवस भी मनाया गया। साथ ही पूर्ण स्वराज्य प्राप्ति के उद्देश्य से नमक कानून तोड़ो आंदोलन आरंभ करने का निश्चय किया गया।

12 मार्च, 1930 को गांधीजी ने विद्यापीठ सहित 76 सहयोगियों के साथ साबरमती आश्रम से 200 किलोमीटर दूर दांडी नामक स्थान तक 24 दिन तक पदयात्रा करके 6 अप्रैल को समुद्र-तट पर मुट्ठी भर नमक बनाकर अंग्रेजी आधिपत्य को ललकारा। आश्चर्य, किंतु सत्य! इस पदयात्रा में एक भी महिला सदस्य नहीं थी। इस बात से राष्ट्रवादी नारियाँ आक्रोशित हो उठी थीं। उस समय की प्रसिद्ध पत्रिका 'स्त्री धर्म' की संपादक मागरिट कपिंस ने अपनी पत्रिका में इसका विरोध भी किया।

दादा भाई नौरोजी की पौत्री खुर्शीद ने भी इस भेदभावमूलक निर्णय पर गांधीजी को नाराजगी भरा पत्र भी लिखा। अस्तु, इसका जवाब देते हुए महात्मा गांधी ने कहा कि "इस आंदोलन में महिलाओं को केवल चरखा चलाने और शराब की दुकानों की घेराबंदी करने का दायित्व सौंपा गया है।" महात्मा गांधी के इस कथन से कमला देवी बेहद आहत हुईं। अस्तु, उन्होंने निर्णय ले लिया कि चाहे कुछ हो जाए, वे इस दांडी पदयात्रा में हिस्सा जरूर लेंगी। इस उद्देश्य को लेकर वे स्वयं महात्मा गांधी से मिलने पहुँचीं। अपनी आत्मकथा 'इनर रिसेस, आउटर स्पेसेस' में कमला देवी ने इस बात की चर्चा की है। वे लिखती हैं— "मुझे लगा कि महिलाओं की भागीदारी 'नमक सत्याग्रह' में होनी ही चाहिए और मैंने इस संबंध में सीधे महात्मा गांधी से बात करने का फैसला किया।"

वीरांगना कमलादेवी व महात्मा गांधी की इस छोटी सी मुलाकात से इतिहास बदल गया। इस मुलाकात में उनके द्वारा दिए तर्क सुनकर गांधीजी कमला देवी को ना नहीं कह पाए। उन्होंने 'नमक सत्याग्रह' में महिला-पुरुष दोनों की भागीदारी बराबरी के आधार पर सुनिश्चित करने के लिए अपनी हामी भर दी। इस फैसले के बाद महात्मा गांधी ने 'दांडी मार्च' व बंबई में 'नमक सत्याग्रह' का नेतृत्व करने के लिए सात सदस्यीय एक दल बनाया, जिसमें कमला देवी और अवंतिकाबाई गोखले को भी शामिल किया।

ऐतिहासिक दांडी यात्रा के अंतिम दिन सरोजिनी नायडू ने भी इसमें शामिल होकर अपनी गिरफ्तारी दी। वे इस अभियान में गिरफ्तार होने वाली पहली महिला थीं। तदुपरांत लाडो रानी जुत्शी, कमला नेहरू, हंसा मेहता, सत्यवती, अवंतिका बाई गोखले, पार्वती बाई, रुकमणी देवी, लक्ष्मीपति, लीलावती मुंशी, दुर्गाबाई देशमुख सहित 1,600 महिलाओं ने परदा त्यागकर उत्साहपूर्वक नमक सत्याग्रह में अपनी सहभागिता दर्ज कर बड़ी संख्या में गिरफ्तारियाँ दीं।

भारतीय स्वतंत्रता संग्राम को सुदृढ़ता प्रदान करने के लिए महिलाओं ने कतिपय पृथक् संगठनों का निर्माण भी किया, जैसे 'नारी सत्याग्रह समिति', 'देश सेविका संघ', 'महिला राष्ट्रीय संघ', 'स्त्री स्वराज्य संघ', 'पिकेटिंग बोर्ड' आदि। इन संगठनों के माध्यम से महिलाओं ने न सिर्फ सत्याग्रह किया, अपितु चरखा चलाने का प्रशिक्षण, खादी बेचने तथा उसका प्रचार करने का काम भी किया।

सविनय अवज्ञा आंदोलन के तहत संपूर्ण देश में नमक बनाकर कानून का खुलकर उल्लंघन किया गया। आंदोलनकारियों के द्वारा नमक बनाने की कई विधियाँ ईजाद की गईं। बंबई, कलकत्ता सहित देश के अनेक स्थानों पर हड़ताल हुई। असेंबली और काउंसिल के सदस्यों ने अपने पदों को त्याग दिया। त्याग-पत्र देने वालों में मुथुलक्ष्मी रेड्डी तथा हंसा मेहता भी शामिल थीं।

इसी दौरान सरोजिनी नायडू के नेतृत्व में संचालित महिला संगठन पर पुलिस ने बर्बरतापूर्ण काररवाई की। 1 अप्रैल, 1930 को स्वरूप रानी नेहरू की अगुआई में प्रदर्शन कर रही महिलाओं पर जमकर लाठियाँ बरसाई गईं, जिससे स्वरूप रानी के सिर में गंभीर चोट लगने से वे बेहोश होकर गिर गईं। दिल्ली में महिलाओं के जुलूस पर हुए लाठीचार्ज में दस महिलाएँ बुरी तरह घायल हुईं। बलसाड़ में सत्याग्रह कर रही डेढ़ हजार महिलाओं पर लाठियाँ बरसाई गईं, जिसमें कई महिला नेतृत्वकर्ता बेहोश होकर गिरने तक आंदोलनकारियों का उत्साहवर्धन करती रहीं। इस प्रकार यह कहा जा सकता है कि राष्ट्रीय आंदोलन में न सिर्फ महिलाएँ शामिल हुईं, अपितु उन्होंने सरकारी दमन-चक्र के अमानुषिक कृत्य और पुलिस की नृशंसतापूर्ण काररवाई का दृढ़तापूर्वक सामना भी किया।

भारत के क्रांतिकारी आंदोलन में भी महिलाओं ने बड़ी भूमिका निभाई। मास्टर सूर्यसेन के नेतृत्व में कल्पना दास एवं प्रीति लता वाडेकर ने क्रांतिकारी गतिविधियों में भाग लिया था। सुनीति चौधरी, शांति घोष और बीना दास ने भी क्रांतिकारी गतिविधियों में सक्रिय रूप से भाग लिया। लीला नाग नामक महिला ने 'दीपाली संघ' की स्थापना की थी। इसमें युवतियों को शस्त्र चलाने और बम बनाने का प्रशिक्षण दिया जाता था।

द्वितीय विश्वयुद्ध के प्रारंभ होते ही भारत को उसमें शामिल कर लिया गया तथा इस संबंध में भारत के नेताओं से कोई परामर्श नहीं लिया गया था। उस समय भारत के वायसराय लॉर्ड लिनलिथगो के इस निर्णय के विरोध में कई भारतीय नेताओं ने तुरंत अपने पद से त्याग-पत्र दे दिया। इसके विरोध में कांग्रेस कार्यसमिति ने 7-8 अगस्त, 1942 को मुंबई के ग्वालिया टैंक मैदान में सभा आयोजित की, जिसमें महात्मा गांधी ने 'करो या मरो' का नारा दिया और भारत छोड़ो आंदोलन की शुरुआत की। लेकिन अगली सुबह 9 अगस्त को महात्मा गांधी समेत कांग्रेस के सभी मुख्य नेताओं को गिरफ्तार कर लिया गया तथा उन्हें देश के अलग-अलग स्थानों पर स्थित जेलों में बंद कर दिया

गया। सरोजिनी नायडू व कमला देवी चट्टोपाध्याय भी भारत छोड़ो आंदोलन के दौरान गिरफ्तार हुए प्रमुख नेताओं में शामिल थीं।

उन परिस्थितियों में स्थानीय स्तर के नेताओं तथा महिलाओं ने उस आंदोलन को जीवंत बनाए रखने की चुनौती स्वीकार की। गांधीजी की गिरफ्तारी के बाद उनकी पत्नी कस्तूरबा ने आंदोलन में सक्रिय रूप से भाग लिया। इंदिरा गांधी ने इस आंदोलन के दौरान वानरी सेना का गठन किया था।

20 सितंबर, 1942 को गोहपुर पुलिस चौकी पर शांतिपूर्ण तरीके से प्रदर्शन करते हुए भारत का झंडा लेकर कनकलता बरुआ आगे बढ़ती रहीं। आखिरकार वे पुलिस की गोली का शिकार होकर शहीद हो गईं। इसी प्रकार कल्पना दत्ता बंगाल में वामपंथी राजनीति तथा क्रांतिकारी गतिविधियों में सक्रिय थीं। राजकुमारी कौर ने भी भारत छोड़ो आंदोलन में महत्त्वपूर्ण भूमिका निभाई थीं।

भारत छोड़ो आंदोलन को भूमिगत तरीके से चलाने में ऊषा मेहता की अहम भूमिका रही थी। उन्होंने रेडियो के माध्यम से भारत छोड़ो आंदोलन में अभूतपूर्व योगदान दिया। उनके द्वारा देश भर के विभिन्न स्थानों से आने वाली क्रांति की खबरें इस पर प्रसारित की जाती थीं, जिसकी वजह से स्थानीय स्तर पर आंदोलन कर रहे सत्याग्रहियों को हौसला मिलता था। इस कार्य में विट्ठलदास, चंद्रकांत झावेरी, बाबूभाई ठक्कर और शिकागो रेडियो, मुंबई के टेक्नीशियन नानक मोटवानी इत्यादि का प्रमुख योगदान रहा।

सुचेता कृपलानी ने आचार्य विनोबा भावे के नेतृत्व में व्यक्तिगत सत्याग्रह में हिस्सा लिया और जेल गईं। जेल से निकलने के बाद भारत छोड़ो आंदोलन के दौरान वे भूमिगत होकर प्रचार-प्रसार करती रहीं। अरुणा आसफ अली ने 9 अगस्त, 1942 को मुंबई के ग्वालिया टैंक मैदान में आयोजित राष्ट्रीय ध्वजारोहण समारोह का नेतृत्व किया। उस समय वहाँ पर भारी संख्या में भीड़ एकत्र थी और पुलिस ने उस पर नियंत्रण हेतु लाठी, आँसू गैस तथा गोली चलाई, फिर भी वीरांगना अरुणा ने उस सभा का सफलतापूर्वक नेतृत्व किया। पुलिस उन्हें गिरफ्तार नहीं कर पाई। उन्होंने भूमिगत रहकर भारत छोड़ो आंदोलन का प्रचार करने में अभूतपूर्व साहस का परिचय दिया था।

इसके अलावा अन्य अनेक महिला नेताओं व स्थानीय महिलाओं ने भारत छोड़ो आंदोलन में अपनी भागीदारी दी, जिसकी वजह से यह आंदोलन सभी पूर्ववर्ती आंदोलनों से व्यापक तथा प्रभावशाली साबित हुआ। इसने द्वितीय विश्वयुद्ध समाप्त होने के बाद अंग्रेजों को भारत छोड़ने के लिए एक सशक्त भूमिका तैयार की।

इस प्रकार राष्ट्रीय आंदोलन में महिलाओं ने सक्रिय भूमिका निभाई। वे घर की चारदीवारी से बाहर निकलीं और अपनी अपूर्व राष्ट्रीय भावना का परिचय दिया। कई ने

तो देश की आजादी के लिए हथियार भी उठा लिये। जब देश आजाद हुआ, तो नए भारत के निर्माण में भी उन्होंने महत्त्वपूर्ण भूमिका निभाई।

जरा सोचिए, वे वीर वीरांगनाएँ कैसी होंगी, जिन्होंने खुद को कफन में लपेट कर विद्रोह की मशाल अपने हाथ में उठाई। अंग्रेजों के दमन-चक्र से गुजरते हुए उन्होंने अपने लहू को बिना रुदन किए चुपके से बह जाने के लिए मना लिया होगा। उनके आगे-आगे मौत चल रही थी, यह उन्हें साफ-साफ दिख रहा होगा। शायद वे अपने घरों में कहकर जाती होंगी—'अलविदा!' उनके उस जज्बे को महसूस करने के लिए उनके जैसा दिल चाहिए।

भारतीय स्वतंत्रता संघर्ष में अपना बलिदान, योगदान व सर्वस्व न्योछावर करनेवाली समस्त जानी-अनजानी वीरांगनाओं के प्रति समूचे भारतवासी कृतज्ञ हैं। यूँ तो कभी भी उन वीरांगनाओं के कृतित्व का ऋण नहीं चुकाया जा सकता, किंतु हाँ, भारतभूमि फिर कभी गुलाम न हो, इस बात का प्रण तो लिया ही जा सकता है।

इस पुस्तक में जिन 75 वीरांगनाओं या अंग्रेजों के विरुद्ध जंग में जूझती महिलाओं के व्यक्तित्व व कृतित्व का उल्लेख किया गया है, जो निश्चित तौर पर प्रेरणादायी है। उन सभी वीरांगनाओं को शत-शत नमन!

अनुक्रम

अवंती बाई लोधी

भारतमाता की कोख से यूँ तो कई वीरांगनाओं ने जन्म लिया है। यह बात अलग है कि इनमें से कई को इतिहास के पन्नों में स्थान मिला है, तो कई गुमनामी के गर्त में समा गईं। 1857 के प्रथम स्वतंत्रता संग्राम में अपनी वीरता व शौर्य की गाथा रचने वाली वीरांगना अवंती बाई लोधी आज भी लोककथाओं की नायिका हैं। उल्लेखनीय है कि 1857 के मुक्ति आंदोलन में रामगढ़ राज्य की अहम भूमिका थी, जिसने भारतीय इतिहास में एक नई क्रांति को जन्म दिया। वीरांगना अवंती बाई 1857 की क्रांति में रेवांचल में मुक्ति आंदोलन की सूत्रधार और प्रथम स्वाधीनता संग्राम में शहीद होने वाली प्रथम महिला वीरांगना थीं।

मध्य प्रदेश के ग्राम मनकेड़ी, जिला सिवनी में जनमी इस वीरांगना अवंती बाई का बाल्य जीवन साहसिक कथाओं से परिपूर्ण रहा। उनके पिता जुझार सिंह ने उन्हें बचपन से ही तलवार चलाना व घुड़सवारी करना सिखाया। काल व परिस्थितिनुसार बाल्यावस्था में ही उनके पिता ने उनका विवाह विक्रमादित्य सिंह के साथ कर दिया था। शासक लक्ष्मण सिंह के निधन के बाद 1851 में अवंती बाई के पति विक्रमादित्य सिंह ने रामगढ़ की राजगद्दी सँभाली। अमान सिंह और शेर सिंह नामक उनके दो पुत्र थे। उनके पति विक्रमादित्य सिंह बचपन से ही वीतरागी प्रवृत्ति के थे, इसलिए राज्य संचालन का दायित्व रानी अवंती बाई के जिम्मे आ गया।

उस समय भारत का गवर्नर जनरल डलहौजी था। उसका प्रयास रहता था कि जिस किसी रियासत में कोई स्वाभाविक बालिग उत्तराधिकार नहीं हो, उसे ब्रिटिश साम्राज्य में विलय कर लिया जाए। उसकी इस हड़प नीति से भारत में सभी परेशान थे। इसके अलावा डलहौजी ने यह भी निर्णय लिया कि जिन भारतीय शासकों की कंपनी से मित्रता नहीं है अथवा जिन शासकों ने राज ब्रिटिश सरकार की अधीनता स्वीकार नहीं की है, यदि उन शासकों का कोई पुत्र नहीं है, तो वह बिना अंग्रेजी हुकूमत की आज्ञा से किसी

को गोद नहीं ले सकते हैं। डलहौजी ने अपनी इसी हड़प नीति के अंतर्गत कानपुर, झाँसी, नागपुर सतारा, संबलपुर, करोली इत्यादि रियासतों को अपने अधीन कर लिया था।

इसी क्रम में जब 1853 में अंग्रेजों को यह खुफिया खबर मिली कि रामगढ़ में अवंती बाई के पति राजा विक्रमाजीत सिंह विक्षिप्त तथा दोनों बेटे—अमान सिंह और शेर सिंह नाबालिग हैं, उस स्थिति में डलहौजी ने अपनी हड़प नीति का जाल रामगढ़ में बिछाना प्रारंभ किया। अंग्रेज शासकों ने पालक न्यायालय (कोर्ट ऑफ वाड्र्स) की काररवाई कर रामगढ़ रियासत को 'कोर्ट ऑफ वाड्र्स' के कब्जे में कर लिया। वहाँ पर नियंत्रण स्थापित करने के लिए एक तहसीलदार को नियुक्त कर दिया। रानी अवंती बाई के परिवार को पेंशनधारी बना दिया। इस घटना से रानी वीरांगना अवंती बाई लोधी को दुःखी कर दिया, परंतु अपने अपमान का घूँट पीकर वह चुप रही और एक उचित अवसर की तलाश में जुट गई।

1855 में राजा विक्रमादित्य सिंह की एक दुर्घटना में मृत्यु हो गई। अब नाबालिग पुत्रों की संरक्षिका होने के नाते राज्य का नेतृत्व रानी के हाथों में आ गया। रानी ने अपने पहले ही आदेश में राज्य के कृषकों को अंग्रेजों के निर्देशों को न मानने की हिदायत दे दी। इस साहसिक कार्य से उनकी लोकप्रियता में वृद्धि हुई।

अंग्रेजों के दमन व अत्याचार से आहत रानी ने 1856 में संगठनात्मक शक्ति को मजबूत करने के लिए अपनी रियासत के आसपास के राजाओं, परगनादारों, जमींदारों और बड़े मालगुजारों को जोड़ना प्रारंभ कर दिया। उन्होंने जबलपुर के कमिश्नर मेजर इस्काइन और मंडला के डिप्टी कमिश्नर वाडिंग्टन के खुफिया जाल को नजरअंदाज कर रामगढ़ में एक विशाल सम्मेलन आयोजित किया, ताकि अंग्रेजों के विरुद्ध व्यूह-रचना की जा सके। इस गुप्त सम्मेलन की अध्यक्षता गढ़पुरवा के राजा शंकरशाह ने की। इस सम्मेलन में सभी देशभक्त राजाओं और जमींदारों ने रानी के निर्णय व शौर्य की बड़ी सराहना की और सर्वसहमति से क्रांति की अलख जगाने का दायित्व रानी अवंती बाई के हाथों में सौंपा गया। जगह-जगह गुप्त सभाएँ कर देश में सशस्त्र क्रांति की ज्वाला जलाई जाने लगी।

वीरांगना रानी ने अपनी ओर से क्रांति का संदेश देने के लिए अपने आसपास के सभी राजाओं व उपप्रमुख जमींदारों को चिट्ठी के साथ काँच की चूड़ियाँ भी भिजवाईं और उस चिट्ठी में लिखा था कि "देश की रक्षा के लिए या तो कमर कस लीजिए या ये चूड़ियाँ पहनकर घर में बैठ जाइए। तुम्हें धर्म के ईमान की सौगंध है, जो इस कागज का लिखा सही पता बेरी को बताया।" दरअसल उन दिनों अंग्रेजों के बढ़ते वर्चस्व को रोक पाना किसी एक राजा या तालुकेदार के वश का नहीं रहा, इसलिए रानी ने संगठनात्मक एकजुटता की कार्ययोजना बनाई।

इसी बीच अंग्रेज के खिलाफ प्रथम स्वतंत्रता संग्राम का बिगुल बज गया। 1857 में 52वीं देशी पैदल सेना जबलपुर सैनिक केंद्र की सबसे बड़ी क्षेत्रीय शक्ति थी। 18 जून को इस सेना के एक सिपाही ने अंग्रेजी सेना के एक अधिकारी पर घातक हमला कर दिया। जुलाई 1857 में एक और बड़ी घटना घटित हो गई। मंडला परगनादार के देशभक्त उमराव सिंह ठाकुर ने अंग्रेजों को कर का भुगतान न करने का ऐलान कर दिया। इसके साथ ही उसने इस बात का प्रचार भी करना प्रारंभ कर दिया कि 'भारत में अंग्रेजों का राज समाप्त हो गया।' इस ऐलान से विद्रोहियों की हलचलें बढ़ गईं।

पूरे महाकौशल क्षेत्र में गुप्त सभाएँ और प्रसाद की पुड़ियों का वितरण कार्य तेजी से चलने लगा। इस बीच विश्वासघाती लोगों की वजह से रानी के प्रमुख सहयोगी रहे राजा शंकरशाह और राजकुमार रघुनाथ शाह को मृत्युदंड दे दिया गया। इससे रानी अवंती बाई काफी दुःखी हुईं। अंग्रेजों के इस नृशंसतापूर्ण कार्य की व्यापक प्रतिक्रिया हुई। रानी अवंती बाई ने अपने यहाँ तैनात राजस्व कोर्ट के अधिकारियों को कठोरता के साथ राज्य से बाहर निकाल दिया एवं राज्य संचालन का कार्य अपने हाथ में ले लिया। इस प्रकार वे प्रथम भारतीय क्रांति की प्रमुख नेता के रूप में उभरकर सामने आईं। जब इस बात की खबर जबलपुर के कमिश्नर को मिली, तो वह आगबबूला हो गया। उसने रानी को आदेश दिया कि वे मंडेला के डिप्टी कलेक्टर के सामने पेश हों। रानी ने इस आदेश को नजरअंदाज कर अपना समूचा ध्यान रामगढ़ के किले की मरम्मत कराने में लगा दिया। वे किले को अस्त्र-शस्त्र से परिपूर्ण कर एक मजबूत किला बनाना चाहती थीं।

निकटवर्ती अन्य विद्रोही नेता व सामान्य जनता भी रानी के नेतृत्व में एकजुट होने लगी। अस्तु, अंग्रेजी हुकूमत मध्य भारत में रानी के इस विद्रोहात्मक रुख से चिंतित हो उठी। रानी अवंती बाई के कहने पर रामगढ़ के सेनापति ने भुआ बिछिया थाने में चढ़ाई कर दी। भयभीत सिपाही थाना छोड़कर भाग गए। अस्तु, थाने पर आंदोलनकारियों ने अपना अधिकार स्थापित कर लिया। इसके बाद रानी के सिपाहियों ने घुघरी नामक स्थान पर हमला कर, उस पर अपना अधिकार स्थापित कर लिया और वहाँ के तालुकेदार धन सिंह की सुरक्षा के लिए उमराव सिंह को जिम्मेदारी सौंप दी। रामगढ़ के कुछ सिपाहियों एवं मुकास के जमींदार नारायणगंज ने जबलपुर-मंडला मार्ग को बंद कर दिया। इस प्रकार रामगढ़ राज्य सहित समूचे जिले में विद्रोह ने विकराल रूप धारण कर लिया। इस स्थिति में विद्रोहियों की गतिविधियों से भयभीत मंडला का डिप्टी कमिश्नर वाडिंग्टन खुद को असहाय सा महसूस करने लगा।

इस प्रकार वीरांगना अवंती बाई ने 23 नवंबर, 1857 तक मंडला नगर को छोड़कर पूरा जिला अंग्रेजों से मुक्त करवा लिया। अब मंडला नगर की बारी थी। अस्तु, रानी ने अपने सिपाहियों सहित मंडला नगर की ओर प्रस्थान किया। उनके इस प्रस्थान की सूचना

प्राप्त होते ही शहपुरा और मुकास के जमींदार भी रानी का साथ देने के लिए मंडला की ओर रवाना हुए। मंडला पहुँचने से पूर्व खड़देवरा के सिपाही भी रानी के सिपाहियों से मिल गए। खैरी के पास अंग्रेज सिपाहियों के साथ अवंती बाई का युद्ध हुआ। इस युद्ध में वीरांगना अवंती बाई की मजबूत क्रांतिकारी सेना और अंग्रेजी सेना के मध्य जोरदार मुठभेड़ें हुईं। पूरी शक्ति लगाने के बाद भी वाडिंग्टन को इस युद्ध में सफलता नहीं मिल सकी। अत: वह मंडला छोड़ सिवनी की ओर भाग गया। इस प्रकार रानी के अदम्य साहस से पूरा मंडला जिला एवं रामगढ़ अंग्रेजी शासन से मुक्त हो गया।

इस अभूतपूर्व विजय के उपरांत वीरांगना रानी अवंती बाई अपने गृहनगर रामगढ़ की ओर वापस चली गई। ऐसा कहते हैं कि विजय के उपरांत उल्लास में कमी आ जाती है। एक शिथिलता सी आ जाती है। शायद यह युद्ध की थकान को मिटाने का एक विरामकाल होता है। अस्तु, एक ओर आंदोलनकारियों की शक्ति में कमी सी आ गई। उनका उत्साह कुछ कमतर होने लगा, दूसरी ओर पराजय की मार से तिलमिलाए मंडला कलेक्टर वाडिंग्टन अपनी शक्ति को सँजोने में लगा रहा। वह रानी से अपने अपमान का बदला लेने को आतुर था। वह हर हाल में अपनी हार का बदला चुकाना चाहता था।

अस्तु, वाडिंग्टन ने अपनी सेना को पुनर्गठित कर सही मौका देखकर रामगढ़ के किले पर हमला कर दिया। दुर्भाग्यवश इस हमले में रीवा नरेश की सेना भी उसका साथ दे रही थी। रानी की रणनीति के अनुरूप रामगढ़ के कुछ सिपाही घुघरी के पहाड़ी क्षेत्र में पहुँचकर अंग्रेजी सेना की प्रतीक्षा करने लगे। रानी की इस युद्धनीति की जानकारी वाडिंग्टन को थी। अत: वह भी सशस्त्र घुघरी की ओर बढ़ने लगा और 15 जनवरी, 1858 को घुघरी पर अंग्रेजों का नियंत्रण हो गया।

लेफ्टिनेंट वर्टन के नेतृत्व में नागपुर की सेनाएँ बिछिया पर विजय हासिल कर रामगढ़ की ओर बढ़ने लगीं। रानी अवंती बाई की सेना ने अंग्रेजों की सेना से जमकर मुकाबला किया, लेकिन ब्रिटिश सेना संख्या, बल और युद्ध सामग्री की तुलना में रानी की सेना से कई गुना बलशाली थी। अत: इस बार बड़ी संख्या में रानी के सैनिक हताहत होने लगे। यद्यपि वीरांगना रानी अवंती बाई ने अपनी ताकत से बढ़कर संघर्ष किया, किंतु अंततोगत्वा वे अंग्रेजी सेना से घिर गईं। अस्तु, इस स्थिति को भाँपते हुए रानी ने अपने कुछ सैनिकों के साथ किले से निकलकर देवहारगढ़ की पहाड़ियों की ओर प्रस्थान किया।

रानी के जाते ही अंग्रेजों से रामगढ़ के किले पर जमकर लूटपाट मचाई। किले को ध्वस्त कर दिया। फिर वे रानी को ढूँढ़ने के लिए किले से बाहर निकल पड़े। अंततोगत्वा उन्हें रानी के ठिकाने का पता लगा। अंग्रेजी सेना ने उन पर धावा बोल दिया। वीरांगना रानी पहले से ही मोर्चा लगाए बैठी थी। अत: रानी व अंग्रेजों के बीच मध्य प्रदेश के

देवहारगढ़ की पहाड़ियों में कई दिनों तक जमकर युद्ध होता रहा। प्रारंभ में रानी ने अंग्रेजी सेना को कड़ी टक्कर दी, लेकिन फिर रानी के सैनिक हताहत होने लगे।

युद्धरत वीरांगना रानी अवंती बाई के बाएँ हाथ पर गोली लगी और बंदूक छूटकर नीचे गिर गई। रानी को आत्मसमर्पण के लिए कहा गया, लेकिन उन्होंने ऐसा करने से इनकार कर दिया। वे अंत तक लड़ती रहीं, लेकिन जब वे चारों ओर से घिर गईं, तो उन्होंने अपने अंगरक्षक की तलवार निकालकर स्वयं पर वार कर भारतमाता की मुक्ति के लिए 20 मार्च, 1858 को अपने जीवन का बलिदान दे दिया। वीरांगना अवंती बाई की वीरता को शत-शत नमन!

□

अरुणा गांगुली आसफ अली

प्रसिद्ध स्वतंत्रता सेनानी श्रीमती अरुणा गांगुली आसफ अली भारत की दुर्दशा और अंग्रेजों के अत्याचार से द्रवित थी, इसलिए उन्होंने अपने विवाह के उपरांत भारतीय स्वतंत्रता संग्राम में अपनी सक्रियता दर्ज करवाना प्रारंभ कर दिया। भारत छोड़ो आंदोलन की सक्रिय स्वतंत्रता सेनानी अरुणा का जन्म तत्कालीन पंजाब के 'कालका' नामक स्थान पर एक बंगाली परिवार में हुआ था। इसलिए उनके विवाह पूर्व का नाम 'अरुणा गांगुली' था।

भारतीय स्वतंत्रता संघर्ष के दौरान उन्हें सन् 1930, 1932 और 1941 में—तीन बार जेल जाना पड़ा। इसी वजह से 1942 ई. के 'भारत छोड़ो आंदोलन' के दौरान उन्होंने अपनी रणनीति में बदलाव करते हुए यह निर्णय लिया कि अंग्रेजी हुकूमत से खड़ी लड़ाई करके जेल जाने से बेहतर है भूमिगत रहकर आंदोलन की जीवंतता बनाए रखना और अपने अन्य साथियों के साथ मिलकर भारतीय आंदोलन को नेतृत्व प्रदान करना।

अस्तु, जब 9 अगस्त, 1942 के तड़के ही गांधीजी सहित अन्य नेताओं को गिरफ्तार कर लिया, तो उस स्थिति में देशभक्त अरुणा ने आंदोलन को गति देने का बीड़ा उठाया। उन्होंने बंबई में एक सभा आयोजित करके विदेशी हुकूमत को खुली चुनौती दी। बंबई के गोवालिया मैदान में कांग्रेस का झंडा फहराने के लिए लोगों का आह्वान किया। उनके इस आह्वान पर बहुत बड़ी संख्या में भीड़ एकत्र हुई। भीड़ को नियंत्रित करने के लिए पुलिस को लाठी, आँसू गैस तथा गोलियाँ चलानी पड़ीं।

अंग्रेजी हुकूमत ने उन्हें चेतावनी देते हुए आत्मसमर्पण करने के लिए कहा। अंग्रेजों की चेतावनी पर ध्यान न देकर वे अपने लक्ष्य पर अडिग रहीं। अस्तु, अंग्रेजी हुकूमत ने उनका घर, संपत्ति, गाड़ी आदि को नीलाम कर दिया। इसके बावजूद वे आंदोलन के लिए प्रचार करती रहीं, पत्रिकाओं में लेख लिखती रहीं तथा लोगों से लगातार मिलकर उनके दिलों में स्वतंत्रता की भावना को उद्वेलित करती रहीं।

देश में दूर-दूर तक फैली हताशा व निराशा की स्थिति में उन्होंने गांधीजी द्वारा संचालित आंदोलन की रिक्तता को भरने के लिए स्वतंत्रता संग्राम सेनानियों व कांग्रेस जनों का पथ-प्रदर्शन किया। गोपनीय रूप से उन्हें सहायता पहुँचाई। पुलिस की पकड़ से बचकर बंबई, कलकत्ता, दिल्ली आदि स्थानों में घूम-घूमकर उन लोगों में नव-जागृति लाने का प्रयत्न किया, जोकि पुलिस की गिरफ्तारी के डर से भूमिगत हो गए थे। उल्लेखनीय है कि सन् 1942 से 1946, लगातार चार सालों तक देश भर में सक्रिय रहने के उपरांत भी पुलिस उन्हें पकड़ नहीं पाई।

सन् 1947 में आजाद भारत में वे दिल्ली प्रदेश कांग्रेस कमेटी की अध्यक्षा निर्वाचित हुईं। इन्होंने अपने ढंग से दिल्ली में कांग्रेस संगठन को सुदृढ़ करने का प्रयत्न किया। इसी दौरान वे लोकनायक जयप्रकाश नारायण, डॉ. राम मनोहर लोहिया, अच्युत पटवर्धन जैसे समाजवादियों के संपर्क में आईं और उनके विचार व कार्यशैली से प्रभावित हुईं। अस्तु, सन् 1948 ई. में उन्हीं के साथ 'सोशलिस्ट पार्टी' में सम्मिलित हो गईं। दो साल बाद सन् 1950 में उन्होंने 'लेफ्ट स्पेशलिस्ट पार्टी' नामक एक दल का गठन किया। कालांतर में वे 'मजदूर आंदोलन' में भी जान फूँकने के लिए जुट गईं।

उन्होंने राममनोहर लोहिया के साथ मिलकर 'इनकलाब' नामक एक मासिक पत्रिका का भी संपादन किया। 1955 ई. में इस दल का 'भारतीय कम्युनिस्ट पार्टी' में विलय हो गया। बाद में उन्होंने भारतीय साम्यवादी दल की केंद्रीय समिति की सदस्यता ग्रहण कर 'ऑल इंडिया ट्रेड यूनियन कांग्रेस' की उपाध्यक्ष का दायित्व सँभाला।

'दिल्ली नगर निगम' की प्रथम महापौर चुने जाने पर 1958 में उन्होंने मार्क्सवादी कम्युनिस्ट दल भी छोड़ दिया। इस पद पर रहते हुए उन्होंने दिल्ली के विकास कार्य, सफाई कार्य और स्वास्थ्य आदि के लिए सराहनीय कार्य किए। नगर निगम की कार्य-प्रणाली में भी उन्होंने यथेष्ट सुधार किए। 1964 में प्रधानमंत्री पं. जवाहरलाल नेहरू के निधन के पश्चात् वे पुनः 'कांग्रेस पार्टी' से जुड़ तो गईं, लेकिन पहले की भाँति सक्रिय नहीं रहीं।

वे कई सामाजिक संगठनों में भी सक्रिय रहीं। जिनमें से 'इंडो सोवियत कल्चरल सोसाइटी', 'ऑल इंडिया पीस काउंसिल' तथा 'नेशनल फेडरेशन ऑफ इंडियन वूमेन' इत्यादि प्रमुख हैं। इन संस्थाओं की सशक्तता के लिए उन्होंने पूर्ण निष्ठा, ईमानदारी और लगन से कार्य किया। वे दिल्ली से प्रकाशित वामपंथी अंग्रेजी दैनिक समाचार पत्र 'पेट्रियट' से जीवनपर्यंत जुड़ी रहीं। उन्होंने अपने व्यक्तिगत प्रयासों से इसे नई ऊँचाइयाँ प्रदान कीं।

यदि हम उनके व्यक्तिगत जीवन की बात करें, तो उनकी स्कूली शिक्षा नैनीताल में हुई। वे बाल्यावस्था से ही बहुत ही कुशाग्र बुद्धि और पढ़ाई-लिखाई में बहुत होशियार

थीं। अध्ययन और अध्यापन कार्य में गहरी रुचि होने के कारण कलकत्ता के 'गोखले मेमोरियल कॉलेज' में वे अध्यापन कार्य करने लगीं। सन् 1928 में मात्र 19 वर्ष की आयु में उन्होंने दिल्ली के सुविख्यात वकील और कांग्रेस के नेता आसफ अली से अंतरजातीय प्रेम-विवाह कर लिया। आसफ अली उनसे आयु में 20 वर्ष बड़े थे और मुसलिम धर्म के थे। इसलिए उनके पिताजी इस अंतरजातीय विवाह के विरुद्ध थे। विवाहोपरांत वे राजनीति में रुचि लेने लगीं और राष्ट्रीय आंदोलन में सम्मिलित हो गईं।

अपने समर्पित भावों व कार्यों के लिए 1964 में उन्हें 'लेनिन शांति पुरस्कार', 1991 में 'जवाहरलाल नेहरू अंतरराष्ट्रीय सद्भावना पुरस्कार', 1992 में 'पद्म विभूषण' और 'इंदिरा गांधी पुरस्कार' (राष्ट्रीय एकता के लिए) से सम्मानित किया गया। 1997 में मरणोपरांत भारत सरकार ने उनके प्रति सम्मान प्रकट करते हुए भारत के सर्वोच्च नागरिक सम्मान 'भारत रत्न' से सम्मानित किया। 1998 में उन पर एक डाक टिकट जारी किया गया। नई दिल्ली की एक सड़क का नाम भी उनके नाम पर रखा गया है। उनकी आत्मीयता और स्नेह में लिपटे व्यवहार ने सबके दिलों में एक खास स्थान बना लिया था। 29 जुलाई, 1996 को महान् देशभक्त अरुणा आसफ अली 87 वर्ष की आयु में यह संसार छोड़कर चली गईं, लेकिन वे अब भी हर भारतीय के दिल में धड़कती हैं। उन्हें शत-शत नमन!

□

अजीजन बाई (अंजुला)

किसी ने कहा है कि 'देशभक्ति का जज्बा ही इनसान को अमर कर देता है।' अजीजन बाई के बारे में यह बात सत्य साबित होती है। वे मूलत: एक पेशेवर नर्तकी थीं, जो देशभक्ति की भावना से भरपूर थीं। उन्होंने 1857 के स्वतंत्रता संग्राम में बढ़-चढ़कर हिस्सा लिया और अपने जुनून तथा देश भक्ति की भावना से ओतप्रोत होकर अंग्रजों को लोहे के चने चबाने पर मजबूर कर दिया था।

प्रथम स्वतंत्रता संग्राम, 1857 के मुख्य नायक नाना साहेब के आह्वान पर मध्य प्रदेश के मालवा राज्य के राजगढ़ की अजीजन बाई ने फिरंगियों से टक्कर लेने के लिए स्त्रियों का सशस्त्र दल गठित कर उसका नेतृत्व किया। जीवन का लक्ष्य बदलते ही उन्होंने गुलामी की बेड़ियाँ तोड़ने के लिए अपने पाँव से घुँघरू उतार दिए। ऐशोआराम का जीवन त्यागकर संघर्ष का मार्ग चुना। माँ भारती को आजाद करवाने के लिए वे क्रांतिकारियों के साथ मिलकर रणनीतियाँ बनाने लगीं।

उल्लेखनीय है कि 1832 में लखनऊ में उनका जन्म हुआ। उनके पिता शमशेर सिंह ने उनका नाम 'अंजुला' रखा। इतिहासकार बताते हैं कि शमशेर सिंह मध्य प्रदेश के मालवा राज्य के राजगढ़ के एक जागीरदार थे। एक दिन अंजुला अपनी सहेलियों के साथ मेला घूमने गई थीं। वहाँ पर अचानक एक अंग्रेजों की टुकड़ी ने हमला कर उन्हें अगवा कर लिया। अंजुला को लेकर जब अंग्रेज सिपाही नदी पर बने पुल से गुजर रहे थे, उसी वक्त जान बचाने के लिए अंजुला नदी में कूद गईं।

अंग्रेज उन्हें वहीं नदी में डूबकर मरने के लिए छोड़कर चले गए, लेकिन वहाँ से गुजरने वाले एक पहलवान ने नदी में कूदकर अंजुला की जान बचाई। वह पहलवान कानपुर के एक चकलाघर में काम करता था। कहते हैं, 'आसमान से गिरे तो खजूर में अटके।' अंजुला अंग्रेजों की पकड़ से तो बच गई, लेकिन वे उस पहलवान के चंगुल

में फँस गईं, जो एक तवायफखाने में कार्य करता था। अपनी प्रवृत्ति के अनुरूप उसने एक मोटी रकम लेकर अंजुला को बेच दिया।

यहीं से अंजुला के जीवन की दिशा व दशा बदल गई। उनका नाम बदल कर अजीजन बाई हो गया और पेशा तवायफ का। कुछ ही दिनों में अजीजन बाई अपनी खूबसूरती और नृत्य के लिए दूर-दूर तक प्रसिद्ध हो गईं। उनका मुजरा सुनने के लिए अंग्रेज अफसर भी आया करते थे। यह बात 1857 के प्रसिद्ध क्रांतिकारी तात्या टोपे को पता चली, तो उन्होंने अपने साथियों के साथ अंग्रेजों पर हमला कर दिया। तात्या टोपे को देखकर अंग्रेज अफसर वहाँ से भाग खड़े हुए। इस घटना ने अजीजन बाई के जीवन में फिर एक नया बदलाव किया। वे भारतीय स्वतंत्रता संग्राम के प्रति आकर्षित हुईं।

एक योजना के क्रियान्वयन हेतु तात्या टोपे ने अजीजन बाई को होलिका दहन के अवसर पर बिठूर आने का न्योता दिया। अजीजन बाई ने उनका आमंत्रण सहर्ष स्वीकार कर लिया। तात्या टोपे की योजनानुसार अजीजन बाई ने होली मिलन समारोह में एक विशेष नृत्य कार्यक्रम आयोजित किया, जिसमें सिर्फ अंग्रेज अफसरों को ही बुलाया गया, जैसे ही अंग्रेजी अधिकारी आए, क्रांतिकारियों ने उन पर हमला कर उन्हें मौत के घाट उतार दिया।

होलिका दहन के दिन आयोजित इस विशेष नृत्य के आयोजन के बदले में जब तात्या टोपे ने अजीजन बाई को इनाम में पैसे दिए, तो अजीजन बड़े ही विनम्र भाव से बोलीं कि "अगर आप कुछ देना चाहते हैं, तो अपनी सेना की वर्दी दे दें।" यह सुनकर तात्या टोपे प्रसन्न हो गए और उन्होंने एक मुखबिर के बतौर अजीजन को अपनी टोली में शामिल कर लिया।

इस घटना की खबर जब नाना साहब तक पहुँची, तो वे अजीजन बाई से बहुत प्रभावित हुए। उन्होंने अजीजन से राखी बँधवाकर उन्हें अपनी धर्म बहन बना लिया। प्रतिक्रियास्वरूप अजीजन बाई ने अपनी सारी संपत्ति आजादी की लड़ाई के लिए नाना साहब को सौंप दी। 1 जून, 1857 को क्रांतिकारियों ने कानपुर में एक बैठक की। इस बैठक में नाना साहब, तात्या टोपे के साथ सूबेदार टीका सिंह, शमसुद्दीन खाँ और अजीमुल्लाह खाँ के अलावा अजीजन बाई ने भी हिस्सा लिया। यहाँ गंगा के जल को साक्षी मानकर इन सबने अंग्रेजी हुकूमत को जड़ से उखाड़ फेंकने का संकल्प लिया।

स्वतंत्रता संग्राम को गति प्रदान करने के लिए अजीजन बाई ने अपनी साथी तवायफों के साथ मिलकर 'मस्तानी महिला मंडल' नामक एक टोली बनाई। नाना साहेब की मदद से इस टोली की सभी सदस्यों को युद्ध कला का प्रशिक्षण दिया। प्रशिक्षित होने के उपरांत इस टोली की सभी सदस्य दिन में वेश बदलकर अंग्रेजों से मोर्चा लेती थीं और रात में छावनी में मुजरा करके वहाँ से गुप्त सूचनाएँ प्राप्त कर नाना साहब तक पहुँचाती

थीं। ये लोग मर्दाना वेश में घोड़ों पर सवार होकर तलवार हाथ में लेकर नौजवानों को आजादी के इस युद्ध में हिस्सा लेने के लिए प्रोत्साहित करती थीं।

इसके अलावा मस्तानी टोली की ये सदस्या पूरे मनोयोग से घायल सैनिकों का इलाज करतीं, उनके घावों पर मरहम-पट्टी बाँधतीं। उनकी देखरेख करतीं। फल, मिष्टान्न और भोजन वितरित करतीं। देशभक्तों के लिए वे जितनी मृदु होतीं, युद्ध से विमुख होकर भागने वालों के प्रति वे उतनी ही कठोरता से पेश आती थीं। अजीजन बाई के प्रभावशाली व्यक्तित्व का यह भी एक खूबसूरत उदाहरण है कि उनकी मुसकराहट भरी चितवन एक ओर युद्धरत सिपाहियों को प्रेरणा से भर देती थी, तो दूसरी ओर उनके मुख पर तनी भृकुटी युद्ध से भागकर आए हुए कायर सिपाहियों को पुनः रणक्षेत्र में जाने के लिए हौसला देती। उनकी प्रेरणा से अंग्रेजी फौज के हजारों सिपाही विद्रोही सेना के साथ मिल गए। जिनकी मदद से नाना साहेब ने कानुपर से अंग्रेजी हुकूमत को उखाड़ फेंका और 8 जुलाई, 1857 को इन लोगों ने अंग्रेजों को जोरदार टक्कर देते हुए विजय प्राप्त की और नाना साहब को बिठूर का स्वतंत्र शासक घोषित कर दिया।

यद्यपि यह खुशी ज्यादा दिनों तक नहीं टिक पाई। नाना साहेब के पेशवा बनने के आठ दिनों के उपरांत 17 जुलाई को जनरल हैवलाक एक बड़ी सेना के साथ कानपुर पहुँच गया। कुछ विश्वासघातियों की मदद से उसने जीती बाजी को पलट दिया। बिठूर में अंग्रेजों के साथ पुनः भीषण युद्ध हुआ, जिसमें प्रथम स्वतंत्रता संग्राम के क्रांतिकारी परास्त हो गए। नाना साहब तो अंग्रेजों से बचकर वहाँ से निकलने में कामयाब हो गए, लेकिन दुर्भाग्यवश वीरांगना अजीजन बाई अंग्रेजों की गिरफ्त में आ गईं। अस्तु, युद्धबंदिनी के रूप में उन्हें जनरल हैवलाक के सामने पेश किया गया। उनके अप्रतिम सौंदर्य पर अंग्रेज अफसर मुग्ध हो उठे। जनरल ने उनके समक्ष एक प्रस्ताव रखा कि यदि वे अपनी गलतियों को स्वीकार कर अंग्रेजों से क्षमा माँग लें, तो उन्हें माफ कर दिया जाएगा और वे पुनः अपनी रास-रंग की दुनिया सजा सकेंगी। अन्यथा कड़ी-से-कड़ी सजा भुगतने के लिए तैयार हो जाएँ।"

वीरांगना अजीजन ने उनके प्रस्ताव को ठुकराते हुए क्षमा-याचना करने से साफ इनकार कर दिया। वे शेरनी की भाँति हुंकार भरते हुए बोलीं, "माफी तो अंग्रेजों को माँगनी चाहिए, जिन्होंने भारतवासियों पर इतने जुल्म किए हैं। उनके इस अमानवीय कृत्य के लिए वे जीते-जी उन्हें कभी माफ नहीं करेंगी।" अंग्रेजों से ऐसा कहने का अंजाम भी वीरांगना अजीजन बाई को मालूम था, परंतु इसकी परवाह किए बगैर उन्होंने निडरता के साथ अपनी बात कह दी। साथ ही अपने साथी क्रांतिकारियों का पता बताने से भी इनकार कर दिया। अस्तु, क्रुद्ध अंग्रेजी कमांडर हेनरी हैवलाक ने अजीजन को गोलियों से भून देने का हुक्म जारी कर दिया।

मौत की सजा सुनकर भी उस वीरांगना के चेहरे पर एक शिकन तक नहीं आई। वे अपने निर्णय पर चट्टान की भाँति अडिग रहीं। उनके इस व्यवहार ने अंग्रेजों को अचंभित कर दिया। अंततः देखते-ही-देखते अंग्रेज सैनिकों ने उन पर गोलियाँ बरसाना प्रारंभ कर दिया। पहले एक गोली चली। अंग्रेजों ने सोचा कि मौत के खौफ से वे उनके प्रस्ताव को मान लेंगी, लेकिन वीरांगना अजीजन बाई ने तो मरने के पहले ही मौत का कफन पहनकर देश के लिए खुद को न्योछावर कर दिया था, इसलिए उन्हें डराना असंभव था। अंततः उनकी निडरता अंग्रेजों को चुभने लगी और फिर देखते-ही-देखते एक के बाद एक गोलियाँ चलीं, जिसमें वीरांगना अजीजन बाई का शरीर छलनी हो गया।

वीरांगना अजीजन बाई की तारीफ करते हुए विनायक दामोदर सावरकर ने लिखा है "अजीजन एक नर्तकी थी, परंतु सिपाहियों को उससे बेहद स्नेह था। अजीजन का प्यार साधारण बाजार में धन के लिए नहीं बिकता था। उनका प्यार पुरस्कारस्वरूप उस व्यक्ति को दिया जाता था, जो देश से प्रेम करता था।" वीरांगना अजीजन बाई को समूचे भारतीयों की ओर से शत-शत नमन!

□

अंजलाई अम्मल

दक्षिण भारत की झाँसी की रानी के नाम से प्रसिद्ध अंजलाई अम्मल ने महात्मा गांधी द्वारा संचालित असहयोग आंदोलन के साथ अपनी राजनीतिक सक्रियता शुरू की और बाद में नील प्रतिमा सत्याग्रह, नमक सत्याग्रह और भारत छोड़ो आंदोलन में भाग लिया। वे कदलूर की एक सामाजिक कार्यकर्ता और सुधारक थीं।

अंजलाई अम्मल भारतीय स्वतंत्रता संघर्ष की एक प्रमुख स्वतंत्रता सेनानी थीं। उनका जन्म 1890 में मुधुनगर नामक एक साधारण शहर में हुआ था, जो कुड्डालोर में स्थित है। पाँचवीं कक्षा तक पढ़ी अंजलाई अम्मलई के पति मुरुगप्पा एक पत्रिका में एजेंट थे। उन्होंने महात्मा गांधी के असहयोग आंदोलन में शामिल होकर अपने राजनीतिक जीवन की शुरुआत की। वे 1921 में असहयोग आंदोलन में भाग लेने वाली दक्षिण भारत की पहली महिला थीं।

उन्होंने भारत के स्वतंत्रता संग्राम के लिए पैसा खर्च करने के लिए अपना घर व जमीन बेच दी। 1927 में उन्होंने नीलान की मूर्ति को हटाने के संघर्ष में भाग लिया। उसने अपने नौ साल के बच्ची अम्माकन्नू को भी नीलान की मूर्ति हटाने के संघर्ष में भाग लेने के लिए प्रेरित किया। उन्होंने जेल में रहकर ही अपने नौ साल के बच्चे की परवरिश की। कहा जा सकता है कि महात्मा गांधी अकसर बच्ची अम्माकन्नू और अंजलाई अम्मल से मिलने के लिए जेल जाया करते थे। कालांतर में महात्मा गांधी ने अम्माकन्नू का नाम बदलकर लीलावती कर दिया और उसे अपने साथ वर्धा आश्रम ले गए थे। 1930 में नमक सत्याग्रह में भाग लेने के कारण वे बुरी तरह घायल हो गई थीं। अत: आगे चलकर उनकी बेटी भी उनकी ही तरह स्वतंत्रता सेनानी बनी।

1931 में अंजलाई अम्मल ने अखिल भारतीय महिला कांग्रेस की बैठक की अध्यक्षता की। भारतीय स्वतंत्रता संग्राम में सक्रिय भागीदारी दर्ज करने के कारण 1932 में उन्हें वेल्लोर जेल भेज दिया गया। उस समय वे गर्भवती थीं। अत: प्रसव के लिए

जमानत पर रिहा कर दिया गया। बेटे के जन्म के दो सप्ताह के भीतर उन्हें पुनः वेल्लोर जेल की सलाखों के पीछे भेज दिया गया।

एक बार महात्मा गांधी कदलूर आए, लेकिन ब्रिटिश सरकार ने उन्हें अंजलाई अम्मल के पास जाने से रोक दिया, लेकिन अंजलाई अम्मल ने महात्मा गांधी से मुलाकात करने की ठान ली थी। अतः वे बुर्का पहनकर, घोड़ा गाड़ी पर सवार होकर गांधीजी से मिलने चली गईं, लेकिन अंग्रेजी हुकूमत को इस बात की कानोकान खबर नहीं लग पाई। उनकी कार्यशैली व अदम्य साहस को देखते हुए महात्मा गांधी उन्हें दक्षिण भारत की 'झाँसी की रानी' कहा करते थे।

स्वतंत्र भारत में वे तीन बार तमिलनाडु विधानसभा के सदस्य के रूप में चुनी गईं। देश के लिए कार्य करते हुए 20 जनवरी, 1961 को वे मृत्यु को प्राप्त हुईं। वे कई महिलाओं की प्रेरणास्रोत रही हैं। उनके द्वारा किए गए कार्यों के कारण उन्हें आज भी दक्षिण भारत में बड़े सम्मान के साथ याद किया जाता है। वीरांगना अंजलाई अम्मल को सादर नमन!

□

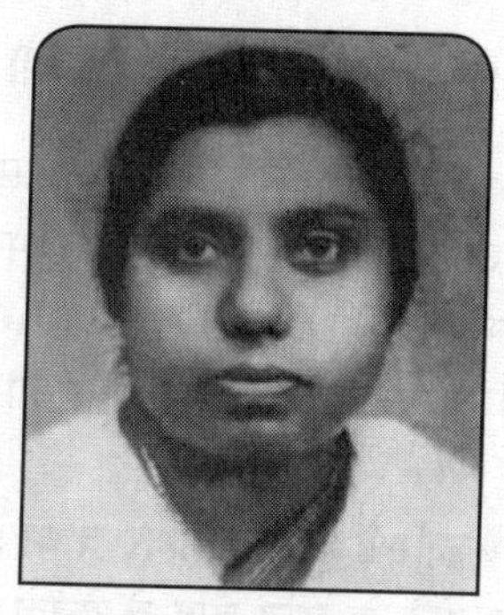

अक्कम्मा चेरियन

अक्कम्मा चेरियन केरल की महान् स्वतंत्रता सेनानी थीं, जिन्हें महात्मा गांधी 'त्रावणकोर की झाँसी की रानी' कहा करते थे। दरअसल बात 1938 की है, जबकि ब्रिटिश हुकूमत ने केरल सहित समूचे भारत में कांग्रेस पर प्रतिबंध लगा दिया था। इसके विरोध में अक्कम्मा चेरियन ने महाराजा चिथिरा थिरुनल बलराम वर्मा के जन्मदिन समारोह के दिन तिरुवनंतपुरम के थंपनूर से शाही महल तक एक सामूहिक रैली का नेतृत्व किया। इस रैली को रोकने के लिए ब्रिटिश पुलिस प्रमुख ने महल के बाहर जमा लोगों पर गोली चलाने का आदेश दिया। इस आदेश के प्रतिउत्तर में अक्कम्मा चेरियन ने ललकारते हुए कहा, "गोली मारनी है, तो पहले मुझे मारो।" उस वीरांगना की खनखनाती आवाज का प्रभाव यह हुआ कि ब्रिटिश अधिकारियों को पीछे हटने के लिए मजबूर होना पड़ा। जब यह बात गांधीजी के कानों तक पहुँची, तो उन्होंने अक्कम्मा चेरियन को 'त्रावणकोर की झाँसी की रानी' की उपाधि दी।

14 फरवरी, 1909 को त्रावणकोर के कांजिरापल्ली के एक ईसाई परिवार में जनमी अक्कम्मा चेरियन ने कांजिरापल्ली के शासकीय कन्या विद्यालय और चंगनाचेरी के सेंट जोसेफ हाई स्कूल में पढ़ाई की। इसके बाद उन्होंने एर्नाकुलम के सेंट टेरेसा कॉलेज से इतिहास विषय में स्नातक की उपाधि प्राप्त की। तदुपरांत उन्होंने ट्राई ट्रेनिंग कॉलेज से एलटी की डिग्री हासिल की। जीविका चलाने के लिए उन्होंने एडक्कारा के सेंट मैरी इंग्लिश मीडियम स्कूल में एक शिक्षिका के रूप में कार्य करना प्रारंभ किया। यहाँ पर कार्य करते हुए वे प्रधानाचार्य के पद पर पदोन्नत हुईं। जीवन में सबकुछ सामान्य गति से चल रहा था, मगर उनके मन में एक खलबली सी थी। वे अपने देश के लिए कुछ करना चाहती थीं। काफी विचार करने के उपरांत अंततोगत्वा उन्होंने स्वतंत्रता संग्राम में शामिल होने का प्रण किया। इस प्रण में उनकी नौकरी बाधक साबित हो रही थी। अस्तु, उन्होंने अपनी शिक्षिका की नौकरी का त्याग कर दिया।

अक्कम्मा चेरियन ने अपने राज्य सहित देश की समस्त महिलाओं से स्वतंत्रता संग्राम में शामिल होने की अपील की। इस कार्य को भलीभाँति अंजाम देने के लिए उन्होंने 'सेविका संघ' की स्थापना की। स्वतंत्रता संग्राम में उनकी सक्रियता के कारण 24 दिसंबर, 1939 को उन्हें गिरफ्तार कर लिया गया और एक साल के लिए जेल में डाल दिया गया।

जेल में उन्हें जेल अधिकारियों के दुर्व्यवहार व अपमान का सामना करना पड़ा। एक साल बाद जेल से रिहा होने के तुरंत बाद वे केरल राज्य कांग्रेस की कार्यवाहक अध्यक्ष बनीं। 8 अगस्त, 1942 को भारतीय राष्ट्रीय कांग्रेस के बंबई अधिवेशन में पारित भारत छोड़ो आंदोलन के प्रस्ताव का उन्होंने स्वागत किया। स्वतंत्रता संग्राम में सहभागिता के लिए उन्हें 1946 और 1947 के बीच दो बार गिरफ्तार किया गया।

इस प्रकार कहा जा सकता हैं कि वे त्रावणकोर राज्य की एक सक्रिय व बहादुर स्वतंत्रता संग्राम सेनानी थीं। उन्होने कभी गोलियों की भी परवाह नहीं की। अपनी क्रांतिकारी गतिविधियों के कारण उन्हें कई प्रकार की यातनाएँ सहन करनी पड़ीं। जेल जाना पड़ा। तदुपरांत उन्होंने देश के लिए मर-मिटने का रास्ता नहीं छोड़ा। आजादी के बाद वे यथायोग्य समाज सेवा का कार्य करती रहीं। 5 मई, 1982 को त्रिवेंद्रम में अक्कम्मा चेरियन का निधन हो गया। उन्हें शत-शत नमन!

□

अन्नपूर्णा महाराणा

वीरांगना अन्नपूर्णा महाराणा एक प्रसिद्ध स्वतंत्रता सेनानी और समाजसुधारक थीं। देश-सेवा उनकी रग-रग में समाहित थी। वे गांधीवादी विचारधारा से ओतप्रोत थीं। इसका मूल कारण उनका महात्मा गांधी से नजदीकी रिश्तों का होना माना जाता है। महात्मा गांधी के प्रोत्साहन से ही उन्होंने 1942 के भारत छोड़ो आंदोलन में बढ़-चढ़कर हिस्सा लिया। इसके लिए उन्हें कई बार जेल जाना पड़ा। वे ओडिशा में अब भी 'चुन्नी आपा' के नाम से पूजनीय हैं।

उल्लेखनीय है कि वे स्वतंत्रता सेनानी रमा देवी और गोपबंधु चौधरी की बेटी थीं। उनके घर की दीवारें ही स्वतंत्रता संग्राम के रंग से रँगी थी। वे अपने भोजन में अन्न व पानी के संग स्वतंत्रता के भाव का सेवन करती थीं। घर की आम चर्चाओं में भी ब्रिटिश हुकूमत की मनमानियों के प्रति चिंता जाहिर की जाती। उसके उपायों पर बातें होतीं। अस्तु, 14 साल की अवस्था से ही वे स्वतंत्रता संग्राम में शामिल होने के लिए प्रेरित हुईं। वे अपने माता-पिता के संग तमाम गतिविधियों में शामिल होने लगीं। अंग्रेजों के खिलाफ विभिन्न संघर्षों में भाग लेने लगीं।

इंदिरा गांधी द्वारा गठित बच्चों की ब्रिगेड वानर सेना में भी वे शामिल हो गईं। उल्लेखनीय है कि यह सेना ब्रिटिश शासन के खिलाफ कांग्रेस की लड़ाई के लिए कटिबद्ध थी। इस दौरान उन्होंने छह महीने कटक और जाजपुर की जेलों में बिताए। इस दौरान उन्होंने गरीबों के उत्थान के लिए विभिन्न सामाजिक कार्यक्रमों में भी हिस्सा लिया।

सन् 1934 में महात्मा गांधी द्वारा की जाने वाली 'हरिजन पदयात्रा' की समुचित व्यवस्था अन्नपूर्णा महाराणा ने की थी। पुरी से भद्रक तक की इस यात्रा में उन्होंने सक्रिय भूमिका का निर्वहन किया। आठ साल के बाद 1942 में जब गांधीजी ने भारत छोड़ो आंदोलन का ऐलान किया, तो वे भी उससे जुड़ गईं। अस्तु, ब्रिटिश पुलिस ने गांधी व अन्य नेताओं के साथ उन्हें भी गिरफ्तार कर जेल में बंद कर दिया था।

अन्नपूर्णा महाराणा ने ओडिशा में बुनियादी शिक्षा के लिए कार्य किया। राज्य के बच्चों को चरखा बनाना सिखाया और रोजाना गाँव की सफाई का जिम्मा सौंपा। उन्होंने आदिवासी बच्चों के लिए रायगढ़ जिले में एक स्कूल की स्थापना की। भारत की स्वतंत्रता के उपरांत उन्होंने महिलाओं और बच्चों के उत्थान की दिशा में काम करना जारी रखा।

कालांतर में वे आचार्य विनोबा भावे के नेतृत्व में भूदान आंदोलन में शामिल हुईं। स्वतंत्रता सेनानी अन्नपूर्णा महाराणा ने दुनिया भर में सर्वोदय आंदोलन को बढ़ावा देने के लिए तमाम सम्मेलनों की भी व्यवस्था की। उन्होंने महात्मा गांधी और आचार्य विनोबा भावे की कई रचनाओं का हिंदी से उड़िया में अनुवाद किया।

1964 में राउरकेला के सांप्रदायिक दंगों के दौरान उन्होंने शांति रक्षक की भाँति कार्य किया। उन्होंने ओडिशा में चक्रवात के दौरान और 1971 के पूर्वी पाकिस्तान के मानवीय संकट के दौरान राहत कार्यों के लिए अपनी सेवाएँ प्रदान कीं। 1975 में देश में लगाए गए आपातकाल के दौरान उन्होंने ग्राम सेवक प्रेस द्वारा प्रकाशित एक समाचार-पत्र के प्रकाशन में अपनी माँ रमा देवी का सहयोग किया।

उन्होंने चंबल घाटी के डकैतों को समाज की मुख्यधारा से जोड़ने का साहसिक कार्य किया। 1999 में ओडिशा में आए सुपर साइक्लोन के दौरान उन्होंने अपने भाई मनमोहन के साथ मिलकर बड़े पैमाने पर राहत कार्य किया। अंतरजातीय विवाह के प्रति एक सकारात्मकता दरशाने के लिए उन्होंने दूसरी जाति के व्यक्ति शरत चंद्र से शादी करके भारत में प्रचलित जाति-प्रथा पर कड़ा प्रहार किया। उन्हें 'उत्कल रत्न पुरस्कार' सहित कई अन्य पुरस्कारों से सम्मानित किया गया। 31 दिसंबर, 2016 को 96 साल की उम्र में उनका निधन हो गया। उन्हें शत-शत नमन!

□

अम्मू स्वामीनाथन

भारत छोड़ो आंदोलन में वीरांगना अम्मू स्वामीनाथन ने देश के लिए जेल की सजा भोगी। वे मात्र स्वतंत्रता सेनानी और समाजसुधारक ही नहीं थीं, बल्कि तमिलनाडु में होने वाले तमाम सुधारों की नेतृत्वकर्ता थीं। उन्होंने तमिलनाडु में महिलाओं के जीवन को बेहतर बनाने की दिशा में काम किया। वे भारतीय संविधान का मसौदा तैयार करने वाली 15 गतिशील महिलाओं में से एक थीं।

अम्मू स्वामीनाथन का जन्म 22 अप्रैल, 1894 को केरल के पलक्कड़ जिले में गोविंदा मेनन और अनक्कारा वडकथ अम्मुअम्मा के यहाँ हुआ था। वे अपने माता-पिता की सबसे छोटी संतान थीं। बहुत ही कम उम्र में उन्होंने अपने पिता को खो दिया। घर का खर्च चलाने के लिए उन्होंने अपनी माँ को संघर्ष करते देखा। आर्थिक तंगहाली के कारण उनकी माँ ने मात्र 13 साल की उम्र में उनका विवाह 33 साल के डॉ. सुब्बाराम स्वामीनाथन के साथ 'संबंदम' प्रणाली से कर दिया। उनके चार बच्चे थे। ज्येष्ठ पुत्र, गोविंद स्वामीनाथन, मद्रास उच्च न्यायालय में बैरिस्टर। उन्होंने 1969 से 1976 तक तमिलनाडु के महाधिवक्ता के रूप में कार्य किया। बेटी कप्तान लक्ष्मी स्वामीनाथन एक चिकित्सक, भारतीय स्वतंत्रता आंदोलन की क्रांतिकारी और भारतीय राष्ट्रीय सेना की''' एक अधिकारी थीं। वे राज्यसभा की सदस्य थीं और उन्हें 2002 में राष्ट्रपति पद के उम्मीदवार के रूप में नामित किया गया था। उनकी दूसरी बेटी मृणालिनी साराभाई भरतनाट्यम नृत्यांगना और प्रसिद्ध वैज्ञानिक विक्रम साराभाई की पत्नी थीं। वे मल्लिका साराभाई, एक नर्तकी और पूर्व गुजराती फिल्म अभिनेत्री के माता-पिता हैं। उनका सबसे छोटा बेटा सुब्बाराम महिंद्रा एंड महिंद्रा में निदेशक था

उनके पति एक नेक इनसान थे। उन्होंने विवाह के बाद से ही अपनी पत्नी अम्मू का चहुँमुखी विकास किया। अस्तु, उन्होंने अम्मू की प्रतिभा को भी निखारने का कार्य किया। पति के प्रोत्साहन से ही वे सार्वजनिक जीवन में रुचि लेने लगीं। कालांतर में अम्मू

स्वामीनाथन ने तमिलनाडु में सामाजिक और राजनीतिक कार्यों में सक्रिय रूप से भाग लिया। अखिल भारतीय महिला सम्मेलन, मद्रास की स्थापना की।

चूँकि अम्मू को महात्मा गांधी की विचाराधारा में गहरी आस्था थी, देशप्रेम के भाव थे, अतः उन्होंने भारतीय स्वतंत्रता संग्राम में भाग लेने का फैसला किया। 1934 में वे भारतीय राष्ट्रीय कांग्रेस में शामिल हो गईं। 1934 से 1939 तक अम्मू मद्रास कॉरपोरेशन की सदस्य रहीं। उन्होंने 1942 में भारत छोड़ो आंदोलन में सक्रिय रूप से भाग लिया। इसलिए अंग्रेजी हुकूमत ने उन्हें एक साल के लिए वेल्लोर जेल में बंद कर दिया। 1945 में वे मद्रास कॉरपोरेशन में काउंसलर बनीं।

वे भारत की अनंतिम संसद् की निर्वाचित सदस्य बनीं। 1946 में वे भारत के संविधान का मसौदा तैयार करने के लिए गठित समिति की कुछ महिला सदस्यों में से एक थीं। उन्होंने भारत का संविधान बेहतर बनाने के लिए कड़ी मेहनत की। अंततोगत्वा हम भारतीयों को एक ऐसा संविधान मिला, जो हमारी आवश्यकताओं के अनुकूल है। उनके इस योगदान को भुलाया नहीं जा सकता।

आजादी के बाद भी वे भारतीय राजनीतिक व सार्वजनिक जीवन में सक्रिय रहीं। अस्तु, वे भारत की प्रथम लोकसभा के लिए निर्वाचित हुईं। 1957 से 1960 तक वे राज्यसभा की सदस्य रहीं। वे सद्भावना राजदूत के रूप में यूएसएसआर, चीन, अमेरिका और इथियोपिया इत्यादि राज्यों के दौरे पर गईं। 1960 से 1965 के दौरान उन्होंने भारत के स्काउट्स एंड गाइड्स के अध्यक्ष के रूप में भी कार्य किया। उन्हें 1975 में अंतरराष्ट्रीय महिला वर्ष के उद्घाटन पर 'मदर ऑफ द ईयर' के रूप में भी चुना गया था। 4 जुलाई, 1978 को स्वतंत्रता संग्राम सेनानी, संविधानवेत्ता व सामाजिक कार्यकर्ता अम्मू स्वामीनाथन का निधन हो गया। उन्हें शत-शत नमन!

□

अनुसूया बाई काले

भारतमाता को गुलामी की जंजीरों से मुक्त करवाने के लिए भारतभूमि के विभिन्न हिस्सों में वीरांगनाओं ने अपनी-अपनी हिस्सेदारी सुनिश्चित की। अनुसुइया बाई काले ने महात्मा गांधी के अहिंसक आंदोलनों से प्रेरित होकर नागपुर को अपनी कर्मभूमि बनाया। उन्होंने यहाँ पर अहिसक आंदोलनों का प्रसार-प्रचार किया। वे असहयोग आंदोलन में काफी सक्रिय रहीं, जिसके लिए उन्हें कई बार जेल भी जाना पड़ा। 1920 में उन्होंने महिलाओं का एक संगठन 'भगिनी मंडल' की स्थापना की। वे अखिल भारतीय महिला सभा की सक्रिय सदस्य रहीं।

सन् 1928 में वे मध्य प्रांत और बरार विधानमंडल की पहली महिला सदस्य चुनी गई थीं। 1932 के नमक सत्याग्रह के दौरान महात्मा गाधी की गिरफ्तारी के बाद उन्होंने अपने पद से त्याग-पत्र दे दिया तथा गांधीजी की रिहाई के लिए जन आंदोलन व अंग्रेजी हुकूमत के विरोध में प्रदर्शन करने का बीड़ा उठाया। अपनी राजनीतिक गतिविधियों के लिए उन्हें कई बार गिरफ्तार किया गया, लेकिन वे अपने लक्ष्य से जरा भी नहीं डगमगाईं।

सन् 1937 में वे मध्य प्रांत विधानमंडल की उपाध्यक्ष चुनी गईं, परंतु द्वितीय विश्वयुद्ध में अंग्रेज सरकार की भूमिका से नाराज होकर उन्होंने अपने इस पद से इस्तीफा भी दे दिया। ताकि भारतीय एकता व अखंडता को दरशाया जा सके। अंग्रेजों पर दबाव बनाया जा सके। 1942 के भारत छोड़ो आंदोलन के दौरान महाराष्ट्र के अश्ती तथा चिमूर में आदिवासियों के साथ किए गए सरकार के दमन के विरुद्ध उन्होंने आवाज उठाई।

उल्लेखनीय है कि 1942 के भारत छोड़ो आंदोलन के दौरान उन्होंने एक मुकदमा लड़कर 25 क्रांतिकारी युवकों को फाँसी से बचाया था। यह उनका भारत भूमि के लिए बहुत बड़ा योगदान है। उनका यह कार्य उनकी मानसिक सशक्तता को भी अभिव्यक्त करता है। देश के प्रति उनके समर्पण भाव का सुंदर संकेत है। वे 1948 में अखिल भारतीय महिला सम्मेलन की अध्यक्ष थीं। इसके अलावा वे आजाद भारत के कई महिला

आंदोलनों में काफी सक्रिय रहीं, क्योंकि भारतमाता तो स्वतंत्र हो गई थीं, लेकिन भारत में रहने वाली अनगिनत नारियाँ अब भी अपने अस्तित्व के स्थापन के लिए संघर्षरत थीं। उन्होंने भारतीय जाति प्रथा खत्म करने के लिए भी लंबे समय तक संघर्ष किया। इसके अलावा वे नागपुर के कई क्लबों की भी सदस्य रहीं।

प्रथम लोकसभा चुनाव में उन्होंने कांग्रेस उम्मीदवार के तौर पर सोशलिस्ट पार्टी के विनायक दांडेकर को पराजित किया। इस प्रकार वे 1952 में नागपुर क्षेत्र से जीतकर संसद् में पहुँचीं। 1957 में भी उन्होंने नागपुर से ही आवडे हरिदास दामजी को पराजित करके लोकसभा का चुनाव जीता। उल्लेखनीय है कि इन दोनों चुनाव में उन्होंने भारी अंतर से जीत हासिल की।

यदि उनके व्यक्तिगत जीवन पर प्रकाश डाला जाए तो यह ज्ञात होता है कि 24 अक्तूबर, 1896 को बेलागावी, कर्नाटक में जनमी अनुसूया बाई काले महाराष्ट्र के सतारा जिले के औंध राज्य के दीवान के परिवार से थीं। उनके पिता सदाशिवराव भाटे एक प्रसिद्ध अधिवक्ता थे। उनकी पढ़ाई हुजूर पागा हाई स्कूल और फर्ग्युसन कॉलेज, पुणे में हुई। वे बाद में बड़ौदा कॉलेज, वडोदरा की छात्रा भी रहीं। अपनी युवावस्था से ही वे भारतीय राजनीति व सार्वजनिक जीवन में सक्रिय हो गई थीं। उनका विवाह नासिक के सबसे अमीर परिवार में पुरुषोत्तम बालकृष्ण काले के संग हुआ। उनकी कुल पाँच संतानें हुईं, जिनमें 3 बेटे और 2 बेटियाँ थीं। उनके एक बेटे वसंत पुरुषोत्तम काले मराठी के जाने-माने कथाकार हुए। उन्होंने विदर्भ के नागपुर शहर को अपनी कर्मभूमि बनाया। 1958 में नागपुर में ही उनका निधन हो गया। उनके योगदान को भारत कभी नहीं भूल सकेगा। उन्हें शत-शत नमन!

□

अबादी बानो बेगम

भारत विविधता में एकता प्रधान देश है। अस्तु, विभिन्न जाति, भाषा व धर्म के लोगों ने मिलकर अंग्रेजों के विरुद्ध जंग की थी। महिलाओं ने उस समय प्रचलित परदा प्रथा को अपनी देशभक्ति के मार्ग में बाधक नहीं बनने दिया। भारत को ब्रिटिश हुकूमत से मुक्त करवाने की तमन्ना लिये अबादी बानो बेगम भी बुर्का पहनकर स्वतंत्रता संग्राम में कूद गईं। वे परदे में रहकर राजनीतिक सभाओं को संबोधित करती थीं। अपने लोगों में आजादी की अलख जगाती थीं। भारतीय स्वतंत्रता संग्राम के इतिहास में बुर्का पहनकर सार्वजनिक वक्तव्य देने वाली वे पहली मुसलिम महिला थीं।

उन्होंने न केवल स्वतंत्रता संग्राम में अपनी सक्रियता दर्ज करवाई, बल्कि क्रांतिकारी गतिविधियों में भी भाग लिया। वे अपने देश को ब्रिटिश शासन से मुक्त देखने की तीव्र इच्छा रखती थीं। इसलिए अपने हाथों में क्रांति की मशाल उठाने में उन्होंने कोई कसर नहीं छोड़ी। वे बेहिचक सभा व सम्मेलनों में जातीं और अंग्रेजी हुकूमत के तमाम अत्याचारों व दमन में प्रति जन-जागरूकता पैदा करतीं। इसलिए वे भारतीय उपमहाद्वीप में स्वतंत्रता संग्राम की प्रमुख आवाजों में से एक थीं। वे 'बी अम्मा' के नाम से प्रसिद्ध थीं।

'बी अम्मा' का जन्म 1850 में उत्तर प्रदेश के एक उत्साही राष्ट्रवादी परिवार में हुआ था, जिनके परिवार के सदस्यों को 1857 के विद्रोह के दौरान बहुत नुकसान हुआ था। उनके पति अब्दुल अली खान रामपुर राज्य में एक वरिष्ठ अधिकारी थे। उनकी एक बेटी और पाँच बेटे थे, जिनमें मौलाना शौकत अली और मौलाना मुहम्मद अली जौहर शामिल थे, जिन्हें अली भाइयों के नाम से जाना जाता था।

उल्लेखनीय है कि उन्होंने कभी कोई औपचारिक शिक्षा प्राप्त नहीं की, तदुपरांत वे एक प्रगतिशील विचारक थीं। आधुनिक शिक्षा के प्रभाव पर गहराई से विचार करती थीं। अम्मा कम उम्र में ही विधवा हो गई थीं। धनाभाव में उन्होंने अपने आभूषण और संपत्ति

तक बेचकर अपने सभी बेटो को अलीगढ़ मुसलिम विश्वविद्यालय और ऑक्सफोर्ड विश्वविद्यालय में उच्च शिक्षा दिलवाई।

अपने बच्चों में राष्ट्रवादिता का बीजारोपण किया। उनकी परवरिश एक ऐसे माहौल में की, जहाँ पर सबकुछ देशहित के दायरे में आकर खत्म होता था। अस्तु, उनका एक बेटा मौलाना मुहम्मद अली एक विपुल अंग्रेजी और उर्दू लेखक बना। वह ऑल इंडिया मुसलिम लीग के संस्थापक सदस्यों में से भी एक था। उनके दो बेटे मुहम्मद अली और उनके भाई शौकत अली खिलाफत आंदोलन के प्रमुख व्यक्तियों में से थे।

जब अम्मा बी के बेटों ने देश की आजादी के लिए अपनी सक्रियता दर्ज करवाई, तो प्रतिक्रियास्वरूप ब्रिटिश हुकूमत का कहर माँ अबादी बानो बेगम पर बरसाया गया। उन्हें अपनी दमनकारी नीतियों का शिकार बनाया गया, लेकिन अम्मा बी हारने या टूटने वाली महिलाओं में से नहीं थीं। अस्तु, जब उनके एक बेटे को जेल में डाल दिया गया तो अम्मा बी ने समूचे भारत का दौरा किया। बड़ी संख्या में लोगों को स्वतंत्रता संग्राम में भाग लेने के लिए प्रेरित किया। वे अपनी संस्कृति के अनुरूप सदैव परदा में रहकर ही सक्रिय रहीं। इसलिए 1917 में जब उन्होंने जेल में बंद अपने बेटे की ओर से देश से बात की तब भी बुर्के के पीछे से ही अपनी बात रखी थी।

उन्होंने बुर्का पहनकर खिलाफत आंदोलन में भी भाग लिया और महिलाओं को बड़े पैमाने पर आंदोलन से जुड़ने के लिए प्रोत्साहित किया। उनके अथक प्रयासों की गूँज बहुत दूर तक गई। कई महिलाएँ आजादी की जंग में शामिल हुईं। 13 नवंबर, 1924 को देश की आजादी के लिए अपने आप को झोंक देने वाली साहसी अम्मा का खिलाफत आंदोलन की समाप्ति के तुरंत बाद ही निधन हो गया। उन्हें हम पूरी श्रद्धा से स्मरण करते हैं और उन्हें सादर नमन करते हैं।

□

आशा देवी

भारतमाता को अपनी उन वीरांगनाओं पर गर्व है, जिन्होंने मातृभूमि की मर्यादा की रक्षा के लिए अपना सर्वस्व न्योछावर कर दिया। इतिहास में ऐसी कई वीरांगनाएँ हुई हैं, जिन्होंने अपनी जान से भी अधिक महत्त्व अपने देश की स्वतंत्रता को दिया। यही कारण है कि कृतज्ञ भारत उन्हें हमेशा याद रखता आया है और आगे भी स्मरण करता रहेगा। जिन महानतम वीरांगनाओं को ससम्मान जीवनपर्यंत याद किया जाता है, उनमें से एक थीं वीरांगना आशा देवी गुर्जर।

19 नवंबर, 1829 को पश्चिमी उत्तर प्रदेश के मुजफ्फनगर के शामली, कल्श्सान खाप में जनमी इस वीरांगना का मानना था कि आजादी की लड़ाई में सिर्फ पुरुष वर्ग का लड़ना ही काफी नहीं है, बल्कि समाज के हर तबके के लोगों को कंधे-से-कंधा मिलाकर जंगे आजादी में अपना सहयोग देना चाहिए, तभी वांछित लक्ष्य को हासिल किया जा सकता है। इस क्रांतिकारी सोच के तहत ही गुर्जरों के गाँव की इस साधारण सी गुर्जर महिला आशा देवी ने महिलाओं को संगठित कर अपनी एक सेना बनाकर, 1857 के प्रथम स्वतंत्रता संग्राम में अपना योगदान देकर खुद को अमर शहीदों में शामिल कर लिया।

सर्वविदित है कि 10 मई, 1857 को भारत के प्रथम स्वतंत्रता संग्राम का उद्घोष मेरठ से हुआ था। इस संग्राम में कई वीर व वीरांगनाओं ने अपने-अपने क्षेत्रों में, अपने-अपने दायरों में जान की परवाह किए बिना क्रांति की मशाल जलाई। कोतवाल धनसिंह गुर्जर के नेतृत्व में मेरठ से जो क्रांति की ज्वाला शुरू हुई, उसकी भभक सहारनपुर से दिल्ली व आसपास के क्षेत्रों में फैल गई।

आशा देवी ने अंग्रेजों के विरुद्ध मोर्चा सँभाला। उन्होंने शामली, कैराना में खाप व अन्य सभी क्षेत्रीय गाँवों की महिलाओं को संगठित करके महिलाओं की एक सेना बनाई। फिर मौका देखकर 13 व 14 मई, 1857 को कैराना और शामली की तहसील पर हमला

बोल दिया। करीब दो दिन और एक रात तक उनका अंग्रेजी सेना से भीषण युद्ध हुआ। अंततः वे अंग्रेजी सेना को ध्वस्त करने में सफल हो गईं।

इस प्रकार 1857 के स्वाधीनता संग्राम में वीरांगना आशा देवी ने एक तरफ तो अंग्रेजों को काफी मुश्किलों में डाल दिया था। उनके समक्ष चुनौतीपूर्ण स्थिति उत्पन्न कर दी थी। तो दूसरी तरफ इस जीत से आसपास के क्षेत्रों में उनका अच्छा-खासा दबदबा स्थापित हो गया था, लेकिन उन्हें इसकी कीमत चुकानी पड़ी थी। प्रथम स्वतंत्रता संग्राम की शुरुआत होने के मात्र चार दिन बाद ही अर्थात् 14 मई, 1857 को उनके पति धनसिंह गुर्जर अंग्रेजों के विरुद्ध लड़ते-लड़ते देश के लिए शहीद हो गए।

आशा देवी द्वारा गठित महिला संगठन बहुत अनुशासित ढंग से संगठित व एकता के सूत्र में बँधा हुआ था। उनके इस संगठन की ताकत का अंदाजा इसी बात से लगाया जा सकता है कि उनको बचाने के लिए उनके संगठन की 250 महिला सैनिकों ने अंग्रजी सेना का जमकर सामना किया, लेकिन अपनी नेतृत्वकर्ता आशा देवी के प्राण पर आँच तक नहीं आने दी। कई महिला सदस्य अपनी मातृभूमि के रक्षार्थ लड़ते-लड़ते शहीद हो गईं।

आशा देवी को युद्धभूमि से जिंदा पकड़ लिया गया। उनके साथ-साथ 11 अन्य महिला सैनिकों को 14 मई, 1857 को कैराना, उत्तर प्रदेश में बर्बरतापूर्वक फाँसी पर लटका दिया गया। उनकी इस शहादत ने शौर्य और पराक्रम का एक नया इतिहास लिखा, जो कि औरों की प्रेरणा का केंद्र बना। भले ही वे आज इस दुनिया में नहीं हैं, लेकिन उनकी वीरता के किस्से अमर हैं। उनके ये किस्से सदियों तक नव पीढ़ी को देशभक्ति के लिए प्रोत्साहित करते रहेंगे। वीरांगना आशा देवी को शत-शत नमन!

□

इंदुमती सिंह

भारतमाता के माथे पर आजादी का उज्ज्वल टीका लगाने में अहिंसक आंदोलन के साथ ही क्रांतिकारी आंदोलन की भी अहम भूमिका रही थी। विभिन्न विचारधाओं व संकल्पों ने एकजुट होकर भारत को स्वतंत्र करवाया है। जब हम भारतीय महिला क्रांतिकारियों के योगदान का स्मरण करते हैं, तो वीरांगना इंदुमती सिंह का नाम भी प्रमुखता से उभरकर सामने आता है। चटगाँव में जनमी इंदु के पिता गोपाल लाल सिंह राजस्थान के राजपूत थे, जो बंगाल में आकर बस गए थे। चटगाँव या चट्टग्राम विभाग बांग्लादेश का एक उपक्षेत्र है।

अपनी शिक्षा के प्रारंभिक चरण में ही उनके आसपास का वातावरण उन्हें देशप्रेम की ओर खींचने लगा था। वे बाल्यावस्था से ही क्रांतिकारी गतिविधियों से प्रभावित और परिचित होने लगी थीं। हौले-हौले वे कल्पना दत्त तथा प्रीतिलता वादेदार जैसी क्रांतिकारी युवतियों के संपर्क में आ गईं और चटगाँव के प्रशिक्षण क्लब की सक्रिय सदस्य बन गईं।

उन्होंने इस क्लब के माध्यम से स्वतंत्रता संघर्ष के तहत संचालित क्रांतिकारी गतिविधियों तथा कार्यशैली का पूर्ण रूप से प्रशिक्षण प्राप्त कर लिया। उनके अंदर हर प्रकार के कार्य करने की उत्सुकता थी। उल्लेखनीय है कि रिपब्लिकन आर्मी जब 'चटगाँव शस्त्रागार' पर हमला करने की योजना बना रही थी और उनका बड़ा भाई अनंत सिंह भी उन क्रांतिकारियों में शामिल था। जब वह शस्त्रागार पर हमला करने के लिए घर से निकलने के लिए तैयार हुआ, तो बहन इंदुमती सिंह के आग्रह करने पर उनके भाई ने बताया था कि अभी तो प्रीतिलता ही साथ जा रही है। दूसरी बहनों का नंबर बाद में आएगा।

इंदुमती ने भी उनके साथ जाने की इच्छा व्यक्त की कि "वे भी इस गतिविधि

में सहभागी बनना चाहती हैं। मास्टर दा सूर्य सेन उसकी शक्ति तथा क्षमता से परिचित हैं और वे स्वयं भी इस चटगाँव शस्त्रागार की काररवाई के लिए पूरी तरह प्रशिक्षित हैं।" बड़ी ही कुशलता तथा दृढ़ता के साथ अपनी बात रखकर उनके भाई अनंतसिंह ने उन्हें क्रांति में शामिल होने की आज्ञा नहीं दी। तब वे मजबूरी में अपना मन मसोसकर रह गईं। यद्यपि चटगाँव शस्त्रागार पर हमले की काररवाई के दौरान ही अनंत सिंह ने आत्मसमर्पण कर दिया और उसके कुछ साथियों को बंदी बना लिया गया।

उल्लेखनीय है कि जिस समय सारा देश ब्रिटिश सरकार के विरुद्ध संघर्षरत था, उस समय बंगाल क्रांतिकारी गतिविधियों का एक बड़ा व मजबूत गढ़ बनकर सामने आया था। यहाँ पर क्रांतिकारी विचारधारा प्रधान स्त्री-पुरुषों को क्रांति के पथ पर लाने के लिए अलग-अलग नामों से 'दल', 'संघ' तथा समितियाँ बनाई जा रही थीं। इंदुमती का भाई अनंत सिंह सूर्य सेन दास के साथियों में से एक था, जिसने पुलिस से मुठभेड़ होने से पहले ही आत्मसमर्पण कर दिया था। ऐसे अस्थिर और दुर्बल चरित्र के युवक की बहन इंदुमती ने उससे उम्र में छोटे होते हुए भी अधिक दृढ़ता का परिचय दिया। उन्होंने स्वतंत्रता के लिए कफन बाँधे क्रांतिकारियों की सहायता करने की प्रतिज्ञा कर डाली।

विभिन्न जेलों में कैद क्रांतिकारियों के मुकदमे की पैरवी के लिए चंदा एकत्र करने का काम इंदुमती सिंह ने अपने हाथ में लिया। उन्होंने बंगाल के कोने-कोने में जाकर लोगों से प्रार्थना की और उनके सामने झोली फैलाई। वीरांगना इंदुमती कलकत्ता के लाल बाजार के थाने पर जाकर पुलिस वालों से भी कुछ धन लाने में सफल हो गईं। इतना ही नहीं, भारतमाता को आजाद कराने के लिए लगने वाले धन के संग्रह हेतु वे बंगाल से बाहर दूसरे प्रांतों में भी गईं।

इंदुमती की इन गतिविधियों के कारण ब्रिटिश हुकूमत ने उन्हें ब्लैक लिस्ट में समाहित कर दिया। उस समय क्रांतिकारियों से सहानुभूति रखने वालों के साथ जैसा व्यवहार होता था, उनके साथ भी वैसा ही किया गया। अत: 15 दिसंबर, 1931 को बिना मुकदमा चलाए और बिना किसी ठोस कारण व प्रमाण के इंदुमती सिंह को 6 वर्ष की सजा सुना दी गई। इस पर भी वे निराश नहीं हुईं, बल्कि उन्होंने कारागार में ही रहकर अपनी बाकी की शिक्षा पूरी करने का निर्णय लिया।

जेल में ही लीलाराय ने उन्हें नियमित रूप से पढ़ाकर मैट्रिक की परीक्षा दिलाई, जिसमें वे पास हो गईं। जेल जाने से पहले उन्हें केवल काम चलाने लायक ही हिंदी और बंगला आती थी, लेकिन कारागार से लौटने के बाद उनकी भाषा प्रभावशाली

हो गई। दरअसल वे धुन की इतनी पक्की थीं कि जिस काम को भी हाथ में लेती थीं, उसमें पूरी तरह से जुट जाती थीं।

सन् 1937 में जब प्रांतीय सरकारें बनीं, उसी समय दूसरी क्रांतिकारी महिलाओं के साथ ही उन्हें भी कैद से मुक्ति मिल गई। जेल से मुक्त होने के पश्चात् वे अन्य क्रांतिकारियों के समान खामोश नहीं बैठीं, बल्कि जीते-जी अपनी सक्रियता दर्ज करवाती रहीं। ऐसी महान् वीरांगना को शत-शत नमन!

□

इंदुमती ताई

भारत छोड़ो आंदोलन के दौरान करीब साल भर तक भूमिगत रहकर इंदुमती बाबूजी पाटणकर ने स्वतंत्रता सेनानियों के ठिकानों तक हथियार व अन्य सुविधाएँ पहुँचाने का कार्य किया, ताकि ब्रिटिश हुकूमत को भारत छोड़ने के लिए मजबूर किया जा सके। वे एक स्वतंत्रता सेनानी, स्त्री मुक्ति संघर्ष चलवाल व श्रमिक मुक्ति दल की अग्रणी नेतृत्वकर्ता व समाजसेवी थीं। उन्होंने महिलाओं को संगठित किया और भारतीय स्वतंत्रता के लिए समर्पित संगठन 'राष्ट्र सेवा दल' के संदेश का प्रसार किया।

उल्लेखनीय है कि इंदुमती ताई के नाम से प्रसिद्ध स्वतंत्रता सेनानी का जन्म 15 सितंबर, 1925 को गाँव इंदोली कासेगाँव, महाराष्ट्र में सवित्री निकम व दिनकरराव निकम के घर में हुआ था। उन्होंने कासेगाँव एजुकेशन सोसाइटी, आजाद विद्यालय में शिक्षा प्राप्त की। चूँकि उनके पिता दिनकरराव निकम 1930 से स्वतंत्रता आंदोलन में सक्रिय थे। अस्तु, अपने पिताजी से प्रभावित होकर, उन्होंने देशसेवा व स्वतंत्रता से संबंधित साहित्य पढ़ना प्रारंभ कर दिया था। मात्र 10-12 साल की अवस्था से ही उन्होंने अपने गाँव में होने वाले जुलूस व विरोध प्रदर्शन में हिस्सा लेना प्रारंभ कर दिया। वे इंदोली ताल कराड में उनके घर में रहने वाले स्वतंत्रता संग्राम सेनानियों के परिवारों को समर्थन देतीं और वे राष्ट्र सेवा दल की गतिविधियों में शामिल होने लगीं।

उनके माता-पिता ने उन्हें समझाइश दी कि पहले वे अपनी पढ़ाई पूरी कर लें, फिर स्वतंत्रता संग्राम में सक्रिय हों। 16 वर्षीय इंदुमती ताई को यह समझाइश समझ में नहीं आई। अस्तु, 1942 में उन्होंने अपने माता-पिता का घर छोड़ खुद को स्वतंत्रता संग्राम के अग्निकुंड में झोंक दिया। अंग्रेजों के विरुद्ध होने वाली जंग में अपने आप को पूर्णतया सपर्पित कर दिया।

सन् 1940 के दशक में सातारा जिले में भारत के स्वतंत्रता आंदोलन के तहत स्थापित किए गए 'समानांतर सरकार आंदोलन' के अग्रणी कार्यकर्ता बन गए। इस मुहिम

के अंतर्गत करीब सौ आंदोलनकारी भूमिगत थे। 1 जनवरी, 1946 को उन्होंने अपने साथी क्रांतिवीर बाबूजी पाटणकर से प्रेम-विवाह कर लिया। दोनों ही स्वतंत्रता संग्राम के लिए समर्पित थे, अस्तु, विवाहोपरांत वे अपने पति के साथ आंदोलन में सक्रिय रहीं।

भारत की स्वतंत्रता का ताज पहनाने के लिए कृत संकल्पित ये दोनों देशप्रेमी अपने घर-बार छोड़कर गाँव-गाँव जाते व कुलवक्ती के रूप में सेवा करते थे। इसी भेष में वे बंदूकें या अन्य हथियार गुप्त रूप से ले जाकर क्रांतिकारियों को सौंप देते। यह बहुत ही खतरनाक कार्य था। फिर भी अपनी जान को हथेली पर लेकर इंदुमति व बाबुजी पाटणकर और उनके समूह के लोगों ने यह कार्य किया। ये लोग अत्यधिक निडरता के साथ अपने काम को अंजाम देते थे। इंदुताई आवश्यकता पड़ने पर पुलिस का सामना करने से भी नहीं हिचकिचाती थीं।

इंदुमती पाटणकर व उनके पति बाबूजी ने मिलकर कासगाँव एजुकेशन सोसाइटी की स्थापना की और कासगाँव में पहला हाई स्कूल खोला, जिसका नाम 'आजाद विद्यालय' रखा गया। इंदु इस विद्यालय की पहली महिला विद्यार्थियों में से एक बनीं। इसके बाद वे एक प्राथमिक विद्यालय की शिक्षिका बनीं। शिक्षक के बतौर भी वे आंदोलन में सक्रिय रहीं।

कालांतर में इंदुमती और बाबूजी दोनों सोशलिस्ट पार्टी का हिस्सा बन गए। 1949 के आसपास सैद्धांतिक और राजनीतिक मतभेदों के कारण वे अरुणा आसिफ अली के नेतृत्व में मार्क्सवादी-लेनिनवादी नामक सोशलिस्ट दल में शामिल हो गए और 1952 तक कम्युनिस्ट विचारधारा के समर्थक रहे।

राज्य के तत्कालीन नियंत्रकों की मिलीभगत से असामाजिक तत्त्वों द्वारा बाबूजी की हत्या कर दी गई थी। एक युवा विधवा के रूप में इंदुमती ताई ने अकेले ही अपने परिवार का पालन-पोषण करना जारी रखा। 5 सितंबर, 1949 को पैदा अपने बेटे भरत पाटणकर की परवरिश का दायित्व भी बखूबी निभाया। पारिवारिक जिम्मेदारियों के बीच भी वे मातृभूमि 'इंदोली' में साम्यवादी गतिविधियों का संचालन करती रहीं। कालांतर में उन्होंने अपनी गतिविधियों का प्रसार कासगाँव तक कर दिया।

स्वतंत्रता के बाद भी वे लगातार महिला संगठनों, कृषि मजदूरों के आंदोलन, और सामाजिक कार्यों में कार्यरत रहीं। 1988 में उन्होंने सातारा, सांगली और कोल्हापुर जिलों में राशन कार्ड, गुहार और उनके अधिकारों की मान्यता के लिए परित्यक्ता महिलाओं का एक आंदोलन चलाया। वे कई अन्य ग्रामीण महिलाओं के साथ हिंसा और अस्तित्व तथा आजीविका के लिए लड़ने वाली प्रमुख नेता बनीं। उनके संघर्ष भरे योगदान को सदैव याद रखा जाएगा। उन्हें सादर नमन!

□

इंदिरा गांधी

पारिवारिक वातावरण बाल मन में अमिट छाप छोड़ जाता है। स्वतंत्रता संघर्ष के रंग में रँगा परिवार इंदिरा गांधी को भी बाल्यावस्था से ही भारतीय स्वतंत्रता संग्राम की ओर खींच ले गया। उनके घर का वातावरण ही स्वतंत्रता संघर्ष के रंग में रँगा हुआ था। उन्होंने बाल्यावस्था में ही महात्मा गांधी को आंदोलन में सहायता प्रदान करने के लिए 1930 में बच्चों की 'वानर सेना' बनाई। जिसने विरोध प्रदर्शन और झंडा जुलूस के साथ-साथ कांग्रेस के नेताओं की मदद से संवेदनशील प्रकाशनों तथा प्रतिबंधित सामग्रियों का परिसंचरण कर भारतीय स्वतंत्रता संग्राम में उल्लेखनीय भूमिका निभाई थी। महात्मा गांधी के पदचिह्नों पर चलते हुए उन्होंने 'बाल चरखा संघ' की भी स्थापना की।

सन् 1920 में असहयोग आंदोलन के दौरान उन्होंने सक्रिय भूमिका का निर्वहन किया। भारत छोड़ो आंदोलन के शुरुआती दौर से ही वे महात्मा गांधी और कांग्रेस पार्टी की विभिन्न गतिविधियों का हिस्सा रहीं। उनकी सक्रियता उन्हें जेल तक ले गई। सितंबर 1942 में ब्रिटिश अधिकारियों द्वारा उन्हें गिरफ्तार कर कारागार में डाल दिया गया। 243 दिन तक जेल में रखने के उपरांत 13 मई, 1943 को उन्हें रिहा किया गया।

उल्लेखनीय है कि 19 नवंबर, 1917 को इंदिरा गांधी का जन्म इलाहाबाद में हुआ। प्रसिद्ध स्वतंत्रता संग्राम सेनानी व भारत के प्रथम प्रधानमंत्री पं. जवाहरलाल नेहरू उनके पिताजी व कमला नेहरू उनकी माँ थीं। उनके पितामह मोतीलाल नेहरू इलाहाबाद के प्रमुख धनी बैरिस्टर व प्रसिद्ध स्वतंत्रता सेनानी थे। इंदु अपने माता-पिता की एकमात्र संतान थीं। इंदिरा के जन्म के समय महात्मा गांधी के नेतृत्व में जवाहरलाल नेहरू का प्रवेश स्वतंत्रता आंदोलन में हुआ। इंदिरा की परवरिश अपनी बीमार माँ की संपूर्ण देखरेख में हुई। घर के वातावरण में प्रियदर्शनी को एक ओर मजबूत सुरक्षात्मक प्रवृत्तियाँ व भव्यता प्राप्त हुई, तो दूसरी ओर उनका नि:संग व्यक्तित्व विकास भी हुआ। उनके पितामह और पिता के लगातार राष्ट्रीय राजनीति में उलझते जाने से भी उनका

अपने साथियों से मेलजोल सामान्य नहीं रहा। उनकी अपनी बुआ विजयालक्ष्मी पंडित के साथ पारिवारिक मतभेद होने से घर में तनाव का माहौल रहता था। जैसे-तैसे अपनी स्कूली शिक्षा पूरी करने के पश्चात् 1934-35 में इंदिरा ने शांतिनिकेतन में रवींद्रनाथ टैगोर द्वारा निर्मित विश्व भारती विश्वविद्यालय में प्रवेश लिया। गुरु रवींद्रनाथ टैगोर ने ही इन्हें 'प्रियदर्शिनी' नाम दिया था।

सन् 1936 में उनकी माँ कमला नेहरू का तपेदिक की लंबी बीमारी के बाद स्वर्गवास हो गया। उस समय प्रियदर्शिनी 18 वर्ष की थीं। इस प्रकार यह कहा जा सकता है कि बचपन से ही उन्हें एक स्थिर पारिवारिक जीवन का सुख नहीं मिल पाया था। जब वे लंदन स्कूल ऑफ इकोनॉमिक्स में अध्ययन कर रही थीं, तभी उनकी मुलाकात एक पारसी कांग्रेस कार्यकर्ता फिरोज खान से हुई। दोनों के मध्य नजदीकियाँ बढ़ीं व 16 मार्च, 1942 को आनंद भवन, इलाहाबाद में एक निजी आदि धर्म ब्रह्म-वैदिक समारोह में दोनों वैवाहिक बंधन में बँध गए। विवाह के बाद इंदिरा को उनका 'गांधी' उपनाम महात्मा गांधीजी ने दिया था। उनके दो पुत्र थे—राजीव व संजय। विवाहोपरांत भी वे स्वतंत्रता से संबंधित गतिविधियों में सक्रिय रहीं।

1947 में देश आजाद हो गया, लेकिन बँटवारे से भड़की आग ने देश के विभिन्न भागों में सांप्रदायिक दंगों का तांडव मचा दिया। ऐसे हालात में महात्मा गांधी शांति स्थापन के कार्य में जुट गए। उनके मार्गदर्शन में इंदिरा गांधी भी दिल्ली के दंगा प्रभावित क्षेत्रों में शरणार्थी शिविरों को संगठित करने तथा पाकिस्तान से आए लाखों शरणार्थियों के लिए चिकित्सा संबंधी देखभाल प्रदान करने के कार्य में संलग्न हो गईं।

सन् 1955 में वे कांग्रेस कार्यसमिति और केंद्रीय चुनाव समिति की सदस्य बनाई गईं। इसी साल वे बाल सहयोग, बाल भवन बोर्ड और बच्चों के राष्ट्रीय संग्रहालय के साथ जुड़ गईं। 1956 में उन्हें अखिल भारतीय युवा कांग्रेस और एआईसीसी महिला विभाग की अध्यक्ष बनाया गया। इसके दो साल बाद 1958 में उन्हें कांग्रेस के केंद्रीय संसदीय बोर्ड के सदस्य के रूप में नियुक्त किया गया।

8 सितंबर, 1960 को जब इंदिरा अपने पिता के साथ एक विदेश दौरे पर गई थीं, दुर्भाग्यवश उनके पति फिरोज को दिल का दौरा पड़ा और उनकी मृत्यु हो गई। इसके बाद दोनों पुत्रों की परवरिश का जिम्मा उन पर आ गया। आजीवन विधवा रहकर उन्होंने देश की सेवा की। सार्वजनिक व राजनीतिक जीवन में कई उतार-चढ़ाव देखे।

सन् 1960 के चुनौतीपूर्ण काल में भी उन्होंने एआईसीसी के राष्ट्रीय एकता परिषद् की उपाध्यक्ष और भारतीय राष्ट्रीय कांग्रेस की अध्यक्ष के पद का दायित्व निर्वहन किया। 1960-64 के मध्य वे यूनेस्को के भारतीय प्रतिनिधिमंडल की सदस्य व उसके कार्यकारी बोर्ड में भी रहीं। 1962 में उन्होंने राष्ट्रीय रक्षा परिषद् के सदस्य के रूप में

कार्य किया। वह संगीत नाटक अकादमी, राष्ट्रीय एकता परिषद्, हिमालयन पर्वतारोहण संस्थान, दक्षिण भारत हिंदी प्रचार सभा, नेहरू स्मारक संग्रहालय, पुस्तकालय समाज और जवाहरलाल नेहरू स्मृति निधि, कमला नेहरू स्मृति अस्पताल, गांधी स्मारक निधि और कस्तूरबा गांधी स्मृति न्यास जैसे संगठनों और संस्थानों से जुड़ी हुई थीं। वे स्वराज भवन न्यास की अध्यक्ष थीं। श्रीमती गांधी ने इलाहाबाद में कमला नेहरू विद्यालय की स्थापना की थी। वे 1966-77 तक जवाहरलाल नेहरू विश्वविद्यालय और पूर्वोत्तर विश्वविद्यालय जैसे कुछ बड़े संस्थानों के साथ जुड़ी रहीं।

चीनी आक्रमण के सदमे से 27 मई, 1964 को उनके पिता पं. जवाहरलाल नेहरू की मौत हो गई। उनकी मृत्यु के बाद नए प्रधानमंत्री लालबहादुर शास्त्री के कार्यकाल में वे राज्यसभा सदस्य बनीं तथा सूचना और प्रसारण मंत्री के रूप में सरकार में शामिल हुईं। हिंदी के राष्ट्रभाषा बनने के मुद्दे पर दक्षिण के गैर-हिंदीभाषी राज्यों में दंगा छिड़ने पर चेन्नई जाकर उन्होंने सरकारी अधिकारियों के साथ विचार-विमर्श किया, समुदाय के नेताओं को समझाया व प्रभावित क्षेत्रों के पुनर्निर्माण के प्रयासों की देखरेख की।

राजनीतिक परिदृश्य में आए बदलाव के परिणामस्वरूप 11 जनवरी, 1966 को वे भारत की प्रथम महिला प्रधानमंत्री बनीं। उल्लेखनीय है कि 1965 में भारत-पाकिस्तान युद्ध के उपरांत ताशकंद में सोवियत मध्यस्थता में पाकिस्तान के अयूब खान के साथ शांति समझौते पर हस्ताक्षर करने के कुछ घंटे बाद ही लालबहादुर शास्त्री का निधन हो गया। तब तत्कालीन कांग्रेस पार्टी अध्यक्ष के. कामराज ने इंदिरा गांधी को प्रधानमंत्री बनाने में निर्णायक भूमिका का निर्वहन किया।

प्रधानमंत्री बनने के बाद इंदिरा गांधी के लिए पहली चुनावी परीक्षा 1967 के लोकसभा व राज्य विधानसभाओं के चुनाव थे। वे रायबरेली निर्वाचन क्षेत्र से लोकसभा चुनाव जीत गईं। उनकी सत्ता की एक चट्टानी शुरुआत हुई, जिसने भारतीय व्यवसायों और उपभोक्ताओं के लिए कठिनाई पैदा की। राजनीतिक विवादों के कारण संयुक्त राज्य अमेरिका से गेहूँ का आयात गिर गया। वस्तुओं की बढ़ती कीमतों, बेरोजगारी, आर्थिक ठहराव और खाद्य संकट पर व्यापक असंतोष के कारण कांग्रेस पार्टी की लोकप्रियता का ग्राफ नीचे चला गया।

सन् 1969 में उनकी कार्यशैली कई मुद्दों पर कांग्रेस पार्टी के वरिष्ठ नेताओं से अलग हो गईं। उन्होंने वित्तमंत्री मोरारजी देसाई से परामर्श किए बिना बैंकों के राष्ट्रीयकरण की घोषणा कर दी। इंदिरा गांधी के मनमाने निर्णयों के कारण पार्टी अध्यक्ष एस. निजलिंगप्पा ने उन्हें अनुशासनहीनता के लिए पार्टी से निकाल दिया। अस्तु, उन्होंने अपना एक दल 'कांग्रेस (आर)' बनाया, जिसने संसद् में अपना बहुमत खो दिया, लेकिन डीएमके जैसे क्षेत्रीय दलों के समर्थन से वे सत्ता में बनी रहीं। 1971 के चुनावों से

पहले उन्होंने फिर एक साहसिक निर्णय लेते हुए रियासतों के पूर्व शासकों के प्रिवी पर्स को समाप्त कर दिया। इसकी मिली-जुली प्रतिक्रिया हुई।

1971 के भारत-पाक युद्ध में एक निर्णायक जीत हासिल हुई। बँगलादेश के निर्माण ने उन्हें देश-विदेश में एक पृथक् पहचान दिलवाई। दरअसल पाकिस्तान से पूर्वी बंगाल को पृथक् कर उसे एक स्वतंत्र राष्ट्र बनाना उनकी एक कूटनीतिक विजय थी।

वैश्विक राजनीति पर काफी विचार-विमर्श करने के उपरांत उन्होंने प्रधानमंत्री रहते एक और साहसिक कदम उठाते हुए 18 मई, 1974 को पोखरण में अपना पहला भूमिगत परमाणु परीक्षण कर डाला। इस परीक्षण का नाम 'स्माइलिंग बुद्धा' (पोखरण-1) रखा गया था। परीक्षण स्थल पोखरण राजस्थान के जैसलमेर जिले में थार रेगिस्तान में स्थित एक प्राचीन विरासत का शहर रहा है।

12 जून, 1975 को सख्त जज माने जाने वाले जस्टिस जगमोहन लाल सिन्हा के निर्णय ने उनके रायबरेली से सांसद के रूप में चुनाव को अवैध करार दे दिया। इसके बाद आंतरिक स्तर पर उपजी अस्थिरता ने देश को आपातकाल का सामना करने के लिए विवश किया। 25 जून, 1975 को राष्ट्रपति फखरुद्दीन अली अहमद द्वारा प्रधानमंत्री इंदिरा गांधी के कहने पर देश में पहला राष्ट्रीय आपातकाल घोषित कर दिया गया। यह आपातकाल 21 महीने तक रहा और 21 मार्च, 1977 को समाप्त कर दिया गया। आपातकाल के दौरान इंदिरा गांधी की अध्यक्षता वाली भारतीय राष्ट्रीय कांग्रेस सरकार द्वारा भारतीय संविधान के 42वाँ संशोधन अधिनियम, 1976 को अधिनियमित किया गया था, संशोधन का अधिकांश प्रावधान 3 जनवरी, 1977 को और शेष भाग अप्रैल, 1977 को लागू हुआ। 42वाँ संशोधन को भारतीय इतिहास में सबसे विवादास्पद संवैधानिक संशोधन माना जाता है।

यह उनकी तानाशाही प्रवृत्ति की पराकाष्ठा थी। अस्तु, 1977 में उनके नेतृत्व में कांग्रेस पार्टी को आम चुनाव में पहली बार करारी हार का सामना करना पड़ा। मोरारजी देसाई की सरकार बनी, लेकिन राजनीतिक हालात अस्थिर बने रहे।

वे सन् 1980 में पुन: सत्ता में लौटकर आईं। उन दिनों पंजाब में हिंसक घटनाओं की संख्या बढ़ने लगी थी। 1985 में होने वाले आम चुनाव से ठीक पहले इंदिरा गांधी इस समस्या को सुलझाना चाहती थीं। अंतत: उन्होंने सिखों की धार्मिक भावनाएँ आहत करने के जोखिम को उठाकर भी इस समस्या का अंत करने का निश्चय किया और सेना को ऑपरेशन ब्लू स्टार करने का आदेश दिया। अत: भिंडराँवाला से स्वर्ण मंदिर को मुक्त करवाने हेतु भारतीय सेना ने 1-6 जून, 1984 के मध्य 'ऑपरेशन ब्लू स्टार' नामक एक मुहिम चलाई। इस सैन्य काररवाई से पहली बार चार दिनों तक स्वर्ण मंदिर में पाठ नहीं हो पाया। सैन्य काररवाई के कारण सिख पुस्तकालय भी जलकर राख हो गया।

इससे सिख समुदाय की आहत भावनाओं ने प्रतिशोध का रूप धारण कर लिया और 31 अक्तूबर, 1984 को उनके अपने ही सिख अंगरक्षकों बेअंत सिंह और सतवंत सिंह ने उन्हें उनके ही घर में गोली मारकर मौत के घाट उतार दिया।

श्रीमती इंदिरा गांधी भारत की प्रथम और अब तक की एकमात्र महिला प्रधानमंत्री रहीं। उन्होंने अपने राजनीतिक जीवन में बड़े पैमाने पर देश-विदेश की यात्रा की। कई यूरोपीय अमेरिकी और एशियाई देशों के दौरे पर गईं। उन्होंने संयुक्त राष्ट्र मुख्यालय में भी अपनी उपस्थिति दर्ज करा वैश्विक स्तर पर राजनीति में महती भूमिका का निर्वहन किया। उन्होंने अपने जीवन में अनंत उपलब्धियाँ अर्जित कीं; अस्तु, 1972 में उन्हें भारत के सर्वोच्च नागरिक सम्मान 'भारत रत्न' से सम्मानित किया गया। इसके अलावा 1972 में बांग्लादेश की स्वतंत्रता के लिए मैक्सिकन अकादमी पुरस्कार, 1973 में एफएओ का दूसरा वार्षिक पदक और 1976 में नागरी प्रचारिणी सभा द्वारा साहित्य वाचस्पति (हिंदी) पुरस्कार से सम्मानित किया गया।

विदेशों से भी उन्हें कई सम्मान प्राप्त हुए, जैसे 1953 में अमरीका का मदर पुरस्कार, इटली का इसाबेला डी एस्टे पुरस्कार और हॉलैंड का मेमोरियल पुरस्कार व अर्जेंटीना का पशु संरक्षण पुरस्कार इत्यादि। प्रभावशाली शैक्षिक पृष्ठभूमि के कारण उन्हें कोलंबिया विश्वविद्यालय द्वारा विशेष योग्यता प्रमाण-पत्र दिया गया।

उल्लेखनीय है कि फ्रांस जनमत संस्थान के सर्वेक्षण के अनुसार 1967 और 1968 में वे फ्रांस की सबसे लोकप्रिय महिला थीं। 1971 में अमेरिका के विशेष गैलप जनमत सर्वेक्षण के अनुसार, वे दुनिया की सबसे लोकप्रिय महिला थीं। इसके अलावा उन्हें दुनिया के सर्वश्रेष्ठ विश्वविद्यालयों द्वारा डॉक्टरेट की उपाधि से सम्मानित किया गया था।

उनके मुख्य प्रकाशनों में 'द ईयर्स ऑफ चैलेंज' (1966-69), 'द ईयर्स ऑफ एंडेवर' (1969-72), 'इंडिया' (लंदन) 1975, 'इंडे' (लौस्सैन) 1979 एवं लेखों तथा भाषणों के विभिन्न संग्रह शामिल हैं। स्वतंत्रता संग्राम में योगदान देने के लिए उन्हें सादर नमन!

□

उज्ज्वला मजूमदार

कहावत है कि क्रांति का मार्ग चाकू की नोक पर चलने जैसा होता है। तय मार्ग पर तो सभी चलते हैं, लेकिन वीरांगनाएँ सदैव चुनौतियों की चादर ओढ़ खतरों के संग खेलती हैं। वे कफन को अपने साथ रखती हैं। भारत की प्रसिद्ध महिला क्रांतिकारी उज्ज्वला मजूमदार ने भी वही मार्ग अपनाया। इसी मार्ग ने उन्हें औरों से अलग स्थान प्रदान किया।

21 नवंबर, 1914 को ढाका में उनका जन्म हुआ। उस समय ढाका भारत में था। आजादी के बाद भारत से पृथक् होकर पाकिस्तान का हिस्सा बन गया और फिर भारत-पाक युद्ध के पश्चात् 16 दिसंबर, 1971 को स्वतंत्र राज्य बँगलादेश बन गया। उनके पिताजी सुरेशचंद्र मजूमदार ढाका के कुसुमहाटी जमींदार थे। वे अपनी वीरता और दानशीलता के लिए जाने जाते थे। उनके पिता बंगाल के क्रांतिकारियों में से एक थे। अस्तु, उज्ज्वला के खून में भी क्रांति की ज्वाला धधकती थी। मात्र 14 साल की आयु में उज्ज्वला ने अपने पिता को कलकत्ता से आग्नेयास्त्रों को अपनी कमर पर लादकर और उन्हें क्रांतिकारियों तक पहुँचाने में मदद की। उन्होंने 20 साल की उम्र में मैट्रिक पास की और वे सुकुमार घोष और मनोरंजन बनर्जी जैसे बंगाली कार्यकर्ताओं के संग देश को आजाद करवाने की मुहिम में जुट गईं।

उल्लेखनीय है कि 1930 के दशक की शुरुआत में बंगाल क्रांतिकारी गतिविधियों का केंद्र हुआ करता था। वहाँ की महिलाएँ भी इस कार्य में अग्रणी भूमिका का निर्वहन करती थीं। यहाँ की माटी में जनमी वीरांगना शांति और सुनीति, बीना दास और प्रीतिलता की शहादत, महिलाओं की वीरता के श्रेष्ठ उदाहरण हैं। उज्ज्वला मजूमदार भी बाल्यावस्था से ही साहसी थीं। इसलिए 8 मई, 1934 को जब क्रांतिकारियों के द्वारा गवर्नर जॉन एंडरसन पर गोली चलाने की योजना बनाई जा रही थी, तब उन्होंने अपनी जान की परवाह किए बगैर खुद ही इस कार्य में साथ देने का प्रस्ताव रखा।

अस्तु, काफी सोच-विचार के पश्चात् उज्ज्वला को अहम भूमिका के लिए चुना गया था। भवानीप्रसाद और रवि को लेबोंग रेसकोर्स में राज्यपाल को गोली मारनी थी, लेकिन वे अपने साथ रिवॉल्वर नहीं ले जा सकते थे, क्योंकि दार्जिलिंग मेल में सवार सभी पुरुष यात्रियों की तलाशी ली जा रही थी। उज्ज्वला ने क्रांतिकारी श्री मनोरंजन के साथ एक विवाहित जोड़े के रूप में यात्रा की। उन्होंने अपने कपड़ों में दो रिवॉल्वर छुपा लीं। फिर बड़ी ही निडरता से वे रिवॉल्वर लेकर रेसकोर्स में दाखिल हुईं और दोनों रिवॉल्वर भवानीप्रसाद और रवि को सौंप दीं। उन्होंने गोली चलाई, परंतु उनका निशाना चूक गया और उन्हें मौके पर ही गिरफ्तार कर लिया गया।

इस घटना के दस दिन बाद उज्ज्वला को कलकत्ता से गिरफ्तार किया गया। उन्हें दार्जिलिंग जेल लाया गया। जहाँ विशेष न्यायाधिकरण ने उसे आजीवन कारावास की सजा सुनाई, जिसे बाद में घटाकर चौदह वर्ष कर दिया गया, जबकि क्रांतिकारी रवि, भवानीप्रसाद और श्री मनोरंजन को मौत की सजा दी गई। चूँकि उज्ज्वला गांधीजी की भी काफी करीबी मानी जाती थीं। अस्तु, 1937 में गांधीजी के ही विशेष प्रयासों से उन्हें रिहा करवा लिया गया। रिहा होने के बाद फिर अपने स्तर पर स्वतंत्रता संग्राम की जंग में सक्रिय हो गईं।

8 अगस्त, 1942 को गांधीजी ने भारत छोड़ो आंदोलन छेड़ा, तो उज्ज्वला मजूमदार पूरे मनोयोग से इस आंदोलन में सक्रिय हो गईं। गांधी सहित अन्य स्वतंत्रता संग्राम सेनानियों के साथ-साथ उज्ज्वला मजूमदार को भी ब्रिटिश हुकूमत ने गिरफ्तार कर जेल में डाल दिया। करीब चार साल तक जेल में रहने के बाद 1946 में उन्हें रिहा कर दिया गया।

उल्लेखनीय है कि भारतमाता को गुलामी की जंजीरों से मुक्त करवाने के सपने को 15 अगस्त, 1947 में पूरा होते देखने के बाद ही उन्होंने अपने व्यक्तिगत जीवन के बारे में सोचा। अर्थात् 1948 में उन्होंने क्रांतिकारी व साहित्यकार भूपेंद्र किशोर राय से विवाह कर अपना गृहस्थ जीवन प्रारंभ किया।

अंततोगत्वा भारतमाता की सेवा करते-करते 25 अप्रैल, 1992 को उनका निधन हो गया। अदम्य साहसी क्रांतिकारी वीरांगना को कृतज्ञ देशवासियों की ओर से कोटि-कोटि नमन!

□

उमाबाई कुंडापुर

कहते हैं, परिस्थितियाँ इनसान को सबकुछ सिखा देती हैं। वक्त अपनी चाल के अनुरूप व्यक्ति की चाल में परिवर्तन ला देता है। भारतीय स्वतंत्रता संग्राम में अभूतपूर्व योगदान देने वाली उमाबाई कुंडापुर को 1932 में ब्रिटिश पुलिस द्वारा गिरफ्तार कर चार महीने के लिए यरवदा जेल में रखा गया और उनकी कर्नाटक प्रेस को जब्त कर लिया। उनके स्कूल को सील कर दिया। इतना ही नहीं, उनके एन.जी.ओ. 'भगिनी मंडल' को गैरकानूनी घोषित कर दिया गया, तब इस तमाम दमनकारी घटनाचक्र ने उमाबाई को प्रतिशोधी बना दिया। उन्होंने अंग्रेजी हुकूमत से लड़ाई करने की ठानी।

ब्रिटिश हुकूमत के जुल्मों की परवाह किए बगैर सर्वप्रथम उन्होंने अपने ही घर को महिला स्वतंत्रता सेनानियों का आश्रय स्थल बना दिया। वे उन्हें समस्त प्रकार की सुविधा प्रदान करती थीं। उनकी प्रतिबद्धता देखकर 1946 में महात्मा गांधी ने उन्हें कस्तूरबा ट्रस्ट की कर्नाटक शाखा का प्रमुख नियुक्त किया। अन्य महिलाओं के साथ बंबई ने ग्रामसेविकाओं को बाल-कल्याण, स्वास्थ्य कार्यक्रमों और शिक्षा में प्रशिक्षण देकर गाँवों की स्थिति के उत्थान के लिए धन इकट्ठा करने के लिए उन्होंने भीख का कटोरा तक उठाया।

देशभक्त वीरांगना उमाबाई कुंडापुर का जन्म 1892 में मैंगलोर में गोलिकेरी कृष्णा राव और जंगाबाई के घर में हुआ था। उनके माता-पिता ने उनका नाम भवानी गोलिकेरी रखा, लेकिन जब 13 साल की हुई, तो उनका विवाह संजीव राव कुंडापुर कर दिया गया। परंपरानुसार विवाह के बाद उनका नामांतर कर दिया गया। अस्तु, वे उमाबाई कुंडापुर कहलाने लगीं। उल्लेखनीय है कि उनके ससुर आनंदराव कुंडापुर एक प्रगतिशील विचारक थे और समाज में महिलाओं की स्थिति को ऊपर उठाने में विश्वास करते थे। अस्तु, उनके मार्गदर्शन में उन्होंने बंबई अब मुंबई में अपनी शिक्षा जारी रखी और मैट्रिक की परीक्षा पास कर ली। उन दिनों मैट्रिक तक पढ़ना बड़ी बात मानी जाती थी।

अपनी शिक्षा पूरी करने के बाद उमाबाई ने बंबई में गौंडेवी महिला समाज के माध्यम से महिलाओं को शिक्षित करने में अपने ससुर की मदद की। जब उमाबाई मात्र 25 साल की थीं, तब एक बीमारी के कारण उनके पति का देहांत हो गया। इसके उपरांत वे अपने ससुर आनंद राव के साथ हुबली आकर रहने लगीं। यहाँ पर उन्होंने लड़कियों के लिए 'तिलक कन्याशाला' नामक एक विद्यालय की शुरुआत की, जिसका नेतृत्व उमाबाई ने सफलतापूर्वक किया। हुबली में ही उन्होंने 'कर्नाटक प्रेस' की शुरुआत की।

उल्लेखनीय है कि जब 1921 में डॉ. एन.एस. हार्डिकर ने युवाओं को संगठित करने के लिए हिंदुस्तानी सेवा दल की शुरुआत की। उस समय हुबली इस सेवा दल की विभिन्न गतिविधियों का केंद्र बन गया। उमाबाई ने हिंदुस्तानी सेवा दल की महिला विंग की बागडोर सँभालकर दल को एक नवीन आयाम दिया।

उल्लेखनीय है कि 1924 में अखिल भारतीय कांग्रेस का बेलगाम अधिवेशन होने वाला था। इस सम्मेलन के भली भाँति संचालन के लिए व्यवस्थापक डॉ. हार्डिकर को कुछ महिला कार्यकर्ताओं की आवश्यकता थी। अस्तु, उमाबाई ने उनकी मदद करते हुए 150 से अधिक महिलाओं की भरती करवाई। इन महिला कार्यकर्ताओं के सहयोग से अधिवेशन को सफलता के आयाम तक पहुँचाया गया। इसका श्रेय उमाबाई को जाता है।

इस प्रकार अंग्रेजों के खौफ को दरकिनार करते हुए स्वतंत्रता सेनानियों को खुलकर सहयोग करने वाली निडर नेता, 'भगिनी मंडल' की संस्थापक और हिंदुस्तानी सेवा दल की महिला विंग की नेतृत्वकर्ता व कस्तूरबा ट्रस्ट की कर्नाटक शाखा की प्रमुख उमाबाई ने अपने दायरे में आजादी की लड़ाई में अपना योगदान देकर देश की सेवा की है। उन्होंने अपनी आखिरी साँस तक निडर होकर देश की सेवा की। आजादी के पश्चात् भी वे अपने ससुर की याद में बने 'आनंद स्मृति' नामक एक छोटे से घर में रहती रहीं। ऐसी वीरांगना को शत-शत नमन!

□

उषा मेहता

भारत छोड़ो आंदोलन के दौरान 'भूमिगत रेडियो स्टेशन' चलाने के कारण पूरे देश में विख्यात हुईं उषा मेहता ने भारत के स्वतंत्रता आंदोलन में अपनी सक्रिय भूमिका का निर्वहन किया। गांधीजी के जीते-जी व उनके जाने के बाद भी आजाद भारत में उन्होंने गांधीवादी दर्शन के अनुरूप महिलाओं के उत्थान के लिए तमाम प्रयास किए।

उनका जन्म 25 मार्च, 1920 में गुजरात को सूरत के पास सरस गाँव में हुआ। जब वे मात्र पाँच साल की थीं, तभी उनके गाँव के समीप एक शिविर का आयोजन हुआ, जिसमें उन्होंने भाग लिया, सत्रों में भाग लिया और थोड़ी कताई की। इस दौरान उन्हें बापू को सुनने व उनसे मिलने का भी अवसर मिला। तभी से उनसे प्रभावित होकर उन्होंने खादी पहनने और स्वतंत्रता आंदोलन में भाग लेने का प्रण किया। बड़े होकर उन्होंने बंबई (अब मुंबई) विश्वविद्यालय से दर्शनशास्त्र में स्नातक की डिग्री ली और कानून की पढ़ाई के दौरान वे भारत छोड़ो आंदोलन में पूरी तरह से सार्वजनिक जीवन में उतर गईं।

सन् 1928 में साइमन कमीशन भारत आया। उसके विरोध में आठ वर्षीय उषा ने एक मार्च में भाग लिया और ब्रिटिश राज के खिलाफ विरोध में कहा, "साइमन! गो बैक!" उनके साथ कुछ अन्य बच्चों ने भी ब्रिटिश राज के खिलाफ विरोध प्रदर्शन किया और शराब की दुकानों के सामने धरना दिया। इनमें से एक विरोध मार्च के दौरान पुलिसकर्मियों ने बच्चों पर आरोप लगाया कि भारतीय ध्वज ले जाने वाली एक लड़की से झंडा नीचे गिर गया। इस घटना से नाराज बच्चे अपने माता-पिता के पास गए, तो बड़ों ने बच्चों को भारतीय ध्वज (केसरिया, सफेद और हरा) के रंगों में तैयार करके मार्च में भेजकर अंग्रेजों के आरोप का जवाब दिया। इस प्रकार झंडे के रंग में सजे-धजे बच्चे मार्च करते हुए जोर-जोर से 'पुलिसकर्मियों को ललकार रहे थे कि आप अपनी लाठी और डंडे तो चला सकते हैं, लेकिन आप हमारे झंडे को नहीं गिरा सकते।'

उल्लेखनीय है कि उषा के पिता ब्रिटिश राज में जज थे। इसलिए उन्होंने उसे

स्वतंत्रता संग्राम में भाग लेने के लिए प्रोत्साहित नहीं किया। हालाँकि, यह सीमा उस समय हट गई, जब उनके पिता सेवानिवृत्त 1930 में हुए। 1932 में जब उषा 12 वर्ष की थीं, उनका परिवार बंबई चला आया। यहाँ पर उनके लिए स्वतंत्रता आंदोलन में अधिक सक्रिय रूप से भाग लेना संभव हो गया। यहाँ पर रहकर उषा व अन्य बच्चों ने गुप्त बुलेटिन और प्रकाशन वितरित किए, जेलों में बंद रिश्तेदारों से मुलाकात की और उन कैदियों को स्वतंत्रता संग्राम सेनानियों के संदेश दिए।

उल्लेखनीय है कि उषा की शुरुआती पढ़ाई खेड़ा और भरूच में हुई और उसके बाद बंबई के चंदारामजी हाई स्कूल में हुई। 1935 में उन्होंने मैट्रिक परीक्षा में प्रथम 25 छात्रों में स्थान प्राप्त किया। उन्होंने विल्सन कॉलेज, बॉम्बे में अपनी शिक्षा जारी रखी और, 1939 में दर्शनशास्त्र में प्रथम श्रेणी की डिग्री के साथ स्नातक की उपाधि प्राप्त की। उन्होंने कानून की पढ़ाई भी शुरू की, लेकिन 1942 में 'भारत छोड़ो' आंदोलन प्रारंभ हो गया। अस्तु, आंदोलन के साथ ही उन्होंने अपनी पढ़ाई भी पूरी की। 22 साल की उम्र से उन्होंने खुद को पूरी तरह से स्वतंत्रता संग्राम के लिए समर्पित कर दिया।

उल्लेखनीय है कि गांधीजी और कांग्रेस ने 8 अगस्त, 1942 को घोषित किया कि भारत छोड़ो आंदोलन कल 9 अगस्त से मुंबई के गोवालिया टैंक मैदान में एक रैली के साथ शुरू होगा। 9 तारीख को तड़के ही गांधी सहित लगभग सभी नेताओं को गिरफ्तार कर लिया गया, तो बाकी नेता भूमिगत हो गए।

उषा मेहता भी भूमिगत हो गईं, लेकिन भूमिगत रहकर भी उन्होंने आंदोलन की जीवंतता बनाए रखने के लिए जनमानस का उत्साहवर्धन करने के लिए अंग्रेजों के कारनामों की ताजा खबर जनता तक पहुँचाने के लिए 14 अगस्त, 1942 को एक गुप्त रेडियो स्टेशन शुरू किया। अपने कुछ करीबी सहयोगियों की मदद से इस गुप्त कांग्रेस रेडियो का प्रसारण 27 अगस्त को उनकी आवाज में प्रसारित हुआ। इसमें प्रसारित होने वाले पहले शब्द थे—"यह भारत में कहीं से 42.34 मीटर की तरंगदैर्ध्य पर कांग्रेस रेडियो कॉल कर रहा है।" उनके इस कार्य में विट्ठलभाई झावेरी, चंद्रकांत झावेरी, बाबूभाई ठक्कर और शिकागो रेडियो के मालिक ननका मोटवानी इत्यादि ने सहयोग किया। इस सभी ने मिलकर उपकरणों की आपूर्ति की और तकनीशियन प्रदान किए।

उल्लेखनीय है कि इस खुफिया रेडियो को डॉ. राममनोहर लोहिया, अच्युतराव पटवर्धन और पुरुषोत्तम त्रिकमदास सहित कई अन्य नेताओं ने भूमिगत रहकर भी सहयोग दिया था। इस रेडियो पर महात्मा गांधी सहित देश के प्रमुख नेताओं के रिकॉर्ड किए गए संदेश सुनाए जाते थे। ब्रिटिश हुकूमत के कहर से बचने के लिए यह रेडियो लगभग हर दिन अपनी जगह बदलता रहता था, ताकि अंग्रेज अधिकारी उसे पकड़ न सकें। यह कार्य उषा मेहता मात्र तीन माह तक ही कर पाई थीं कि 12 नवंबर, 1942

को पुलिस ने उन्हें ढूँढ़ निकाला और उन्हें उनके आयोजक साथियों सहित गिरफ्तार कर सभी को जेल में डाल दिया। जेल में उनका स्वास्थ्य बहुत खराब हो गया और उन्हें अस्पताल में भरती कराना पड़ा। अस्तु, उनके बिगड़ते स्वास्थ्य के मद्देनजर 1946 में उन्हें जेल से रिहा कर दिया गया। देखते-ही-देखते कुछ दिनों के बाद भारत आजाद हो गया।

स्वतंत्र भारत में उन्होंने गांधी के सामाजिक एवं राजनीतिक विचारों पर पीएचडी की और बंबई विश्वविद्यालय में अध्यापन कार्य आरंभ किया। बाद में वे नागरिक शास्त्र एवं राजनीति विभाग की प्रमुख बनीं। गांधीजी की हत्या के बाद इन्होंने गांधीजी की सामाजिक और राजनीतिक विचारधारा को आम जन तक पहुँचाया। वे गांधीजी से अत्यधिक प्रभावित थीं, इसलिए जीवन भर ब्रह्मचारी रहकर एक संयमी, गांधीवादी जीवन शैली अपनाई, केवल खादी के कपड़े पहने और सभी प्रकार की विलासिता से दूर रहीं। कालांतर में वे गांधीवादी विचार और दर्शन के एक प्रमुख प्रस्तावक के रूप में उभरीं। अस्तु, उन्हें गांधी स्मारक निधि की अध्यक्ष चुना गया और वे गांधी शांति प्रतिष्ठान की सदस्य भी रहीं। इसी के साथ वे विभिन्न गांधीवादी संस्थाओं से भी जुड़ी रहीं।

वे महिलाओं से जुड़े कार्यक्रमों में भी काफी सक्रिय रहीं, ताकि भारत की महिलाओं की दशा बदली जा सके। उन्हें विकास की मुख्यधारा से जोड़ा जा सके। 1998 में भारत सरकार ने उन्हें देश के दूसरे सबसे बड़े नागरिक सम्मान 'पद्म विभूषण' से अलंकृत किया। 11 अगस्त, 2000 को उन्होंने अपने जीवन की अंतिम साँस ली। वीरांगना उषा मेहता को शत-शत नमन!

□

ऊदा देवी

सन् 1857 के प्रथम स्वतंत्रता संग्राम की खासियत यह थी कि इसमें विभिन्न भाषा, धर्म व जाति के लोगों ने अपनी हिस्सेदारी सुनिश्चित की। ब्रिटिश औपनिवेशिक शासन से आजादी की लड़ाई में झाँसी की रानी लक्ष्मीबाई जैसी उच्च जाति की वीरांगनाएँ लड़ीं, तो ऊदा देवी जैसी पासी जाति की दलित वीरांगनाएँ भी युद्ध के मैदान में अपनी वीरता का परचम लहराने में पीछे नहीं रहीं। इसलिए उन्हें 1857 के संग्राम की 'दलित वीरांगना' के रूप में याद किया जाता है। यूँ तो उसी बहादुरी से बेगम हजरत महल जैसी मुसलिम वीरांगनाएँ भी लड़ी हैं। यह बात अलग है कि इतिहास के पन्नों में कतिपय वीरांगनाओं को ही स्थान मिल पाया है।

उल्लेखनीय है कि लखनऊ के सिकंदर बाग में जनमी ऊदा देवी भारत के छठे नवाब वाजिद अली शाह के महिला दस्ते की सदस्य थीं। उनका विवाह मक्का पासी नामक नौजवान के संग हुआ था, जोकि हजरत महल की सेना में एक सैनिक था। कालांतर में ब्रिटिश प्रशासन के प्रति भारतीयों के बढ़ते आक्रोश को देखकर वे भी रानी बेगम हजरत महल की सेना में भरती हो गईं। उनकी मदद से बेगम ने एक महिला बटालियन बनाई। जब अंग्रेजों ने अवध पर हमला किया तो ऊदा देवी और उनके पति—दोनों सशस्त्र प्रतिरोध का हिस्सा थे। इस संघर्ष में उनके पति शहीद हो गए। इस घटना के बारे में जब ऊदा देवी को पता चला, तो उन्होंने अपने अंतिम अभियान में अपनी पूरी ताकत झोंक दी।

उल्लेखनीय है कि 1857 के संग्राम में अंग्रेजी हुकूमत की दमनाकारी नीति के विरुद्ध उपजे आक्रोश के कारण उत्तरी भारत में आभासी अराजकता की स्थिति बन गई थी। दिल्ली, झाँसी और कानपुर जैसे शहरों में गदर की लपटें तेजी से चल रही थीं। 16 नवंबर, 1857 को सिकंदर बाग में ऊदा देवी का सामना ब्रिटिश हुकूमत से हुआ। अपनी बटालियन को निर्देश जारी करने के बाद वे एक पीपल के पेड़ पर चढ़ गईं और ब्रिटिश सैनिकों के आगे बढ़ने पर गोली चलाने लगीं।

अंततः एक ब्रिटिश अधिकारी ने गौर किया कि युद्ध के मैदान में हताहत सैनिकों पर गोली के जो घाव थे, वो तेज, नीचे की ओर आने का संकेत देते थे। अस्तु, एक छिपे हुए स्नाइपर पर संदेह करते हुए उसने अपने अधिकारियों को पेड़ों पर गोली चलाने का आदेश दिया। उसका संदेह सच साबित हुआ। कुछ ही देर में गोली लगने से एक पेड़ की झुरमुट से एक विद्रोही नीचे जमीन पर आ गिरा। अंग्रेजों द्वारा सिकंदर बाग पर कब्जा करने के बाद जाँच-पड़ताल करने पर उस स्नाइपर का नाम ऊदा देवी बताया गया। वीरांगना ऊदा देवी ने युद्ध के मैदान में भाग लेने के लिए मर्दाना वस्त्र धारण कर रखे थे, ताकि दुश्मन पर अचूक निशाना लगा सके। अंततः वे युद्धभूमि में शहीद हो गईं।

यूँ तो ब्रिटिश सेना की जीत हुई, लेकिन उन्हें स्वतंत्रता संग्राम सेनानियों के सख्त प्रतिरोध का सामना करना पड़ा। इस लड़ाई में 2,000 से अधिक विद्रोहियों और कई सैनिकों ने आमने-सामने की लड़ाई में अपनी जान गँवाई।

16 नवंबर, 1857 को पीलीभीत के पासी, विशेष रूप से ऊदा देवी की शहादत की वर्षगाँठ मनाते हैं। केंद्रीय स्वास्थ्य और परिवार कल्याण मंत्री श्री जे.पी. नड्डा ने 19 अगस्त, 2016 को सिकंदर बाग, लखनऊ में स्वतंत्रता सेनानी वीरांगना ऊदा देवी को श्रद्धांजलि देकर उनके योगदान को स्मरण किया।

□

ए.वी. कुट्टीमालु अम्मा

सविनय अवज्ञा आंदोलन व भारत छोड़ो आंदोलन में सक्रिय भूमिका का निर्वहन करने वाली अनक्कारा वडक्कथु कुट्टीमालु को सम्मान से 'अम्मा' कहा जाता था। वे एक महिला स्वतंत्रता सेनानी ही नहीं, बल्कि एक सामाजिक कार्यकर्ता और कद्दावर राजनीतिज्ञ भी थीं। वे भारतीय राष्ट्रीय कांग्रेस की एक सक्रिय सदस्य थीं।

कूटनाड का अनक्कारा वडक्कथ वह स्थान है, जिसने भारत को शास्त्रीय नृत्यांगना मृणालिनी साराभाई, कैप्टन लक्ष्मी और मल्लिका साराभाई सहित कई महिला कार्यकर्ता और सामाजिक कार्यकर्ता दिए हैं। 23 अप्रैल, 1905 को केरल के पलक्कड़ जिले के इसी स्थान पर ए.वी. कुट्टीमालु अम्मा का जन्म हुआ।

कालांतर में उनका विवाह केरल प्रदेश कांग्रेस कमेटी के अध्यक्ष और मद्रास राज्य में मंत्री, कोझीपुरथु माधव मेनन से हुआ था। वे एक असाधारण महिला थीं, जिन्होंने न केवल केरल में स्वतंत्रता आंदोलन को गति देने में मदद की, बल्कि देश में अंग्रेजों के विरोध में सूक्ष्म, लेकिन उल्लेखनीय उदाहरण स्थापित करने का मार्ग भी प्रशस्त किया।

सन् 1930 में अम्मा स्वदेशी आंदोलन में शामिल हुईं और जल्द ही एक लोकप्रिय नेतृत्वकर्ता बन गईं। 1931 में उन्होंने कोझीकोड में विदेशी कपड़ों की दुकानों पर धरना दिया। 25 अप्रैल, 1931 को मार्गरेट पावमणि के साथ उन्होंने त्रिशूर शहर में मध्यमवर्गीय परिवारों की महिलाओं के एक समूह के साथ एक धरना आयोजित किया।

सन् 1932 में उन्होंने महात्मा गांधी द्वारा संचालित सविनय अवज्ञा आंदोलन में भाग लिया और अपनी दो महीने की बेटी को गोद में लेकर आंदोलनरत महिलाओं के एक समूह का नेतृत्व किया। अत: अंग्रेजी हुकूमत ने उन्हें गिरफ्तार कर लिया। अस्तु, उन्हें मजबूरन अपनी नवजात बेटी को भी अपने साथ जेल ले जाना पड़ा। इस प्रकार उनकी नवजात बेटी ने भी उनके साथ दो साल तक जेल में रहकर सजा काटी। जेल से रिहा होने के बाद उन्हें 1936 में मद्रास विधानसभा के लिए नामांकित किया गया।

कुट्टीमालु एक साहसी महिला थीं। अस्तु, तमाम संकट आने के बावजूद वे भारतीय स्वतंत्रता संग्राम में सक्रिय रहीं। परिणामस्वरूप उन्हें 1940 और 1942 में दो बार पुनः गिरफ्तार किया गया। आजादी की लड़ाई के दौरान उन्होंने खादी को प्रोत्साहन देने के लिए हथकरघा को बढ़ावा दिया।

सन् 1944 में उन्हें केरल प्रदेश कांग्रेस कमेटी के अध्यक्ष के रूप में चुना गया। उन्होंने राज्य में अनाथालयों की स्थापना पर जोर दिया। उन्होंने मालाबार में कई अनाथालय स्थापित भी किए, इसलिए आज भी उन्हें इसी कार्य के लिए याद किया जाता है। वे हिंदी प्रचार सभा की अध्यक्ष थीं और एक हिंदी प्रचारिका भी। 1946 में वे फिर से माद्रीस सह कोझीकोड से मद्रास विधानसभा की सदस्य चुनी गईं।

वे कालीकट नगर परिषद् की सदस्य, ए.आई.सी.सी. की सदस्य, गरीब गृह समाज कालीकट की अध्यक्ष, केरल प्रदेश कांग्रेस कमेटी, अखिल भारतीय कांग्रेस कमेटी की अध्यक्ष रही हैं। सक्रिय राजनीतिक व सामाजिक जीवन जीते हुए 14 अप्रैल, 1985 को इस साहसिक स्वतंत्रता संग्राम सेनानी का निधन हो गया। उनको शत-शत नमन!

□

एनी मस्कारेने

तिरुवनंतपुरम, केरल की एक भारतीय स्वतंत्रता सेनानी, कार्यकर्ता, राजनीतिज्ञ और वकील एनी मस्कारेने, भारत की संसद् के सदस्य के रूप में कार्य करने वाली पहली महिला थीं। भारतीय राष्ट्र के भीतर रियासतों के एकीकरण के कार्य में सहयोग देने वाले दक्षिणपंथी नेताओं में से वे भी एक थीं। वे कानूनी तौर पर काफी सशक्त थीं। अस्तु, अपने इस ज्ञान, कौशल व विधिक सशक्तता का उपयोग देशहित में करने के लिए वे भारतीय स्वतंत्रता संग्राम में शामिल हो गईं। अपने बेबाक वक्तव्य के लिए वे ब्रिटिश हुकूमत के आँखों की किरकिरी बन गईं। अस्तु, उन्हें कई बार जेल-यात्राएँ करनी पड़ीं।

6 जून, 1902 को उनका जन्म त्रावणकोर, केरल के एक लैटिन कैथोलिक परिवार में हुआ था। उनके पिता गेब्रियल मस्कारेने त्रावणकोर राज्य के एक सरकारी अधिकारी थे। उन्होंने 1925 में महाराजा कॉलेज, त्रावणकोर से इतिहास और अर्थशास्त्र में स्नातकोत्तर की उपाधि अर्जित की। महाराजा कॉलेज फॉर आर्ट्स एंड लॉ, त्रिवेंद्रम से कानून की डिग्री हासिल की।

उल्लेखनीय है कि फरवरी 1938 में गठित त्रावणकोर राज्य कांग्रेस में शामिल होने वाली वे पहली महिलाओं में से एक बनीं। यह एक राजनीतिक दल था, जिसका उद्देश त्रावणकोर के लिए एक जिम्मेदार सरकार स्थापित करना था। इस दल का नेतृत्व पट्टम थानु पिल्लई के हाथों में था। के.टी. थॉमस और पी.एस. नटराज पिल्लई, सचिव, और एम.आर. माधव वारियर इसके कोषाध्यक्ष थे। एनी मस्कारेने को इस दल की कार्यसमिति में नियुक्त किया गया था। उन्हें पार्टी की प्रचार समिति का काम भी सौंपा गया था।

एनी मस्कारेने ने पार्टी अध्यक्ष पिल्लई के साथ किए गए एक राज्यव्यापी प्रचार दौरे के दौरान ब्रिटिश सरकार की जमकर आलोचना की थी। अस्तु, एक ब्रिटिश पुलिस

अधिकारी ने उन पर हमला कर दिया। सरकार ने उनके मकान को तोड़कर समूची संपत्ति को राजसात कर दिया। इसके बाद भी उन्होंने हिम्मत नहीं हारी। वे निरंतर आगे बढ़ती रहीं।

1938 और 1939 के दौरान उन्होंने त्रावणकोर सरकार के आर्थिक विकास बोर्ड में कार्य किया। राज्य विधायिका में अपने कार्यकाल के दौरान वे एक प्रखर वक्ता बन गईं। 1939-1947 के दरम्यान ब्रिटिश पुलिस आयुक्त ने उनके विभिन्न भाषणों को खतरनाक व असंतोष भड़काने वाले बताकर उन्हें कई बार गिरफ्तार कर जेल में डाल दिया। ताकि वे ब्रिटिश हुकूमत के काले पक्ष को जनता के सामने उजागर न कर सकें। अत्याचारों की अनवरत गाथा पर से परदा न उठा सकें।

ब्रिटिश सरकार ने भले ही उनकी जुबान को बंद करने की कोशिश की थी, लेकिन वे तो आजादी की पुजारिन थीं; अस्तु, जेल से रिहा होने के बाद वे पुनः स्वतंत्रता संग्राम में सक्रिय हो गईं। 1942 में वे भारत छोड़ो आंदोलन में शामिल हो गईं। उल्लेखनीय है कि 21 फरवरी, 1946 को महात्मा गांधी ने मस्कारेने को बॉम्बे में दिए गए उनके एक भाषण के बारे में लिखा—"उनका अपनी जीभ पर नियंत्रण नहीं है, परंतु वे जो बोलती हैं, देशहित में दिल खोलकर बोलती हैं।"

सन् 1946 में गठित संविधानसभा में एनी मस्कारेने को भारत के संविधान का मसौदा तैयार करने का काम सौंपा गया था। इस प्रकार वे उन 15 महिलाओं में से एक बन गईं, जिन्हें भारत के 299 सदस्यीय संविधानसभा के लिए चुना गया था। संविधानसभा में कार्य करते हुए उन्होंने हिंदू कोड बिल को देखने वाली विधानसभा की चयन समिति में काम किया। 1948 में वे त्रावणकोर-कोचीन विधानसभा के लिए फिर से चुनी गईं। 1949 में वे राज्य में मंत्री के रूप में सेवा करने वाली पहली महिला बनीं। उन्हें परूर टी के नारायण पिल्लई मंत्रालय में स्वास्थ्य और बिजली मंत्री के रूप में नियुक्त किया गया। 1951 के आम चुनाव में तिरुवनंतपुरम लोकसभा निर्वाचन क्षेत्र से वे एक स्वतंत्र उम्मीदवार के रूप में निर्वाचित हुईं। इस प्रकार वे केरल की पहली महिला सांसद बनीं। 19 जुलाई, 1963 को 61 साल की अवस्था में उनका देहांत हो गया। उनको शत-शत नमन!

□

एनी बेसेंट

भारतीय स्वाधीनता के इतिहास में स्वतंत्रता सेनानी श्रीमती एनी बेसेंट का नाम बड़े ही सम्मान के साथ लिया जाता है। वे विदेशी होकर भी भारतीय परतंत्रता के दर्द को महसूस करती थीं। इसलिए भले ही उनकी जन्मभूमि लंदन थी, परंतु उन्होंने भारत को ही अपनी कर्मभूमि बनाकर भारतमाता को गुलामी की जंजीरों से मुक्त करवाने में अहम भूमिका का निर्वहन किया।

श्रीमती एनी बेसेंट अग्रणी आध्यात्मिक, थियोसोफिस्ट, महिला अधिकारों की समर्थक, लेखक, वक्ता एवं भारत-प्रेमी महिला थीं। वे सन् 1917 में भारतीय राष्ट्रीय कांग्रेस की अध्यक्षा भी बनीं। एनी बेसेंट से भारत के कई समाज सेवकों को प्रेरणा मिली। उनका मानना था कि राष्ट्र का निर्माण एवं विकास तभी संभव है, जब उस देश के विभिन्न धर्मों, मान्यताओं एवं संस्कृतियों में एकता स्थापित हो। सच्चे धर्म का ज्ञान आध्यात्मिक चेतना द्वारा ही मिलता है। उनके इन विचारों को महात्मा गांधी ने भी स्वीकार किया।

उल्लेखनीय है कि डॉ. एनी बेसेंट का जन्म लंदन शहर में 1847 में हुआ। उनके पिता अंग्रेज व पेशे से डॉक्टर थे, लेकिन उनकी रुचि अपने पिता के डॉक्टरी पेशे से अलग थी। वे गणित एवं दर्शन में गहरी रुचि रखती थीं। उनकी माता एक आदर्श आयरिश महिला थीं। डॉ. बेसेंट के ऊपर अपने अभिभावकों के धार्मिक विचारों का गहरा प्रभाव था। जब वे मात्र पाँच वर्ष की थीं, उनके पिता की मृत्यु हो गई। अस्तु, धनाभाव के कारण उनकी माता उन्हें हैरो ले गईं। जहाँ मिस मेरियट के संरक्षण में उन्होंने शिक्षा प्राप्त की। यहाँ से मिस मेरियट उन्हें अल्पायु में ही फ्रांस तथा जर्मनी ले गईं। वहाँ जाकर उन्होंने फ्रेंच व जर्मन भाषा सीखीं। 17 वर्ष की अवस्था में वे अपनी माँ के पास वापस आ गईं।

उल्लेखनीय है कि 1867 में उन्होंने 'रेवरेंड फ्रैंक' नामक एक पादरी से विवाह कर लिया। 1870 तक वे दो बच्चों की माँ बन चुकी थीं, लेकिन पति के विचारों से असमानता

होने के कारण उनका दांपत्य जीवन सुखमय नहीं रहा। संकुचित विचारों वाले पति के संग असाधारण व्यक्तित्व संपन्न, स्वतंत्र विचारों वाली आत्मविश्वासी महिला का एक साथ निर्वाह कठिन हो गया। अत: 1874 में उनका संबंध-विच्छेद हो गया। तलाक के पश्चात् एनी बेसेंट को गंभीर आर्थिक संकटों का सामना करना पड़ा और उन्हें स्वतंत्र लेख लिखकर धनोपार्जन करना पड़ा।

कुछ समय के उपरांत कानून की सहायता से उनके पति उनके दोनों बच्चों को प्राप्त करने में सफल हो गए। इस घटना से उन्हें हार्दिक कष्ट हुआ। उन्हें लगा कि यह अत्यंत अमानवीय कानून है, जिसने बच्चों को उनकी माँ से अलग करवा दिया है। ईश्वर, बाइबल और ईसाई धर्म पर से उनकी आस्था डिग गई।

लगभग उसी समय डॉ. बेसेंट चार्ल्स ब्रेडला के संपर्क में आईं। उनके संपर्क में आने के बाद वे संदेहवादी के स्थान पर ईश्वरवादी हो गईं और उन्होंने तय किया कि "अब मैं अपने दु:खों का निवारण दूसरों के दु:ख दूर करके करूँगी। सब अनाथ एवं असहाय बच्चों की माँ बनूँगी।"

अपने जीवन में उन्होंने अपने इस कथन को सत्य सिद्ध किया और अपना अधिकांश समय दीन-हीन, अनाथों की सेवा में ही व्यातीत किया। मजदूरों, अकाल पीड़ितों तथा झुग्गी-झोंपड़ियों में रहने वालों को सुविधा दिलाने में व्यतीत किया। वे कई वर्षों तक इंग्लैंड की सर्वाधिक शक्तिशाली महिला ट्रेड यूनियन की सेक्रेटरी रहीं। वे अपने ज्ञान एवं शक्ति को सेवा के माध्यम से चारों ओर फैलाना नितांत आवश्यक समझती थीं। उनका विचार था कि बिना स्वतंत्र विचारों के सत्य की खोज संभव नहीं है।

कालांतर में महान् ख्यातिप्राप्त पत्रकार विलियन स्टीड के संपर्क में आने पर वे लेखन एवं प्रकाशन के कार्य में अधिक रुचि लेने लगीं। इसी क्रम में 1878 में ही उन्होंने प्रथम बार भारतवर्ष के बारे में अपने विचार प्रकट किए। उनके लेख तथा विचारों ने भारतीयों के मन में उनके प्रति स्नेह उत्पन्न कर दिया। अब वे भारतीयों के बीच कार्य करने के बारे में दिन-रात सोचने लगीं।

सन् 1883 में वे समाजवादी विचारधारा की ओर आकर्षित हुईं। उन्होंने 'सोशलिस्ट डिफेंस संगठन' नाम की संस्था बनाई। इस संस्था में उनकी सेवाओं ने उन्हें काफी सम्मान दिया। इस संस्था ने उन मजदूरों को दंड मिलने से सुरक्षा प्रदान की, जो लंदन की सड़कों पर निकलने वाले जुलूस में हिस्सा लेते थे।

सन् 1889 में वे थियोसोफी के विचारों से प्रभावित हुईं। उनके अंदर एक शक्तिशाली, अद्बितीय और विलक्षण भाषण देने की कला निहित थी। अत: बहुत शीघ्र उन्होंने अपने लिए थियोसोफिकल सोसाइटी की एक प्रमुख वक्ता के रूप में महत्त्वपूर्ण स्थान बना लिया।

सन् 1893 में उनका आगमन भारत में हुआ। उन्होंने काफी समय वाराणसी में बिताया। अपने जीवन की दशा व दिशा के विषय में वे गहन चिंतन करती रहीं। यह वक्त उनके जीवन का संक्रमण काल था। इस दौरान वे भारत के गौरवशाली इतिहास तथा सभ्यता व संस्कृति के बारे में अधिकाधिक अध्ययन करती रहीं। लेख लिखती रहीं। श्रीमती बेसेंट के जीवन का मूलमंत्र था—'कर्म'। वे जिस सिद्धांत पर विश्वास करतीं, उसे अपने जीवन में उतारकर उपदेश देतीं। एक समय ऐसा भी आया, जब वे भारत को अपनी मातृभूमि समझने लगी थीं।

सन् 1907 में वे थियोसोफिकल सोसाइटी की अध्यक्षा निर्वाचित हुईं। उन्होंने पाश्चात्य भौतिकवादी सभ्यता की कड़ी आलोचना करते हुए प्राचीन हिंदू सभ्यता को श्रेष्ठ सिद्ध किया। धार्मिक, शैक्षणिक, सामाजिक एवं राजनीतिक क्षेत्र में उन्होंने राष्ट्रीय पुनर्जागरण का कार्य प्रारंभ किया। भारत को राजनीतिक स्वतंत्रता प्राप्त कराने के उद्देश्य से उन्होंने एक 'होमरूल आंदोलन' नामक संस्था संगठित करके उसका नेतृत्व किया। तिलक, जिन्ना एवं महात्मा गांधी आदि ने उनके व्यक्तित्व की प्रशंसा की। वे भारत की स्वतंत्रता के नाम पर अपना बलिदान करने को सदैव तत्पर रहती थीं।

कुछ दिनों तक सब ठीक चलता रहा। किंतु बाद में बाल गंगाधर तिलक से उनका विवाद हो गया। जब गांधीजी ने अपना सत्याग्रह आंदोलन प्रारंभ किया, तो वे भारतीय राजनीति की मुख्यधारा से और भी पृथक् हो गईं। उनका गांधीवादी विचारधारा में भरोसा नहीं था, इसलिए उन्हें इस बात पर संदेह था कि गांधीजी सच्चे हृदय से पश्चात्ताप, उपवास, तपस्या आदि में विश्वास करते हैं। उन्होंने देश की जनता को चेतावनी दी थी कि यदि गांधीवादी प्रणाली को अपनाया गया तो देश पुन: अराजकता के खड्ड में जा गिरेगा।

सन् 1913 से 1919 तक वे भारतीय राजनीतिक जीवन की अग्रणी विभूतियों में से एक थीं। सितंबर 1916 में उन्होंने होमरूल लीग की स्थापना की और स्वराज्य के आदर्श को लोकप्रिय बनाने के लिए प्रचार किया। उनके साथ ही पूना में तिलक ने भी होमरूल आंदोलन प्रारंभ किया। 1917 में नजरबंद किए जाने से पहले सत्तर वर्षीय वृद्धा ने अपने भारत के भाइयों और बहनों को आखिरी संदेश दिया था। "मैं वृद्धा हूँ, किंतु मुझे विश्वास है कि मरने से पहले ही मैं देखूँगी कि भारत को स्वायत्त-शासन मिल गया।"

एनी बेसेंट ने 'हाऊ इंडिया रौट फॉर फ्रीडम' में 1915 में भारत को अपनी मातृभूमि बतलाया है। वे भारतीय वर्ण व्यवस्था की प्रशंसक थीं, परंतु उनके सामने समस्या थी कि इसे व्यावहारिक कैसे बनाया जाए, ताकि सामाजिक तनाव कम हो। उनका कहना था कि वर्ण व्यवस्था का मुख्य उद्देश्य कार्य विभाजन था, जिसके अनुसार समाज का

प्रत्येक व्यक्ति अपने कार्यों को करने की योग्यता द्वारा ब्राह्मण, क्षत्रिय, वैश्य एवं शूद्र का स्थान प्राप्त करता था। इसलिए वे कहा करती थीं कि महाभारत के अनुसार ब्राह्मण में शूद्र के गुण हैं, तो वह शूद्र है। शूद्र में अगर ब्राह्मण के गुण हैं, तो वह ब्राह्मण समझा जाएगा।

उनकी मान्यता थी कि शिक्षा का समुचित प्रबंध होना चाहिए। शिक्षा में धार्मिक शिक्षा का समावेश हो। ऐसी शिक्षा देने के लिए उन्होंने 1898 में वाराणसी में सेंट्रल हिंदू स्कूल की स्थापना की। सामाजिक बुराइयों जैसे बाल विवाह, जाति व्यवस्था, विधवा-विवाह, विदेश-यात्रा आदि को दूर करने के लिए उन्होंने 'ब्रदर्स ऑफ सर्विस' नामक संस्था का गठन किया।

श्रीमती बेसेंट स्वभावत: धार्मिक प्रवृत्ति की महिला थीं। उनका मत था कि वे पिछले जन्म में हिंदू थीं। इसलिए उन्होंने हिंदू समाज एवं उसकी आध्यात्मिकता में आई हुई विकृतियों को दूर करने का प्रयास किया। उन्होंने भारतीय पुनर्जन्म में विश्वास करना शुरू किया। वे धर्म और विज्ञान में कोई भेद नहीं मानती थीं। उनका धार्मिक सहिष्णुता में पूर्ण विश्वास था। उन्होंने भारतीय धर्म का गंभीर अध्ययन किया। उनका भगवद्गीता का अनुवाद 'थॉट्स ऑन द स्टडी ऑफ द भगवद्गीता' इस बात का प्रमाण है कि हिंदू धर्म एवं दर्शन में उनकी गहरी आस्था थी।

उल्लेखनीय है कि उस समय विदेश यात्रा को अधार्मिक समझा जाता था। उन्होंने बताया कि प्राचीन ऐतिहासिक तथ्यों से पता चलता है कि श्याम, जावा, सुमात्रा, कंबोज, लंका, तिब्बत तथा चीन आदि देशों में हिंदू राज्य के चिह्न पाए गए हैं। अत: हिंदुओं की विदेश यात्रा प्रमाणित हो जाती है। उन्होंने विदेश यात्रा को प्रोत्साहन दिए जाने का समर्थन किया।

वे महिलाओं की स्थिति में सुधार के लिए भी सक्रिय रहीं। वे विधवा-विवाह को समूचे समाज के लिए बेहतर मानती थीं। उनकी धारणा थी कि प्रौढ़ विधवाओं को छोड़कर किशोर एवं युवावस्था की विधवाओं को सामाजिक बुराई रोकने के लिए विवाह करना आवश्यक है। वे अंतरजातीय विवाहों को भी धर्मसम्मत मानती थीं। बहुविवाह को वे नारी गौरव का अपमान एवं समाज का अभिशाप मानती थीं। किसी भी देश के निर्माण में प्रबुद्ध वर्ग की भूमिका महत्त्वपूर्ण होती है। यह प्रबुद्ध वर्ग उस देश की शिक्षा का उपज होता है। अत: शिक्षा व्यवस्था को वे अत्यधिक महत्त्व देती थीं। उन्होंने शिक्षा पाठ्यक्रमों में धार्मिक एवं नैतिक शिक्षा को अनिवार्य रूप से पढ़ाए जाने तथा उसे प्राचीन भारतीय आदर्शों पर आधारित होने के लिए जोर दिया। उनकी धारणा थी कि प्रत्येक भारतीय को संस्कृत तथा अंग्रेजी दोनों का ज्ञान होना चाहिए।

उनकी 'इंडिया : ए नेशन' नामक जो पुस्तक जब्त कर ली गई थी, उसमें उन्होंने स्वायत्त शासन की विचारधारा प्रतिपादित की है। इस प्रकार करीबन 505 ग्रंथों व लेखों की विदुषी एनी बेसेंट 20 सितंबर, 1933 को ब्रह्मलीन हो गईं। आजीवन वाराणसी को ही हृदय से अपना घर मानने वाली बेसेंट की अस्थियाँ वाराणसी लाई गईं और शांतिकुंज से निकले एक विशाल जनसमूह ने उन अवशेषों को ससम्मान सुरसरि को समर्पित कर दिया। भारतीय स्वतंत्रता की प्रसिद्ध व समर्पित सेनानी को शत-शत नमन!

□

कमलादेवी चट्टोपाध्याय

कमलादेवी चट्टोपाध्याय एक प्रसिद्ध स्वतंत्रता संग्राम सेनानी, भारतीय समाज सुधारक तथा भारतीय हस्तकला के क्षेत्र में नवजागरण लाने वाली गांधीवादी महिला थीं। उन्हें भारतीय महिलाओं के सामाजिक-आर्थिक स्तर के उत्थान के लिए याद किया जाता है। वे मद्रास निर्वाचन क्षेत्र से चुनाव में खड़ी होने वाली भारत की पहली महिला हैं, हालाँकि वे चुनाव में हार गईं, लेकिन उन्होंने भारत में महिलाओं के लिए मार्ग प्रशस्त किया।

3 अप्रैल, 1903 को मैंगलोर, मद्रास प्रेसीडेंसी में जनमी कमलादेवी एक असाधारण छात्रा थीं। बाल्यावस्था से ही उनमें दृढ़ संकल्प और साहस के गुण कूट-कूटकर भरे थे। वे अपने माता-पिता की चौथी और सबसे छोटी बेटी थीं। उनके पिता अनंतय्या धरेश्वर, मैंगलोर के जिला कलेक्टर थे और उनकी माँ गिरिजाबाई से उन्हें एक स्वतंत्र विचारधारा विरासत में मिली थी। कमलादेवी की नानी प्राचीन भारतीय महाकाव्यों और पुराणों की अच्छी जानकार थीं और गिरिजाबाई भी अच्छी तरह से शिक्षित थीं, हालाँकि ज्यादातर घर में पढ़ी-लिखी थीं। वे तटीय कर्नाटक के चित्रपुर सारस्वत ब्राह्मण परिवार से थीं। उनके माता-पिता की महादेव गोविंद रानाडे, गोपाल कृष्ण गोखले, रमाबाई रानाडे और एनी बेसेंट जैसे प्रमुख स्वतंत्रता सेनानियों और बुद्धिजीवियों से मित्रता थी। परिवार के इस वातावरण ने युवावस्था में ही कमलादेवी को स्वदेशी राष्ट्रवादी आंदोलन की ओर आकर्षित किया।

कमलादेवी के जीवन में त्रासदी की शुरुआत उस समय हुई, जबकि उनकी बड़ी बहन और सबसे अच्छी दोस्त सगुना की मौत शादी के तुरंत बाद हो गई। फिर जब वे सिर्फ सात साल की थीं, उनके पिता की भी मृत्यु हो गई। उनकी विशाल संपत्ति वसीयत के अनुरूप कमलादेवी के सौतेले भाई को दे दी गई। उनकी माँ गिरिजाबाई को केवल मासिक भत्ता मिलने का प्रस्ताव सामने आया, तो उनकी स्वाभिमानी माँ गिरिजाबाई ने

भत्ता लेने से इनकार कर दिया और अपनी बेटियों को अपने बल पर पालने का फैसला किया। 1917 में जब वे मात्र 14 साल की थीं, उनकी माँ ने उनका विवाह कृष्णा राव से करवा दिया, लेकिन दो साल बाद वे विधवा हो गईं।

इसके बाद वे पुन: उच्च शिक्षा में तल्लीन हो गईं। स्वतंत्रता संग्राम से जुड़ी गतिविधियों में भाग लेने लगीं। उन्होंने अल्मा मेटर क्वीन मैरी कॉलेज से उच्च शिक्षा प्राप्त की। यहाँ यह उल्लेखनीय है कि जब वे चेन्नई में क्वीन मैरी कॉलेज में पढ़ रही थीं, तभी उनकी एक सहपाठी सुहासिनी चट्टोपाध्याय ने कमलादेवी की मुलाकात अपने भाई हरिंद्रनाथ चट्टोपाध्याय से करवाई थी। वे एक प्रसिद्ध कवि-नाटककार-अभिनेता थे। कमलादेवी ने नाट्याचार्य पद्मश्री मणि माधव चाक्यार, गुरु के घर किल्लिकुरुस्सिमंगलम में रहकर केरल की प्राचीन संस्कृत नाटक परंपरा के बारे में अध्ययन किया था।

अस्तु, उन दोनों की पारस्परिक रुचि उन्हें एक साथ ले आई और बीस वर्षीय कमलादेवी ने हरिंद्रनाथ चट्टोपाध्याय से पुनर्विवाह कर लिया। रूढ़िवादी समाज इस विधवा-विवाह के खिलाफ था। लेकिन उन्होंने इसकी परवाह नहीं की। एक साल में ही उनके घर पुत्र का जन्म हुआ। जिसका नामकरण रामकृष्ण चट्टोपाध्याय के रूप में हुआ। अंततोगत्वा शादी के कई वर्षों बाद वे दोनों सौहार्दपूर्ण ढंग से अलग हो गए। कमलादेवी ने तलाक के लिए अर्जी देकर एक परंपरा तोड़ी।

कई कठिनाइयों के बावजूद उन्होंने कला व संस्कृति के क्षेत्र में उल्लेखनीय कार्य किया। उन्होंने कुछ नाटकों व फिल्मों में भी काम किया। 1931 में कन्नड़ में बनी पहली मूक फिल्म 'मृच्छकटिका' (वसंतसेना) और 1943 में बनी हिंदी फिल्म 'तानसेन' में अभिनय किया। इस फिल्म में के.एल. सहगल और खुर्शीद भी थे।

उन्होंने बेडफोर्ड कॉलेज, लंदन विश्वविद्यालय में प्रवेश लिया और बाद में उन्होंने समाजशास्त्र में डिप्लोमा प्राप्त किया। 1923 में लंदन प्रवास के दौरान कमलादेवी को महात्मा गांधी के असहयोग आंदोलन के बारे में पता चला। वे इससे प्रभावित हुईं और सामाजिक उत्थान को बढ़ावा देने के लिए स्थापित एक गांधीवादी संगठन 'सेवा दल' में शामिल होने के लिए तुरंत भारत लौट आईं। जल्द ही उन्हें दल के महिला वर्ग का प्रभारी बना दिया गया, जहाँ वे स्वैच्छिक कार्यकर्ता, 'सेविका' बनने के लिए भारत भर में सभी उम्र की लड़कियों और महिलाओं की भर्ती, प्रशिक्षण और आयोजन में शामिल हो गईं।

सन् 1926 में उनकी पहचान अखिल भारतीय महिला सम्मेलन की संस्थापक,

मताधिकार मार्गरेट ई. कजिंस से हुई, जिन्होंने उन्हें मद्रास प्रांतीय विधानसभा में चुनाव लड़ने के लिए प्रेरित किया। इस प्रकार वे भारत में विधायी सीट पर चुनाव लड़ने वाली पहली महिला बनीं। हालाँकि वे 55 मतों के एक छोटे से अंतर से हार गईं।

सन् 1927 में वे अखिल भारतीय महिला सम्मेलन की संस्थापक सदस्य बनीं। वे इसकी पहली आयोजन सचिव थीं। बाद के वर्षों में यह एक प्रतिष्ठित राष्ट्रीय संगठन बनकर उभरा, जिसकी शाखाएँ और स्वैच्छिक कार्यक्रम पूरे देश में चलते हैं और विधायी सुधारों के लिए दृढ़ता से काम करते हैं। अपने कार्यकाल के दौरान उन्होंने कई यूरोपीय देशों की व्यापक यात्रा की और कई सामाजिक सुधार और सामुदायिक कल्याण कार्यक्रमों को शुरू करने तथा महिलाओं के लिए और महिलाओं द्वारा चलाए जाने वाले शैक्षणिक संस्थानों की स्थापना के लिए प्रेरित हुईं। उन्होंने नई दिल्ली में लेडी इरविन कॉलेज फॉर होम साइंसेज की भी स्थापना की थी।

सन् 1930 में नमक सत्याग्रह महात्मा गांधी द्वारा घोषित किया गया। 27 वर्षीय कमलादेवी चट्टोपाध्याय को खबर मिली कि महात्मा गांधी दांडी यात्रा के जरिए 'नमक सत्याग्रह' की शुरुआत करेंगे। जिसके बाद देश भर में समुद्र किनारे नमक बनाया जाएगा, लेकिन इस आंदोलन से महिलाएँ दूर रहेंगी। दरअसल महात्मा गांधी ने आंदोलन में महिलाओं की भूमिका चरखा चलाने और शराब की दुकानों की घेराबंदी करने के लिए तय की थी, लेकिन कमलादेवी को यह बात खटक रही थी। अपनी आत्मकथा 'इनर रिसेस, आउटर स्पेसेस' में कमलादेवी लिखती हैं—"मुझे लगा कि महिलाओं की भागीदारी 'नमक सत्याग्रह' में होनी ही चाहिए और मैंने इस संबंध में सीधे महात्मा गांधी से बात करने का फैसला किया।"

अस्तु, अपनी योजनानुसार वे महात्मा गांधी से उस वक्त मिलीं जब वो ट्रेन में सफर कर रहे थे। उनके साथ एक छोटी सी मुलाकात ने भारत के इतिहास को बदल दिया। कमलादेवी के तर्क सुनने के बाद महात्मा गांधी ने 'नमक सत्याग्रह' में महिला और पुरुषों की बराबर की भागीदारी पर हामी भर दी। इस ऐतिहासिक फैसले के बाद महात्मा गांधी ने 'नमक सत्याग्रह' के लिए दांडी मार्च किया और बंबई में 'नमक सत्याग्रह' का नेतृत्व करने के लिए सात सदस्यों वाली टीम बनाई। इस टीम में कमलादेवी और अवंतिकाबाई गोखले को भी शामिल किया। कमला देवी के इस अहम कदम से कांग्रेस पार्टी, भारतीय राजनीतिक परिदृश्य व स्वातंत्र्योत्तर भारत की राजनीति में भी महिलाओं की भूमिका में अभूतपूर्व बदलाव आया।

कहते हैं कि जिस समय द्वितीय विश्वयुद्ध छिड़ा, उस समय कमलादेवी इंग्लैंड में थीं। अस्तु, उन्होंने तुरंत अन्य देशों में भारत की स्थिति का प्रतिनिधित्व करने और युद्ध के बाद स्वतंत्रता के लिए समर्थन करने के लिए विश्व भ्रमण शुरू किया।

भारत विभाजन से उत्पन्न शरणार्थियों की समस्या के समाधान के लिए उन्होंने भारतीय सहकारी संघ की स्थापना की। उनके प्रयासों से सीमांत से 50,000 से अधिक शरणार्थियों का पुनर्वास किया गया। उन्होंने शरणार्थियों को नए घर और नए व्यवसाय स्थापित करने में मदद करने के लिए अथक प्रयास किया। उन्हें नए कौशल का प्रशिक्षण दिया गया। उन्हें नए शहर में स्वास्थ्य सुविधाएँ स्थापित करने में भी मदद की।

अस्तु, स्वतंत्रता के उपरांत भारतीय हस्तशिल्प और हथकरघा के महान् पुनरुत्थान का श्रेय कमलादेवी को जाता है। उन्होंने भारत की स्वदेशी कला और शिल्प को संगृहीत करने के लिए शिल्प संग्रहालयों की एक शृंखला स्थापित की, जो स्वदेशी ज्ञान के लिए एक भंडार के रूप में कार्य करता है। इसमें दिल्ली में रंगमंच शिल्प संग्रहालय शामिल था। इसके साथ ही उन्होंने समान रूप से कला और शिल्प को बढ़ावा देने हेतु शिल्पकारों के लिए राष्ट्रीय पुरस्कारों की स्थापना की। भारत के अपने प्राचीन गौरव को बढ़ाने के लिए केंद्रीय कुटीर उद्योग एंपोरियम की स्थापना की।

कमलादेवी की दूरदृष्टि के कारण आज भारत में कई सांस्कृतिक संस्थान मौजूद हैं, जिनमें राष्ट्रीय नाट्य विद्यालय, संगीत नाटक अकादमी, केंद्रीय कुटीर उद्योग एंपोरियम और भारतीय शिल्प परिषद् शामिल हैं। उन्होंने भारतीय लोगों के सामाजिक और आर्थिक उत्थान में हस्तशिल्प और सहकारी जमीनी आंदोलनों की महत्त्वपूर्ण भूमिका पर जोर दिया। इसके लिए उन्हें आजादी से पहले और बाद में भारी विरोध का सामना करना पड़ा। हथकरघा क्षेत्र में उनके कार्यों के लिए उन्हें 'हथकरघा माँ' के नाम से जाना जाता है।

उल्लेखनीय है कि कमलादेवी चट्टोपाध्याय को लिखने का भी शौक था और उन्होंने कई पुस्तकें लिखीं, जो काफी चर्चित हुईं। उनके द्वारा रचित पुस्तकें—'द अवेकिंग ऑफ इंडियन वीमेन', 'जापान इट्स वीकनेस एंड स्ट्रेंथ', 'अंकल सैम एंपायर', 'इन वार-टॉर्न चाइना' और 'टुवर्ड्स ए नेशनल थिएटर' इत्यादि काफी सुर्खियों में रहीं। उनकी समूची पुस्तकें निम्नानुसार हैं—

1. भारतीय महिलाओं की जागृति, एवरीमैन प्रेस, 1939
2. जापान : इसकी कमजोरी और ताकत, पद्म प्रकाशन, 1943
3. अंकल सैम का साम्राज्य, पद्म प्रकाशन लिमिटेड, 1944
4. युद्धग्रस्त चीन में, पद्म प्रकाशन, 1944
5. एक राष्ट्रीय रंगमंच की ओर, (अखिल भारतीय महिला सम्मेलन, सांस्कृतिक खंड-1 सांस्कृतिक पुस्तकें), औंध पब ट्रस्ट, 1945
6. अमेरिका : अतिशयोक्ति की भूमि, फीनिक्स प्रकाशन, 1946
7. चौराहे पर, राष्ट्रीय सूचना और प्रकाशन, 1947

8. समाजवाद और समाज, चेतना, 1950
9. ट्राइबलिज्म इन इंडिया, ब्रिल एकेडमिक पब, 1978
10. भारत के हस्तशिल्प, भारतीय सांस्कृतिक संबंध परिषद् और न्यू एज इंटरनेशनल पब. लिमिटेड, नई दिल्ली, भारत, 1995
11. स्वतंत्रता के लिए भारतीय महिलाओं की लड़ाई। साउथ एशिया बुक्स, 1983
12. भारतीय कालीन और फर्श कवरिंग, अखिल भारतीय हस्तशिल्प बोर्ड, 1974
13. भारतीय कढ़ाई, विली पूर्वी, 1977
14. भारत की शिल्प परंपरा, प्रकाशन विभाग, सूचना और प्रसारण मंत्रालय, भारत सरकार, 2000
15. भारतीय हस्तशिल्प, संबद्ध प्रकाशक प्रा. लिमिटेड, बॉम्बे इंडिया, 1963
16. भारतीय लोक नृत्य की परंपराएँ
17. द ग्लोरी ऑफ इंडियन हैंडीक्राफ्ट्स, नई दिल्ली, भारत : क्लेरियन बुक्स, 1985
18. आंतरिक अवकाश, बाहरी स्थान : संस्मरण, 1986

भारत सरकार ने उन्हें समाज-सेवा के लिए 1955 में पद्म भूषण, 1966 में रेमन मैग्सेसे व 1987 में पद्म विभूषण से अलंकृत किया। 1974 में उन्हें उनके जीवन भर के काम के लिए संगीत नाटक अकादमी फेलोशिप, रत्न सदस्य से सम्मानित किया गया। यह फेलोशिप संगीत नाटक अकादमी, भारत की संगीत, नृत्य और नाटक की राष्ट्रीय अकादमी का सर्वोच्च पुरस्कार है। इसके अलावा हस्तशिल्प को बढ़ावा देने के लिए उनके योगदान के लिए यूनेस्को ने उन्हें 1977 में एक पुरस्कार से सम्मानित किया। शांतिनिकेतन ने उन्हें अपने सर्वोच्च पुरस्कार 'देशिकोत्तमा' से सम्मानित किया था।

कमलादेवी चट्टोपाध्याय पर भी तीन पुस्तकें लिखी गईं, जो इस प्रकार हैं—

1. शकुंतला नरसिम्हन, कमलादेवी चट्टोपाध्याय। न्यू डॉन बुक्स, 1999, आईएसबीएन 81-207-2120-9।
2. एस.आर. बख्शी, कमलादेवी चट्टोपाध्याय : महिला कल्याण के लिए भूमिका, ओम, 2000, आईएसबीएन 81-86867-34-1।
3. रीना नंदा, कमलादेवी चट्टोपाध्याय : एक जीवनी (आधुनिक भारतीय महान्)।

बहुमुखी प्रतिभा की धनी, जुझारू स्वतंत्रता संग्राम सेनानी व महिलाओं की प्रेरणास्रोत कमलादेवी चट्टोपाध्याय 29 अक्तूबर, 1988 की सुबह बंबई में चिरनिद्रा में सो गईं। उस समय उनकी आयु 85 साल थी। वे अब हमारे बीच नहीं हैं, लेकिन वे अपने

पीछे छोड़ गई हैं प्रेरणा की एक अमिट गाथा, जो हर भारतीय को कुछ कर-गुजरने के लिए एक आईना प्रदान करेगी। उनके व्यक्तित्व व कृतित्व का स्मरण कर हर महिला खुद को सशक्तता की चादर ओढ़ाकर जीवन की जंग में आत्मविश्वास के साथ पदार्पण करेगी। उनके योगदान को भारत विस्मृत नहीं कर पाएगा। वे हमारे मन-मस्तिष्क में सदैव वास करेंगी। उन्हें शत-शत नमन!

□

कमला नेहरू

भारतीय स्वतंत्रता संग्राम में कई वीरांगनाओं की महती भूमिका रही है। सभी ने अपने-अपने दायरे में अपने ढंग से ब्रिटिश हुकूमत के विरुद्ध कार्य किया है, ताकि भारतमाता परतंत्रता के अभिशाप से मुक्त हो जाए। श्रीमती कमला नेहरू ने भी अपने समय के प्रसिद्ध आंदोलनों में भाग लिया। सर्वप्रथम वो 1921 के असहयोग आंदोलन के साथ स्वाधीनता आंदोलन में कूदीं। इस आंदोलन के दौरान उन्होंने इलाहाबाद में महिलाओं का एक समूह गठित किया और विदेशी वस्त्र तथा शराब की बिक्री करने वाली दुकानों का घेराव किया। उनके अंदर गजब का आत्मविश्वास और नेतृत्व क्षमता थी, जिसका परिचय उन्होंने आजादी की लड़ाई के दौरान कई बार दिया। उल्लेखनीय है कि कालांतर में उनके पति भारत के प्रथम प्रधानमंत्री बने और उनकी एकमात्र बेटी इंदिरा भारत की पहली महिला प्रधानमंत्री बनी।

वे जवाहरलाल नेहरू के राजनीतिक लक्ष्यों को समझती थीं और उनकी यथाशक्ति मदद भी करती थीं। एक बार जब जवाहरलाल नेहरू को ब्रिटिश सरकार विरोधी भाषण देने के आरोप में गिरफ्तार कर लिया गया, तो कमला नेहरू ने आगे बढ़कर उस भाषण को पूरा किया। स्वाधीनता आंदोलन के दौरान अंग्रेजी सरकार ने उनकी गतिविधियों के लिए उन्हें दो बार गिरफ्तार किया। कमला एक निडर और निष्कपट महिला थीं। सन् 1930 में जब कांग्रेस के सभी शीर्ष नेता जेलों में बंद थे, तब उन्होंने राजनीति में जमकर रुचि दिखाई। समूचे देश की महिलाएँ सड़कों पर उतर पड़ी थीं और कमला भी इनमें से एक थीं। कमला दिखने में सामान्य थीं, लेकिन कर्मठता के मामले में उनका व्यक्तित्व असाधारण था।

1 अगस्त, 1899 को दिल्ली के एक व्यापारी पंडित जवाहरमल कौल और राजपति कौल के घर में जनमी कमला एक परंपरागत कश्मीरी ब्राह्मण थीं। मात्र 13 वर्ष की उम्र में उनका विवाह मोतीलाल नेहरू के बेटे जवाहरलाल नेहरू के साथ हो गया।

अतः विवाह के उपरांत वे कमला कौल से कमला नेहरू बन गईं। दिल्ली के परंपरावादी हिंदू ब्राह्मण परिवार से संबंध रखनेवाली कमला के लिए पश्चिमी परिवेश वाले नेहरू खानदान में एकदम विपरीत माहौल मिला, जिसमें वे कई बार खुद को अलग-थलग महसूस करती रहीं। विवाह के पश्चात् नेहरू दंपती की पहली संतान इंदिरा ने 19 नवंबर, 1917 को जन्म लिया। कमला ने नवंबर 1924 में एक पुत्र को भी जन्म दिया, परंतु वह कुछ दिन ही जीवित रहा।

कमला नेहरू को सौम्यता और विनम्रता की प्रतिमूर्ति के रूप में याद किया जाता है। कमला दिल्ली के एक परंपरागत परिवार में पैदा और बड़ी हुई थीं, उनकी शिक्षा मूलतः घर पर ही हुई। शादी से पहले उन्हें अंग्रेजी भाषा का बिल्कुल भी ज्ञान नहीं था, परंतु उन्होंने नेहरू परिवार में अपनी जिम्मेदारियों को बखूबी निभाया।

आजादी की लड़ाई के दौरान कमला नेहरू बहुत समय तक महात्मा गांधी के आश्रम में भी रहीं। वहाँ वे गांधीजी की धर्मपत्नी कस्तूरबा गांधी के संपर्क में आईं। इसी दौरान उनकी मित्रता जय प्रकाश नारायण की पत्नी प्रभावती देवी से भी हो गई थी। जे.पी. उच्च शिक्षा के लिए अमेरिका चले गए थे, उस दौरान प्रभावती गांधी आश्रम में ही रहीं।

कालांतर में वे टी.बी. से पीड़ित हो गईं। उस समय टी.बी. एक खतरनाक बीमारी मानी जाती थी। उनके इलाज और स्वास्थ्य लाभ के लिए उन्हें स्विट्जरलैंड ले जाया गया, पर उनकी स्थिति में कोई सुधार नहीं हुआ। धीरे-धीरे उनका स्वास्थ्य गिरता गया और 28 फरवरी, 1936 को स्विट्जरलैंड के लोजान शहर में कमला नेहरू ने अंतिम साँसें लीं। उनकी मृत्यु के समय जवाहरलाल नेहरू के साथ-साथ इंदिरा, नेहरू की माता स्वरूपरानी और डॉ. अटल वहाँ मौजूद थे। उन्होंने देश की स्वतंत्रता के लिए अपने जीवन को समर्पित कर दिया था। उन्होंने दुःख व असुविधाओं की चिंता किए बगैर कार्य किया।

कमला नेहरू की याद में कई संस्थानों और स्थानों का नाम उनके नाम पर रखा गया है। उनमें मुख्य हैं—कमला नेहरू तकनीकी संस्थान, सुल्तानपुर; कमला नेहरू कॉलेज, कमला नेहरू महिला विद्यालय आदि। आज भी उनके नाम पर कई शैक्षणिक संस्थान संचालित हैं। उन्हें शत-शत नमन!

□

कनकलता बरुआ

ऐसा कहा जाता है कि देशभक्ति और देश के लिए शहादत देने की कोई उम्र नहीं होती। मात्र 18 वर्ष की उम्र में त्याग व बलिदान देकर 'असम की लक्ष्मीबाई' कही जाने वाली कनकलता बरुआ ने इस बात को साबित कर दिया। यूँ तो भारत की आजादी के लिए स्वतंत्रता संग्राम में शामिल लोगों की कतार बहुत लंबी है, लेकिन कनकलता बरुआ का नाम उन वीरांगनाओं में से है, जिन्होंने भरी जवानी में खुद को देश पर न्योछावर कर दिया।

वीरांगना कनकलता बरुआ का जन्म 22 दिसंबर, 1924 को असम के कृष्णकांत बरुआ के घर में हुआ था। वे बारंगबाड़ी गाँव के निवासी थे। उनकी माता का नाम कर्णेश्वरी देवी था। कनकलता मात्र पाँच वर्ष की हुई थीं कि उनकी माता की मृत्यु हो गई। उनके पिता कृष्णकांत ने दूसरा विवाह किया, किंतु सन् 1938 ई. में उनका भी देहांत हो गया। कुछ दिन पश्चात् सौतेली माँ भी चल बसीं। इस प्रकार कनकलता अल्पवय में ही अनाथ हो गईं। अस्तु, वे अपनी नानी के घर आ गईं। वे नानी के साथ घर-गृहस्थी के कार्यों में हाथ बँटातीं और मन लगाकर पढ़ाई भी करती थीं।

इतनी विषम पारिवारिक परिस्थितियों के बावजूद कनकलता के मन-मस्तिष्क में राष्ट्रीयता के भाव का बीजारोपण उस समय हुआ, जब वे केवल सात वर्ष की थीं और अपने मामा देवेंद्र नाथ और यदुराम बोस के साथ एक सभा में गईं। मई 1931 ई. में गमेरी गाँव में रैयत सभा के आयोजन का प्रबंध विद्यार्थियों ने किया था, जिसे देखकर वे काफी प्रभावित हुईं।

उस सभा की अध्यक्षता प्रसिद्ध नेता ज्योति प्रसाद आगरवाल के द्वारा की गई। ज्योति प्रसाद आगरवाला राजस्थानी थे। वे असम के प्रसिद्ध कवि और नवजागरण के अग्रदूत थे। उनके द्वारा असमिया भाषा में लिखे गीत घर-घर में लोकप्रिय थे। आगरवाला के गीतों ने कनकलता को राष्ट्रभक्ति की ओर प्रेरित किया। प्रेरणा का यही

बीज पल्लवित-पुष्पित होता हुआ, त्याग और बलिदान की मिसाल कायम करता हुआ युवा कनकलता बरुआ को भारतीय वीरांगनाओं की कतार में लाकर खड़ा कर देता है।

इस अधिवेशन में भाग लेने वालों को राष्ट्रद्रोह के आरोप में बंदी बना लिया गया। अंग्रेजी हुकूमत के इस कदम से असम में क्रांति की ज्वाला चारों ओर भभकने लगी। महात्मा गांधी के 'सविनय अवज्ञा आंदोलन' को भी इस घटनाक्रम से बल मिला।

भारतमाता को गुलामी की जंजीरों से मुक्त करवाने के लिए मुंबई के कांग्रेस अधिवेशन में 8 अगस्त, 1942 को 'अंग्रेजो भारत छोड़ो' प्रस्ताव पारित हुआ। यह आंदोलन देश के कोने-कोने में फैल गया और दमन-चक्र का दौर शुरू हो गया। असम के शीर्ष नेता मुंबई से लौटते ही पकड़कर जेल में डाल दिए गए। गोपीनाथ बोरदोलोई, सिद्धनाथ शर्मा, मौलाना तैयबुल्ला, विष्णुराम मेधि आदि को जेल में बंद कर दिया गया।

पुलिस के अत्याचार इतने बढ़ गए कि स्वतंत्रता सेनानियों से जेलें भर गईं। कई लोगों को पुलिस की गोली का शिकार बनना पड़ा। शासन के दमन-चक्र के साथ आंदोलन भी बढ़ता गया। ऐसी स्थिति में अंततोगत्वा ज्योति प्रसाद आगरवाला को नेतृत्व सँभालना पड़ा। मोहिकांत दास, गहन चंद्र गोस्वामी, महेश्वर बरा तथा अन्य लोग भी उनके साथ हो गए। आंदोलन को नई दिशा प्रदान करने के लिए ज्योति प्रसाद आगरवाला के नेतृत्व में गुप्त सभा की गई। इस सभा में यह निर्णय लिया गया कि "20 सितंबर, 1942 ई. को तेजपुर की कचहरी पर तिरंगा झंडा फहराया जाएगा।"

अस्तु, 20 सितंबर, 1942 का वह दिन आ गया, जब तेजपुर से 82 मील दूर गोहपुर थाने पर तिरंगा फहराया जाना था। उस दिन सुबह-सुबह अपने घर का काम समाप्त करने के बाद कनकलता भी 'आत्म-बलिदानी दल' के जत्थे में शामिल युवक और युवतियों के साथ चल दीं। अपने दोनों हाथों में तिरंगा झंडा थामे कनकलता उस जुलूस का नेतृत्व कर रही थीं।

उस जुलूस के कतिपय नेताओं को संदेह हुआ कि 'कनकलता और उसके साथी कहीं भाग न जाएँ।' उनके संदेह को भाँपकर कनकलता शेरनी के समान गरज उठीं— "हम युवतियों को अबला समझने की भूल मत कीजिए। आत्मा अमर है, नाशवान है तो मात्र शरीर। अत: हम किसी से क्यों डरें? हम अपना काम करेंगे या फिर मरेंगे।"

अत: 'स्वतंत्रता हमारा जन्मसिद्ध अधिकार है', जैसे नारे के साथ आत्म-बलिदानी जत्था आगे बढ़ने लगा। समूचे जुलूस के गगनभेदी नारों से आकाश गूँजने लगा। जैसे ही जत्था थाने के करीब जा पहुँचा, उस जत्थे के सदस्यों में थाने पर झंडा फहराने की होड़-सी मच गई। हर एक व्यक्ति सबसे पहले झंडा फहराने को बेचैन था। तभी थाने का प्रभारी पी.एम. सोम जुलूस को रोकने के लिए सामने आ खड़ा हुआ। कनकलता ने उससे संयमित आवाज में कहा, "हमारा रास्ता मत रोकिए। हम आपसे संघर्ष करने नहीं

आए हैं। हम तो थाने पर तिरंगा फहराकर स्वतंत्रता की ज्योति जलाने आए हैं। यह कार्य करने के बाद हम लौट जाएँगे।"

जवाब में थाना प्रभारी ने कनकलता को ललकारते हुए कहा, "यदि तुम लोग एक इंच भी आगे बढ़े तो गोलियों से उड़ा दिए जाओगे।"

थाना प्रभारी की चेतावनी सुनकर कनकलता अपने लक्ष्य से विचलित नहीं हुई। "हमारी स्वतंत्रता की ज्योति बुझ नहीं सकती। तुम गोलियाँ चला सकते हो, परंतु हमें कर्तव्य से विमुख नहीं कर सकते।" कहते हुए वे निरंतर आगे बढ़ती गईं। दृढ़प्रतिज्ञ कनकलता के साथ उनका जत्था भी 'भारतमाता की जय' बोलता हुआ आगे बढ़ने लगा, तभी पुलिस ने गोलियों की बौछार शुरू कर दी। पहली गोली कनकलता ने अपनी छाती पर झेली। गोली लगने पर वे वहीं जमीन पर गिर पड़ीं, किंतु उन्होंने अपने हाथ में थामे तिरंगे को झुकने नहीं दिया। उसके साहस व जज्बे को देखकर युवकों का जोश और भी बढ़ गया।

कनकलता के हाथ से तिरंगा लेकर गोलियों के सामने सीना तानकर वीर बलिदानी युवक एक के बाद एक आगे बढ़ते गए और शहीद होकर माँ भारती की गोदी में गिरते गए, किंतु उन्होंने झंडे को न तो झुकने दिया, न ही गिरने दिया। वे भारत की शान झंडे को एक के बाद दूसरे हाथ में थमाते गए और अंततः रामपति राजखोवा ने थाने पर झंडा फहराने में सफलता हासिल की। कनकलता से प्रेरित उनकी टोली के युवकों की यह देशभक्ति सर्वदा वंदनीय है। अनुकरणीय है।

उल्लेखनीय है कि वीरांगना कनकलता बरुआ का शव उनके साथी स्वतंत्रता सेनानी अपने कंधों पर उठाकर उसके घर तक ले जाने में सफल हो गए। उनका अंतिम संस्कार बारंगबाड़ी में ही किया गया। अपने प्राणों की आहुति देकर उन्होंने स्वतंत्रता संग्राम के धरातल को मजबूती प्रदान की। महज 18 वर्षीय कनकलता अन्य बलिदानी वीरांगनाओं से उम्र में छोटी भले ही रही हों, लेकिन त्याग व बलिदान में उनका कद किसी से कम नहीं।

अपने इस अप्रतिम साहस व बलिदान के नाते 'असम की लक्ष्मीबाई' कही जाने वाली कनकलता बरुआ के सम्मान में असम के बारंगबाड़ी में स्थापित कनकलता मॉडल गर्ल्स हाई स्कूल उनकी स्मृतियों की जीवंतता को बरकरार रखे हुए है। भारतमाता की इस वीर पुत्री को शत-शत नमन!

□

कल्पना दत्त

क्रांति शब्द ही मन को झकझोर देने वाला होता है, लेकिन जब यह शब्द किसी भारतीय महिला की वीरता व देशशक्ति के साथ जुड़ जाता है, तो रोमांचकारी हो उठता है। भारतीय स्वतंत्रता संग्राम में अनंत क्रांतिकारियों ने अपने जान की बाजी लगा दी। उनके साथ कंधे-से-कंधा मिलाकर कई भारतीय वीरांगनाओं ने भी अपने प्राण दाँव पर लगा दिए थे। ऐसी ही एक महिला क्रांतिकारी थीं कल्पना दत्त। उन्होंने अपनी क्रांतिकारी गतिविधियों को अंजाम देने के लिए क्रांतिकारी सूर्य सेन के दल से नाता जोड़ लिया था। 1933 में 21 वर्षीय कल्पना दत्त पुलिस मुठभेड़ में गिरफ्तार कर ली गई थीं। राष्ट्रपिता महात्मा गांधी और रवींद्रनाथ टैगोर के प्रयत्नों से ही वे जेल से बाहर आ पाई थीं। कालांतर में अपने महत्त्वपूर्ण योगदान के लिए कल्पना दत्त को 'वीर महिला' की उपाधि से सम्मानित किया गया था।

उल्लेखनीय है कि 27 जुलाई, 1913 को कल्पना दत्त का जन्म चटगाँव, बांग्लादेश के श्रीपुर गाँव में एक मध्यमवर्गीय परिवार में हुआ था। चटगाँव में अपनी आरंभिक शिक्षा पूर्ण करने के उपरांत वे उच्च शिक्षा प्राप्ति हेतु 1929 में कलकत्ता चली गईं। वहाँ उन्होंने बी.एस.सी. में दाखिला लिया। अपनी महाविद्यालयीन पढ़ाई के साथ-साथ वे क्रांतिकारियों की कहानियाँ भी पढ़ने लगीं। इन कहानियों का उनके मन-मस्तिष्क पर गहरा प्रभाव पड़ा। प्रसिद्ध क्रांतिकारियों की जीवनियाँ पढ़ते-पढ़ते उन्होंने स्वयं भी देश के लिए कुछ करने की ठानी।

वे प्रसिद्ध क्रांतिकारी सूर्य सेन की इंडियन रिपब्लिकन आर्मी से जुड़ीं। उनके संगठन से जुड़कर उन्होंने अंग्रेजों के खिलाफ मोर्चा खोल दिया। वे वहीं से इस दल के साथ चुपचाप संपर्क में रहीं। इस दल द्वारा बनाई गई 'चटगाँव शास्त्रागार लूट योजना' को कार्यरूप देने के लिए अपनी पढ़ाई छोड़कर उन्हें चटगाँव आना पड़ा। वे वेश

बदलकर इन लोगों को गोला-बारूद आदि पहुँचाया करतीं। इस बीच उन्होंने रिवॉल्वर से निशाना लगाने का अभ्यास भी किया।

18 अप्रैल, 1930 ई. को 'चटगाँव शस्त्रागार लूट' की घटना को अंजाम देने के बाद वे कलकत्ता से वापस चटगाँव चली गईं, परंतु क्रांतिकारी सूर्य सेन दा के दल के संपर्क में रहीं। कालांतर में कल्पना और उनके साथियों ने क्रांतिकारियों का मुकदमा सुनने वाली अदालत के भवन को और जेल की दीवार को उड़ाने की योजना बनाई, लेकिन पुलिस को इस योजना की सूचना मिल गई और पुरुष के वेश में घूमती कल्पना दत्त को गिरफ्तार कर लिया गया। यद्यपि अभियोग सिद्ध न होने के कारण उन्हें छोड़ दिया गया और उन पर निगरानी रखने के लिए उनके घर के बाहर पुलिस का पहरा बैठा दिया गया।

घर के बाहर कड़ा पहरा लगा होने के बावजूद कल्पना पुलिस को चकमा देकर घर से निकलकर क्रांतिकारी सूर्य सेन से जा मिलीं। सूर्य सेन गिरफ्तार कर लिये गए। मई 1933 में कुछ समय तक पुलिस और क्रांतिकारियों के बीच सशस्त्र मुकाबला होने के बाद कल्पना दत्त भी गिरफ्तार हो गईं। उन पर मुकदमा चला और फरवरी 1934 में क्रांतिकारी सूर्य सेन तथा तारकेश्वर दस्तीकार को फाँसी दे दी गई, जबकि 21 वर्ष की कल्पना दत्त को आजीवन कारावास की सजा सुना दी गई। 1937 में जब देश के हालात कुछ सामान्य हुए और पहली बार प्रदेशों में भारतीय मंत्रिमंडल बने, तब गांधीजी और रवींद्रनाथ टैगोर आदि के विशेष प्रयत्नों से कल्पना दत्त को जेल से बाहर लाया जा सका।

जेल से बाहर आकर उन्होंने अपनी पढ़ाई पूरी की। इसके बाद वे कम्युनिस्ट पार्टी में सम्मिलित हो गईं। उन्होंने 1943 में कम्युनिस्ट नेता पूरन चंद जोशी से विवाह कर लिया। इस प्रकार वे कल्पना दत्त से कल्पना जोशी बन गईं। बाद में वे बंगाल से आकर दिल्ली में बस गईं। वे वहाँ 'इंडो सोवियत सांस्कृतिक सोसाइटी' के लिए काम करने लगीं। सितंबर 1979 ई. में कल्पना जोशी को पुणे में 'वीर महिला' की उपाधि से सम्मानित किया गया।

8 फरवरी, 1995 को इस वीरांगना महिला कल्पना की कलकत्ता में 82 वर्ष की उम्र में मृत्यु हो गई। उनका व्यक्तित्व व कृतित्व आज भी भारतीयों के लिए प्रेरणा का स्रोत है। उनकी मृत्यु के करीब 15 साल बाद, यानी 2010 में आशुतोष गोवारिकर ने कल्पना दत्त के जीवन पर आधरित एक फिल्म बनाई। इस फिल्म का नाम था 'खेलें हम जी जान से।' वीरांगना कल्पना दत्त को शत-शत नमन!

□

कस्तूरबा गांधी

कहा जाता है कि प्रत्येक सफल पुरुष के पीछे एक महिला का हाथ होता है। महात्मा गांधी की सफलता के पीछे कस्तूरबा का हाथ और साथ भी रहा था। भारत में 'बा' के नाम से विख्यात कस्तूरबा महात्मा गांधी की शक्ति का स्रोत थीं। वे उनका आधारस्तंभ रही थीं। उन्होंने अपने जीवन में सदैव एक और एक ग्यारह बनकर रहने का प्रयास किया। उन्होंने गांधीजी को सत्य के संग प्रयोग करने का अवसर दिया। कई बार वे खुद भी इस प्रयोग का हिस्सा बनीं। कस्तूरबा ने कई दफा गांधीजी की खूबियों को निखारा, तो कई दफा खामियों का खामियाजा भी उठाया। दरअसल हर पत्नी के लिए उसका पति सिर्फ पति होता है। उसके समुचित जीवन का एक ऐसा सारबिंदु, जहाँ पर आकर सबकुछ ठहर सा जाता है। कस्तूरबा एक अद्‌भुत महिला थीं। वे बुद्धि, प्रेरणा व सहनशीलता की प्रतिमूर्ति थीं।

उनका जन्म 11 अप्रैल, 1869 को गुजरात के काठियावाड़, पोरबंदर नगर में हुआ था। कस्तूरबा के पिता 'गोकुलदास मकनजी' साधारण व्यापारी थे। कस्तूरबा गोकुलदास मकनजी की तीसरी संतान थीं। उस जमाने में लड़कियों की पढ़ाई पर कम ही ध्यान दिया जाता था। विवाह भी कम आयु में ही कर दिया जाता था। अस्तु, सात साल की छोटी सी कस्तूरबा की सगाई पास में ही रहने वाले मोहनदास करमचंद गांधी के साथ कर दी गई। वे कस्तूरबा से 6 माह छोटे थे। इसके बाद जैसे ही वे तेरह साल की हुईं, उन दोनों का विवाह कर दिया गया।

इस प्रकार कस्तूरबा गांधी बन गईं। महात्मा गांधी की संबल बन गईं। 1888 तक वे अपने पति के लगभग साथ-साथ ही रहीं, किंतु गांधीजी के इंग्लैंड प्रवास के बाद से लगभग अगले बारह वर्ष तक वे दोनों प्रायः अलग रहे। उनके पति गांधीजी 1896 में अफ्रीका गए, तो वहाँ कस्तूरबा भी उनके साथ गईं। वहाँ पर वे अपने पति को समर्थन व सहयोग देती रहीं।

वे सादा जीवन, उच्च विचार की प्रतिमूर्ति थीं। अपने पति के धार्मिक एवं देशसेवा के महाव्रतों में सदैव साथ रहना ही उनके जीवन का सार था। गांधीजी का साथ देने के कारण जब 1932 में वे साबरमती जेल में बंद थीं, ठीक उसी समय गांधीजी भी हरिजनों के प्रश्न पर यरवदा जेल में आमरण उपवास कर रहे थे। गांधीजी को मानसिक संबल देने के लिए उन्होंने अंग्रेजी हुकूमत से आग्रह किया कि उन्हें भी यरवदा जेल भेज दिया जाए।

वे आजीवन शाकाहारी रहीं। अफ्रीका में कठिन बीमारी की अवस्था में भी उन्होंने मांस का शोरबा पीना अस्वीकार कर दिया और आजीवन इस बात पर दृढ़ रहीं। 1913 में जब वे दक्षिण अफ्रीका में थीं, तभी वहाँ की सरकार ने एक ऐसा कानून पारित किया कि ईसाई धर्म की पद्धति से किए गए विवाह ही मान्य होंगे, शेष अन्य विवाहों की मान्यता अग्राह्य होगी। इस कानून के विरोध में कस्तूरबा गांधी ने सत्याग्रह में शामिल होने के लिए वहाँ की महिलाओं का आह्वान किया। इस सत्याग्रह के कारण उन्हें तीन महीने के लिए जेल जाना पड़ा। जेल में मिलने वाला भोजन शाकाहारी न होने से उन्हें फलाहार रहना पड़ा। अस्तु, जब वे जेल से बाहर आईं, तो उनका शरीर सुकड़कर ठठरी मात्र रह गया था।

चंपारण के सत्याग्रह के समय कस्तूरबा गांधी भी तिहरवा ग्राम में रहकर गांधीजी का मनोबल बढ़ाती रहीं। इसके साथ ही वे गाँवों में जाकर जरूरतमंद ग्रामीणों को दवा वितरण करती रहीं। ब्रिटिश हुकूमत को उनके इस काम में राजनीतिक विद्रोह की बू आई। अतः उन्होंने बा की अनुपस्थिति में उनकी झोंपड़ी को जलवा दिया। उस झोपड़ी में वे बच्चों को पढ़ाती थीं। इसलिए उनकी यह पाठशाला एक दिन के लिए भी बंद हो, उन्हें यह गवारा नहीं था। अतः उन्होंने सारी रात जागकर घास का एक दूसरा झोंपड़ा खड़ा कर शिक्षण कार्य को जारी रखा।

इसी प्रकार खेड़ा सत्याग्रह के समय भी वे बापू की शक्ति बनी रहीं। उन्होंने अपने पति के साथ रहकर उनके हर प्रयासों में साथ दिया। खेड़ा में घूम-घूमकर स्थानीय महिलाओं में उत्साह का संचार किया। वे उनका मनोबल बढ़ाती रहीं।

चौराचौरी कांड के बाद 1922 में जब गांधीजी को गिरफ्तार कर छह साल के लिए जेल में डाल दिया गया। उस वक्त उन्होंने जो वक्तव्य दिया, वह उन्हें वीरांगना के रूप में प्रतिष्ठित करवाने के लिए पर्याप्त है। उन्होंने गांधीजी की गिरफ्तारी के विरोध में विदेशी कपड़ों के त्याग का आह्वान किया। अपने पति का संदेश जन-जन तक पहुँचाने के लिए उन्होंने गुजरात के गाँवों का दौरा किया।

कस्तूरबा गांधी उस समय भी अपने पति की वैकल्पिक शक्ति बनकर उभरीं, जब 1930 में दांडी कूच और धरसाना के धावे के दिनों में जब गांधीजी को जेल में कैद कर दिया गया था। ब्रिटिश हुकूमत के खौफ से परे वे पुलिस के अत्याचारों से पीड़ित जनता

की सहायता करतीं। उनका धैर्य बढ़ातीं। उल्लेखनीय है कि 1932 से 1933 के बीच का उनका अधिकांश समय जेल में ही बीता।

उल्लेखनीय है कि 1939 में राजकोट के ठाकुर साहब ने प्रजा को कतिपय अधिकार देना स्वीकार किया था, किंतु बाद में वे मुकर गए। यह खबर जनता में फैली, तो उन्होंने ठाकुर साहब के विरुद्ध अपना विरोध प्रकट करने के लिए सत्याग्रह करने का निश्चय किया। जब खबर कस्तूरबा ने सुनी, तो उन्हें लगा कि राजकोट उनका अपना घर है। वहाँ होने वाले सत्याग्रह में भाग लेना उनका कर्तव्य है। अपने पति की सहमति से वे राजकोट गईं, जहाँ पहुँचते ही सविनय अवज्ञा के अभियोग में उन्हें नजरबंद कर दिया गया। पहले उन्हें एक सुनसान एकांत गाँव में रखा गया, ताकि उन्हें सत्याग्रह से दूर रखा जा सके। वहाँ उनका स्वास्थ्य बिगड़ने लगा, तो उन्हें राजकोट से 10-15 मील दूर स्थित एक राजमहल में रखा गया। कुछ दिनों के बाद गांधीजी ने भी राजकोट पहुँचकर सत्याग्रह में भाग लेने के लिए उपवास करने का निश्चय किया। इस बात की खबर जब कस्तूरबा को मिली, तो उन्होंने भी एक समय ही भोजन करने का निश्चय किया। अपने पति के उपवास के समय वे सदैव ही ऐसा करती थीं।

भारत छोड़ो आंदोलन के दौरान भी कस्तूरबा गांधी की भूमिका उल्लेखनीय रही। 9 अगस्त, 1942 को गांधीजी सहित कई बड़े स्वतंत्रता संग्राम सेनानियों के गिरफ्तार हो जाने पर कस्तूरबा गांधी ने स्वतंत्रता संग्राम की डोर अपने हाथ में थाम ली और वे बंबई स्थित शिवाजी पार्क के उस स्थान की ओर चल दीं, जहाँ स्वयं बापू भाषण देने वाले थे, लेकिन गिरफ्तारी के कारण वे यहाँ नहीं आ सके। अंग्रेजों के भय से परे वीरांगना जैसे ही भाषण स्थल पर पहुँचीं, प्रवेश-द्वार पर ही उन्हें गिरफ्तार कर लिया गया।

गिरफ्तारी के दो दिन बाद उन्हें पूना के आगा खाँ महल में भेज दिया गया। यहाँ पर उनके पति महात्मा गांधी पहले से बंद थे। यहाँ आकर वे अस्वस्थ हो गईं। गिरफ्तारी की रात उनका जो स्वास्थ्य बिगड़ा, वह फिर संतोषजनक रूप से नहीं सुधर पाया और अंततोगत्वा 22 फरवरी, 1944 को उन्होंने अंतिम साँस ली। किसी ने सच ही कहा है कि 'कस्तूरबा न होतीं तो गांधी न होता।' उन्हें शत-शत नमन!

□

कुमारी मैना

प्रथम स्वाधीनता संघर्ष, 1857 में भारतीय सेनानियों का नेतृत्व नाना साहब पेशवा कर रहे थे। उन्होंने अपने सहयोगियों के आग्रह पर बिठूर का महल छोड़ने का निर्णय ले लिया। उनकी योजना थी कि पहले किसी सुरक्षित स्थान पर जाकर सेना का पुनर्गठन करेंगे, फिर अंग्रेजों का नए सिरे से सामना करेंगे।

मैना नाना साहब की एक 13 वर्षीय दत्तक पुत्री थी। अस्तु, नाना साहब बड़े असमंजस में थे कि वे इस छोटी बच्ची को अपने साथ नए स्थान पर ले जाएँ या फिर यहीं महल में छोड़ जाएँ। दरअसल उस बच्ची को साथ ले जाना खतरे से खाली नहीं था और महल में अकेले छोड़ना भी कुछ कम खतरनाक नहीं था। यानी एक तरफ कुआँ था और दूसरी ओर खाई।

नाना साहब को असमंजस में देखकर मैना ने स्वयं महल में रुकने की इच्छा प्रकट की। नाना साहब ने उसे समझाया कि अंग्रेज अधिकारी उससे बंदियों की तरह दुष्टता का व्यवहार कर सकते हैं। फिर मैना तो एक लड़की है, अत: उसके साथ दुराचार भी हो सकता है। मैना एक साहसी बालिका थी। वह अस्त्र-शस्त्र में निपुण थी। उसे अपने शरीर और नारी धर्म की रक्षा करना आता था। अस्तु, मैना ने अपने तर्कों के आधार पर महल में रुकने की दृढ़ता जाहिर की।

मैना के तर्क के आगे नाना साहब हार गए। उन्होंने विवश होकर अपने कुछ विश्वस्त सैनिकों के साथ उसे वहीं महल में छोड़ दिया और नाना साहब निकल पड़े अपनी सैनिक शक्ति को पुन: गठित करने, ताकि ब्रिटिश हुकूमत को जवाब दिया जा सके। उनका सामना किया जा सके।

उनके जाने के कुछ ही दिनों के बाद गुप्तचरों से सूचना पाकर अंग्रेज सेनापति सर टामस 'हे' ने महल को घेर लिया और तोपों से गोले दागना शुरू कर दिया। तोपों के बीच में महल से निकल मैना बाहर आ गई और सेनापति सर टामस 'हे' के

सामने जा खड़ी हुई। उल्लेखनीय है कि सेनापति हे नाना साहब के दरबार में प्रायः आया करता था। अतः उसकी बेटी मैरी से मैना की अच्छी मित्रता हो गई थी। मैना ने यह संदर्भ देकर उसे महल गिराने से रोका, परंतु जनरल आउटरम के आदेश की तामिली करना सेनापति हे की विवशता थी। अतः उसने मैना को गिरफ्तार करने का आदेश जारी कर दिया।

मैना को अपने महल के सब गुप्त रास्ते और तहखानों की जानकारी थी। अतः जैसे ही उसे जनरल आउटरम के आदेश की खबर मिली, वह सतर्क हो गई और गिरफ्तारी से बचने के लिए गुप्त मार्ग से गायब हो गई। क्रोधित सेनापति के आदेश पर फिर से तोपों ने आग उगलना प्रारंभ कर दिया। कुछ ही घंटों में महल ध्वस्त हो गया। ध्वस्त महल के शेषावशेष देखकर सेनापति ने सोचा कि मैना महल में दबकर मर गई होगी, अतः वह वापस अपने निवास पर लौट आया।

चमत्कार तो तब हो गया, जब मैना जीवित निकली। रात के अँधेरे में वह अपने छिपने के लिए गुप्त ठिकाने पर विचार करने लगी। उसे मालूम नहीं था कि महल ध्वस्त होने के बाद भी कुछ सैनिक अब भी वहाँ तैनात हैं। अस्तु, वह बाहर खुली हवा में साँस ले ही रही थी, तभी दो ब्रिटिश सैनिकों ने उसे देख लिया।

सैनिकों ने झट से उसे पकड़कर जनरल आउटरम के सामने प्रस्तुत कर दिया। उल्लेखनीय है कि उसके पिता नाना साहब पर एक लाख रुपए का पुरस्कार घोषित था। जनरल आउटरम नाना साहब को पकड़कर आंदोलन को पूरी तरह कुचलना चाहता था, ताकि ब्रिटेन में बैठे शासकों से उसे बड़ा इनाम मिल सके। उसने सोचा कि मैना छोटी सी बच्ची है, अतः पहले उसे प्यार से समझाया कि वह नाना साहब को पकड़वाने में उनकी मदद करे।

आउटरम की मीठी बातों पर मैना ने कोई प्रतिक्रिया व्यक्त नहीं की। वह एकदम चुप रही। उसका मौन देखकर जनरल आउटरम तिलमिला उठा। उसने मैना को जिंदा जला देने की धमकी दी। इस बात पर भी वह बिल्कुल विचलित नहीं हुई। वह चाहती तो अपनी जान बचाने के लिए अपने पिता को पकड़वाने में अंग्रेजों की मदद कर सकती थी। खुद को बचाने के लिए गिड़गिड़ा सकती थी। लेकिन नहीं, वह जरा भी न तो डरी, न ही डगमगाई। मैना का यह साहस जनरल आउटरम को अंदर तक झकझोर गया। अतः उसने क्रोधित होकर उसी वक्त सख्त आदेश दे दिया कि मैना को पेड़ से बाँधकर जिंदा जला दिया जाए।

आदेश की तामिली करने के लिए निर्दयी सैनिकों ने पहले उसे एक पेड़ से बाँधा, फिर उसके चेहरे को देखा। उसके चेहरे पर कहीं पर भी खौफ नहीं था। यह देखकर वे सब हैरान थे। इसके बाद उन्होंने पेड़ के चारों ओर आग लगा दी। उसकी आग की

तपन हौले-हौले बढ़ रही थी, लेकिन नाना साहब की बेटी मैना शांत थी। उसके चेहरे पर घबराहट, भय या खौफ का कोई चिह्न नहीं था।

इस प्रकार 3 सितंबर, 1857 को कानपुर के किले में नाना साहब की एकमात्र कन्या 13 वर्षीय मैना धधकती हुई आग में जिंदा जलाकर भस्म कर दी गई। भीषण अग्नि में शांत और सरलता की मूर्ति उस बालिका को जलती देख वहाँ उपस्थित सभी लोगों ने उसे एक देवी समझकर प्रणाम किया। ऐसी वीरांगना के चरणों में सादर नमन और वंदन!

□

किरण बाला बोरा

भारतीय स्वतंत्रता संग्राम में कई वीरांगनाओं ने अपनी भागीदारी दर्ज की है। इसमें असम राज्य के नगाँव जिले के उत्तरी हैबोरगाँव की किरण बाला बोरा की भी अहम भूमिका रही है। स्वतंत्रता सेनानी और सामाजिक कार्यकर्ता किरण बाला बोरा को 1930 और 1940 के सविनय अवज्ञा आंदोलन में भाग लेने के लिए जाना जाता है।

सन् 1904 में उनका जन्म असम के हैबोरगाँव में कमल चंद्र पंडित और सरोज ऐदेव के घर में हुआ। उनके पिताजी एक स्कूल शिक्षक थे। उस जमाने के रिवाज के अनुसार किरण ने कक्षा तीसरी तक पढ़ाई की। बाल्यावस्था में ही उनकी शादी साकी राम लस्कर से हो गई थी। उन्हें एक बेटी भी हुई, लेकिन पति की मृत्यु हो जाने के कारण किरण के पिता अपनी बेटी को अपने घर ले आए।

उसी दौरान जलियाँवाला बाग हत्याकांड घटित हो गया। अस्तु, 1920 में इस विचार को बल मिलने लगा कि भारत को ब्रिटिश शासन से स्वतंत्रता प्राप्त करनी चाहिए। गांधीजी के नेतृत्व में सैकड़ों लोग अहिंसक विरोध प्रदर्शन में भाग लेने लगे। गांधीजी ने महिलाओं को घर से निकलकर आंदोलन में भाग लेने का आह्वान किया।

कुछ सोचकर किरण ने खुद को आंदोलन की गतिविधियों में शामिल करना शुरू कर दिया। उन्होंने भारत के उत्तर-पूर्वी हिस्से में आंदोलन को गति प्रदान करने में मदद करने के लिए धन जुटाया। चंद्र शर्मा, महिधर बोरा, हलधर भुइयाँ और देवकांत बरुआ जैसे नेताओं के साथ भी काम करने लगीं। इसी दौरान उनकी मुलाकात असम की एक लेखिका, समाजसुधारक और स्वतंत्रता सेनानी चंद्रप्रवा सैकियानी से हुई।

किरण बाला बोरा ने असहयोग आंदोलन के उद्देश्यों में से एक, विदेशी वस्तुओं के उपयोग का बहिष्कार किया। एक विरोध के दौरान उन्होंने अपने ही घर का कीमती विदेशी सामान जला दिया। इसने दूसरों को भी ऐसा करने के लिए प्रेरित

किया। उन्होंने यूरोप में बने कपड़े खरीदने के बजाय सूत कातना और अपना कपड़ा खुद बनाना शुरू कर दिया। उन्होंने अफीम और भाँग जैसे मादक पदार्थों के इस्तेमाल का भी विरोध किया।

सन् 1929 में लाहौर अधिवेशन में कांग्रेस ने 26 जनवरी, 1930 को पूर्ण स्वराज दिवस के रूप में मनाने का संकल्प लिया। तदनुसार, कोलियाबोर में 400 से अधिक महिलाएँ, किरण बाला के नेतृत्व में ब्रिटिश-भारत सरकार की अवज्ञा में, समारोह में शामिल हुईं। पुलिस ने महिलाओं को भाग लेने से रोकने के लिए उन्हें लाठियों से पीटा, लेकिन किरण बाला के नेतृत्व में महिलाएँ अपने मोर्चे पर डटी रहीं। अस्तु, जब किरण बाला को ही गिरफ्तार कर जेल में डाल दिया गया, तो अन्य महिलाओं की हिम्मत जवाब दे गई। जेल में रहते किरण बाला गंभीर रूप से बीमार पड़ गईं। अस्तु, उन्हें शिलांग जेल में स्थानांतरित कर दिया गया, जहाँ वे विकट परिस्थितियों में रहीं।

कालांतर में उन्होंने असम के एक स्वतंत्रता सेनानी सनत राम बोरा से शादी कर ली। उल्लेखनीय है कि सनत राम बोरा की पिछली पत्नी से पाँच छोटे बच्चे थे और वे एक संयुक्त परिवार में रहते थे। साथ ही वे एक नव स्थापित आध्यात्मिक व धार्मिक श्रीमंत शंकरदेव संघ (शंकरदेव समुदाय) के संस्थापक सचिव थे। किरण बाला ने अपने पति की समस्त जिम्मेदारियाँ सँभालीं। उन्होंने भक्तों की सेवा भी की। उनके पति ने भी उन्हें राजनीतिक जीवन में सक्रिय रहने की पूर्ण स्वतंत्रता दी। अस्तु, अपने पति के समर्थन से वे विवाहोपरांत भी स्वतंत्रता आंदोलन में सक्रिय रहीं।

सन् 1930 के नमक सत्याग्रह के दौरान उन्होंने ग्रामीण इलाकों का दौरा कर गांधीजी के उद्देश्यों का प्रचार-प्रसार किया। दरअसल गांधीजी का मुख्य मकसद नमक पर अंग्रेजों के एकाधिकार को समाप्त करना था। इसलिए उन्होंने सविनय अवज्ञा आंदोलन शुरू किया था। इस आंदोलन के प्रति जन जागरूकता फैलाने के लिए किरण बाला पोलाक्सोनी भी गईं। यह वह स्थान था, जहाँ पर उनके पति सनत राम बोरा का परिवार रहता था।

सन् 1942 के भारत छोड़ो आंदोलन में भी उन्होंने सक्रिय भूमिका का निर्वहन किया। 1942 में भारत छोड़ो आंदोलन में आंदोलनकारियों की एक ही माँग थी, 'अंग्रेजों भारत छोड़ो।' इसके लिए 'करो या मरो' नारा लगाया गया। आंदोलन की तैयारी व उत्साह को देखते हुए ब्रिटिश औपनिवेशिक सरकार ने आंदोलन को प्रारंभ में ही कुचल दिया। गांधीजी सहित हजारों स्वतंत्रता सेनानियों को गिरफ्तार कर जेल में डाल दिया गया। किरण बोरा ने इन घटनाओं का विरोध किया। बदले में उन्हें पुलिस के

लाठीचार्ज का सामना करना पड़ा। अत: पुलिस से बचते-बचाते उन्होंने अपना संघर्ष तब तक जारी रखा, जब तक कि भारत को स्वतंत्रता नहीं मिल गई।

स्वतंत्रता के बाद उन्होंने सार्वजनिक जीवन से अपने व्यक्तिगत जीवन में पदार्पण कर अपने बच्चों की देखभाल में पूर्णकालीन समय दिया। जीवनपर्यंत उन्हें भारत की राज्य और केंद्र सरकारों द्वारा स्वतंत्रता सेनानी पेंशन मिलती रही। अंतत: 4 जनवरी, 1993 को करीब 88 साल की उम्र में उनका निधन हो गया। असम की इस वीरांगना को शत-शत नमन!

□

रानी चेन्नम्मा

कहावत है कि बहादुरी किन्हीं सीमाओं की मोहताज नहीं होती। भारत का लगभग हर कोना वीरांगनाओं के साहस की गाथा से भरा पड़ा है। फिर चाहे वह पूरब हो या पश्चिम, उत्तर हो या दक्षिण। 23 अक्तूबर, 1778 को काकती, बेलगाँव तहसील, बेलगाँव जिला, मैसूर में जनमी रानी चेन्नम्मा ने भी अपने बल पर शौर्य की नव कहानी लिखी। उन्हें कित्तूर की रानी चेन्नमा के नाम से भी जाना जाता है। उन्होंने भारत के प्रथम स्वतंत्रता संग्राम से 33 वर्ष पूर्व हड़प नीति (डॉक्ट्रिन ऑफ लैप्स) के विरुद्ध ब्रिटिश हुकूमत से सशस्त्र संघर्ष किया था। संघर्ष करते-करते वे अंततः वीरगति को प्राप्त हुईं। ब्रिटिश उपनिवेशवाद के खिलाफ विद्रोही ताकतों का नेतृत्व करने वाली पहली और कुछ महिला शासकों में से एक के रूप में उन्हें कर्नाटक में एक लोकनायक के रूप में याद किया जाता है। भारत की स्वतंत्रता के लिए संघर्ष करने वाले सबसे पहले स्वतंत्रता संग्राम सेनानियों में उनका नाम भी दर्ज है।

वे लिंगायत समुदाय से ताल्लुक रखती थीं और छोटी उम्र से ही उन्होंने घुड़सवारी, तलवारबाजी और तीरंदाजी का प्रशिक्षण प्राप्त किया था। कर्नाटक प्रांत में एक छोटा सा कस्बा है कित्तूर। यह धारवाड़ और बेलगाँव के बीच बसा है। कहते हैं कि एक बार बेलगाँव के काकती नामक स्थान पर नरभक्षी बाघ का आतंक फैल गया। जनजीवन संकट में था। उस समय कित्तूर में राजा मल्लासर्ज का शासन था। वे आखेट के प्रेमी थे। राजा उस समय काकती आए तो उन्हें बाघ के आतंक की सूचना मिली। राजा तुरंत बाघ की खोज में निकल गए। सौभाग्य से बाघ का पता शीघ्र ही चल गया और राजा ने उस पर बाण चला दिया।

बाघ घायल होकर गिर गया। राजा तुरंत बाघ के निकट पहुँचे तो देखा कि घायल बाघ पर एक नहीं, बल्कि दो-दो बाण गिरे थे, जबकि राजा ने एक ही बाण चलाया था। यह देखकर राजा आश्चर्य में पड़ गया। तभी राजा की दृष्टि सैनिक वेशभूषा में

सजी एक सुंदर कन्या पर पड़ी। राजा को समझते देर न लगी कि दूसरा बाण उस कन्या का ही है।

राजा को देखते ही वह कन्या क्रुद्ध स्वर में बोली, "आपको क्या अधिकार था, जो आपने मेरे खेल में विघ्न डाला?" राजा कुछ न बोल सका। वह मन-ही-मन कन्या की वीरता और सौंदर्य पर मुग्ध होकर उसे देखता रह गया। इतने में राजा के अन्य साथी भी आ गए। राजा ने उन्हें बताया कि बाघ इस वीर कन्या के बाण से आहत होकर मरा है। सभी लोग कन्या की वीरता की सराहना करने लगे। बाद में राजा मल्लासर्ज के प्रस्ताव पर 15 वर्षीय वीर बाला चेन्नम्मा ने शादी के लिए 'हाँ' कह दिया।

राजा मल्लासर्ज के साथ उनका वैवाहिक जीवन सुखपूर्वक चल रहा था। उनको एक बेटा भी हुआ। दुर्भाग्यवश 1816 में चेन्नम्मा के पति की मृत्यु हो गई। अस्तु, राज संचालन का कार्य उनके पुत्र ने किया, लेकिन दुर्भाग्यवश कुछ समय के बाद अर्थात् 1824 में उनके पुत्र की भी मौत हो गई। इसके साथ ही उनके राज्य कित्तूर में ब्रिटिश अधिकारियों की मनमानी शुरू हो गई। इसकी शिकायत रानी चेन्नम्मा ने बॉम्बे प्रेसीडेंसी के गवर्नर से की, लेकिन इसका कोई फायदा नहीं हुआ, उस समय रानी के खजाने की कीमत तकरीबन 15 लाख रुपए थी। ब्रिटिश अधिकारी कित्तूर की रानी के इस खजाने और बहुमूल्य आभूषणों और जेवरात को हथियाना चाहते थे।

अस्तु, अपने राज्य में व्यवस्था बनाए रखने के लिए रानी चेन्नम्मा ने तुरंत शिवलिंगप्पा नामक एक बच्चे को गोद लेकर उसे सिंहासन का उत्तराधिकारी बनाया। तत्कालीन गवर्नर जनरल लॉर्ड डलहौजी द्वारा पेश किए गए डॉक्ट्रिन ऑफ लैप्स के बहाने शिवलिंगप्पा को राजसिंहासन से हटाने का आदेश जारी कर दिया। बस यहीं से उनका अंग्रेजों से टकराव शुरू हुआ, क्योंकि उन्होंने बड़े ही साहस के साथ अंग्रेजों का आदेश स्वीकार करने से साफ इनकार कर दिया और उन्होंने बंबई प्रांत के लेफ्टिनेंट गवर्नर माउंट स्टुअर्ट एलफिंस्टन को एक पत्र भेजा, लेकिन उन्हें न्याय नहीं मिला।

उल्लेखनीय है कि उन दिनों 'डाक्ट्रिन ऑफ लैप्स' नामक अंग्रेजों की नीति अपने यौवनावस्था में थी। इस नीति के तहत भारत के किसी भी राज्य में दत्तक पुत्रों को राजसिंहासन पर आसीन होने का अधिकार नहीं था। अस्तु, दत्तक उत्तराधिकारी वाले राज्यों को अंग्रेज अपने आधिपत्य में लेकर उसे ब्रिटिश साम्राज्य में मिला लेते थे।

अंग्रेजों की नजर इस छोटे, परंतु संपन्न राज्य कित्तूर पर बहुत दिन से लगी थी। अवसर मिलते ही उन्होंने गोद लिये पुत्र को उत्तराधिकारी मानने से इनकार कर दिया और वे राज्य को हड़पने की योजना बनाने लगे। आधा राज्य देने का लालच देकर उन्होंने राज्य के कुछ देशद्रोहियों को भी अपनी ओर मिला लिया।

ऐसी अवस्था में रानी चेन्नम्मा ने स्पष्ट उत्तर दिया कि "उत्तराधिकारी का मामला

हमारा अपना मामला है, अंग्रेजों का इससे कोई लेना-देना नहीं।" साथ ही उन्होंने अपनी प्रजा से कहा कि "जब तक तुम्हारी रानी की नसों में रक्त की एक भी बूँद है, कित्तूर को कोई नहीं ले सकता।"

रानी का यह उत्तर पाकर 23 सितंबर, 1824 को धारवाड़ के कलेक्टर थैकरे ने 500 सिपाहियों के साथ कित्तूर का किला घेर लिया। किले के फाटक बंद थे। थैकरे ने दस मिनट के अंदर आत्मसमर्पण करने की चेतावनी दी। इतने में अकस्मात् किले के फाटक खुले और दो हजार देशभक्तों की अपनी सेना के साथ रानी चेन्नम्मा मर्दाने वेश में अंग्रेजों की सेना पर टूट पड़ी। रानी की ताकत देखकर कलेक्टर थैकरे वहाँ से भाग गया।

दो देशद्रोहियों को रानी चेन्नम्मा ने तलवार से मौत के घाट उतार दिया। अंग्रेजों ने मद्रास और बंबई से कुमुक मँगाकर 3 दिसंबर, 1824 को फिर कित्तूर का किला घेर लिया। परंतु उन्हें कित्तूर के देशभक्तों के सामने फिर पीछे हटना पड़ा।

20,000 सैनिकों की विशाल सेना रानी के सामने टिक न सकी। अक्तूबर 1824 में युद्ध के पहले राउंड में ब्रिटिश सेना को काफी नुकसान हुआ। चेन्नम्मा के मुख्य सहयोगी बलप्पा ने ब्रिटिश सेना को हिलाकर रख दिया। गुरुसिद्दप्पा ने भी चेन्नम्मा की मदद की थी। उसने राजनीतिक एजेंट जॉन थावकेराय की हत्या कर दी थी। इसके बाद दो अन्य ब्रिटिश अधिकारी सर वाल्टर इलियट और मि. स्टीवेंसन को भी बंदी बना लिया गया था, लेकिन बाद में समझौता कर उन्हें छोड़ दिया गया। इस प्रकार युद्ध को भी टाल दिया गया।

धारवाड़ आयुक्त चैपलिन के नेतृत्व में ब्रिटिश सैनिक दो दिन बाद फिर शक्ति संचय करके कित्तूर में आ धमके। रानी चेन्नम्मा ने युद्ध में अपनी पूर्ण शक्ति झोंक दी, तदुपरांत वे लंबे समय तक अंग्रेजी सेना का मुकाबला नहीं कर सकीं। इस बार इस छोटे से राज्य के काफी लोगों ने अपने प्राणों का बलिदान दिया। अंग्रेजों की शक्ति के आगे उन दिनों कोई भी ज्यादा दिनों तक ठहर नहीं पाता था। अस्तु, बहादुर रानी को कैद कर बेलहोंगल किले में रखा गया। जहाँ 50 साल की अवस्था में 21 फरवरी, 1829 को उनकी मौत हो गई।

प्रसिद्ध इतिहासकार कुमार के अनुसार, "रानी चेन्नम्मा और अंग्रेजों के बीच हुए युद्ध में हड़प नीति की अहम भूमिका थी। बाद में 1857 के आंदोलन में भी इस नीति की प्रमुख भूमिका थी और अंग्रेजों की इस नीति सहित विभिन्न नीतियों का विरोध करते हुए कई रजवाड़ों ने स्वतंत्रता संग्राम में भाग लिया था।"

इस प्रकार अंग्रेजों के खिलाफ युद्ध में रानी चेन्नम्मा ने अपूर्व शौर्य का प्रदर्शन किया। उल्लेखनीय है कि रानी चेन्नम्मा ऐसी पहली महिलाओं में से थीं, जिन्होंने अंग्रेजी शासन के अनावश्यक हस्तक्षेप और कर संग्रह प्रणाली के विरुद्ध अपना विरोध दर्ज

किया। रानी चेन्नम्मा के साहस एवं उनकी वीरता के कारण देश के विभिन्न हिस्सों खासकर कर्नाटक में उन्हें विशेष सम्मान हासिल है। उनका नाम आज भी आदर के साथ लिया जाता है। उनकी कहानी ही झाँसी की रानी लक्ष्मीबाई के संघर्ष में प्रतिलक्षित होती है। यह भी एक गौरव का विषय है कि प्रथम स्वतंत्रता संग्राम के करीब तीन दशक पहले ही रानी चेन्नम्मा ने युद्ध में अंग्रेजों के दाँत खट्टे कर दिए थे। डॉक्ट्रिन ऑफ लैप्स के अलावा रानी चेन्नम्मा का अंग्रेजों की कर नीति को लेकर भी विरोध था और उन्होंने उसे मुखर आवाज दी। इसलिए उन्हें 'कर्नाटक की लक्ष्मीबाई' भी कहा जाता है।

पुणे-बेंगलुरु राष्ट्रीय राजमार्ग पर बेलगाम के पास कित्तूर का वह राजमहल तथा अन्य इमारतें आज भी उन गौरवशाली अतीत की साक्षी हैं। ये इमारतें आज भी उनके शौर्य की वीरगाथा सुनाती हैं। वीरांगना रानी चेन्नम्मा को शत-शत नमन!

□

गुलाब कौर

भारतीय स्वतंत्रता संग्राम में महिला सेनानियों की भी उतनी ही भागीदारी रही, जितनी कि पुरुष सेनानियों की। अरुणा आसफ अली, डॉ. लक्ष्मी सहगल, सरोजिनी नायडू, सुचेता कृपलानी, तारा रानी श्रीवास्तव और कनकलता बरुआ जैसी उन अनगिनत वीरांगनाओं के नाम बड़े ही सम्मान के साथ स्मरण किए जाते हैं, जिन्होंने अपने त्याग व बलिदान के बल पर भारत को आजाद करवाया। दुःख की बात यह है कि भारतीय स्वतंत्रता के इतिहास में जिन महिलाओं का योगदान रहा है, उन्हीं में से अनेक वीरांगनाओं के नाम हमारे इतिहास के पन्नों से नदारद हैं। वक्त की धुंध में गुम ऐसी ही भूली-बिसरी स्वतंत्रता सेनानियों में से एक थीं गुलाब कौर। वे एक ऐसी स्वतंत्रता सेनानी थीं, जो गदर पार्टी में सक्रिय रहीं।

पंजाब के संगरूर जिले के बक्षीवाला गाँव में 1890 में जनमी गुलाब कौर के बारे में आमतौर पर लोगों को बहुत ही कम जानकारी है, क्योंकि उन्होंने अपने हिस्से का राष्ट्रीय दायित्व निभाया और दुर्भाग्यवश बहुत ही जल्दी अंग्रेजी हुकूमत के जुल्म व उत्पीड़न का शिकार होकर वीरगति को प्राप्त हो गईं।

आज भी इस बात पर चर्चा होती है कि गुलाब कौर के जीवन में एक ऐसा वक्त आया था, जब एक ओर आमोद-प्रमोद से भरपूर नवविवाहित जीवन उनके सामने था, तो दूसरी ओर भारतीय स्वतंत्रता के लिए सक्रिय गदर दल में शामिल होकर भारतमाता के लिए सबकुछ कर-गुजरने का अवसर। कशमकश के उस दौर में उस वीरांगना ने भारत को आजाद कराने के मार्ग में अपनी आहुति देने का मार्ग चुना। उन्होंने देश के लिए अपने पारिवारिक सुकून की तिलांजलि देकर भारतीय स्वतंत्रता संग्राम में शामिल होने का फैसला किया। उनके इस निर्णय से उनका बसा-बसाया परिवार विघटित हो गया।

उल्लेखनीय है कि उनकी शादी मानसिंह नामक एक व्यक्ति से हुई थी।

विवाहोपरांत वे और उनके पति अमेरिका जाने के रास्ते में ब्रिटिश भारत से फिलिपींस चले गए। वहाँ पर उनकी मुलाकात गदर पार्टी के कुछ क्रांतिकारियों से हुई। यहाँ पर गदर पार्टी की स्थापना विदेशों में रह रहे सिखों ने की थी और वे सभी अपने देश की आजादी में भाग लेने के लिए हिंदुस्तान लौट रहे थे। उनसे प्रभावित होकर गुलाब के मन पर क्रांतिकारी रंग चढ़ चुका था। उनके दिल में भी ब्रिटिश साम्राज्य को अपने देश से उखाड़ फेंकने की चिनगारी इस कदर भड़की कि उन्होंने अपनी निजी जिंदगी की भी परवाह नहीं की। गुलाब ने न सिर्फ अपने पति, बल्कि सभी तरह की सुविधाओं से भरपूर अपनी आगे की जिंदगी को भी छोड़ दिया और देश के लिए आजादी की लड़ाई का हिस्सा बन गईं।

अपने आप को देश की आजादी के लिए समर्पित कर चुकी गुलाब कौर मनीला में गदर पार्टी में शामिल हो गईं, जो ब्रिटिश शासन से उपमहाद्वीप को मुक्त करने के उद्देश्य से सिख-पंजाबी प्रवासियों द्वारा स्थापित एक संगठन था। वे पार्टी साहित्य के मुद्रण और वितरण की प्रभारी थीं और भारतीय यात्रियों को नावों पर भाषण देने के लिए भी जानी जाती थीं।

गुलाब कौर को पार्टी की प्रिंटिंग प्रेस पर निगरानी रखने का दायित्व सौंपा गया। सच तो यह है कि गुलाब कौर पार्टी की प्रिंटिंग प्रेस की आड़ में पहरा देती थीं। हाथ में एक प्रेस पास लिये एक पत्रकार के रूप में पोज देते हुए उन्होंने गदर पार्टी के सदस्यों को हथियार बाँटे। गुलाब कौर ने अन्य लोगों को स्वतंत्रता का साहित्य वितरित करके और जहाजों में यात्रा कर रहे भारतीय यात्रियों को प्रेरक भाषण देकर गदर पार्टी में शामिल होने के लिए प्रोत्साहित किया। वे पार्टी साहित्य के मुद्रण और वितरण की प्रभारी थीं।

गुलाब कौर के परिवर्तित निर्णयों के सामने उनके पति मानसिंह की नहीं चली, तो वह उन्हें वहीं मनीला में छोड़कर अमेरिका चले गए। जाना तो गुलाब कौर को भी था, लेकिन आजादी की मशाल हाथ में ले लेने के कारण वे वहीं रुक गईं और पचास अन्य स्वतंत्रता सेनानियों में शामिल हो गईं। वहाँ से वे कोरिया आ गईं। फिर यहाँ से वे सिंगापुर होते हुए भारत आ गईं, जबकि उनके पति अमेरिका के लिए रवाना हो गए। भारत पहुँचने के बाद वे कुछ अन्य क्रांतिकारियों के साथ कपूरथला, होशियारपुर और जालंधर में सक्रिय हुईं, ताकि देश की आजादी हेतु सशस्त्र क्रांति के लिए जनता को जुटाया जा सके।

दुर्भाग्य से ब्रिटिश अधिकारियों ने उन्हें पकड़ लिया और उन्हें देशद्रोह के आरोप में गिरफ्तार कर लिया। अन्य क्रांतिकारियों के साथ उन्हें लाहौर के शाही किले में दो साल की कैद हुई। जहाँ उन्हें गंभीर दुर्व्यवहार और यातनाएँ मिलीं। जुल्म के इसी

तांडव के मध्य 1931 में उनका निधन हो गया। आज भी गदरी गुलाब के नाम से उनको पंजाब में बड़े अदब से याद किया जाता है। उनकी सक्रियता का कालखंड कम था, परंतु अनुकरणीय था। 2014 में केसर सिंह ने गुलाब कौर के बारे में 'गदर दी धी गुलाब कौर' नामक एक पुस्तक पंजाबी भाषा में लिखी है, इस किताब में उन्होंने वीरांगना गदरी गुलाब की शहादत के विषय में विस्तार से लिखा है। उनकी शहादत को सादर नमन!

□

चंद्रप्रवा सैकियानी

गांधीजी के आह्वान पर महिलाएँ ही नहीं, बल्कि कई नवयुवतियाँ व बालिकाएँ भी अपने घरों से निकलकर भारतीय स्वतंत्रता संग्राम में कूद पड़ीं। चंद्रप्रवा सैकियानी भी एक ऐसी ही स्वतंत्रता संग्राम सेनानी थीं, जिन्होंने 1921 में असहयोग आंदोलन में भाग लेकर भारतीय स्वतंत्रता आंदोलन में अपना अभूतपूर्व योगदान दिया। असहयोग आंदोलन व सविनय अवज्ञा आंदोलन में भाग लेने के कारण उन्हें दो बार जेल जाना पड़ा। वे लेखक और समाज सुधारक भी थीं। अस्तु, उन्होंने महिलाओं के हक के लिए लड़ाई लड़ी और असम में सामाजिक समानता के स्थापन के लिए अपने स्तर पर अथक प्रयास किए। इसके साथ ही उन्होंने समाज व मानव कल्याण पर लेखन कार्य किया।

वीरांगना चंद्रप्रवा सैकियानी का जन्म 16 मार्च, 1901 को असम के कामरूप जिले के दाईसिंगरी नामक एक छोटे से गाँव में हुआ था। उनके पिताजी रतिराम मजूमदार ग्रामप्रधान थे। चंद्रप्रवा ने अपनी बाल्यावस्था में ही अपने घर के आसपास रहने वाली गरीब लड़कियों को पढ़ाना शुरू कर दिया था। सिर्फ 13 साल की उम्र में उन्होंने लड़कियों के लिए एक स्कूल की भी स्थापना कर डाली। घास-फूस की छत के नीचे बैठकर उन्होंने खुद शिक्षा ली और दूसरों को भी शिक्षित बनाया।

उन्होंने एक मिशन स्कूल के छात्रावास में हिंदू और ईसाई छात्रों के बीच होने वाले भेदभाव के खिलाफ विरोध प्रदर्शन किया। 1918 में उन्होंने तेजपुर में असम छात्र सम्मेलन में भाग लिया और यहाँ पर प्रचलित अफीम के नशे के प्रति लोगों का ध्यान आकर्षित कर इस पर प्रतिबंध लगाने का आह्वान किया।

भारतीय समाज में महिलाओं को समानता का अधिकार दिलवाने के लिए उन्होंने 1926 में 'असम प्रादेशिक महिला समिति' की स्थापना की। इस समिति ने महिलाओं को शिक्षित करने और उन्हें स्वरोजगार के साधन प्रदान करने तथा उनका समुचित विकास

करने के उद्देश से बाल-विवाह की रोकथाम के उपाय किए। बाल-विवाह से होने वाले नुकसान के प्रति समाज में जागरूकता का संचार किया।

उल्लेखनीय है कि उस समय समाज में जाति व्यवस्था का अत्यधिक प्रभाव था। अस्तु, इस व्यवस्था को कमजोर करने के लिए उन्होंने भरसक प्रयास किया। अत: गुवाहाटी के पास हाजो हयाग्रीव माधव मंदिर सभी के लिए खोल दिया गया। इससे पूर्व इस मंदिर में महिलाओं का प्रवेश प्रतिबंधित था। इस प्रकार के प्रयासों व चिंतन से उन पर मध्ययुगीन संत श्रीमंत शंकरदेव की शिक्षाओं का गहरा प्रभाव था। सच तो यही है कि उन्हीं ने उन्हें समाज में समानता स्थापित करने तथा लड़ने के लिए प्रेरित किया था। इस दिशा में उन्होंने 'पितृभिथा', 'सिपाही बिद्रोहाट' और 'दिलीर सिंहासन' आदि जैसे सामाजिक उपन्यास लिखे।

उन्होंने 1930 के सविनय अवज्ञा आंदोलन में भी सक्रिय रूप से भाग लिया। सर्वविदित है कि उन्होंने गांधीजी के इस अहिंसक आंदोलन का प्रसार-प्रचार किया था। उनका देशप्रेम व क्रांतिकारी उत्साह असमिया साहित्य में परिलक्षित होता है।

सन् 1972 में उन्हें पद्मश्री से सम्मानित किया गया था। उसी साल अपने 72वें जन्मदिन अर्थात् 6 मार्च, 1972 को उन्होंने अंतिम साँस ली। यानी वीरांगना चंद्रप्रवा की जन्म व मृत्यु की तिथि एक ही है। यह एक आश्चर्यजनक संयोग है। 2002 में भारत सरकार ने उन पर एक स्मारक डाक टिकट जारी करके उन्हें सम्मानित किया। वीरांगना चंद्रप्रवा को शत-शत नमन!

□

जानकी अथि नहप्पन

भारतीय स्वतंत्रता संग्राम में तमाम वीरांगनाओं ने अपने–अपने ढंग से योगदान दिया है। सभी की अपनी विशेष परिस्थितियाँ रही हैं। इन सबके सहयोग व प्रयासों से ही भारत को आजादी मिल पाई। जानकी अथी नहप्पन एक ऐसी वीरांगना थीं, जिन्होंने भारतीय राष्ट्रीय सेना की 'झाँसी की रानी रेजिमेंट' का नेतृत्व किया। वे 'जानकी जेवर' के नाम से भी जानी जाती हैं।

जानकी अथी नहप्पन का जन्म 25 फरवरी, 1925 को कुआलालंपुर, मलय (मलेशिया) में एक तमिल परिवार में हुआ था। वे केवल 16 वर्ष की थीं, जब उन्होंने सुभाष चंद्र बोस के आह्वान पर अपने सोने के झुमके उतारकर दान में दे दिए। उल्लेखनीय है कि उन दिनों सुभाष चंद्र बोस भारत के स्वतंत्रता संग्राम के लिए धन एकत्र कर रहे थे, ताकि भारत को ब्रिटिश गुलामी से मुक्त किया जा सके।

सुभाष चंद्र बोस से प्रभावित होकर जानकी ने भारतीय राष्ट्रीय सेना की 'झाँसी की रानी रेजिमेंट' में शामिल होने की इच्छा व्यक्त की, तो प्रारंभ में उन्हें अपने पिताजी के कड़े विरोध का सामना करना पड़ा, लेकिन अंततः वे अपनी बेटी से सहमत हो गए।

कालांतर में जानकी मलेशियाई भारतीय कांग्रेस की संस्थापक सदस्य थीं। वे भारतीय सेना की 'झाँसी की रानी रेजिमेंट' की सक्रिय व योग्य कमांडरों में से एक थीं, इसलिए वे शीघ्र ही अपनी रेजिमेंट की कमान में दूसरे स्थान पर पहुँच गईं। दरअसल वे एक समर्पित सिपाही थीं, जो पूरे मनोयोग से अपने कार्यों को अंजाम देती थीं।

उल्लेखनीय है कि जानकी उन शुरुआती महिलाओं में से एक थीं, जो भारतीय राष्ट्रीय सेना में शामिल हुईं और मलेशिया में रहकर भारत की स्वतंत्रता के लिए काम किया। यह बहुत ही सुखद बात थी कि एक विदेशी महिला ने भारतमाता की गुलामी की पीड़ा को महसूस किया। भारतीयों की छटपटाहट को सिर्फ समझा ही नहीं, बल्कि उन्हें इस दर्द से छुटकारा दिलवाने के लिए अपना योगदान भी दिया।

वे भारतीय स्वतंत्रता के लिए अंग्रेजी हुकूमत से जंग करने के लिए आई.एन.सी. और जापानियों के बीच सहयोग में शामिल होने वाली पहली महिलाओं में भी शामिल थीं। उन्होंने द्वितीय विश्वयुद्ध के दौरान भारत–बर्मा (अब म्याँमार) सीमा पर अंग्रेजों से भी खुली लड़ाई लड़ी। स्वतंत्रता के लिए 'भारतीय राष्ट्रीय कांग्रेस' के प्रतिरोध से प्रेरित होकर वे मलेशिया में भारतीय कांग्रेस चिकित्सा अभियान में शामिल हो गईं।

युद्ध के बाद उन्होंने जॉन थिवी के नेतृत्व में 'मलय भारतीय कांग्रेस' की स्थापना की। उल्लेखनीय है कि यह संगठन आईएनसी के सिद्धांतों पर आधारित था। उस समय मलेशिया में नेताजी सुभाष चंद्र बोस का गहरा प्रभाव था। वहाँ के लोग आईएनसी को एक आदर्श संस्था मानते थे। कालांतर में अपनी सक्रियता व समर्पण के कारण जानकी मलेशियाई संसद् के दीवान नेगारा में सीनेटर बन गईं। इसके बाद वे सेलांगोर गर्ल गाइड्स एसोसिएशन की आयुक्त बनाई गईं। फिर उन्हें कई राष्ट्रीय महिला संगठनों की परिषद् में भी शामिल किया गया।

भारतीय स्वतंत्रता के लिए अंग्रेजी हुकूमत से जंग करने वाली वीरांगना जानकी को 2002 में भारत सरकार ने पद्मश्री से सम्मानित किया। 2014 में 89 वर्ष की आयु में निमोनिया से उनकी मृत्यु हो गई। वे नहीं रहीं, लेकिन उनके योगदान को भारतीय सदैव याद रखेंगे। समस्त भारतीयों की ओर से उन्हें शत–शत नमन!

□

जानकी देवी बजाज

सामान्यत: प्रत्येक मानव सुख चाहता है। सुख की चाह में तमाम प्रयास करता है, लेकिन जानकी देवी बजाज एक ऐसी महान् हस्ती थीं, जिन्होंने भारत की स्वतंत्रता के लिए अपने जीवन के सभी सुखों का त्याग कर दिया था। वे अपना सर्वस्व न्योछावर भारत के मुक्ति संग्राम का हिस्सा बन गईं। 1921 के असहयोग आंदोलन से प्रेरित होकर उन्होंने अपने घर के अंदर और बाहर इस्तेमाल होने वाले विदेशी कपड़ों को जला दिया और अपने जीवन में खादी को समाहित कर लिया। 1932 में सविनय अवज्ञा आंदोलन में भाग लेने के कारण उन्हें जेल भी जाना पड़ा।

उनका जन्म 7 जनवरी, 1893 को मध्य प्रदेश के रतलाम जिले के जावरा राज्य के जौरा में एक अग्रवाल परिवार में हुआ था। उनकी माता मैना देवी सादगी और कोमलता की प्रतिमूर्ति थीं। वे न केवल पड़ोसियों, बल्कि अपने नौकरों की भी उनके काम में मदद करती थीं। जानकी देवी का एक बड़ा भाई, चिरंजी लालजी और एक छोटा भाई, पुरुषोत्तम दास था। मात्र आठ साल की उम्र में जमना देवी का विवाह 12 वर्षीय जमनालाल बजाज से कर दिया गया। वे उनके ही समुदाय के थे। शादी पूरी तरह से पारंपरिक ढंग से संपन्न हुई थी। विवाह के बाद उन्हें 1902 में जौरा छोड़ अपने पति जमनालाल बजाज के साथ वर्धा, महाराष्ट्र में आना पड़ा। व्यक्तिगत जीवन में जानकी देवी एक समर्पित पत्नी और माँ थीं।

जब उनकी शादी हुई, उस समय बजाज परिवार बहुत ही औसत मध्यमवर्गीय व्यापारियों में से एक था, लेकिन उनके भाग्य से कुछ ही वर्षों में जमनालाल एक बड़े व्यापारिक साम्राज्य का निर्माण करने में सफल हो गए। उनके पति जमनालालजी गांधीजी से प्रभावित थे। इसलिए उन्होंने उनकी सादगी को अपने जीवन में उतार लिया था। जानकी देवी ने भी स्वेच्छा से अपने पति के नक्श-ए-कदम पर चलने का प्रण किया।

उन्होंने भी त्याग के रास्ते को अपना लिया। इसकी शुरुआत अपने स्वर्णाभूषणों के दान देकर की।

कालांतर में भारतीय स्वतंत्रता आंदोलन में उनकी उल्लेखनीय भूमिका रही। वे महात्मा गांधी की करीबी सहयोगी थीं। स्वतंत्रता संग्राम में सक्रिय रहने के साथ-साथ उन्होंने खादी और चरखे पर कताई भी की। सभी भारतवासियों को खादी पहनने के लिए प्रोत्साहित किया। वे दिन-रात चरखे और धुरी पर काम करती थीं और घर-घर जाकर लोगों को चरखे की कताई सिखाती थीं, ताकि देश में विदेशी वस्त्रों के बजाय स्वदेशी वस्त्रों को बढ़ावा मिले। स्वराज के लिए आत्मनिर्भरता एक आवश्यक शर्त थी। इसीलिए गांधीजी के आदर्शों पर चलते हुए जानकी देवी ने खादी को भारतीयों के मन में गहरे पैठ बनाने का प्रयास किया।

वे स्वभाव से उदार थीं। हर वर्ग, जाति और धर्म के लोगों को समान रूप से देखती थीं। बिना किसी भेदभाव के उनकी सहायता करती थीं। 1919 में अपने पति की सहमति से उन्होंने सामजिक वैभव और कुलीनता के प्रतीक बन चुके परदा प्रथा का त्याग कर दिया था। उन्होंने भारत की अन्य महिलाओं को भी परदा प्रथा त्यागने के लिए प्रोत्साहित किया। उनके इस कदम से प्रेरित होकर हजारों महिलाएँ घूँघट त्यागकर घर से बाहर निकलीं और आजादी की जंग का हिस्सा बनीं।

सन् 1928 में जमना देवी ने महिलाओं के उत्थान के लिए कार्य किया। उनकी शिक्षा को बढ़ावा देने के लिए एक नियोजित ढंग से प्रयास किया। यह उन्हीं के प्रयासों का ही प्रतिफल है कि भारत की अनेक महिलाओं का शिक्षा-प्राप्ति के प्रति रुझान बढ़ा।

उन्होंने स्वदेशी आंदोलन में एक महत्त्वपूर्ण भूमिका निभाई। जब महाराष्ट्र के वर्धा में विदेशी सामानों की होली जलाई जा रही थी, तब उन्होंने विदेशी कपड़ों के थान-के-थान जलाने में किंचित् मात्र भी संकोच नहीं किया। 28 साल की उम्र में जानकी देवी ने अपने सिल्क के तमाम वस्त्रों को त्यागकर खादी को अपनाया। यह वह अवस्था थी, जब एक सामान्य युवती को सजने-सँवरने व अपने शरीर पर सिल्क को लपेटने में सुकून मिलता है। जानकी देवी अपनी उम्र की अन्य महिलाओं से भिन्न थीं। तभी तो उन्होंने महँगे वस्त्र त्यागकर खादी को अपनाया।

उन्होंने हरिजनों के जीवन को बेहतर बनाने और उन्हें मंदिरों में प्रवेश दिलवाने के लिए भी काम किया। 17 जुलाई, 1928 को जानकी देवी अपने पति और कतिपय हरिजन साथियों के साथ वर्धा में स्थित लक्ष्मीनारायण मंदिर पहुँचीं। उनके प्रयासों से मंदिर के दरवाजे प्रत्येक वर्ग हेतु हमेशा के लिए खोल दिए गए। इस कार्य से जानकी देवी की प्रसिद्धि दूर-दूर तक फैल गई थी।

स्वतंत्रता के उपरांत वे विनोबा भावे के साथ कूपदान, ग्रामसेवा, गौसेवा और भूदान

जैसे आंदोलनों से जुड़ी रहीं। 1942 से उन्होंने कई वर्षों तक अखिल भारतीय गौसेवा संघ के अध्यक्ष के रूप में कार्य किया।

सन् 1956 में उन्हें भारत के दूसरे सर्वोच्च नागरिक पुरस्कार पद्म विभूषण से सम्मानित किया गया था। 1965 में उनकी आत्मकथा 'मेरी जीवन यात्रा' प्रकाशित हुई थी। 1979 में उनकी मृत्यु हो गई। मरणोपरांत उनकी स्मृति में कई शैक्षणिक संस्थान और पुरस्कार स्थापित किए गए। इसमें जानकी देवी बजाज इंस्टीट्यूट ऑफ मैनेजमेंट स्टडीज और बजाज द्वारा स्थापित 'जानकी देवी बजाज ग्राम विकास संस्थान' शामिल हैं।

भारतीय स्वतंत्रता संग्राम के लिए समर्पित वीरांगना जमना देवी बजाज को शत-शत नमन!

□

झलकारीबाई

भारतीय स्वतंत्रता के ऐतिहासिक गलियारे में सामान्यतया झाँसी सिर्फ रानी लक्ष्मीबाई के लिए जाना जाता है। जब कभी 1857 की क्रांति का उल्लेख होता है, तो महारानी रानी लक्ष्मीबाई का ही नाम लिया जाता है, लेकिन भारतीय स्वतंत्रता के इतिहास के पन्नों पर एक और नाम दर्ज है और वह है, वीरांगना झलकारीबाई का। जोकि भारतमाता को गुलामी की जंजीरों से मुक्त करवाने के लिए अपने प्राणों को न्योछावर कर, सदैव के लिए अमर हो गईं।

वीरांगना झलकारीबाई का जन्म 22 नवंबर, 1830 को झाँसी के पास भोजला गाँव में एक निर्धन कोली परिवार में हुआ था। झलकारीबाई के पिता का नाम सदोवर सिंह और माता का नाम जमुना देवी था। जब झलकारीबाई बहुत छोटी थीं, तब उनकी माँ की मृत्यु हो गई थी। उनके पिता ने उन्हें एक लड़के की तरह पाला था। उन्हें घुड़सवारी और विभिन्न प्रकार के हथियारों का प्रयोग करने में प्रशिक्षित किया। उन दिनों की सामाजिक परिस्थितियों के कारण उन्हें कोई औपचारिक शिक्षा तो प्राप्त नहीं हो पाई, लेकिन उन्होंने खुद को एक अच्छे योद्धा के रूप में विकसित किया था।

झलकारी बचपन से ही बहुत साहसी और दृढ़ प्रतिज्ञ बालिका थीं। वे घर के काम के अलावा पशुओं का रख-रखाव और जंगल से लकड़ी इकट्ठा करने का काम भी करती थीं। एक बार जंगल में उनकी मुठभेड़ एक तेंदुए से हो गई थी और झलकारी ने अपनी कुल्हाड़ी से उस तेंदुए को मार डाला था। एक अन्य अवसर पर जब डकैतों के एक गिरोह ने गाँव के एक व्यवसायी पर हमला किया, तब झलकारी ने अपनी बहादुरी से उन डकैतों को पीछे हटने के लिए मजबूर कर दिया था। उनकी इस बहादुरी से खुश होकर गाँव वालों ने उनका विवाह महारानी लक्ष्मीबाई के तोपखाने के अधीक्षक पूरन सिंह से करवा दिया। उनका पति पूरन भी बहुत बहादुर था और पूरी सेना उसकी बहादुरी का लोहा मानती थी।

झलकारी की बहादुरी के किस्से जब रानी लक्ष्मीबाई के कानों में पड़े, तो वे उनसे बहुत प्रभावित हुईं। उन्होंने झलकारी को दुर्गा सेना में शामिल करने का आदेश दिया। कालांतर में वे झाँसी की नियमित सेना की महिला शाखा 'दुर्गा दल' की सेनापति बन गईं। झलकारी ने यहाँ अन्य महिलाओं के साथ बंदूक चलाना, तोप चलाना और तलवारबाजी में निपुणता हासिल की।

चूँकि वे लक्ष्मीबाई की हमशक्ल भी थीं, इसलिए कई बार शत्रु को गुमराह करने के लिए वे रानी के वेश में भी युद्ध करती थीं। अपने अंतिम समय में भी वे रानी के वेश में युद्ध करते हुए अंग्रेजों के हाथों पकड़ी गईं। उनके पकड़े जाने से रानी लक्ष्मीबाई को किले से भाग निकलने का समय मिल गया।

उल्लेखनीय है कि लॉर्ड डलहौजी की राज्य हड़पने की नीति के तहत ब्रिटिशों ने रानी लक्ष्मीबाई को अपने दत्तक पुत्र को राज्य का उत्तराधिकारी बनाने की अनुमति नहीं दी थी, क्योंकि वे झाँसी राज्य को हड़पना चाहते थे। अप्रैल 1857 में ब्रिटिश हुकूमत की इस काररवाई के विरोध में लक्ष्मीबाई ने झाँसी के किले के भीतर से अपनी सेना का नेतृत्व किया। अपनी वीरता से ब्रिटिश हुकूमत के हमलों को नाकाम कर दिया, लेकिन रानी की सेना के एक सैनिक दूल्हेराव ने उन्हें धोखा दिया और किले का एक संरक्षित द्वार ब्रिटिश सेना के लिए खोल दिया। जब झाँसी के किले का पतन निश्चित हो गया, तब रानी के सेनापतियों और झलकारीबाई ने महारानी लक्ष्मीबाई को कुछ सैनिकों के साथ किला छोड़कर जाने की सलाह दी। अस्तु, झलकारी की सलाह पर महारानी अपने घोड़े पर बैठ अपने कुछ विश्वस्त सैनिकों के साथ झाँसी से दूर निकल गईं।

रानी के जाने के बाद झलकारी ने रानी लक्ष्मीबाई की तरह कपड़े पहने और झाँसी की सेना की कमान अपने हाथ में ले ली। इसी दौरान झलकारीबाई का पति पूरन किले की रक्षा करते हुए शहीद हो गया, लेकिन झलकारी ने अपने पति की मृत्यु का शोक मनाने के बजाय अंग्रेजी सेना को युद्ध में उलझाए रखा। हालाँकि, एक मुखबिर ने झलकारीबाई को पहचान लिया। जब उसने झलकारी की पहचान उजागर करने की कोशिश की तो मजबूरन झलकारीबाई को उसे मारना पड़ा, ताकि रानी लक्ष्मीबाई का सच सामने न आ सके।

उन्होंने ब्रिटिश सेना के विरुद्ध अद्भुत वीरता से लड़ते हुए ब्रिटिश सेना के कई हमले विफल किए, लेकिन युद्ध के दौरान एक तोप के गोले से झलकारीबाई बच नहीं पाईं और अंततः रणक्षेत्र में ही वे शहीद हो गईं। उन्होंने अपने जीवन की अंतिम साँस लेते हुए कहा—'जय भवानी'। उनकी वीरता देखकर जनरल ह्यूग रोज दंग रह गया। वीरांगना झलकारी बाई की वीरता को देखकर जनरल ह्यूग रोज ने कहा था कि "यदि

भारत की एक प्रतिशत महिलाएँ भी उसके जैसी हो जाएँ, तो ब्रिटिशों को जल्दी ही भारत छोड़ना होगा।"

वीरांगना झलकारीबाई की गाथा आज भी बुंदेलखंड की लोकगाथाओं और लोकगीतों में सुनी जा सकती है। अरुणाचल प्रदेश के राज्यपाल श्री माता प्रसाद ने झलकारीबाई की जीवनी की रचना की है। इसके अलावा चोखेलाल वर्मा ने उनके जीवन पर एक वृहद् काव्य लिखा है। मोहनदास नैमिशराय ने भी उनकी जीवनी को पुस्तक का रूप दिया है और भवानी शंकर विशारद ने उनके जीवन परिचय को लिपिबद्ध किया है।

राष्ट्रकवि मैथिलीशरण गुप्त ने झलकारी की बहादुरी को निम्न प्रकार पंक्तिबद्ध किया है—"जाकर रण में ललकारी थी, वह तो झाँसी की झलकारी थी। गोरों से लड़ना सिखा गई, है इतिहास में झलक रही, वह भारत की ही नारी थी।"

भारत सरकार ने 22 जुलाई, 2001 को वीरांगना झलकारीबाई के सम्मान में एक डाक टिकट जारी किया। उनकी स्मृति में उनकी एक प्रतिमा व एक स्मारक अजमेर, राजस्थान में निर्माणाधीन है। उत्तर प्रदेश सरकार द्वारा भी उनकी एक प्रतिमा आगरा में स्थापित की गई है। इसके साथ ही लखनऊ में उनके नाम से एक धर्मार्थ चिकित्सालय भी शुरू किया गया है। 10 नवंबर, 2017 को भारत के राष्ट्रपति रामनाथ कोविंद ने भोपाल में गुरु तेग बहादुर कॉम्प्लेक्स में झलकारीबाई की प्रतिमा का अनावरण किया। 2019 की बॉलीवुड फिल्म 'मणिकर्णिका : द क्वीन ऑफ झाँसी' में झलकारीबाई की भूमिका अभिनेत्री अंकिता लोखंडे ने निभाई है। भारत की इस महान् बेटी को शत-शत नमन!

□

डॉ. लक्ष्मी सहगल

हिंद आजाद फौज की 'रानी लक्ष्मीबाई रेजिमेंट' में कैप्टन रहीं डॉ. लक्ष्मी सहगल यूँ तो किसी पहचान की मोहताज नहीं हैं, फिर भी आने वाली पीढ़ी उनके योगदान को ससम्मान स्मरण करती रहे, उनके व्यक्तित्व व कृतित्व के प्रति नतमस्तक होती रहे, उनकी निष्ठा व कार्यप्रणाली का अनुसरण करती रहे, इसलिए भारत की 75 वीरांगनाओं में उनका नाम शामिल कर उनका संक्षिप्त परिचय दिया जा रहा है।

प्रसिद्ध स्वतंत्रता संग्राम सेनानी डॉ. लक्ष्मी सहगल का जन्म 24 अक्तूबर, 1914 को एक साधारण से तमिल परिवार में हुआ था। उनके पिता डॉ. एस. स्वामीनाथन पेशे से वकील थे। जब वे 16 साल की थीं, एक बीमारी के चपेट में आकर 1930 में उनके पिता एस. स्वामीनाथन की मौत हो गई। उनकी माँ अम्मुकुट्टी भी समाजसेविका और स्वतंत्रता सेनानी थीं। उनके करीबी बताते हैं कि लक्ष्मी अपनी माँ जैसी ही दिखती थीं। उन्होंने बचपन से ही अपनी बेटी लक्ष्मी को अच्छी तालीम दी। 1932 में लक्ष्मी ने विज्ञान में स्नातक डिग्री प्राप्त की और 1938 में मद्रास मेडिकल कॉलेज से एम.बी.बी.एस. की डिग्री अर्जित की।

चिकित्सक बनने के बाद लक्ष्मी को विदेश जाने का मौका मिला। अस्तु, सन् 1940 में वे सिंगापुर चली गईं। यहाँ शुरुआती दिनों में ही उन्होंने कैंप लगाकर कई प्रवासी मजदूरों की सेवा की। वे बचपन से ही राष्ट्रवादी आंदोलन से प्रभावित हो गई थीं और जब महात्मा गांधी ने विदेशी वस्तुओं के बहिष्कार का आंदोलन छेड़ा तो डॉ. लक्ष्मी सहगल ने भी उसमें अपनी सक्रियता दर्ज की। 1942 में सिंगापुर में ही उन्होंने 'भारतीय स्वतंत्रता संघ' की सदस्यता लेकर उन लोगों की मदद करना शुरू किया, जो घायल युद्धबंदी थे। यह वो वक्त था, जब अंग्रेजों ने सिंगापुर जापान को सौंप दिया था। यहाँ पर डॉ. लक्ष्मी ने प्रवासी मजदूरों पर हो रहे जुल्मों-सितम को अपनी आँखों से देखा

था। अत: उन्होंने मन-ही-मन में यह संकल्प लिया कि वे इन मजदूरों के हक के लिए कुछ-न-कुछ जरूर करेंगी।

संयोग से इसी दौरान 2 जुलाई, 1943 को नेताजी सुभाष चंद्र बोस का सिंगापुर में आगमन हुआ। उन्हें नेताजी सुभाष चंद्र बोस से एक घंटे की मुलाकात करने का अवसर प्राप्त हुआ। इस पहली भेंट में ही नेताजी ने डॉ. लक्ष्मी के अंदर पल रहे देशभक्ति के जज्बे का अंदाजा लगा लिया था। लिहाजा उन्होंने डॉ. लक्ष्मी के परामर्श पर 'रानी लक्ष्मीबाई रेजिमेंट' गठित करने की घोषणा कर दी थी। 22 अक्तूबर, 1943 को उन्होंने रानी झाँसी रेजिमेंट में 'कैप्टन' पद का कार्यभार सँभाला। अपने अद्‍भुत साहस के बल पर उन्हें 'कर्नल' का पद भी मिला। 'कर्नल' का पद प्राप्त करने वाली वे पहली एशियाई महिला थीं।

21 अक्तूबर, 1943 को नेताजी सुभाष चंद्र बोस ने सिंगापुर के कैथे सिनेमा हॉल में आजाद भारत की अस्थायी सरकार का गठन किया। जिसे जर्मनी, जापान समेत कई देशों ने तुरंत मान्यता भी दे दी। उस दिन भारतीय स्वतंत्रता लीग के प्रतिनिधि इस ऐतिहासिक घोषणा को सुनने के लिए बड़ी संख्या में एकत्र हुए थे, अस्तु, समूचा हॉल खचाखच भरा था। नेताजी ने अपनी इस अस्थायी आजाद हिंद सरकार की कैबिनेट में डॉ. लक्ष्मी को भी शामिल किया था। अस्तु, वे उनकी केबिनेट में शामिल होने वाली पहली महिला सदस्य बनीं।

इसी के साथ नेताजी ने आजाद हिंद फौज का भी नए सिरे से गठन करके उसमें जान फूँक दी थी।

उल्लेखनीय है कि डॉ. लक्ष्मी प्रारंभ से ही राष्ट्रवादी आंदोलन से प्रभावित थीं। अस्तु, उन्होंने अपने चिकित्सीय पेशे से हटकर आजाद हिंद फौज में अपनी सक्रियता दर्ज करवाना प्रारंभ कर दिया। उन्होंने 500 महिलाओं की एक फौज तैयार की। इस महिला बटालियन 'रानी लक्ष्मीबाई रेजिमेंट' ने उनकी अगुआई में कई जगहों पर अंग्रेजों के विरुद्ध लड़ाई भी लड़ी। उनके साहस ने यह बात जगजाहिर कर दी कि "भारत की नारियाँ चूड़ियाँ तो पहनती हैं, लेकिन वक्त आने पर वो बंदूक भी उठा सकती हैं और उनकी बंदूक का निशाना भी पुरुषों के मुकाबले कम नहीं होता।"

उल्लेखनीय है कि द्वितीय विश्वयुद्ध में जापान की शिकस्त के बाद ब्रिटिश सेनाओं ने आजाद हिंद फौज के सैनिकों की भी धरपकड़ शुरू कर दी। ब्रिटिश हुकूमत की इस मुहिम में 4 मार्च, 1996 को कैप्टन लक्ष्मी को भी सिंगापुर में गिरफ्तार कर लिया गया। गिरफ्तारी के उपरांत उन्हें भारत लाया गया। उस समय तक देश के हालात बदलने लगे थे। अस्तु, आजादी के लिए बढ़ रहे दबाव के बीच उन्हें रिहा कर दिया गया।

सन् 1947 में कैप्टन लक्ष्मी ने कर्नल प्रेम कुमार सहगल से विवाह किया। इस तरह

वे कैप्टन लक्ष्मी से कैप्टन डॉ. लक्ष्मी सहगल हो गईं। विवाह के बाद वे कानपुर आकर बस गईं, उनकी दो बेटियाँ सुभाषिनी अली और अनीसा पुरी व एक बेटा था। उल्लेखनीय है कि डॉ. लक्ष्मी सहगल की बेटी सुभाषिनी अली 1989 में कानपुर से मार्क्सवादी कम्युनिस्ट पार्टी की सांसद भी रहीं।

यह भी एक उल्लेखनीय तथ्य है कि सुभाष चंद्र बोस ने डॉ. लक्ष्मी सहगल को भारत के राष्ट्रपति का उम्मीदवार बनाया था। यद्यपि ऐसा न हो पाया। 1947 में देश आजाद हो गया, लेकिन उनका संघर्ष खत्म नहीं हुआ। आजादी के बाद वे भारत विभाजन को कभी स्वीकार नहीं कर पाईं तथा अमीरों और गरीबों के बीच बढ़ती खाई का हमेशा विरोध करती रहीं। वामपंथी राजनीति की ओर लक्ष्मी सहगल का झुकाव 1971 के बाद से बढ़ने लगा था। वो मार्क्सवादी कम्युनिस्ट पार्टी से जुड़ीं और राज्यसभा में पार्टी का प्रतिनिधित्व किया।

वे अखिल भारतीय जनवादी महिला समिति की संस्थापक सदस्यों में से थीं। उन्होंने भोपाल गैस त्रासदी के पीड़ितों को चिकित्सा सुविधाएँ उपलब्ध कराने में महत्त्वपूर्ण भूमिका निभाई। उन्होंने 1984 के सिख विरोधी दंगों के बाद शांति बहाल करने के लिए भी अपनी सक्रियता दर्ज की। उन्होंने बैंगलोर में मिस वर्ल्ड प्रतियोगिता के खिलाफ अभियान छेड़ा, जिसके लिए उन्हें गिरफ्तार कर लिया गया था।

अस्सी वर्ष तक डॉ. लक्ष्मी सहगल का एक अदम्य दृष्टिकोण रहा और कानपुर में एक पेशेवर डॉक्टर के रूप में कार्य करती रहीं। लक्ष्मी सहगल इतनी बुजुर्ग होने के बावजूद सेमिनार और सम्मेलनों का हिस्सा बनती रहीं, लेकिन यह कटु सत्य है कि इस धरा पर जो आया है, वह जाएगा भी; अस्तु, 23 जुलाई, 2012 को दिल का दौरा पड़ने के बाद कानपुर के एक अस्पताल में उनका निधन हो गया। आज भले ही वे इस दुनिया में नहीं हैं, लेकिन उनके काम ने उन्हें आज भी स्मरणीय बनाए रखा है। स्वतंत्रता आंदोलन में उनके अभूतपूर्व योगदान और संघर्ष को देखते हुए उन्हें 1998 में पद्म विभूषण सम्मान से नवाजा गया। उन्हें शत-शत नमन!

□

तारा रानी श्रीवास्तव

भारत की अनेक वीरांगनाओं ने देश को गुलामी की जंजीरों से आजाद कराने के लिए अपना सबकुछ कुरबान कर दिया। ऐसी ही एक स्वतंत्रता सेनानी थीं तारा रानी श्रीवास्तव, जो 1942 में महात्मा गांधी के भारत छोड़ो आंदोलन में सक्रिय थीं।

तारा रानी श्रीवास्तव का जन्म पटना शहर के पास सारण में हुआ था। उन्होंने बहुत कम उम्र में ही फुलेंदु बाबू से शादी कर ली। विवाहोपरांत भी देशप्रेम उनकी रग-रग में भरा हुआ था। अस्तु, शादी के बाद भी तारा रानी अपने गाँव और उसके आसपास की महिलाओं को ब्रिटिश राज के खिलाफ विरोध मार्च में शामिल होने के लिए प्रेरित किया करती थीं। उन्हें आजादी के संघर्ष से अवगत करवाती रहीं।

सुखद संयोग यह था कि उनके पति फुलेंदु बाबू भी एक स्वतंत्रता संग्राम सेनानी और गांधीजी के अनुयायी थे। वे अंग्रेजी हुकूमत के खिलाफ जुलूस निकालते थे। अस्तु, उन्हें घर में ही वह माहौल मिला, जिसमें देश के लिए कुछ कर-गुजरने की ऊर्जा समाहित थी। अस्तु, तारा रानी ने आजादी की जंग में अपनी सहभागिता दर्ज करानी शुरू की। यद्यपि उस दौर में शादीशुदा महिलाओं पर बहुत पाबंदियाँ होती थीं, लेकिन अपने पति की सहमति से तारा रानी ने घर की चारदीवारी से निकलकर न केवल स्वतंत्रता आंदोलन में भाग लिया, बल्कि अन्य महिलाओं को भी इस संग्राम से जुड़ने के लिए प्रोत्साहित किया।

12 अगस्त, 1942 को भारत छोड़ो आंदोलन के दौरान उन्होंने और उनके पति ने सीवान पुलिस स्टेशन के सामने भारत का झंडा फहराने के लिए एक मार्च का आयोजन किया, जिसे 'एक बड़ी अवज्ञा' के रूप में देखा गया। अस्तु, पुलिस ने उन्हें झंडा फहराने से रोकने के लिए लाठीचार्ज किया। फिर भी पुलिस उनपर काबू नहीं पा सकी, तो फायरिंग शुरू कर दी। उनके पति फुलेंदु बाबू को गोली लगी। उस समय तारा के हाथ में तिरंगा था। पति को इस अवस्था में देखकर भी उन्होंने तिरंगा नहीं छोड़ा। साड़ी

का एक टुकड़ा फाड़कर फुलेंदु बाबू को पट्टी बाँधी। उन्हें एक सुरक्षित स्थान पर छोड़ा और अपना प्रदर्शन जारी रखा। अंततोगत्वा वीरांगना तारा रानी थाने पर पहुँचकर तिरंगा फहराने में सफल रहीं, लेकिन पारिवारिक स्तर पर वे हार गई थीं। झंडा फहराने के बाद जब वे अपने घायल पति के पास वापस लौटीं, तब तक उनके पति माँ भारती की गोद में चिरनिद्रा में सो चुके थे।

वीरांगना तारा रानी ने अपने पति की शहादत को व्यर्थ नहीं जाने दिया। उनके देहांत के बाद भी वे स्वतंत्रता की ज्वाला दिल में समाए रहीं। अंग्रेजी हुकूमत से निरंतर लड़ती रहीं। अंततः पाँच साल बाद वीरांगना तारा रानी का संघर्ष व फुलेंदु बाबू सहित तमाम स्वतंत्रता संग्राम सेनानियों की शहादत रंग लाई और 15 अगस्त, 1947 को देश को आजादी मिल गई। भारतमाता को गुलामी के जंजीरों से मुक्त करवाने में अपना सर्वस्व न्योछावर करने वाली वीरांगना तारा रानी को शत-शत नमन!

□

तारकेश्वरी सिन्हा

अंग्रेजी हुकूमत के मजबूत शिकंजे से मुक्त होने के लिए सामूहिक प्रयास आवश्यक थे; अस्तु, भारत भूमि की आधी आबादी को आजादी की जंग से जोड़ना समय की माँग थी। अस्तु, महात्मा गांधी ने महिलाओं को घर से बाहर निकलने का आह्वान किया। फलतः विभिन्न जन आंदोलनों में मातृशक्ति बड़ी संख्या में शामिल हुई। भारत छोड़ो आंदोलन में भी बड़ी संख्या में अपनी जान की परवाह किए बगैर आंदोलन से जुड़ गईं। महिलाएँ बिहार की एक भारतीय राजनीतिज्ञ और स्वतंत्रता सेनानी वीरांगना तारकेश्वरी सिन्हा ने भी 1942 में आजादी की लड़ाई में भाग लिया।

26 दिसंबर, 1926 को तुलसीगढ़, नालंदा जिला, बिहार में जनमी तारकेश्वरी को बचपन से ही स्वतंत्रता संग्राम ने प्रभाावित किया। वे पटना के बाँकीपुर कॉलेज की छात्रा थीं, जिसे अब मगध महिला कॉलेज के नाम से जाना जाता है। उन्होंने लंदन स्कूल ऑफ इकोनॉमिक्स से अर्थशास्त्र में एम.एस-सी. किया। अपनी सक्रियता के कारण वे बिहार छात्र कांग्रेस के अध्यक्ष पद हेतु निर्वाचित हुई थीं।

16 साल की उम्र से ही अंग्रेजी हुकूमत के विरुद्ध लड़ाई में शामिल होना सचमुच अदम्य साहस का पारिचायक है। उन दिनों में राजनीति महिलाओं के लिए टेढ़ी खीर मानी जाती थी। अस्तु, ज्यादातर महिलाओं ने अपने आप को राजनीति से पृथक् रखा था, लेकिन तारकेश्वरी ने आजादी की जंग में हिस्सा लिया। लोगों को भी इसमें शामिल होने के लिए प्रेरित किया।

उल्लेखनीय है कि भारत विभाजन से उपजे हिंदू-मुसलिम दंगों से वीरांगना तारकेश्वरी की जन्मस्थली भी प्रभावित थीं। सांप्रदायिक दंगों के कारण उनके इलाके में रोजाना कई बेकसूर लोगों की जान जाती थी। लोगों के घर फूँके जाते। महिलाओं की आबरू लूटी जाती थी। यहाँ से अमन-चैन रूठ गया था। अस्तु, यहाँ शांति व सद्भाव की स्थापना हेतु गांधीजी को आना पड़ा था।

उन्होंने भारतीय स्वतंत्रता के पश्चात् भारतीय राष्ट्रीय कांग्रेस से टिकट प्राप्त करने के बाद 1952 में पटना पूर्व निर्वाचन क्षेत्र से पहला आम विधानसभा चुनाव जीता। जिसमें उन्होंने अनुभवी स्वतंत्रता सेनानी शील भद्र याजी को हराकर पटना पूर्व की लोकसभा सीट 46.90 फीसदी वोट से जीतकर इतिहास रचा। लोकसभा में बहस के दौरान वे विभिन्न मुद्दों पर मंत्रियों से सवाल करने से कभी नहीं हिचकिचाती थीं। कांग्रेस पार्टी के टिकट से वे 1957, 1962 और 1967 में पुनः-पुनः चुनी गईं। उल्लेखनीय है कि 1969 में कांग्रेस के विभाजन के दौरान इंदिरा गांधी ने सिंडिकेट के साथ भाग लिया, जबकि सिन्हा ने पुराने धड़े के साथ रहना पसंद किया।

वे मोरारजी देसाई की पहली महिला उप वित्तमंत्री बनीं। उन्हें मोरारजी देसाई का करीबी माना जाता था, इसलिए प्रधानमंत्री के रूप में लाल बहादुर शास्त्री को बदलने के लिए देसाई और इंदिरा गांधी के बीच उत्तराधिकार की लड़ाई में उनके पक्ष में थीं। जब देसाई और अन्य नेताओं ने एक अलग समूह बनाने के लिए कांग्रेस से इस्तीफा दे दिया, तो वे भी इसमें शामिल हो गईं।

सन् 1971 के लोकसभा चुनावों के दौरान इंदिरा लहर में वे बाढ़ से कांग्रेस (ओ) के उम्मीदवार के रूप में कांग्रेस के उम्मीदवार धर्मवीर सिन्हा से हार गईं। यह चुनावी हार का उनका पहला मौका था। वे अगले साल विधानसभा चुनाव में भी हार गईं। अस्तु, उन्होंने पुनः इंदिरा गांधी के दल में लौटने का निर्णय लिया। 1977 में जब उन्होंने बेगूसराय से कांग्रेस उम्मीदवार के रूप में लोकसभा चुनाव लड़ा, तो उस समय जनता पार्टी की लहर चल रही थी, जिसकी चपेट में आकर वे पुनः हार गईं। उस समय वे ही नहीं, अपितु पूरे बिहार में कांग्रेस पूरी तरह से हार गई थी। इस हार के बाद उन्होंने कांग्रेस उम्मीदवार के रूप में समस्तीपुर से नवंबर 1978 में लोकसभा का उपचुनाव लड़ा, लेकिन फिर से हार गईं। लगातार होने वाली हारों से परेशान होकर आखिरकार उन्होंने राजनीति से संन्यास ले लिया और सामाजिक कार्य शुरू कर दिया।

उन्होंने अपने भाई की याद में तुलसीगढ़ में एक अस्पताल स्थापित किया था। दरअसल उनके भाई कैप्टन गिरीश नंदन सिंह एयर इंडिया में पायलट थे, जिनकी नई दिल्ली में एक हवाई दुर्घटना में मृत्यु हो गई थी। अस्तु, उन्होंने दोमंजिला अस्पताल बनवाने के लिए लगभग 25 लाख रुपए जुटाए थे। उन दिनों यह एक बड़ी रकम थी। इस अस्पताल में गरीबों का इलाज लगभग मुफ्त होता था।

इसके अलावा उन्होंने नालंदा में आने वाले गाँव को चंडी और हरनौत से जोड़ने के लिए एक सड़क बनाने की भी पहल की। 14 अगस्त, 2007 की रात नई दिल्ली में उनका निधन हो गया। उन्हें शत-शत नमन!

□

दुर्गाबाई देशमुख

भारतीय स्वतंत्रता की खातिर महिलाओं ने अपना-अपना श्रेष्ठ दिया। अपनी-अपनी योग्यता के अनुरूप कार्य किया। दुर्गाबाई देशमुख ने भी अपने वैधानिक ज्ञान का उपयोग भारत व भारतीयों के हित में किया। वे एक ऐसी भारतीय स्वतंत्रता सेनानी थीं, जिन्होंने न सिर्फ देश की सेवा की, बल्कि कानून की पढ़ाई कर महिलाओं के अधिकारों के लिए धरातल पर जाकर आवाज भी उठाई।

15 जुलाई, 1909 को आंध्र प्रदेश के तटीय शहर राजमुंदरी, काकीनाड़ा में एक सामाजिक कार्यकर्ता बी.वी.एन. रामाराव और उनकी पत्नी कृष्णावनम्मा के यहाँ दुर्गाबाई का जन्म हुआ। उन पर अपने पिता की निस्स्वार्थ सामाजिक सेवाभाव का गहरा प्रभाव पड़ा। यद्यपि उनके परिवार की आर्थिक स्थिति कमजोर थी। तदुपरांत वे समाज व देश की सेवा के लिए तत्पर रहती थीं।

उन दिनों की प्रचलित परांपरानुसार मात्र 8 साल की उम्र में ही दुर्गाबाई की शादी एक जमींदार से कर दी गई थी, लेकिन कतिपय कारणों से उन्होंने 15 साल की उम्र में ही खुद को इस बाल विवाह के बंधन से मुक्त करवा लिया। उनके इस कठोर फैसले में उनके पिता और भाई ने साथ दिया था।

विवाह-विच्छेद के उपरांत उन्होंने खुद को स्वतंत्रता संग्राम के यज्ञ में समर्पित कर दिया। कालांतर में उन्होंने आजादी की जंग के साथ-साथ भारतीय संविधान के निर्माण में भी महत्त्वपूर्ण भूमिका का निर्वहन किया। उल्लेखनीय है कि वे ताउम्र महिलाओं और समाज के हितों की रक्षा के लिए प्रयासरत रहीं।

उल्लेखनीय है कि 1921 में जब गांधीजी एक सामाजिक आयोजन के सिलसिले में आंध्र प्रदेश आए, तो 12 साल की नन्ही दुर्गाबाई ने स्थानीय देवदासी और मुसलिम समुदाय की महिलाओं की भेंट गांधीजी से करवाने की ठान ली। इस भेंट के लिए कार्यक्रम के आयोजनकर्ताओं ने दुर्गाबाई और उनकी देवदासी मुसलिम महिलाओं के

समूह से 5,000 रुपए माँगे। उन्हें लगा कि दुर्गाबाई इतने पैसे इकट्ठे नहीं कर पाएँगी, लेकिन उन्होंने इसे एक चुनौतीपूर्ण कार्य मानते हुए अपनी देवदासी साथियों के साथ मिलकर पाँच हजार रुपए इकट्ठा कर आयोजनकर्ताओं को सौंप दिए।

गांधीजी के दौरे के बाद दुर्गावती के पूरे परिवार ने विदेशी वस्तुओं का त्याग कर स्वदेशी को अपनाने का प्रण किया। इसी तारतम्य में दुर्गाबाई ने स्कूल छोड़ने का फैसला किया, क्योंकि यहाँ बच्चों पर अंग्रेजी भाषा थोपी जा रही थी। उसी समय जब असहयोग आंदोलन अपने चरम पर था, इसके लगभग 9 साल बाद स्वतंत्रता सेनानी टी. प्रकाशम को गिरफ्तार कर लिया गया। अस्तु, मद्रास में नमक सत्याग्रह संचालन की डोर उनके हाथों में आ गई। आंदोलन के दौरान उन्हें भी गिरफ्तार कर लिया गया। 1930-33 तक वे कारावास में रहीं। उन्हें एक साल के लिए एकांत कारावास में भी रखा गया।

कारावास के दौरान कैदियों से बातचीत करने पर उन्हें महिलाओं के प्रति हो रहे विविध अपराधों और अत्याचारों के बारे में पता चला। उन्हें ज्ञात हुआ कि किस तरह बहुत सारी अशिक्षित महिलाओं को बिना किसी अपराध के जेल में सजा काटनी पड़ रही है, क्योंकि कोई भी उनके हित के लिए आवाज उठाने वाला नहीं है। अन्याय की दास्ताँ सुनकर उनके मन में उपजे रोष ने ही उन्हें एक विधिवेत्ता बनने की ओर प्रेरित किया। उन्होंने अपनी आत्मकथा में लिखा—"यह वह वक्त था, जब मैंने कानून की पढ़ाई करने की ठानी, ताकि मैं इन महिलाओं को मुफ्त में कानूनी मदद दे पाऊँ और साथ ही, उन्हें खुद के लिए लड़ने में मदद करूँ।"

जेल से छूटने के बाद दुर्गाबाई ने अपनी पढ़ाई जारी रखी। उन्होंने 1942 में मद्रास विश्वविद्यालय से कानून की डिग्री प्राप्त की और मद्रास उच्च न्यायालय में एक वकील के रूप में कार्य करना शुरू किया। शीघ्र ही उन्हें मद्रास वकील संघ में नियुक्ति मिल गई।

इसके उपरांत उन्होंने सविनय अवज्ञा आंदोलन के दौरान होने वाली विविध गतिविधियों में भाग लिया। आंदोलन में महिला सत्याग्रहियों के आयोजन में उनका महत्त्वपूर्ण योगदान था। वे 1942 में 'भारत छोड़ो आंदोलन' से भी सक्रिय हो गईं। गांधीजी के इस आंदोलन में उन्होंने बढ़-चढ़कर हिस्सा लिया। वे ब्रिटिश राज से आजादी के लिए भारत के संघर्ष में महात्मा गांधी की अनुयायी थीं। वे एक सत्याग्रही थीं, जिन्होंने कभी आभूषण या सौंदर्य प्रसाधन नहीं पहने।

उन्होंने आंध्र महिला सभा, विश्वविद्यालय महिला संघ, नारी निकेतन जैसी कई संस्थाओं के माध्यम से महिलाओं के उत्थान के लिए अथक प्रयत्न किए। 'ब्लाइंड रिलीफ एसोसिएशन' की अध्यक्ष रहते उन्होंने नेत्रहीनों के लिए एक स्कूल-छात्रावास और एक प्रकाश इंजीनियरिंग कार्यशाला की स्थापना की।

सन् 1946 में दुर्गाबाई मद्रास प्रांत से भारत की संविधानसभा की सदस्य चुनी गईं।

वे संविधानसभा में अध्यक्षों के पैनल में शामिल होने वाली अकेली महिला थीं। उन्होंने कई सामाजिक कल्याण कानूनों को अधिनियमित रूप देने में अपनी सक्रियता दर्ज की। 8 अप्रैल, 1948 को हिंदू कोड बिल के तहत महिलाओं के लिए संपत्ति के अधिकार के विषय पर महिलाओं को संपत्ति में समानाधिकार देने की पुरजोर पैरवी की। इसके अलावा उन्होंने उस हिंदुस्तानी भाषा का राष्ट्रभाषा के तौर पर चयन का समर्थन किया, जिसमें हिंदी और उर्दू भाषा का मिश्रण था। उन्होंने राज्य परिषद् की सीट के लिए आयु सीमा 35 साल से कम करके 30 साल करने का भी भरपूर समर्थन किया।

न्यायपालिका की स्वतंत्रता की पैरवी करते हुए उन्होंने कहा, "न्यायपालिका की स्वतंत्रता एक ऐसी चीज है, जिस पर निर्णय लिया जाना है और यह स्वतंत्रता बहुत हद तक न्यायाधीशों की नियुक्ति के तरीके पर निर्भर करती है। उन्हें यह कभी भी महसूस नहीं होना चाहिए कि उनकी नियुक्ति इस व्यक्ति या उस व्यक्ति और इस पार्टी या फिर उस पार्टी को जवाबदेह है। उन्हें सिर्फ यह महसूस होना चाहिए कि वे स्वतंत्र हैं।"

दुर्गाबाई ने भारतीय प्रतिनिधिमंडल के सदस्य के रूप में अन्य देशों जैसे कि चीन, रूस और जापान आदि की यात्रा करने के बाद आधिकारिक रुप से इस बात का समर्थन किया कि भारत में भी पारिवारिक न्यायालयों की स्थापना होनी चाहिए। उन्हीं प्रयासों से आज भारत में परिवार न्यायालय उपयोगी भूमिका का निर्वहन कर भारतीय न्यायिक व्यवस्था के अभिन्न अंग बन गए हैं।

44 वर्ष की आयु में 1953 में दुर्गाबाई ने भारत के तत्कालीन वित्तमंत्री चिंतामन देशमुख से विवाह किया और इस प्रकार वे दुर्गाबाई से दुर्गाबाई देशमुख बन गईं। दुर्गाबाई के पति चिंतामन देशमुख तत्कालीन प्रधानमंत्री पं. जवाहरलाल नेहरू के करीबी माने जाते थे। कालांतर में वे भारतीय रिजर्व बैंक के पहले भारतीय गवर्नर बनाए गए थे।

सन् 1952 में वे संसद् के लिए निर्वाचित होने में विफल रहीं। बाद में उन्हें योजना आयोग का सदस्य नामित किया गया। 1953 में स्थापित केंद्रीय समाज कल्याण बोर्ड की वे पहली अध्यक्ष बनीं। उन्होंने बड़ी संख्या में स्वयंसेवी संगठनों को संगठित किया, जिनका उद्देश्य शिक्षा, प्रशिक्षण और जरूरतमंद महिलाओं, बच्चों के पुनर्वास की व्यवस्था करना था। इस पद पर रहते हुए उन्होंने कई ऐसे कदम उठाए, जिन्होंने आज भारत में महिला सशक्तीकरण के मार्ग में एक मजबूत नींव रखी थीं। उन्होंने गरीब महिलाओं के लिए छोटे आर्थिक कार्यक्रम आयोजित किए, जिन्हें आज 'स्वयं सहायता समूह' के नाम से जाना जाता है।

सन् 1958 में वे भारत सरकार द्वारा स्थापित राष्ट्रीय महिला शिक्षा परिषद् की पहली अध्यक्ष थीं। अस्तु, इस पर रहते हुए उन्होंने केंद्र और राज्य सरकारों को लड़कियों की शिक्षा को प्राथमिकता दी। केंद्रीय शिक्षा मंत्रालय में महिला शिक्षा विभाग बनाया।

विश्वविद्यालय अनुदान आयोग में लड़कियों की शिक्षा के लिए पृथक् रूप से एक निश्चित राशि निर्दिष्ट की। आठवीं कक्षा तक की लड़कियों के लिए मुफ्त शिक्षा का प्रावधान रखा। ग्रामीण क्षेत्रों में लड़कियों की शिक्षा को प्रोत्साहन दिया।

सन् 1962 में उन्होंने गरीबों के लिए एक नर्सिंग होम की शुरुआत की, जो आज विकसित होकर दुर्गाबाई देशमुख हॉस्पिटल के नाम से जाना जाता है। 1963 में उन्हें वर्ल्ड फूड कांग्रेस में भारतीय प्रतिनिधिमंडल के सदस्य के रूप में वाशिंगटन डी.सी. भेजा गया।

9 मई, 1981 को उनका निधन हो गया। कालांतर में उनके सम्मान में आंध्र विश्वविद्यालय, विशाखापत्तनम ने अपने महिला अध्ययन विभाग को डॉ. दुर्गाबाई देशमुख महिला अध्ययन केंद्र के रूप में नामित किया। उनके विविध योगदानों का सम्मान करते हुए भारत सरकार ने उन्हें पद्मभूषण से सम्मानित किया। उनके द्वारा किए गए कार्य सभी के लिए प्रेरणा स्रोत हैं। उन्हें शत-शत नमन!

□

दुर्गा भाभी (दुर्गावती वोहरा)

भारतभूमि की एक और वीरांगना दुर्गा भाभी की भारत के स्वतंत्रता संग्राम में अहम भूमिका रही थी। दुर्गा भाभी को 'भारत की अग्नि' भी कहा जाता है। आजादी की लड़ाई में भाग लेकर अंग्रेजों को थर्राने वाली महिलाओं में इनका नाम समाहित है। वे क्रांतिकारियों की प्रमुख सहयोगी थीं। उल्लेखनीय है कि 18 दिसंबर, 1928 को प्रसिद्ध क्रांतिकारी भगत सिंह ने इन्हीं दुर्गा भाभी के साथ वेश बदलकर कलकत्ता मेल से यात्रा की थी।

7 अक्तूबर, 1902 को उनका जन्म शहजादपुर ग्राम में हुआ, जो वर्तमान में कौशांबी जिले में स्थित है। उनके बचपन का नाम दुर्गावती था। उनके पिता पंडित बाँके बिहारी इलाहाबाद कलेक्ट्रेट में नाजिर और उनके दादाजी पं. शिवशंकर शहजादपुर में जमींदार थे, जिन्होंने बचपन से ही अपनी पोती दुर्गावती के साथ सभी प्रकार की बातें साझा कीं।

दस वर्ष की अल्पायु में ही इनका विवाह लाहौर के भगवती चरण वोहरा के साथ हो गया। अस्तु, वे दुर्गावती वोहरा हो गईं। इनके ससुर शिवचरणजी रेलवे में उच्च पद पर तैनात थे। अंग्रेज सरकार ने उन्हें राय साहब का खिताब दिया था। उनके पति भगवती चरण वोहरा राय साहब के पुत्र होने के बावजूद अंग्रेजों की दासता से देश को मुक्त कराना चाहते थे। इसलिए भारत की आजादी में अपना योगदान देते हुए उन्होंने क्रांतिकारी संगठन के प्रचार के सचिव का दायित्व वहन किया। वर्ष 1920 में उनके पिताजी की मृत्यु हो गई। इसके उपरांत वे खुलकर भारतीय आंदोलन में सक्रिय हो गए। उनके इस पुनीत कार्य में उनकी धर्मपत्नी दुर्गावती का पूर्ण सहयोग रहता था।

चूँकि उनके पति भगवती चरण वोहरा क्रांतिकारी संगठन 'हिंदुस्तान सोशलिस्ट रिपब्लिक आर्मी' के मास्टर कहे जाते थे। उनके साथ मिलकर दुर्गा भाभी ने भी

आजादी की लड़ाई के लिए काम करना शुरू कर दिया। वोहरा की पत्नी होने की वजह से सभा के सभी सदस्य उन्हें 'भाभी' कहते थे। इसलिए वे 'दुर्गा भाभी' के नाम से ही इतिहास में प्रसिद्ध हुईं। उन्होंने पिस्तौल चलाने की ट्रेनिंग लाहौर व कानपुर में ली थी, इसलिए पिस्तौल चलाने में उन्हें महारथ हासिल थी। वे बम बनाना भी जानती थीं। उल्लेखनीय है कि दुर्गा भाभी का मायका व ससुराल दोनों पक्ष संपन्न थे। अस्तु, उन्होंने अपनी समूची व्यक्तिगत संपत्ति का उपयोग देश को आजाद कराने में किया।

अपने बेटे के जन्म के बाद से दुर्गावती क्रांतिकारी गतिविधियों से थोड़ी दूर थीं, लेकिन जब उन्हें पता चला कि भगत सिंह और राजगुरु को उनकी जरूरत है, तो वे अपने पारिवारिक दायित्वों को दरकिनार करके देश की सेवा के लिए फौरन तैयार हो गईं। दरअसल उस समय ब्रिटिश पुलिस अफसर जॉन सांडर्स की हत्या कर दी गई थी। हत्या के आरोप में भगत सिंह और राजगुरु को अंग्रेज सरकार गहनता से ढूँढ़ रही थी। लाहौर के चप्पे-चप्पे पर जाँच जारी थी। बस व रेलवे स्टेशनों पर पुलिस तैनात थी। लाहौर से निकलने वाले हर नौजवान पर कड़ी नजर थी। दो दिनों से भगत सिंह और राजगुरु छुपे हुए थे, अस्तु, उन्हें निकल भागने के लिए एक तगड़ी योजना की जरूरत थी।

पूर्वनिर्धारित योजनानुसार भगत सिंह व राजगुरु को लाहौर से कलकत्ता जाना था, लेकिन पुलिस के डर से वे निकल नहीं पा रहे थे। अस्तु, उन्हें कलकत्ता तक सुरक्षित पहुँचाने की जिम्मेदारी दुर्गावती वोहरा ने अपने हाथों में ली। अपनी व अपने नन्हे बेटे शचींद्र की जान की परवाह किए बिना, वे 20 दिसंबर, 1928 की सुबह वेश बदले भगत सिंह की पत्नी बनकर लाहौर से कलकत्ता का सफर तय करने रेलगाड़ी के पहले दर्जे में बैठ गईं। उनके 'नौकर' के वेश में राजगुरु भी तीसरे दर्जे का टिकट कटाकर रेलगाड़ी में बैठ गए। यद्यपि उन सभी के दिलों में धुकधुकी हो रही थी कि कहीं कोई पहचान न ले! कुछ हो न जाए! मगर ऐसा कुछ नहीं हुआ। अंग्रेज तो एक पगधारी सिख को ढूँढ़ रहे थे। अंग्रेजी सूट-बूट और हैट पहने ऐसे लड़के को वे पहचान नहीं पाए, जिसके साथ उसकी पत्नी और एक छोटा बच्चा था।

स्टेशन के भीतर जाकर उन्होंने कानपुर की रेलगाड़ी का टिकट लिया। फिर लखनऊ में दूसरी रेलगाड़ी में जा बैठे, क्योंकि लाहौर से आने वाली रेलगाड़ियों में भी सख्ती से जाँच की जा रही थी। लखनऊ में राजगुरु अलग होकर बनारस चले गए। वहीं भगत सिंह, दुर्गा भाभी और उनका छोटा बच्चा हावड़ा के लिए निकल गए। इस तरह भगत सिंह को अंग्रेजों की नाक के नीचे से बाहर निकाल लाईं उनकी 'पत्नी' उर्फ दुर्गा भाभी। दुर्गा भाभी का यह साहस आज भी इतिहास के पन्नों में जीवित है।

इसके बाद वे लाहौर लौट आई थीं। जब 1929 में भगत सिंह और राजगुरु ने आत्मसमर्पण किया, तब दुर्गा भाभी ने अपनी सारी बचत पूँजी उन्हें सजा से बचाने के लिए न्यायिक प्रक्रिया में लगा दी। इस कार्य के लिए उन्हें अपने गहने भी बेचने पड़े, ताकि तीन हजार रुपयों का इंतजाम किया जा सके।

28 मई, 1930 को एक हादसा हो गया। रावी नदी के तट पर साथियों के साथ बम बनाने के बाद परीक्षण करते समय दुर्गाजी के पति शहीद हो गए। इसके बावजूद दुर्गा भाभी ने निडरता के साथ अपने साथी क्रांतिकारियों के साथ डटकर कार्य किया।

9 अक्तूबर, 1930 को बहादुर दुर्गा भाभी ने गवर्नर हैली पर गोली चला दी थी। उनकी गोली से गवर्नर हैली तो बच गया, लेकिन सैनिक अधिकारी टेलर घायल हो गया। मुंबई के पुलिस कमिश्नर पर भी दुर्गा भाभी ने गोली चलाई। उनकी इन गतिविधियों के कारण अंग्रेजी हुकूमत उनके पीछे पड़ गई। अंततः मुंबई के एक फ्लैट से दुर्गा भाभी व उनके एक साथी यशपाल को गिरफ्तार कर लिया गया।

दुर्गा भाभी का काम साथी क्रांतिकारियों के लिए राजस्थान से पिस्तौल लाना व ले जाना था। चंद्रशेखर आजाद ने अंग्रेजों से लड़ते वक्त जिस पिस्तौल से खुद को गोली मारी थी, उसे दुर्गा भाभी के द्वारा ही उन्हें उपलब्ध कारवाया गया था।

भगत सिंह व बटुकेश्वर दत्त जब केंद्रीय असेंबली में बम फेंकने जाने लगे, तो दुर्गा भाभी व सुशीला मोहन ने अपनी बाँह के रक्त से तिलक लगाकर उन्हें विदा किया था। असेंबली में बम फेंकने के बाद इन लोगों को गिरफ्तार कर लिया गया तथा फाँसी दे दी गई।

साथी क्रांतिकारियों के शहीद हो जाने के बाद दुर्गा भाभी एकदम अकेली पड़ गईं। वह अपने पाँच वर्षीय पुत्र शचींद्र को शिक्षा दिलाने की व्यवस्था करने के उद्‍देश्य से दिल्ली चली गईं। वहाँ पर भी पुलिस उन्हें बराबर परेशान करती रही। अस्तु, उन्हें वहाँ से लाहौर जाना पड़ा। जहाँ पर पुलिस ने उन्हें गिरफ्तार कर लिया और तीन वर्ष तक नजरबंद रखा। उनके जीवन में फरारी, गिरफ्तारी व रिहाई का यह सिलसिला 1931 से 1935 तक चलता रहा।

अंत में लाहौर से जिला बदर किए जाने के बाद वे 1935 में गाजियाबाद में प्यारेलाल कन्या विद्यालय में अध्यापन कार्य करने लगीं और कुछ समय बाद पुनः दिल्ली चली गईं और कांग्रेस दल के लिए काम करने लगीं, लेकिन उन्हें यह जीवन रास नहीं आया, तो उन्होंने 1939 में मद्रास जाकर मॉण्टेसरी पद्धति का प्रशिक्षण लिया और 1940 में लखनऊ में कैंट रोड, नजीराबाद के एक निजी मकान में एक मॉण्टेसरी विद्यालय खोला। उस समय उनके पास मात्र पाँच बच्चे थे। आज यह विद्यालय लखनऊ

में 'मॉण्टेसरी इंटर कॉलेज' के नाम से जाना जाता है। इस स्कूल को देखने के लिए तत्कालीन प्रधानमंत्री जवाहरलाल नेहरू भी आए थे।

14 अक्तूबर, 1999 को गाजियाबाद में उन्होंने अंतिम साँसें लेते हुए इस दुनिया को अलविदा कह दिया। उन्हें उनके योगदान के लिए सदियों याद किया जाता रहेगा। वीरांगना दुर्गा भाभी को शत-शत नमन!

□

नलिनीबाला देवी

भारत को ब्रिटिश शासन के चंगुल से मुक्त कराने के लिए महिलाओं ने भी पुरुषों के साथ कंधे-से-कंधा मिलाकर बहादुरी से लड़ाइयाँ लड़ीं। महिलाओं की भागीदारी ने भारतीय स्वतंत्रता संग्राम को एक जन-आंदोलन का रुप प्रदान किया। असम की कनकलता बरुआ और भोगेश्वरी फुकन ने अंग्रेजों के खिलाफ संघर्ष में अपनी शहादत दी। उनसे प्रेरित होकर अन्य महिलाओं ने भी ब्रिटिश हुकूमत के विरुद्ध संघर्ष करने का बीड़ा उठाया। असम की प्रसिद्ध असमिया कवयित्री नलिनीबाला देवी ने भी भारतीय स्वतंत्रता संग्राम में अहम भूमिका का निर्वहन किया।

23 मार्च, 1989 को नलिनीबाला देवी ने असम के एक प्रमुख स्वतंत्रता सेनानी और लेखक नबीन चंद्र बारदोलोई के घर जन्म लिया। उनके पिताजी ने गांधीजी के नेतृत्व में असहयोग आंदोलन में सक्रिय रूप से भाग लिया था। जब नलिनीबाला सिर्फ 12 साल की थीं, तभी उनका विवाह जीवेश्वर चांगकाकोटी के संग कर दिया गया। उससे उन्हें दो बेटे हुए। जीवन भली-भाँति चल रहा था। मगर जब वे 19 साल की थीं, उनके पति का देहांत हो गया। पति के बाद उनके दोनों बेटों की भी एक-एक करके मृत्यु हो गई।

इस सदमे से उबरने के लिए उन्होंने देशभक्ति की भावनाओं से ओतप्रोत कविताएँ लिखनी शुरू कर दीं और एक समय ऐसा आया, जबकि वे असमिया साहित्य के क्षेत्र में प्रसिद्ध कवयित्री बन गईं। वे महात्मा गांधी की कार्यशैली व विचारधारा से बहुत प्रेरित थीं। अस्तु, अंग्रेजों के खिलाफ लड़ने के आह्वान पर नलिनीबाला देवी खुद को रोक नहीं पाईं और उन्होंने भारतीय स्वतंत्रता संघर्ष में खुद को झोंक दिया। उन्होंने महिलाओं को सामूहिक रूप से एकजुट करने का प्रयास किया। असम की महिलाओं को स्वतंत्रता संग्राम में भाग लेने के लिए प्रेरित किया। कालांतर में उनके द्वारा एकत्र की गई महिलाएँ, असम में स्वतंत्रता संघर्ष की रीढ़ बन गईं।

वे असम में गांधीजी द्वारा संचालित आंदोलनों की अगुआ बनीं। उन्होंने हेमंत

कुमारी देवी, गुणेश्वरी देवी और नलिनीबाला के साथ मिलकर खादी का उत्पादन बढ़ाने के लिए गुवाहाटी में एक बुनाई प्रशिक्षण केंद्र खोला। उन्होंने गांधीजी की यात्रा के दौरान कांग्रेस के कार्यकर्ताओं के लिए 500 खादी टोपी सिलकर सभी को चौंका दिया। दरअसल यहाँ पर वे महिलाएँ एकजुट थीं, जो अंग्रेजों के खिलाफ खादी को हथियार के रूप में इस्तेमाल करने की कोशिश कर रही थीं।

उन्होंने अपनी लेखिनी के माध्यम से भी आंदोलन में प्राणवायु का संचार किया। अपनी विचारशील कविताओं के माध्यम से समाज की निम्नवर्गीय महिलाओं से संबंधित कई मुद्दों पर भी प्रकाश डाला। उनकी सर्वाधिक लोकप्रिय रचनाओं में अलकनंदा, सोपुनार सुर (सपनों की मेलोडी), पोरोश मोनी, युग देवता, शेष पूजा, पारिजेटर अभिषेक, प्रहलाद, मेघदूत, सुरवी, रूपरेखा, शांतिपथ (निबंध) इत्यादि शामिल हैं। भारत सरकार द्वारा 1957 में उन्हें साहित्य के क्षेत्र में पद्मश्री से सम्मानित किया गया था। उन्हें उनके कविता-संग्रह 'अलकनंदा' के लिए साहित्य अकादमी पुरस्कार भी प्रदान किया गया। 77 वर्ष की आयु में 1977 में गुवाहाटी में उनके आवास पर उनका निधन हो गया। उन्हें शत-शत नमन!

□

नेल्ली सेनगुप्ता

रूह कँपा देने वाले अत्याचारों व अन्याय को देखकर भारतीय ही नहीं, विदेशियों का दिल भी अंग्रेजों के खिलाफ घृणा-भाव से भर जाता था। इसका सुखद परिणाम यह हुआ कि कई अंग्रेज प्रजाति के लोग भी भारतीय स्वतंत्रता संग्राम में शामिल हो गए। उन्होंने भी ब्रिटिश हुकूमत को ललकारा, इन्हीं में से एक ब्रिटिश महिला नेल्ली सेनगुप्ता थीं।

उन्होंने भारतीय स्वतंत्रता संग्राम में भारतीयों के हक में अपनों से जंग की। उन्होंने चोरी-चुपके नहीं, बल्कि खुलेआम भारतीयों को सहयोग किया। भारतमाता की मुक्ति के लिए लड़ाई की। इसका एक खूबसूरत उदाहरण 1933 में देखने को मिला, जब वे भारतीय राष्ट्रीय कांग्रेस के 47वें वार्षिक सत्र की कलकत्ता में अध्यक्ष बनीं। वे इस पद पर निर्वाचित होने वाली तीसरी महिला थीं। उल्लेखनीय है कि जिस समय सविनय अवज्ञा आंदोलन के दौरान पार्टी के कई वरिष्ठ नेताओं को गिरफ्तार किया गया था, उन्होंने ऐसे कठिन समय में इस पद के दायित्वों को बड़ी ही संजीदगी से निभाया।

उल्लेखनीय है कि यूँ तो नेल्ली का जन्म 12 जनवरी, 1886 को ब्रिटेन के कैंब्रिज में फ्रेडरिक विलियम ग्रे और एडिथ हेनरीटा ग्रे के घर हुआ था, लेकिन वे भारत की होकर रह गईं। दरअसल उन्हें एक बंगाली जतिंद्र मोहन सेनगुप्ता से प्यार हो गया और उन्होंने अपने परिवार के विरोध के बावजूद उनसे शादी कर ली। शादी के बाद वे उनके साथ कलकत्ता आ गईं और एक संयुक्त परिवार में रहने लगीं तथा भारत की माटी में ही रच-बस गई थीं। उनके शिशिर और अनिल नामक दो बेटे हुए।

1921 में जब महात्मा गांधी ने असहयोग आंदोलन की उद्घोषणा की तो इस आंदोलन में नेल्ली ने भी अपने पति के साथ भाग लिया। उनके पति जतिन को गांधी का करीबी सहयोगी माना जाता था। अस्तु, इस आंदोलन में अपने पति का समर्थन करते हुए

वे घर-घर जाकर खादी उत्पाद बेचती थीं। इसकी खबर जब अंग्रेजों को लगी, तो उन्होंने क्रोधित होकर नेल्ली को गिरफ्तार कर जेल भेज दिया।

इसी प्रकार जब असम-बंगाल रेलकर्मियों की हड़ताल के दौरान जतिन को गिरफ्तार किया गया, तो अपने पति के बचाव में उन्होंने अंग्रेजी हुकूमत का जमकर विरोध किया। लोगों को अपने समर्थन में एकत्र कर सरकार के खिलाफ एक बैठक का आयोजन किया।

सन् 1931 में नेल्ली ने दिल्ली विधानसभा में अंग्रेजों के कुप्रशासन के विरोध में वक्तव्य देते हुए खुलकर आलोचना की। उनके इस कथन को अवैध घोषित करके सरकार ने उन्हें चार महीने के लिए जेल में डाल दिया था। दो साल बाद उनके पति जतिन को भी राँची की एक जेल में कैद कर दिया गया, जहाँ 1933 में उनकी मृत्यु हो गई।

स्वतंत्रता-प्राप्ति के उपरांत वे अपने पति के घर पूर्वी पाकिस्तान (बांग्लादेश) चली गई थीं। तत्कालीन प्रधानमंत्री इंदिरा गांधी के आग्रह पर उन्होंने पूर्वी पाकिस्तान में हिंदू अल्पसंख्यकों के हितों की देखभाल की। इसलिए लंबे समय तक वे अल्पसंख्यक बोर्ड के सदस्य के रूप में कार्य करती रहीं।

सन् 1972 में फर्श पर गिरने से वे घायल हो गईं। प्रधानमंत्री इंदिरा गांधी के हस्तक्षेप के बाद उन्हें इलाज के लिए पूर्वी पाकिस्तान से भारत लाया गया। उनकी चिकित्सा का पूरा खर्च भारत सरकार द्वारा वहन किया गया, लेकिन दुर्भाग्य से वे ठीक नहीं हो सकीं और 23 अक्तूबर, 1973 को कलकत्ता में उन्होंने अंतिम साँस ली। उन जैसी समर्पित स्वतंत्रता संग्राम सेनानी को शत-शत नमन!

□

नीरा आर्य

भारतीय स्वतंत्रता संग्राम की वीरांगना नीरा आर्य भारतीय राष्ट्रीय सेना की एक बहादुर सिपाही थीं। उन्होंने आई.एन.ए. की 'झाँसी रेजिमेंट' में सेवा की। वे आई.एन.ए. की प्रथम महिला जासूस थीं, जिन्हें देश की खातिर अपने ही पति को भी मारना पड़ा।

उनका जन्म 5 मार्च, 1902 को खेकरा नगर में हुआ था। उनके पिता एक संपन्न व्यवसायी थे। उन्होंने अपनी प्रारंभिक शिक्षा कलकत्ता में पूरी की। विवाह योग्य होने पर वे ब्रिटिश सीआईडी अधिकारी श्रीकांत जयरंजन दास से ब्याह दी गईं। नीरा भारतीय राष्ट्रीय सेना में कार्यरत थीं। अस्तु, अंग्रेजों के इशारे पर उनके पति श्रीकांत चाहते थे कि नीरा नेताजी सुभाष चंद्र बोस की हत्या कर दें। जब नीरा ने मना कर दिया, तब श्रीकांत ने नीरा पर दबाव डालना शुरू कर दिया कि वे नेताजी के ठिकाने का खुलासा करें, ताकि वह खुद ही नेताजी सुभाष चंद्र बोस की हत्या कर सके। नीरा ने इस पर भी मना कर दिया।

जब नीरा ने उनका साथ नहीं दिया, तो उनके पति ने अपने स्तर पर नेताजी की समूची खुफिया जानकारी निकाल ली। फिर एक बार मौका देखकर श्रीकांत ने नेताजी पर गोली चला दी। उनकी गोली का निशाना चूक जाने से नेताजी तो बच गए, लेकिन गोली उनके ड्राइवर को लग गई और वहीं मौके पर ही उसकी मौत हो गई।

जब यह खबर नीरा तक पहुँची, तो उन्होंने क्रोधित होकर अपने पति श्रीकांत की चाकू मारकर हत्या कर दी। चूँकि उनका पति एक ब्रिटिश अधिकारी था। अस्तु, ब्रिटिश हुकूमत ने नीरा को तुरंत गिरफ्तार कर अंडमान और निकोबार द्वीप समूह की सेल्यूलर जेल में कैद कर दिया। वहाँ उनके साथ बर्बरतापूर्ण से व्यवहार किया गया। उन्हें तरह-तरह से प्रताड़ित किया गया। उन्हें हवस का शिकार बनाया गया। अस्तु, उन्होंने अपने हाथ से अपने दोनों स्तन काट लिये थे, ताकि वे ब्रिटिश अधिकारियों की

वासना का शिकार होने से बच सकें। उनका यह निर्णय उनकी मानसिक सशक्तता को दरशाता है।

आजादी के बाद नीरा को रिहा कर दिया गया। उन्होंने अपना शेष जीवन हैदराबाद में गुजारा। 26 जुलाई, 1998 को वहीं पर उनकी मृत्यु हो गई। उन पर कई किताबें व टेली फिल्में भी बनीं। उनकी वीरता को भारत सदैव याद रखेगा। वीरांगना नीरा आर्य को शत-शत नमन!

□

प्रीतिलता वादेदार

भारत का इतिहास ऐसे कई उदाहरणों से भरा पड़ा है, जिसमें देश की स्वतंत्रता के लिए वीरांगनों ने अंग्रेजी शासन के खिलाफ अदम्य साहस, वीरता, धैर्य और दृढ़ संकल्प का प्रदर्शन किया। बंगाल की पहली महिला बलिदानी प्रीतिलता वादेदार की कहानी भी आजादी के संघर्ष की जीवित गाथा को बयाँ करती है। वे भारतीय स्वतंत्रता संगाम की महान् क्रांतिकारिणी, एक मेधावी छात्रा तथा निर्भीक लेखिका थीं।

5 मई, 1911 को चिटगाँव में जगबंधु वादेदार और प्रतिभा देवी के घर जनमी प्रीतिलता बचपन से ही मेधावी छात्रा थीं। उनके पिता नगरपालिका में क्लर्क थे। आय कम होने के कारण परिवार का मुश्किल से गुजारा होता था। तदुपरांत यह कहा जा सकता है कि भले ही उनके परिवार की आर्थिक हालत सही नहीं थी, लेकिन उनके पिता जगबंधु वादेदार ने अपनी बेटी को अच्छी शिक्षा दी। वे अकसर अपनी बेटी प्रीतिलता से कहते थे, "तुम मेरी उम्मीद हो।" प्रीतिलता ने कभी अपने पिता को निराश नहीं किया। उन्होंने खूब मन लगाकर पढ़ाई की और वे 1929 में अपनी इंटरमीडिएट की परीक्षा में समूचे ढाका में अव्वल स्थान पर आईं। अपनी बेटी की इस सफलता पर उनके पिताजी खुशी से गद्गद हो गए।

उल्लेखनीय है कि वे पढ़ाई के साथ-साथ एक बालचर संस्था की सदस्य भी थीं। वहीं से उन्होंने सेवाभाव और अनुशासन का पाठ पढ़ा। बालचर संस्था में सदस्यों को ब्रिटिश सम्राट् के प्रति एकनिष्ठ रहने की शपथ लेनी होती थी। संस्था का यह नियम प्रीतिलता को खटकता था। उन्हें बेचैन करता था। यही से उनके मन में क्रांति का बीज पनपा था। बचपन से ही वे रानी लक्ष्मीबाई के जीवनचरित से काफी प्रभावित थीं।

उच्च शिक्षा-प्राप्ति हेतु उन्होंने कलकत्ता के बेथ्यून कॉलेज में दर्शनशास्त्र में स्नातक करने के लिए दाखिला लिया। इसी दौरान प्रीतिलता कतिपय क्रांतिकारियों के संपर्क में

आईं और वे उनकी गतिविधियों में गहरी दिलचस्पी लेने लगीं। बाद में वे स्वतंत्रता सेनानी वीरांगना लीला नाग के दीपाली संघ में शामिल हो गईं।

उल्लेखनीय है कि वह 1930 दशक था जब बंगाल में गांधी के अहिंसा के विचारों का परित्याग कर दिया गया था। गांधीवादी विचारधारा के स्थान पर वहाँ अंग्रेजी हुकूमत के खिलाफ हथियारबंद लड़ाई को बढ़ावा देने वाले क्रांतिकारी संगठनों ने अपनी जगह ले ली। प्रीतिलता भी ऐसी ही क्रांतिकारी गतिविधियों में सक्रिय रहती थीं। अस्तु, ब्रिटिश अधिकारियों ने उनकी स्नातक की डिग्री रोक दी। बाद में मरणोपरांत 22 मार्च, 2012 को कलकत्ता विश्वविद्यालय ने उन्हें डिग्री प्रदान की।

शिक्षा पूर्ण करने के बाद उन्होंने परिवार की मदद करने के लिए चटगाँव के नंदनकरण अपर्णाचरण नामक एक हाई स्कूल में हेडमिस्ट्रेस की नौकरी शुरू की, लेकिन कालांतर में उन्हें यह महसूस हुआ कि कुटुंब की परवरिश करने से भी बड़ा कार्य देश की स्वतंत्रता है। इसलिए अपने व्यक्तिगत दायित्व का निर्वहन करने के साथ ही वे देशभक्ति से परिपूर्ण क्रांतिकारी गतिविधियों में सक्रिय रहती थीं।

उन्हीं दिनों में मास्टरदा सूर्य सेन और निर्मल सेन से उनकी मुलाकात हुई। ये उन दिनों की बात थी, जब महिलाओं को क्रांतिकारी समूहों में शामिल किया जाना कठिन कार्य माना जाता था, लेकिन मास्टर दा ने प्रीतिलता को अपने संगठन में शामिल कर लिया। दरअसल सेन को इस बात का अंदाजा था कि बिना किसी शक के एक महिला हथियारों को एक स्थान से दूसरे स्थान पर लाना व ले जाना—दोनों कर सकती है। इसलिए उन्हें लड़ने और हमलों का नेतृत्व करने के लिए भी प्रशिक्षित किया। हालाँकि सूर्य सेन द्वारा चलाए जा रहे जुगंतर समूह के ढलघाट शिविर में प्रीतिलता के शामिल होने से साथी क्रांतिकारी नेता बिनोद बिहारी चौधरी सूर्य सेन से नाराज हो गए।

उल्लेखनीय है कि प्रीतिलता जब सूर्य सेन से मिलीं, तब वे अज्ञातवास में थे। उनका एक साथी रामकृष्ण विश्वास कलकत्ता की अलीपुर जेल में था। क्रांतिकारी रामकृष्ण विश्वास उस दौरान रेल अधिकारी तारिणी मुखर्जी की गलती से हत्या करने के आरोप में अलीपुर सेंट्रल जेल में सजा काट रहे थे। उनको फाँसी की सजा सुनाई जा चुकी थी, इसलिए उनसे मिलना आसान नहीं था, लेकिन प्रीतिलता ने इस चुनौती को स्वीकार किया और वे क्रांतिकारी रामकृष्ण विश्वास से कारागार में लगभग चालीस बार मिलीं। मजेदार बात तो यह है कि उन पर किसी भी अधिकारी को संशय तक नहीं हुआ। वे उनकी बड़ी बहन बनकर जेल में चली जाया करती थीं। यह उनकी बुद्धिमत्ता और बहादुरी का ही प्रमाण कहा जा सकता है।

अंततः वर्ष 1931 में अंग्रेजी हुकूमत ने क्रांतिकारी रामकृष्ण विश्वास को फाँसी दे दी। उस घटना से प्रीतिलता के क्रांतिकारी विचारों को और अधिक दृढ़ता प्राप्त हुई। वे

और ज्यादा सक्रियता के साथ अंग्रेजों के खिलाफ कार्य करने लगीं।

उल्लेखनीय है कि क्रांतिकारियों के द्वारा जब चिटगाँव स्थित शस्त्रागार में 18 अप्रैल, 1930 को छापा मारा गया तो उस दौरान प्रीतिलता वादेदार ने सफलतापूर्वक टेलीफोन लाइनों, टेलीग्राफ कार्यालय को नष्ट कर दिया। इसके बाद वे सूर्य सेन के नेतृत्व में इंडियन रिपब्लिकन आर्मी में महिला सैनिक बनीं।

एक दिन पूर्वी बंगाल के घलघाट में क्रांतिकारियों को पुलिस ने घेर लिया। घिरे हुए क्रांतिकारियों में अपूर्व सेन, निर्मल सेन, प्रीतिलता और सूर्य सेन आदि थे। सूर्य सेन ने लड़ाई करने का आदेश दिया। दोनों ओर से गोला-बारूद व गोलियाँ चलीं। हथियारों की इस लड़ाई में अपूर्व सेन और निर्मल सेन शहीद हो गए, लेकिन सूर्य सेन की गोली से कैप्टन कैमरान मारा गया। इसके बाद किसी तरह से सूर्य सेन और प्रीतिलता वहाँ से लड़ते-लड़ते भाग निकले। क्रोधित अंग्रेजों ने क्रांतिकारी सूर्य सेन को पकड़वाने के लिए 10 हजार रुपए का इनाम घोषित कर दिया।

सूर्य सेन और प्रीतिलता एक सावित्री नाम की महिला के घर में जाकर छुप गए। उस महिला ने उन दोनों को अपने यहाँ गुप्त रूप से रखने का जोखिम तो उठा लिया, बाद में उसे अंग्रेजों का कोपभाजन बनना पड़ा। खैर, यहाँ रहते हुए सूर्य सेन ने अपने साथियों का बदला लेने की योजना बनाई। योजना यह थी कि चटगाँव पहाड़ी की तलहटी में यूरोपीय क्लब पर धावा बोलकर, नाच-गाने में मग्न अंग्रेजों को मारकर बदला लिया जाए।

अस्तु, योजनानुसार 24 सितंबर, 1932 की रात प्रीतिलता के नेतृत्व में कुछ क्रांतिकारी क्लब में जा पहुँचे। हथियारों से लैस प्रीतिलता ने आत्म-सुरक्षा के लिए पोटैशियम सायनाइड नामक विष भी अपने साथ रख लिया था। पूरी तैयारी के साथ क्लब में पहुँचीं प्रीतिलता ने भवन के बाहर से खिड़की में बम लगा दिया। बम के फटने और पिस्तौल की आवाज से नाचते-गाते अंग्रेज भय से चीखने लगे। इस घटना में एक यूरोपीय महिला मारी गई तथा 13 अंग्रेज जख्मी हो गए और बाकी भागने में सफल हो गए।

थोड़ी देर बाद उस क्लब के अंदर से भी गोलीबारी होने लगी। एक गोली प्रीतिलता के शरीर में लगी। वे घायल होकर भी वहाँ से भागने का प्रयास करने लगीं, लेकिन जब नहीं चल पाईं, तो उन्होंने अपने पल्लू में बाँध के रखा पोटैशियम सायनाइड जहर खा लिया। इस प्रकार देश के लिए अंग्रेजों से लड़ते हुए उन्होंने 24 सितंबर, 1932 को सर्वोच्च बलिदान दिया। उस समय उनकी उम्र 21 साल थी।

स्वतंत्रता सेनानी कल्पना दत्ता ने अपनी पुस्तक 'चिटगाँव आर्मरी रेडर्स : रिमिनिसेंस' में प्रीतिलता वादेदार के साथ बिताए अपने कतिपय अनुभव साझा किए हैं,

जोकि उनकी वीरता की अमर गाथा से परिपूर्ण हैं।

वीरांगना प्रीतिलता के प्रति सम्मान व्यक्त करने के लिए उनकी एक मूर्ति चिटगाँव के पटियार धलघाट में वीरकन्या प्रीतिलता प्राथमिक विद्यालय के प्रांगण में 22 फरवरी, 2005 को स्थापित की गई। चिटगाँव विश्वविद्यालय में अवस्थित सभा-कक्ष का नाम भी 'प्रीतिलता हॉल' रखा गया है। सच तो यह है कि वीरांगना प्रीतिलता के लिए जितना किया जाए, कम है। आज हम उन्हें स्मरण कर अपनी श्रद्धांजलि देकर खुद को अनुगृहीत कर रहे हैं। वीरांगना प्रीतिलता पर समूचे भारतवासियों को गर्व है। उन्हें शत-शत नमन!

□

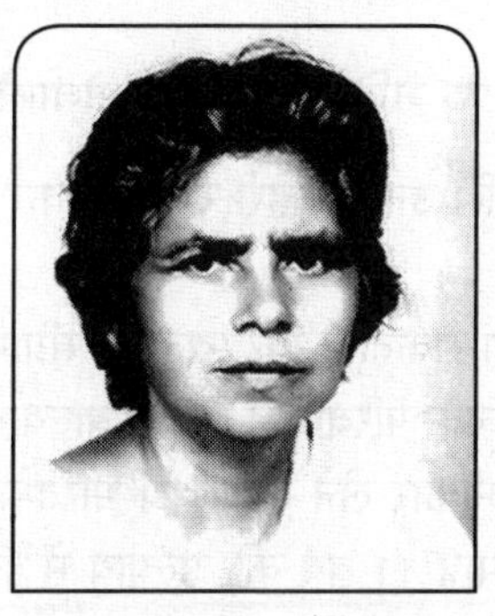

पार्वती गिरि

स्वतंत्रता सेनानी पार्वती गिरि का कृतित्व व व्यक्तित्व अनुकरणीय है। उन्हें 'पश्चिमी उड़ीसा की मदर टेरेसा' भी कहा जाता है। उन्होंने 1942 में भारत छोड़ो आंदोलन में भाग लिया और ब्रिटिश शासन के खिलाफ कई रैलियों का नेतृत्व किया। महात्मा गांधी के विचारों से प्रेरित होकर उन्होंने जनसामान्य को आंदोलन में शामिल होने के लिए प्रोत्साहित किया। जैसा कि सर्वविदित है कि 9 अगस्त, 1942 के तड़के ही लगभग सभी राजनेताओं को अंग्रेजी हुकूमत ने जेल की सलाखों के पीछे डाल दिया था, उनमें वीरांगना पार्वती गिरि भी शामिल थीं। यद्यपि बाद में उन्हें रिहा कर दिया गया, क्योंकि उस समय उनकी उम्र सिर्फ 16 साल थी।

जेल से रिहा होने के बाद वे पुन: स्वतंत्रता संग्राम को गति देने के कार्य में जुट गईं। वे उड़ीसा के कोने-कोने में जाकर लोगों को आजादी की लड़ाई में शामिल होने के लिए तैयार करतीं। उन्होंने एक बार बरगर में एसडीओ के कार्यालय पर हमला किया। अस्तु, वीरांगना पार्वती को संबलपुर जेल में दो साल के कठोर कारावास की सजा काटनी पड़ी। वहाँ से रिहा होने के उपरांत उन्होंने बारगढ़ कोर्ट में अंग्रेजों की अवज्ञा में वकीलों को अदालत का बहिष्कार करने के लिए राजी किया।

ब्रिटिश सरकार विरोधी गतिविधियों में सक्रिय रहने वाली स्वतंत्रता सेनानी पार्वती गिरि का जन्म 19 जनवरी, 1926 को वर्तमान बरगढ़ जिले और अविभाजित संबलपुर जिले के बीजेपुर के पास समलाईपदार गाँव में हुआ था। उनके पिता धनंजय गिरि और इनके चाचा और कांग्रेस नेता रामचंद्र गिरि एक जाने-माने स्वतंत्रता सेनानी थे।

उन दिनों उनका गाँव समलाईपदार राष्ट्रवादियों के एकत्र होने का एक विश्वसनीय ठिकाना था। यहाँ पर होने वाली बैठकों में नन्ही बालिका पार्वती भी अपने चाचा के साथ जाया करती थी। वे वहाँ होने वाली बातें व चर्चाएँ ध्यान से सुनती थीं। वे लगभग हर

बैठक में जाने की जिद करतीं। उनकी गहरी रुचि देखकर चाचा रामचंद्र गिरि उन्हें मना नहीं कर पाते थे।

इस प्रकार यह कहा जा सकता है कि स्वतंत्रता संग्राम में शामिल होने और देश के लिए लड़ने की प्रेरणा उन्हें उनके परिवार से मिली। बाल्यावस्था में ही उनके दिलोदिमाग में देशप्रेम का बीज विराट् आकार लेने लगा था। भारतमाता को गुलामी की जंजीरों से मुक्त करने के लिए उन्होंने मात्र 11 वर्ष की अल्पायु में ही खुद को स्वतंत्रता संग्राम के हवाले कर दिया था। वे अपनी स्कूली पढ़ाई छोड़कर भारतीय राष्ट्रीय कांग्रेस के लिए प्रचार करने के लिए जाने लगी थीं। विभिन्न राजनीतिक गतिविधियों में भाग लेने लगी थीं। उन्होंने गांधी आश्रम की यात्रा की। जहाँ उन्होंने हस्तशिल्प, अहिंसा के दर्शन और आत्मनिर्भरता सहित कई चीजें सीखीं।

1940 में पार्वती गिरि ने कांग्रेस के लिए बरगढ़, संबलपुर, पदमपुर, पनिमारा, घेंस और अन्य स्थानों की यात्रा शुरू की। उन्होंने ग्रामीणों को खादी कातना और बुनना सिखाया। देखते-ही-देखते उन्होंने लगभग पूरे उड़ीसा की यात्रा कर स्वतंत्रता संग्राम का प्रसार-प्रचार करने में अपना अहम योगदान दिया।

स्वतंत्र भारत में उन्होंने 1950 में इलाहाबाद में प्रयाग महिला विद्यापीठ में अपनी स्कूली शिक्षा पूरी की। चार साल बाद वे रमा देवी के साथ समाज-सेवा से जुड़ गईं। 1955 में वे संबलपुर जिले के लोगों के स्वास्थ्य और स्वच्छता में सुधार लाने से संबंधित एक अमेरिकी परियोजना में शामिल हो गईं। उन्होंने नरसिंहनाथ में 'कस्तूरबा गांधी मातृ निकेतन' नामक एक आश्रम शुरू किया, जो कि महिलाओं और अनाथों के लिए समर्पित था। कालांतर में संबलपुर जिले के जुजोमुरा ब्लॉक के अंतर्गत बिरसिंहगढ़ में 'डॉ. सेंट्रा बाल निकेतन' नामक एक और आश्रम शुरू किया। यह आश्रम भी निराश्रितों को सपर्पित था। उन्होंने जेल सुधार और कुष्ठ उन्मूलन के लिए भी काम किया। इसलिए उन्हें 'उड़ीसा की मदर टेरसा' कहा जाता है।

उनके समाजसेवी कार्यों के फलस्वरूप 1984 में भारत सरकार के समाज कल्याण विभाग ने उन्हें सम्मानित किया। 1998 में उन्हें संभलपुर विश्वविद्यालय द्वारा मानद डॉक्टरेट की उपाधि से सम्मानित किया गया। यह मानद उपाधि उन्हें उड़ीसा के राज्यपाल श्री सी. रंगराजन द्वारा दी गई। उल्लेखनीय है कि मेगा लिफ्ट सिंचाई योजना का नाम पार्वती गिरि के नाम पर रखा गया है। 17 अगस्त, 1995 को उनका निधन हो गया। उन्हें शत-शत नमन!

□

पद्मजा नायडू

परवरिश का जीवन पर गहरा प्रभाव पड़ता है। इसका श्रेष्ठ उदाहरण भारतीय स्वतंत्रता सेनानी पद्मजा नायडू हैं। उनकी माता प्रसिद्ध भारतीय राजनीतिज्ञ श्रीमती सरोजिनी नायडू ने अपनी परवरिश से उन्हें एक ऐसा इनसान बनाया, जिसने अपना सारा जीवन भारतमाता के हितों के लिए समर्पित कर दिया। उनका मानवीय दृष्टिकोण और राष्ट्रीय सेवा के भाव हमेशा याद किए जाते रहेंगे। उल्लेखनीय है कि पद्मजा नायडू को पश्चिम बंगाल की प्रथम महिला राज्यपाल होने का गौरव भी प्राप्त है।

17 नवंबर, 1900 ई. को श्रीमती सरोजिनी नायडू व डॉ. एम. गोविंदराजलु नायडू के घर जनमी पद्मजा नायडू मात्र 21 वर्ष की आयु में हैदराबाद में 'भारतीय राष्ट्रीय कांग्रेस' की संयुक्त संस्थापिका बनीं। उनके देशप्रेम व सक्रियता को देखते हुए उन्हें यह महत्त्वपूर्ण दायित्व सौंपा गया था। इस प्रकार राष्ट्रीय क्षितिज पर उभरने वाली इस युवा पर अपनी देशभक्त माँ का काफी प्रभाव था।

पद्मजा नायडू ने विदेशी सामानों का सामूहिक व व्यक्तिगत जीवन में भी बहिष्कार करके समाज में एक सकारात्मक संदेश दिया। खादी को अपनाने हेतु लोगों को प्रेरित करने के बाबत चलने वाले अभियानों में भी वे शामिल हुईं। जन सामान्य के बीच जाकर उनमें देशप्रेम की अलख जगाने का कार्य किया, ताकि सामूहिक व संगठित शक्ति के बल पर भारत को शीघ्रातिशीघ्र आजाद करवाया जा सके।

वर्ष 1942 में महात्मा गांधी के 'भारत छोड़ो आंदोलन' में भाग लेने के कारण उन्हें जेल जाना पड़ा। यद्यपि यह आंदोलन शैशवावस्था में ही कुचल दिया गया था, तदुपरांत यह कहा जा सकता है कि दमनकारी ब्रिटिश हुकूमत की जड़ों को हिलाने में यह आंदोलन सफल रहा।

आजाद भारत की प्रथम संसद् के लिए वे निर्वाचित हुईं। 1956 में उन्हें बंगाल की पहली महिला राज्यपाल का दायित्व सौंपा गया। अपने जीवन के लगभग 50 वर्षों तक

वे रेडक्रॉस से भी जुड़ी रहीं और 1971 से 1972 तक वे इसकी अध्यक्ष भी रहीं। उनके समर्पण को देखते हुए 1962 में भारत सरकार ने उन्हें पद्म विभूषण प्रदान किया। इस प्रकार यह कहा जा सकता है कि सरोजिनी नायडू की बेटी पद्मजा अपनी माँ की ही तरह देश के लिए समर्पित एक विशेष स्वतंत्रता संग्राम सेनानी थीं।

2 मई, 1975 को एक लंबी बीमारी के उपरांत उनका देहांत हो गया। उनकी स्मृति में दार्जिलिंग में 'पद्मजा नायडू हिमालयन प्राणी उद्यान' बनाया गया है। राष्ट्र के लिए उनकी सेवाओं, विशेष रूप से उनका मानवीय दृष्टिकोण व देश की आजादी में दिए गए योगदान के लिए उन्हें शत-शत नमन!

□

पेरिन बेन कैप्टन

भारतीय स्वतंत्रता सेनानी, सामाजिक कार्यकर्ता और प्रसिद्ध भारतीय बुद्धिजीवी पेरिन बेन कैप्टन ने वीर सावरकर और भीकाजी कामा के साथ कार्य कर आजादी की जंग में अपनी सक्रियता दर्ज की। उन्होंने यूरोप की भूमि पर भारतीय स्वतंत्रता की बुनियाद रखी। कालांतर में वे गांधीवादी दर्शन व उनकी कार्ययोजना से भी प्रभावित हुईं। योजनागत तरीकों से 1910 में ब्रुसेल्स में मिस्र की राष्ट्रीय कांग्रेस में भाग लिया।

उल्लेखनीय है कि भारतीय स्वतंत्रता संग्राम के नरमपंथी नेता दादाभाई नौरोजी उनके दादा थे, लेकिन महिला स्वतंत्रता सेनानी पेरिन के बारे में बहुत कम लोगों को जानकारी है। दरअसल यह बड़े ही अफसोस की बात है, लेकिन यदि अतीत के पन्नों को खँगाला जाए तो ऐसी ही कुछ और भी महिला स्वतंत्रता सेनानी मिलेंगी, जो इतिहास के पन्नों का हिस्सा नहीं बन पाई हैं। दादाभाई नौरोजी की पोती पेरिन बेन कैप्टन भी इतिहास की स्मृतियों से कहीं खो-सी गई हैं। आजादी का अमृत महोत्सव ऐसी ही महिला स्वतंत्रता सेनानी के प्रति कृतज्ञता व्यक्त करने का पावनकाल है।

12 अक्तूबर, 1888 को भारतीय राज्य गुजरात के कच्छ जिले के माँडवी नामक स्थान में एक पारसी परिवार में उनका जन्म हुआ था। उनके पिता अर्देशिर दादाभाई नौरोजी के सबसे बड़े पुत्र थे और पेशे से एक डॉक्टर थे। उनकी माँ वीरबाई ददीना एक सामान्य गृहिणी थीं। आठ बच्चों में से पेरिन उनकी सबसे पहली संतान थीं। 1893 में केवल 5 वर्ष की अवस्था में उनके पिताजी की मृत्यु हो गई थी। अस्तु, पेरिन की प्रारंभिक शिक्षा मुंबई में हुई। उन्होंने 'सोहबन न्युवेल यूनिवर्सिटी', पेरिस, फ्रांस से उच्च शिक्षा प्राप्त की। अपने फ्रांस प्रवास के दौरान वे स्वतंत्रता संग्राम सेनानी भीकाजी कामा के संपर्क में आईं। धीरे-धीरे वे भीकाजी से बहुत प्रभावित होने लगीं और फिर अंततः वे उनके साथ उन गतिविधियों में भाग लेने लगीं, जोकि भारत को अंग्रेजों की परतंत्रता से स्वतंत्र कराने में सहायक थीं।

जब विनायक दामोदर सावरकर को लंदन में ब्रिटिश पुलिस ने गिरफ्तार कर लिया था, तो उन्हें छुड़वाने में पेरिन बेन ने अहम भूमिका निभाई थी। इसके बाद उन्होंने साल 1910 में सावरकर और भीकाजी के साथ ब्रुसेल्स में मिस्र की राष्ट्रीय कांग्रेस में भाग लिया था। वे पेरिस में भी सक्रिय विभिन्न संगठनों से जुड़ी हुई थीं। इन संगठनों में से एक पॉलिश इ-माइग्रे था। इस संगठन के साथ मिलकर उन्होंने रूस में जारिस्ट शासन के खिलाफ विरोध किया था।

सन् 1911 में वे भारत लौटीं। यहाँ उन्हें महात्मा गांधी से मिलने का मौका मिला। गांधीजी से मिलने के उपरांत वे उनके आदर्शों से इस प्रकार प्रभावित हुई कि उन्होंने अपना जीवन देश के लिए समर्पित कर दिया। वे गांधीजी के साथ मिलकर अंग्रेजी शासन के खिलाफ गतिविधियाँ करने लगीं। इस दौरान उन्हें कई बार जेल भी जाना पड़ा, लेकिन उनका हौसला कम नहीं हुआ। 1920 में उन्होंने असहयोग आंदोलन का समर्थन किया और खादी पहनना शुरू कर दिया। 1921 में उन्होंने गांधीजी के आह्वान पर महिलाओं को एकजुट किया। उन्हें आंदोलन के लिए प्रेरित किया। कालांतर में उन्होंने राष्ट्रीय स्त्री सभा के गठन में महत्त्वपूर्ण योगदान दिया।

सन् 1925 में पेरिन ने धुनजीशा एस. कैप्टन नामक एक वकील से विवाह किया। उन्हीं के उपनाम से पेरिन कैप्टन हो गईं। शादी के बाद भी उनके राजनीतिक व सार्वजनिक जीवन में कोई प्रभाव नहीं पड़ा। वे पहले की भाँति अंग्रेजी हुकूमत के विरुद्ध संचालित विभिन्न गतिविधियों में सक्रिय रहीं।

सन् 1930 में वे बॉम्बे प्रांतीय कांग्रेस कमेटी की अध्यक्ष चुनी गईं। इस पद के लिए निर्वाचित होने वाली वे पहली महिला थीं। 1930 के दशक में गांधी सेवा सेना का पुनर्गठन किया गया था, जिसका उन्हें मानद महासचिव बनाया गया था। उन्होंने महात्मा गांधी द्वारा शुरू किए गए सविनय अवज्ञा आंदोलन में भाग लिया, जिसके फलस्वरूप उन्हें जेल में कई प्रकार की अमानवीय यातनाएँ सहन करनी पड़ीं।

पेरिन बेन लगातार गांधीजी के साथ समाज-सुधार के कार्य में संलग्न रहीं। उन्होंने अपनी आखिरी साँस तक देश की सेवा की। उन्होंने 'हिंदुस्तानी प्रचार सभा' के लिए भी काम किया। 1954 में भारत सरकार ने उन्हें पद्मश्री पुरस्कार से सम्मानित किया। 1958 में पुणे के जहाँगीर नर्सिंग होम में उनका निधन हो गया। उन्हें शत-शत नमन!

□

बेगम हजरत महल

भारत वीरांगनाओं की भूमि रही है। 1857 के प्रथम स्वतंत्रता संग्राम में भी अनंत वीरांगनाओं ने अपने अदम्य साहस के बल पर ब्रिटिश हुकूमत का तख्ता हिला दिया। लखनऊ की क्रांति का नेतृत्व करने वाली वीरांगना बेगम हजरत महल भी अपनी वीरता व अभूतपूर्व संगठनात्मक क्षमता के लिए याद की जाती हैं। अंग्रेजी सेना का मुकाबला करने के लिए उन्होंने स्वयं क्रांति की मशाल सँभाली। इसलिए अवध के जमींदार, किसान और सैनिक उनके नेतृत्व में विजय प्राप्त करते गए।

अवध की बेगम के नाम से प्रसिद्ध बेगम हजरत महल नवाब वाजिद अली शाह की दूसरी पत्नी थीं। अंग्रेजों द्वारा कलकत्ता में अपने शौहर के निर्वासन के बाद उन्होंने लखनऊ पर कब्जा कर लिया और अपनी रियासत 'अवध' की हुकूमत को बरकरार रखा। अंग्रेजों के कब्जे से अपनी रियासत बचाने के लिए उन्होंने अपने बेटे नवाबजादे बिरजिस कद्र को अवध का शासक कर दिया और 1857 के भारतीय विद्रोह के दौरान ब्रिटिश ईस्ट इंडिया कंपनी के खिलाफ विद्रोह का बिगुल बजा दिया।

सन् 1820 में फैजाबाद, अवध में जनमी बेगम हजरत महल बचपन का नाम मुहम्मदी खातून था। वे पेशे से गणिका थीं और जब उनके माता-पिता ने उन्हें बेचा, तब वे शाही हरम में एक खावासिन के बतौर आ गईं। इसके बाद उन्हें शाही दलालों को बेच दिया गया। यहाँ पर उन्हें परी की उपाधि दी गई। बेचने-खरीदने का यह सिलसिला जारी रहा और कालांतर में शाही दलालों ने भी उन्हें अधिकारियों को बेच दिया। जहाँ उन्हें 'महक परि' के नाम से जाना जाता था।

कालांतर में अपने हुनर व हुस्न के बल पर वे अवध के नवाब की शाही रखैल बन गईं। अस्तु, उन्हें 'बेगम' कहा जाने लगा। बेटे बिरजिस कद्र के जन्म के बाद उन्हें 'हजरत महल' का खिताब दिया गया था। उनकी काबिलीयत उन्हें अवध ताजदर-ए-अवध, वाजिद अली शाह की छोटी पत्नी के दर्जे तक ले आई।

कालांतर में उन्होंने ब्रिटिश ईस्ट इंडिया कंपनी के अधिकारियों के जुल्म का मुँहतोड़ जवाब देने के लिए अवध रियासत की बागडोर को अपने हाथ में ले लिया। चूँकि उनके शौहर को अंग्रेजी हुकूमत ने सत्ता से बेदखल कर अवध से बाहर निकाल दिया और लखनऊ पर कब्जा कर लिया था। प्रतिक्रियास्वरूप हजरत महल ने अपने नाबालिग पुत्र को गद्दी पर बिठाकर अंग्रेजी सेना का स्वयं मुकाबला करने के लिए अपनी कमर कस ली।

यूँ तो बेगम हजरत को ईस्ट इंडिया कंपनी से अनेक शिकायतें थीं। उनकी प्रमुख शिकायतों में से एक यह भी थी कि सड़कें बनाने के लिए सरकार ने मंदिरों और मसजिदों को आकस्मिक रूप से ध्वस्त किया था। अस्तु, ईस्ट इंडिया कंपनी को सबक सिखाने के लिए वे एक उचित अवसर की तलाश कर रही थीं। संयोग से कुछ ही दिनों में 1857 में भारत के प्रथम स्वतंत्रता संग्राम का बिगुल बज गया। बेगम हजरात महल पूरे उत्साह के साथ इस संग्राम में शामिल हो गईं।

प्रारंभ में राजा जयलाल सिंह के नेतृत्व में बेगम हजरत महल के समर्थकों ने ब्रिटिश ईस्ट इंडिया कंपनी की सेना के विरुद्ध विद्रोह कर दिया। उन्होंने स्थिति की नजाकत को समझते हुए आलमबाग की लड़ाई के दौरान अपने जाँबाज सिपाहियों की भरपूर हौसला अफजाई की। फिर उनका नेतृत्व करने के लिए वे स्वयं हाथी पर सवार होकर दिन-रात युद्धरत रहने लगीं। उन्होंने प्रथम स्वतंत्रता संग्राम में नाना साहेब के साथ मिलकर अंग्रेजों के विरुद्ध योजनाबद्ध ढंग से कार्य किया। इसके साथ ही उन्होंने फैजाबाद के मौलवी के साथ मिलकर शाहजहाँपुर आक्रमण को अंजाम दिया।

तमाम कोशिशों के उपरांत जब अंग्रेजी सेना ने लखनऊ और औंध के अधिकांश इलाके को अपने कब्जे में ले लिया, तो मजबूरन हजरत महल को पीछे हटना पड़ा और उन्हें अवध के देहातों में जाना पड़ा, लेकिन वहाँ पर भी उन्होंने क्रांति की चिनगारी सुलगाए रखी। उल्लेखनीय है कि उनके सैनिक दल में बड़ी तादाद में महिलाएँ भी शामिल थीं। उन्होंने महिला सैनिक दल का नेतृत्व रहीमी के हाथों में सौंप दिया था, जिसने फौजी भेष अपनाकर तमाम महिलाओं को तोप और बंदूक चलाने का प्रशिक्षण दिया। इन महिलाओं ने अंग्रेजों से जमकर लोहा लिया।

इस प्रकार अपने स्तर पर हजरत महल ने अंग्रेजों के विरुद्ध जमकर संघर्ष किया, परंतु अंग्रेजी हुकूमत की शक्ति व दमन-चक्र के समक्ष उन्हें अपनी हार माननी पड़ी। देश के हालात को मद्देनजर रखते हुए वे गुप्त मार्ग से नेपाल चली गईं। वहाँ जाकर उन्होंने नेपाल के प्रधानमंत्री जंग बहादुर से शरण माँगी। प्रारंभ में उन्होंने इनकार कर दिया, लेकिन बाद में उन्होंने अपना फैसला बदलकर उन्हें रहने की इजाजत दी। इसके बाद हजरत महल ने अपना शेष जीवन नेपाल में ही व्यतीत किया।

यहीं पर 1879 में उनकी मृत्यु हो गई। उनके मृत शरीर को काठमांडू की जामा मसजिद के मैदानों में एक अज्ञात कब्र में दफनाया गया। 1887 में रानी विक्टोरिया की जयंती के अवसर पर ब्रिटिश सरकार ने उनके पुत्र बिरजिस कद्र को माफ कर दिया और उन्हें भारत लौटने की इजाजत दे दी।

15 अगस्त, 1962 को बेगम हजरत महल के सम्मान में लखनऊ स्थित हजरतगंज के ओल्ड विक्टोरिया पार्क का नाम बदलकर बेगम हजरत महल पार्क कर दिया गया। यहीं पर उनका एक संगमरमरिक स्मारक भी बनाया गया। बेगम हजरत महल पार्क में आज भी रामलीला, दशहरा और लखनऊ महोत्सव जैसे समारोहों का आयोजन होता है। 10 मई, 1984 में भारत सरकार ने बेगम हजरत महल के सम्मान में एक स्मारक डाक टिकट जारी किया। वीरांगना हजरत महल की कुरबानियों को यह देश हमेशा याद रखेगा। उन्हें शत-शत नमन!

□

बीना दास

देश को आजाद कराने के लिए अहिंसक मार्ग अपनाना महिलाओं की प्रकृति के अनुकूल माना गया, लेकिन बंदूक उठाकर क्रांति का मार्ग चुनना बेहद चुनौतीपूर्ण कार्य माना जाता है। अंग्रेजी हुकूमत के विरुद्ध आवाज उठाना, उनकी नीतियों का विरोध करना, उनके खिलाफ कुछ लिखना या कहना अपराध था, तो फिर बंदूक उठाने की जुर्रत करना खुद की कब्र खोदने जैसा था। यहाँ पर यह लिखते हुए फख्र महसूस हो रहा है कि भारत की अनेक वीरांगनाओं ने क्रांति का मार्ग चुनकर मृत्यु का वरण किया। उन्होंने गोली की भाषा में अंग्रेजों के प्रति अपना विरोध दर्ज किया। बीना दास भी उन्हीं वीरांगनाओं में से एक थीं।

बंगाल की महिला क्रांतिकारी और राष्ट्रवादी वीरांगना बीना दास ने 24 अगस्त, 1911 को बंगाल प्रांत के कृष्णानगर में जन्म लिया। वे सुप्रसिद्ध ब्रह्म समाजी शिक्षक बेनी माधव दास और सामाजिक कार्यकर्ता सरला देवी की पुत्री थीं। उनके पिता माधव दास उस समय के जाने-माने शिक्षक थे। सुभाष चंद्र बोस जैसे नेता भी उनके छात्र रहे थे। बीना की बड़ी बहन कल्याणी दास भी स्वतंत्रता सेनानी रहीं। उनकी माता सरला देवी भी सार्वजनिक कार्यों में बहुत रुचि लेती थीं और निराश्रित महिलाओं के लिए उन्होंने 'पुण्याश्रम' नामक संस्था भी बनाई थी।

बीना सेंट जॉन डोसेसन गर्ल्स हायर सेकेंडरी स्कूल की छात्रा रहीं। अपने स्कूल के दिनों से ही अंग्रेजों के खिलाफ होने वाली रैलियों और मोर्चों में भाग लेने के लिए वे अपनी बड़ी बहन के संग जाया करती थीं। अपनी विद्यालयीन शिक्षा उपरांत वे 6 फरवरी, 1932 को महिला छात्र संघ में शामिल हो गईं। यह संघ बंगाल में स्थित ब्राह्मो गर्ल्स स्कूल, विक्टोरिया स्कूल, बेथ्यून कॉलेज, डायोकेसन कॉलेज और स्कॉटिश चर्च कॉलेज में पढ़ने वाली छात्राओं का समूह था। इस समूह में 100 सदस्य थे, जिसका मुख्य कार्य नव क्रांतिकारियों को भर्ती करना और उन्हें आवश्यक प्रशिक्षण देना था।

इस संघ में सभी छात्राओं को लाठी, तलवार चलाने के साथ-साथ साइकिल और गाड़ी चलाना भी सिखाया जाता था। इस संघ का संचालन बीना की माँ सरला देवी करती थीं। हालाँकि, यह छात्रावास बहुत सी क्रांतिकारी गतिविधियों का गढ़ भी था। यहाँ के भंडार घर में स्वतंत्रता सेनानियों के लिए हथियार, बम आदि छिपाए जाते थे। इसके कारण उन्हें नौ वर्षों के लिए सख्त कारावास की सजा दी गई।

कलकत्ता के 'बेथ्यून कॉलेज' में पढ़ते हुए 1928 में साइमन कमीशन के बहिष्कार के समय बीना ने अपनी कक्षा की कुछ अन्य छात्राओं के साथ अपने कॉलेज के फाटक पर धरना दिया। वे स्वयं सेवक के रूप में कांग्रेस अधिवेशन में भी सम्मिलित हुईं। कुछ समय के बाद वे 'युगांतर' दल के क्रांतिकारियों के संपर्क में आईं। उन दिनों क्रांतिकारियों का मुख्य लक्ष्य उन बड़े अंग्रेज अधिकारियों को गोली का निशाना बनाकर यह बताना था कि भारतीय उनसे कितनी नफरत करते हैं। उन्हें नीचा दिखाते व प्रताड़ित करते हैं।

उल्लेखनीय है कि 6 फरवरी, 1932 को बंगाल के गवर्नर स्टेनले जैक्सन को कलकत्ता विश्वविद्यालय के विद्यार्थियों को दीक्षांत समारोह में उपाधियाँ बाँटनी थीं। दीक्षांत समारोह में बीना दास को भी बी.ए. की डिग्री दी जानी थी। उन्होंने अपने साथियों से परामर्श करके तय किया कि वे दीक्षांत भाषण देने वाले बंगाल के गवर्नर स्टेनले जैक्सन को अपनी गोली का निशाना बनाएँगी। अत: जैसे ही जैक्सन ने समारोह में अपना भाषण देना शुरू किया, उन्होंने गवर्नर स्टेनले जैक्सन की हत्या करने का प्रयास किया। रिवॉल्वर की आपूर्ति एक अन्य स्वतंत्रता सेनानी कमला दास गुप्ता ने की थी, लेकिन उनका निशाना चूक गया और गोली जैक्सन के कान के पास से होकर गुजर गई। गोली की आवाज से सभा में अफरातफरी मच गई।

फुर्ती दिखाते हुए लेफ्टिनेंट कर्नल सुहरावर्दी ने दौड़कर बीना का गला एक हाथ से दबा लिया और दूसरे हाथ से पिस्तौल वाली कलाई पकड़कर हॉल की छत की तरफ कर दी। इसके बावजूद बीना एक के बाद एक गोलियाँ चलाती रहीं। उन्होंने कुल पाँच गोलियाँ चलाईं। बीना को पिस्तौल सहित तुरंत गिरफ्तार कर लिया गया। 21 वर्षीय बीना की हिम्मत ने अंग्रेजों के होश उड़ा दिए थे। साथ ही बीना ने उस रूढ़िवादी सोच को भी जड़ से हिला दिया कि हथियार चलाना सिर्फ पुरुषों का काम है। इस घटना के बाद बीना का स्नातक प्रमाण-पत्र रोक दिया गया। 80 साल बाद 2012 में उन्हें वह प्रीतिलता वादेदार के साथ स्नातक प्रमाण-पत्र प्रदान किया गया

खैर, अपराध तो अपराध है, भले ही उसका उद्देश्य कुछ भी रहा हो। अस्तु, कानूनन उन पर मुकदमा चला और विशेष न्यायाधिकरण ने उन्हें भारतीय दंड संहिता की धारा 307 के तहत हत्या के प्रयास के आरोप में नौ साल के सश्रम कारावास की सजा सुनाई। मुकदमे के दौरान उन पर काफी दबाव बनाया गया कि वे अपने साथियों का नाम

उगल दें, लेकिन बीना टस-से-मस न हुईं। अदालत में उन्होंने आगे कहा कि "वे गवर्नर की हत्या कर इस सिस्टम को हिला देना चाहती थीं।"

सन् 1937 में प्रांतों में कांग्रेस सरकार बनने के बाद अन्य राजबंदियों के साथ बीना भी जेल से बाहर आईं। 1939 में उन्होंने कांग्रेस पार्टी की सदस्यता प्राप्त की। 'भारत छोड़ो आंदोलन' के समय उन्हें तीन वर्ष के लिए नजरबंद कर दिया गया था और 1942 से 1945 तक पुन: कारवास की सजा प्राप्त की। 1947 में उन्होंने जतीश चंद्र भौमिक से शादी की, जो युगांतर समूह के एक भारतीय स्वतंत्रता आंदोलन कार्यकर्ता थे। स्वतंत्रता के बाद गांधीजी की नोआखाली यात्रा के समय लोगों के पुनर्वास के काम में उन्होंने भी आगे बढ़कर हिस्सा लिया था।

सन् 1947 से 1951 तक वे पश्चिम बंगाल प्रांत विधानसभा की सदस्या रहीं, लेकिन वामपंथी बीना दास ने वैचारिक मतभेदों के कारण कांग्रेस छोड़ दी। उनका झुकाव समाजवादी और कम्युनिस्ट आदर्शों के प्रति आकर्षित था, लेकिन वे कम्युनिस्ट पार्टी में शामिल नहीं हुईं। उनका मानना था कि देश की जरूरतों के अनुसार मार्क्सवाद को फिर से स्थापित किया जाना चाहिए।

अपने पति की मृत्यु के बाद वे कलकत्ता छोड़कर ऋषिकेश के एक छोटे से आश्रम में जाकर रहने लगी थीं। अपना गुजारा करने के लिए उन्होंने शिक्षिका के तौर पर काम किया और सरकार द्वारा दी जाने वाली स्वतंत्रता सेनानी पेंशन को लेने से इनकार कर दिया। 1960 में भारत सरकार ने उन्हें 'सामाजिक कार्य' के लिए पद्मश्री पुरस्कार से सम्मानित किया।

इतिहासकारों का मानना है कि देश के लिए खुद को समर्पित कर देने वाली इस वीरांगना की 26 दिसंबर, 1986 को ऋषिकेश, उत्तर प्रदेश, भारत में मृत्यु हो गई। महान् स्वतंत्रता सेनानी, प्रोफेसर सत्यव्रत घोष ने अपने एक लेख 'फ्लैशबैक : बीना दास द रीबॉर्न' में उनकी मार्मिक मृत्यु के बारे में लिखा है। उन्होंने कहा, "उसका शव 26 दिसंबर, 1986 को आंशिक रूप से सड़ी हुई अवस्था में सड़क के किनारे से बरामद किया गया था। उनका मृत शरीर बहुत ही छिन्न-भिन्न अवस्था में था। रास्ते से गुजरने वाले लोगों को उनका शव मिला। पुलिस को सूचित किया गया और महीनों की तलाश के बाद पता चला कि यह शव बीना दास का है। यह सब उसी आजाद भारत में हुआ जिसके लिए इस अग्नि-कन्या ने अपना सबकुछ ताक पर रख दिया था। देश को इस मार्मिक कहानी को याद रखते हुए देर से ही सही, लेकिन अपनी इस महान् स्वतंत्रता सेनानी को सलाम करना चाहिए।"

वीरांगना बीना दास के प्रति कृतज्ञ भारतीय अपनी श्रद्धांजलि अर्पित कर उन्हें शत-शत नमन करते हैं।

□

बसंती देवी

अर्धांगिनी अपने पति के लगभग प्रत्येक कार्य की पूरक होती है। वीरांगना बसंती देवी भी अपने पति चितरंजन दास की पूरक थीं। आजादी की लड़ाई के दौर में 10 दिसंबर, 1921 को जब पुलिस ने उनके पति चितरंजन दास और सुभाष चंद्र बोस को गिरफ्तार कर लिया था, तब बसंती देवी ने नेतृत्व की डोर सँभालने का फैसला किया। उन्होंने जलपाईगुड़ी से तिलक स्वराज कोष हेतु सोने के गहने और 2000 सोने के सिक्के एकत्र करने में महत्त्वपूर्ण भूमिका निभाई थी।

23 मार्च, 1880 को उनका जन्म असम के एक बड़े जमींदार के दीवान बरदानाथ हलदर के यहाँ हुआ था। उन्होंने लोरेटो हाउस, कलकत्ता में पढ़ाई की। कालांतर में उन्होंने सत्रह साल की उम्र में चितरंजन दास से शादी कर ली। उनके तीन बच्चे थे। वे अपने घर में रहकर गृहस्थी सँभाल रही थीं, लेकिन मातृभूमि के लिए कुछ कर-गुजरने की चाह उनके दिल में हिलोरें ले रही थीं। अस्तु, 1920 में भारतीय राष्ट्रीय कांग्रेस के नागपुर सम्मेलन में भी उन्होंने भाग लिया।

सन् 1921 में असहयोग आंदोलन के दौरान विदेशी वस्तुओं पर हड़ताल और प्रतिबंध लगाने का आह्वान किया गया, जिसमें वे भी सक्रिय हो गईं। सुभाष चंद्र बोस की चेतावनियों के बावजूद बसंती देवी सड़कों पर उतर गईं; अस्तु, उन्हें गिरफ्तार कर लिया गया और फिर आधी रात तक रिहा कर दिया गया था, लेकिन उनकी गिरफ्तारी ने असहयोग आंदोलन को व्यापक गति प्रदान की। उल्लेखनीय है कि सुभाष चंद्र बोस बसंती देवी को अपनी 'दत्तक माँ' मानते थे। बोस उन्हें अपने जीवन की चार प्रमुख महिलाओं में से एक मानते थे। अन्य तीन उनकी माँ प्रभाती, उनकी भाभी बिभाबती (शरत चंद्र बोस की पत्नी) और उनकी पत्नी एमिली शेंकल थीं।

सन् 1921-22 में वे बंगाल प्रांतीय कांग्रेस की अध्यक्ष रहीं। अप्रैल 1922 के चटगाँव सम्मेलन में अपने भाषण के माध्यम से उन्होंने जमीनी स्तर पर आंदोलन को

प्रोत्साहित किया। भारत के विभिन्न स्थानों पर जाकर उपनिवेशवाद का विरोध किया। लोगों को घर से बाहर निकलकर आंदोलन में सक्रिय होने के लिए प्रोत्साहित किया। फलतः उस समय कलकत्ता की दो जेलें क्रांतिकारी स्वयंसेवकों से भर गई थीं और संदिग्धों को हिरासत में लेने के लिए जल्दबाजी में ब्रिटिश हुकूमत को निरोध शिविरों का निर्माण करना पड़ा था।

स्वराज दल का गठन करने के उपरांत उनके पति चितरंजन दास की 1925 में मृत्यु हो गई। उनकी मृत्यु के बाद आई रिक्तता को भरने के लिए सुभाष चंद्र बोस बसंती देवी से अपने व्यक्तिगत और राजनीतिक संदेहों पर चर्चा किया करते थे। उल्लेखनीय है कि बसंती देवी के पति चितरंजन दास सुभाष चंद्र बोस के राजनीतिक गुरु थे। इसलिए बोस के मन में बसंती देवी के प्रति भी बहुत सम्मान था।

उल्लेखनीय है कि 1928 में साइमन कमीशन के शांतिपूर्ण विरोध मार्च के दौरान भारतीय स्वतंत्रता सेनानी लाला लाजपत राय पर पुलिस ने बेरहमी से लाठीचार्ज किया, जिसके फलस्वरूप कुछ दिनों बाद उनकी मृत्यु हो गई। लाला लाजपत राय की मौत का बदला लेने के लिए बसंती देवी ने भारतीय युवाओं को प्रेरित किया था।

इसके अलावा बसंती देवी ने नमक सत्याग्रह में सक्रिय रुप से भाग लिया। उनकी प्रेरणा से उनकी दो ननदें उर्मिला देवी और सुनीता देवी भी भारतीय स्वतंत्रता संग्राम में शामिल हो गईं। कालांतर में उन्होंने महिला कार्यकर्ताओं के लिए 'नारी कर्म मंदिर' नामक एक प्रशिक्षण केंद्र की शुरुआत की।

सन् 1947 में जब देश आजाद हो गया, तो बसंती देवी ने खुद को सामाजिक कार्यों के साथ जोड़ दिया और वे आजीवन सेवा-कार्य में सक्रिय रहीं। कलकत्ता में 1959 में पहला महिला महाविद्यालय बना, जिसे सरकार द्वारा वित्तपोषित किया गया और उस महाविद्यालय का नाम 'बसंती देवी महाविद्यालय' रखा गया। 1973 में भारत सरकार ने उन्हें भारत के दूसरे सर्वोच्च नागरिक पुरस्कार पद्म विभूषण से सम्मानित किया। 7 मई, 1974 को 94 साल की अवस्था में उनका देहांत हो गया। उन्हें शत-शत नमन!

□

भीमाबाई होल्कर

भारत की महान् वीरांगना, देशभक्ता और वीरहृदया भीमाबाई होल्कर ने अंग्रेजों से युद्ध करके अद्‌भुत वीरता और साहस का प्रदर्शन किया था। उनकी देशभक्ति और साहस की अद्‌भुत गाथा उन्हें लक्ष्मीबाई जैसी भारतीय वीरांगनाओं की पंक्ति में लाकर खड़ा कर देती है।

17 सितंबर, 1795 को इंदौर के होल्कर राज्य में जनमी भीमाबाई होल्कर माता अहिल्या बाई होल्कर के दत्तक पुत्र तुकोजीराव के पुत्र यशवंत राव की पुत्री थीं। उनके पिता ने बाल्यावस्था से ही भीमाबाई को घुड़सवारी तथा शस्त्र चलाने की शिक्षा दी थी। उनके पिता यशवंत और माता केसरी बाई दोनों शूरवीर थे। इसलिए यह कहा जाता है कि वीरता खून में रची-बसी होती है। भीमाबाई को बचपन से ही गुड़िया-गुड्डों के साथ खेलने की अपेक्षा शस्त्रों से खेलना बहुत पसंद था। बचपन से ही वे धनुष पर बाण रखकर निशाना लगाया करती थीं। उम्र बढ़ने के साथ-साथ उसकी वीरता का भी विकास होने लगा। सैनिकों के वेश में घोड़ों की सवारी करती थीं। तलवार चलाने की शिक्षा प्राप्त करती थीं। ऐसा कहा जाता है कि जब वे सैनिक के वेश में तैयार होकर घोड़े पर सवार होतीं, तो बिल्कुल चंडी के समान लगती थीं।

भीमाबाई को मराठी भाषा का अच्छा ज्ञान था। वे मराठी में रामायण और महाभारत जैसे ग्रंथ पढ़ा करती थीं। मातृभाषा मराठी के साथ भीमाबाई ने अपने पिता से फारसी का भी पूर्ण ज्ञान प्राप्त कर लिया था। उन्हें 'गीता' सर्वाधिक प्रिय थी। वे कहा करती थीं, "गीता के अनुसार मनुष्य की आत्मा अमर है। अत: मनुष्य को भयभीत न होकर निरंतर अपने कर्तव्यों का पालन करते रहना चाहिए।"

12 फरवरी, 1909 को उनके पिता यशवंत राव ने उनका विवाह एक योग्य राजकुमार गोविंदराव बोलिया के साथ कर दिया। कहा जाता है कि यशवंत राव की रूपलिप्सा का लाभ उठाकर अपने सौंदर्य के आधार पर तुलसीबाई नामक दासी ने

महाराज के मन के साथ-साथ राजभवन पर भी अधिकार कर लिया था। यशवंतराव की मृत्यु होने पर इस अहंकारी दासी ने अपने दत्तक पुत्र के साथ प्रजा पर अत्याचार करने प्रारंभ कर दिए। प्रजा उसके अत्याचारों से त्राहि-त्राहि कर उठी। ये सारी खबरें ससुराल में रह रही भीमाबाई को मिलती रहती थीं। यह सब खबरें सुनकर वे मन-ही-मन दुःखी होती रहीं।

14 दिसंबर, 1915 को भीमाबाई के पति की भी मृत्यु हो गई थी। अतः वे उस समय एक विधवा व संतानविहीन होकर प्रभु का नाम लेकर एकाकी जीवन जी रही थीं। तभी एक दिन कर्नल माल्कस ने भीमाबाई से कहा, "जान पड़ता है कि होलकर राज्य एवं कुटुंब का अंत समीप है। इस समय इस वंश और परिवार के गौरव की रक्षा करने वाला नहीं रहा।"

कर्नल माल्कस की बात भीमाबाई को चुभ गई। वे अंदर-ही-अंदर तिलमिला उठीं। वे तमाम बिंदुओं पर विचार करने लगीं। एक ओर उन्हें लगता कि "मैं विधवा हूँ, मेरा कोई पुत्र भी नहीं है। मुझे संसार के इन प्रपंचों में न पड़कर भगवान् का भजन करना चाहिए, फिर दूसरी ओर उन्हें यह भी विचार आता कि अपने पितृकुल की सम्मान-रक्षा के लिए मुझे राज्यकार्य में हाथ डालना ही चाहिए।"

काफी चिंतन-मनन के उपरांत उन्होंने अपने पिता के घर ही रहना उपयुक्त समझा। अपने भाई मल्हार राव के साथ रहकर उसे राजकार्य में सहयोग देने का मन बना दिया। चूँकि 11 वर्षीय मल्हार राव भी अपनी बड़ी बहन का बड़ा आदर करता था, अतः वह राजा होने पर भी सारा काम-काज अपनी बड़ी बहन की सलाह के अनुसार ही किया करता था, इसलिए भीमाबाई ने अपना शेष जीवन पिता के घर में ही व्यतीत किया।

उल्लेखनीय है कि उन्हीं दिनों अपनी हड़प नीति के तहत अंग्रेज मध्य भारत की रियासतों को हड़पते जा रहे थे। वे शीघ्र ही होल्कर राज्य को भी हड़पना चाहते थे, क्योंकि मध्य भारत के राज्यों में होल्कर राज्य का काफी महत्त्वपूर्ण स्थान था। अस्तु, मल्हार राव ने इस तथ्य पर अपनी बड़ी बहन भीमाबाई से सलाह की। भीमाबाई भी अंग्रेजों के षड्यंत्र को देख रही थी। अस्तु, अपने भाई से उन्होंने स्पष्ट कहा कि "अंग्रेजों की गति को रोकने के लिए उनके साथ युद्ध करना ही होगा। उन्हें हमारे राज-काज में बाधा डालने का कोई अधिकार नहीं।"

इस प्रकार दोनों भाई-बहन ने आपस में सलाह करके अंग्रेजों के विरुद्ध युद्ध करने का निश्चय कर लिया। युद्ध की तैयारियाँ होने लगीं। भीमाबाई प्रतिदिन घोड़े पर सवार होकर गाँव में निकल जाती थीं और अपनी ओजस्वी वाणी से जनता को जाग्रत् करती थीं। जिसके परिणामस्वरूप हजारों युवक होल्कर की सेना में भर्ती हो गए। देखते-ही-देखते होल्कर राज्य की एक बहुत बड़ी और संगठित सेना तैयार हो गई।

जब इस तैयारी की खबर अंग्रेजों को लगी तो क्षुब्ध होकर 21 दिसंबर, 1817 को कर्नल माल्कस की एक सेना ने होल्कर राज्य पर हमला कर दिया। उसकी सेना में हिंदुस्तानी और गोरे—दोनों शामिल थे। यह कितने दुर्भाग्य की बात है कि भारतीय सिपाही ही चंद रुपयों की खातिर भारत माँ के पैरों में गुलामी की जंजीरें डाल रहे थे।

अत: हमले का जवाब देने के लिए 11 वर्षीय महाराजा मल्हार राव होल्कर द्वितीय और 22 वर्षीय भीमाबाई होल्कर के नेतृत्व में होल्कर सेना मुहीदपुर में स्थित युद्ध के मैदान में जा पहुँचे। उसकी सेना में दस हजार पैदल सैनिक, पंद्रह हजार घुड़सवार और आग उगलने वाली सौ तोपें थीं। घुड़सवारों की कमान भीमाबाई के हाथों में थी।

उधर अंग्रेज फौज के घुड़सवारों की कमान हंट के हाथों में थी। हंट अंग्रेज सेना का एक साहसी कैप्टन था। वह औसत दर्जे के कद का दुबला-पतला आदमी था। उसकी वीरता के किस्से दूर-दूर तक फैले हुए थे। उसे अपनी रणविद्या पर बड़ा गर्व था। वह भीमाबाई से युद्ध करना नहीं चाहता था। उसे एक स्त्री के साथ युद्ध करना अपनी वीरता का अपमान लगता था। वह सोचता था कि वह स्त्री कैसी होगी, जो घोड़े पर सवार होकर हाथ में तलवार लेकर युद्ध करती है! वह उसे देखना चाहता था। अत: जिज्ञासा के आवरण में लिपटा हंट अपने घुड़सवारों की फौज लेकर रण के मैदान में आ पहुँचा।

रण के मैदान में पहुँचकर हंट भीमाबाई की प्रतीक्षा करने लगा। उसे अपनी युद्ध कला पर पूरा भरोसा था, इसलिए वह अपनी ओर से सजग नहीं था। सोचता था कि एक नारी, जो अपनी कोमल कलाइयों में काँच की चूड़ियाँ पहनती है, वह क्या युद्ध करेगी? वह क्या तलवार चलाएगी? लेकिन जब हंट को आकाश में उड़ती हुई धूल दिखाई पड़ी, धीरे-धीरे धूल घनतर हो गई और करीब आती गई, हंट समझ गया कि यह धूल भीमाबाई के घोड़ों की टापों से उठी हुई धूल है। वह उत्कंठित होकर उसी ओर देखने लगा।

घोड़े पर सवार भीमाबाई नीचे से लेकर ऊपर तक सैनिक वेश में थी। हंट विस्मित होकर भीमाबाई की ओर देखता रह गया, परंतु भीमाबाई ने उसके पास पहुँचकर बिजली की तरह कड़कते हुए कहा कि "ऐ फिरंगी! क्या देख रहे हो? युद्ध करो, युद्ध।"

भीमाबाई ने अपना कथन समाप्त करते-करते तलवार हंट के ऊपर चला दी। हंट ने पैंतरा बदलकर खुद को बचा लिया। हंट ने जब भीमाबाई के रौद्र रूप को देखा, तो उसने अपनी फौज को आदेश दिया कि "चलो, आगे बढ़ो!" हंट और भीमाबाई एक-दूसरे पर वार करने लगे। भीमाबाई ने उसके कंधे पर ऐसा वार किया कि खून की धारा निकल पड़ी। हंट जमीन पर गिरते-गिरते बचा।

उसे घायल देखकर भीमाबाई गंभीर वाणी में बोल उठी, "ऐ फिरंगी, हम घायल शत्रु पर वार नहीं करते। जाओ, अपनी चिकित्सा कराओ।"

तभी हिसलिप की संगठित सेना रणभूमि में आ पहुँची। भीमाबाई ने जमकर युद्ध

किया, लेकिन होलकर के खेमे के एक गद्दार गफूर खान ने अंग्रेजों की मदद की थी। खान ने अपनी कमान के तहत सेना के साथ युद्ध के मैदान को छोड़ दिया। इसके बाद होलकरों की पराजय होने लगी। भीमाबाई के भाई मल्हारराव का हाथी उसे रणक्षेत्र से लेकर भाग खड़ा हुआ। बदलते हुए हालात में जब भीमाबाई ने देखा की उनकी हार निश्चित है, तो उन्होंने अंग्रेजों के हाथों लगने से बेहतर यही समझा कि वहाँ से निकला जाए। अस्तु, उन्होंने अपने घोड़े का रुख एक गाँव की ओर मोड़ दिया। वहाँ जाकर वे अपने परिचित एक किसान के घर जाकर विश्राम करने लगीं।

उधर मल्हार राव को अंग्रेजों ने खोज लिया। उसे अकेला देखकर अंग्रेजों ने उसे एक संधि करने के लिए विवश किया। अस्तु, 6 जनवरी, 1818 को मंदसौर में अंग्रेजों और मल्हारराव के बीच संधि हो गई। इस संधि में यह निश्चय हुआ कि "मल्हारराव अपनी राजधानी रामपुरा को छोड़कर इंदौर गाँव में रहेंगे। अंग्रेज सरकार उन्हें वार्षिक पेंशन देगी। वार्षिक पेंशन के अतिरिक्त उनका राज-काज से कोई संबंध नहीं रहेगा। इंदौर में भी अंग्रेज फौज की छावनी रहेगी।"

मल्हारराव ने इस संधि की सूचना अपनी बहन भीमाबाई को दी। संधि की शर्तें सुनते ही वे क्रोधित हो उठीं और कहने लगीं कि "मुझे ये शर्तें मंजूर नहीं हैं। मैं अपने देश की स्वतंत्रता के लिए अंतिम साँस तक युद्ध करूँगी।" भीमाबाई अपने घुड़सवारों को लेकर फिर रण के मैदान में जा पहुँचीं। हंट उनके सामने उपस्थित हुआ। भीमाबाई ने उसे देखते ही पूछा, "घाव अच्छा हो गया फिरंगी?" और उस पर तलवार चला दी। हंट इस समय सतर्क था, अस्तु, उसने भी तलवार का जवाब तलवार से दिया। दोनों में युद्ध होने लगा। हंट इस बार बड़ी सजगता से लड़ रहा था। हंट ने भीमाबाई पर कसकर वार किया। वे स्वयं तो बच गईं, पर तलवार हाथ से छूटकर दूर जा गिरी।

निहत्थी भीमाबाई को देखकर हंट बोला, "रानी साहिबा! आप शूरवीर हैं। आपकी वीरता के लिए मेरे हृदय में श्रद्धा है। इस समय आप निहत्थी हैं, इसलिए मैं आप पर वार नहीं करूँगा। कहिए तो तलवार उठाकर आपके हाथ में दे दूँ।"

भीमाबाई ने उत्तर दिया, "धन्यवाद! मैं शत्रु की दी हुई तलवार से युद्ध नहीं करती।"

हंट ने कहा, "रानी साहिबा! आपकी वीरता ने मेरे मन को मोह लिया है। कहिए, मैं आपकी क्या सेवा कर सकता हूँ?"

भीमाबाई ने उत्तर दिया, "आप भारतीयों को आपस में लड़ाकर अपना राज्य स्थापित कर रहे हैं। आप चालाकी से भारतीयों को गुलाम बना रहे हैं। आप मेरी क्या सेवा करेंगे।

हंट बोल उठा, "जो भी हो। पर मैं सचमुच आपकी सेवा करने के लिए तैयार हूँ। कुछ कहकर तो देखिए।"

भीमाबाई ने सोचते हुए उत्तर दिया, "अच्छी बात है। तो फिर वचन दीजिए कि इंदौर में अंग्रेज फौज की छावनी स्थापित नहीं होगी।"

हंट के लिए यह वचन देना बहुत कठिन था। यह उसके अधिकार क्षेत्र से बाहर का काम था। फिर भी उसने कहा, "रानी साहिबा, मैं वचन तो नहीं दे सकता; परंतु हाँ, प्रयत्न अवश्य करूँगा।"

युद्धक्षेत्र से बाहर आकर हंट ने अपने सेनापति थॉमस से कहा, "भीमाबाई की इच्छानुसार इंदौर में फौज की छावनी न बनाई जाए।"

यह कार्य थॉमस हिस्लोप के भी अधिकार से बाहर का था, परंतु उसने हंट को आश्वासन दिया कि वह इस बारे में पॉलिटिकल एजेंट को लिखेगा।"

वादानुसार थॉमस हिस्लोप ने जब अपनी सिफारिश पॉलिटिकल एजेंट को लिखकर दी, तो आश्चर्य किंतु सत्य, उसने यह बात मान ली। अत: वादानुसार अंग्रेजी फौज के लिए छावनी इंदौर में नहीं, बल्कि महू में बनाई गई। इस प्रकार भीमाबाई उस युद्ध में पराजित अवश्य हो गईं, परंतु उन्होंने इंदौर में सैनिक छावनी नहीं बनने दी। इस हार के बाद 6 जनवरी, 1818 को मंदसौर की संधि के द्वारा खानदेश के पूरे जिले सहित सतपुड़ा के दक्षिण के सभी होलकर क्षेत्र को अंग्रेजों को सौंप दिया गया था।

अपनी पराजय से पीड़ित भीमाबाई ने एक छोटी सी सेना का पुनर्गठन किया और शिवाजी का अनुकरण करते हुए उन्होंने अंग्रेजों के खिलाफ गुरिल्ला युद्ध छेड़ दिया। भीमाबाई ने अपना ठिकाना पहाड़ों में बनाया, जो अज्ञातप्राय था। वहाँ से ही उन्होंने अंग्रेजी खजाने, चौकियाँ और सामग्री रखने के स्थानों पर लूटपाट प्रारंभ कर दी।

कालांतर में माल्कम की विशाल सेना ने रानी को खोज निकाला। अस्तु, अंग्रेज सैनिकों से घिरी भीमाबाई ने धीरे-धीरे अपना घोड़ा माल्कम की ओर बढ़ाया। अंग्रेज सैनिक समझे कि रानी विवश होकर आत्मसमर्पण करने जा रही है, किंतु जैसे ही रानी का घोड़ा माल्कम के निकट पहुँचा, रानी ने घोड़े को एड़ लगाई और घोड़ा माल्कम के सिर पर से छलाँग लगाता हुआ हवा हो गया। बंदूक की गोलियाँ भी उसका बाल भी बाँका न कर सकीं। सारी सेना देखती रह गई।

ऐसा माना जाता है कि उन्होंने 1857 के भारतीय विद्रोह के दौरान 1858 में झाँसी की रानी लक्ष्मीबाई को एक सैनिक के रूप में ईस्ट इंडिया कंपनी से लड़ने के लिए प्रेरित किया था। 28 नवंबर, 1858 को इंदौर में उनकी मृत्यु हो गई। आज वे हमारे बीच नहीं हैं, लेकिन उनकी कुरबानी आज भी यादों में है। उन्हें शत-शत नमन!

□

भीकाजी कामा

भारतीय स्वतंत्रता सेनानी भीकाजी रुस्तम कामा अथवा मैडम कामा भारतीय मूल की वे पहली भारतीय क्रांतिकारी थीं, जिन्होंने विदेशी जमीन पर सर्वप्रथम राष्ट्रीय झंडा फहराया था। उन्होंने लंदन, जर्मनी तथा अमेरिका इत्यादि दुनिया के विभिन्न देशों का भ्रमण कर भारत की स्वतंत्रता के पक्ष में माहौल बनाने का अद्वितीय कार्य किया।

भीकाजी कामा का जन्म 24 सितंबर, 1861 को बंबई के एक पारसी परिवार में हुआ था। मैडम कामा के पिताजी सोराबजी पटेल प्रसिद्ध व्यापारी थे। उनके नौ भाई-बहन थे। उन्होंने अपनी शिक्षा एलेक्जेंड्रा नेटिव गर्ल्स संस्थान में प्राप्त की थी और वे शुरू से ही तीव्र बुद्धि वाली और संवेदनशील महिला थीं। 1885 में उनकी शादी जाने-माने व्यापारी रुस्तमजी कामा से हुई। ब्रिटिश हुकूमत को लेकर पति-पत्नी के विचार बहुत अलग थे। रुस्तमजी कामा ब्रिटिश सरकार के हिमायती थे और भीकाजी सरकार के खिलाफ। वे एक मुखर राष्ट्रवादी थीं। उनकी ब्रिटिश साम्राज्य विरोधी विचारधारा उनके पति को खलती थी।

धनी परिवार में जन्म लेने के बावजूद उन्होंने अपने आदर्श और दृढ़ संकल्प के बल पर निरापद तथा सुखी जीवन वाले वातावरण को तिलांजलि दे दी और शक्ति के चरमोत्कर्ष पर पहुँचे साम्राज्य के विरुद्ध क्रांतिकारी कार्यों से उपजे खतरों तथा कठिनाइयों का सामना किया। भारत की स्वाधीनता के लिए लड़ते हुए उन्होंने लंबी अवधि तक निर्वासित जीवन बिताया था।

सन् 1896 में मुंबई में प्लेग फैला। संक्रमण से कई लोग मौत के मुँह में समा गए, तो कई मृत्यु के कगार पर आकर कराह रहे थे। मैडम कामा ने बिना किसी खौफ के कई मरीजों की सेवा कर उन्हें नया जीवनदान दिया। फिर एक समय ऐसा आया, जब दूसरों का जीवन बचाते हुए उन्होंने खुद का जीवन खतरे में डाल दिया। वे खुद भी इस बीमारी की चपेट में आ गई थीं। इलाज के बाद वे ठीक हो गई थीं, लेकिन उन्हें आराम

और आगे के इलाज के लिए यूरोप जाने की सलाह दी गई। अत: वर्ष 1902 में वे लंदन गईं। वहाँ जाकर थोड़ा स्वस्थ होने पर उन्होंने वहीं पर भारतीय स्वाधीनता संघर्ष के लिए काम करना प्रारंभ कर दिया।

सन् 1905 में लंदन में उनकी मुलाकात प्रसिद्ध भारतीय क्रांतिकारी श्यामजी कृष्ण वर्मा, हरदयाल और वीर सावरकर से हुई। लंदन में रहते हुए उन्होंने दादाभाई नौरोजी की निजि सचिव का कार्य सँभाला। उल्लेखनीय है कि दादाभाई नौरोजी 'ब्रिटिश हाउस ऑफ कॉमन्स' का चुनाव लड़ने वाले पहले एशियाई थे।

सन् 1906 में मैडम कामा ने अपने सहयोगियों विनायक दामोदर सावरकर और श्यामजी कृष्ण वर्मा की मदद से भारत के ध्वज का पहला डिजाइन तैयार किया। उन्होंने 22 अगस्त, 1907 को जर्मनी के स्टटगार्ट शहर में आयोजित सातवीं अंतरराष्ट्रीय कांग्रेस के दौरान भारतीय तिरंगा फहराया। उन्होंने इस तिरंगे में भारत के विभिन्न समुदायों का अंकन किया था। यद्यपि उनके द्वारा बनाया गया तिरंगा आज के तिरंगे से काफी भिन्न था, जो भी हो, पर था तो तिरंगा। वह तिरंगा, जो भारतीयों की अस्मिता का पर्याय था।

भीकाजी कामा द्वारा फहराए गए झंडे पर भी 'वंदे मातरम्' लिखा था। इसमें हरी, पीली और लाल पट्टियाँ थीं। झंडे में हरी पट्टी पर बने आठ कमल के फूल भारत के आठ प्रांतों को दरशाते थे। लाल पट्टी पर सूरज और चाँद बना था, सूरज हिंदू धर्म और चाँद इसलाम का प्रतीक था। उनके द्वारा बनाया गया यह झंडा अब पुणे की केसरी मराठा लाइब्रेरी में प्रदर्शित है। कालांतर में उन्होंने जिनेवा से 'वंदे मातरम्' नामक एक क्रांतिकारी जर्नल छापना शुरू किया। उसके मास्टहेड पर नाम के साथ उसी झंडे की छवि छापी जाती रही, जिसे मैडम कामा ने फहराया था।

इसी कॉन्फ्रेंस में अपने वक्तव्य में मैडम भीकाजी कामा ने कहा था कि "भारत में ब्रिटिश शासन जारी रहना मानवता के नाम पर कलंक है। एक महान् देश भारत के हितों को इससे भारी क्षति पहुँच रही है।" उन्होंने लोगों से भारत को दासता से मुक्ति दिलाने में सहयोग की अपील की और भारतवासियों का आह्वान किया कि "आगे बढ़ो, हम हिंदुस्तानी हैं और हिंदुस्तान हिंदुस्तानियों का है।"

उल्लेखनीय है कि उनके तैयार किए गए झंडे से काफी मिलते-जुलते डिजाइन को बाद में भारत के ध्वज के रूप में अपनाया गया। राणाजी और कामाजी द्वारा निर्मित यह भारत का प्रथम तिरंगा राष्ट्रध्वज आज भी गुजरात के भावनगर स्थित सरदारसिंह राणा के पौत्र और भाजपा नेता राजूभाई राणा के घर सुरक्षित रखा गया है।

हॉलैंड में रहकर उन्होंने अपने साथियों के साथ मिलकर क्रांतिकारी रचनाएँ प्रकाशित कर उसे जनसामान्य तक पहुँचाया। लॉर्ड कर्जन की हत्या के बाद मैडम कामा 1909 में पेरिस चली गईं। जहाँ से उन्होंने 'होमरूल लीग' की शुरुआत की। उनका

लोकप्रिय नारा था, "भारत आजाद होना चाहिए; भारत एक गणतंत्र होना चाहिए; भारत में एकता होनी चाहिए।" उनके द्वारा पेरिस से प्रकाशित 'वंदेमातरम्' पत्र प्रवासी भारतीयों में काफी लोकप्रिय हुआ। उनकी क्रांतिकारी गतिविधियों से खफा होकर ब्रिटिश सरकार ने फ्रांसीसी सरकार से दरख्वास्त की कि वह मैडम कामा को उनको सौंप दे, परंतु फ्रांस की सरकार ने उस माँग को खारिज कर दिया। अस्तु, प्रतिक्रियास्वरूप ब्रिटिश सरकार ने भारत में स्थित उनकी समूची संपत्ति को जब्त कर लिया और भीकाजी कामा का भारत में प्रवेश प्रतिबंधित कर दिया।

इस प्रकार यह कहा जा सकता है कि साम्राज्यवाद के विरुद्ध विश्व जनमत तैयार करने तथा भारत को विदेशी शासन से मुक्ति के लिए उनके द्वारा दिए गए योगदान अमूल्य हैं। इसलिए उनके सहयोगी उन्हें 'भारतीय क्रांति की माता' मानते थे, जबकि अंग्रेज उन्हें कुख्यात महिला, खतरनाक क्रांतिकारी, अराजकतावादी क्रांतिकारी, ब्रिटिश विरोधी तथा असंगत कहते थे।

यूरोप के समाजवादी समुदाय में मैडम कामा का गहरा प्रभाव था। वे वहाँ पर 'भारतीय राष्ट्रीयता की महान् पुजारिन' के नाम से विख्यात थीं। फ्रांसीसी अखबारों में उनका चित्र जोन ऑफ आर्क के साथ आया था। यह इस तथ्य की भावपूर्ण अभिव्यक्ति थी कि भीकाजी कामा का यूरोप के राष्ट्रीय तथा लोकतांत्रिक समाज में विशिष्ट स्थान था। तीस साल से ज्यादा समय तक भीकाजी कामा ने यूरोप और अमरीका में अपने भाषणों और क्रांतिकारी लेखों के जरिए भारतीय स्वतंत्रता की आवाज को वैश्विक पटल पर जीवंत रखा।

प्रसिद्ध लेखक के.ई. एडुल्जी के एक लेख के अनुसार—"भीकाजी कामा पहले विश्वयुद्ध के दौरान दो बार हिरासत में ली गईं और उनके लिए भारत लौटना बेहद मुश्किल हो गया था। राष्ट्रवादी काम छोड़ने की शर्त पर आखिरकार 1935 में उन्हें वतन लौटने की इजाजत मिली। मैडम कामा इस वक्त तक बहुत बीमार हो चुकी थीं और बिगड़ते स्वास्थ्य के चलते 1936 में उनकी मौत हो गई।"

देश की सेवा और स्वतंत्रता के लिए सबकुछ कुरबान कर देने वाली इस महान् स्वतंत्रता संग्राम सेनानी की मृत्यु पर उनके मुख से निकले आखिरी शब्द थे, वंदे मातरम्! उनके सम्मान में भारत में कई स्थानों और गलियों का नाम उनके नाम पर रखा गया है। भारतीय तटरक्षक सेना में जहाजों का नाम भी उनके नाम पर रखा गया था। 26 जनवरी, 1962 को भारतीय डाक विभाग ने उनके समर्पण और योगदान के लिए उनके नाम का डाक टिकट जारी किया था। उन्हें शत-शत नमन!

□

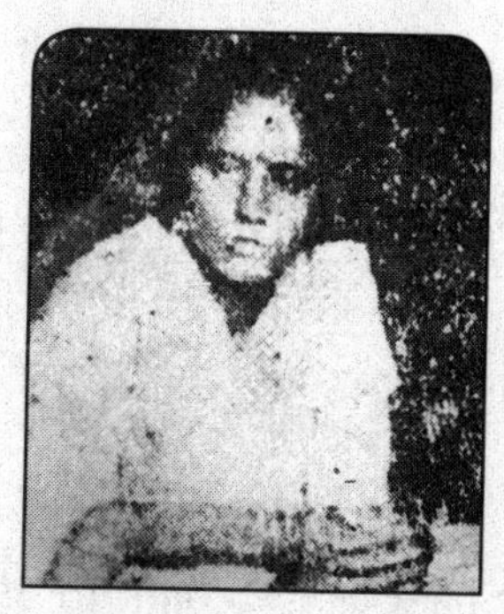

भोगेश्वरी देवी फुकन

कहते हैं, देशभक्ति का जज्बा उम्र की दीवार को तोड़ देता है। भोगेश्वरी देवी फुकन भारत की एक ऐसी क्रांतिकारी महिला थीं, जिन्होंने अपने देशभक्ति के भाव के आगे अपनी उम्र को बाधक नहीं बनने दिया और 70 वर्ष की अवस्था में भारत छोड़ो आंदोलन में भाग लिया। 1942 में महात्माजी के आह्वान पर असम में नौगाँव जिले के बेहरामपुर कस्बे में अंग्रेजों के विरुद्ध विद्रोह का नेतृत्व भोगेश्वरी देवी फुकन ने किया। उन्होंने अपने कस्बे की महिलाओं का संगठन बनाया तथा उन्हें घर की चहारदीवारी से बाहर आकर आंदोलन में शामिल होने के लिए प्रोत्साहित किया।

भोगेश्वरी देवी फुकन का जन्म 1885 में असम के नौगाँव में हुआ था। उनका विवाह भोगेश्वर फुकन से हुआ था। उनकी दो बेटियाँ और छह बेटे थे। वे एक गृहिणी व माँ होने के साथ-साथ एक पक्की देशभक्त थीं। उन्होंने 1942 में भारत छोड़ो आंदोलन में एक महत्त्वपूर्ण भूमिका निभाई। उन्होंने असम के नौगाँव जिले के बरहामपुर, बबजिया और बरपुजिया क्षेत्रों में आंदोलन की अलख जगाकर भारतीय राष्ट्रीय कांग्रेस का एक स्थानीय कार्यालय स्थापित करने में मदद की।

अंग्रेजों ने बेरहमपुर में उनके द्वारा स्थापित कांग्रेस कार्यालय को प्रतिबंधित कर दिया और कार्यालय पर अपना कब्जा जमा लिया। अंग्रेजों की इस मनमानी के विरुद्ध भोगेश्वरी देवी ने एक संगठित प्रयास किया और अंततः वे अपने देशभक्ति के प्रतीक बेरहमपुर के कांग्रेस कार्यालय को अंग्रेजों से वापस लेने में सफल हुईं। उनकी यह सफलता पुलिस को चुभने लगी। अस्तु, पुलिस ने अपने तरीके से अत्याचारों की बौछार करनी प्रारंभ कर दी।

अंग्रेजी हुकूमत ने विभिन्न प्रकार से आंदोलनकारियों को प्रताड़ित किया। उनको भयभीत किया, लेकिन आजादी के मतवाले कहाँ ठहरने वाले थे। भोगेश्वरी देवी के नेतृत्व में क्रांतिकारियों की भीड़ ने मार्च करते हुए 'वंदे मातरम्' के नारे लगाए। उनके

बेटों ने भी उस विरोध मार्च में भाग लिया और कांग्रेस कार्यालय को फिर से खोलने का एक सफल प्रयास किया गया। कार्यालय के फिर से खुलने का उत्सव 18 सितंबर, 1942 को आयोजित किया गया था। अंग्रेजों ने इसे अपनी प्रतिष्ठा का विषय बना लिया; अस्तु, कांग्रेस कार्यालय को फिर से बंद करने और संभवत: इसे नष्ट करने के लिए एक बड़ी सेना भेजी गई।

विजयादशमी के दिन समारोह में एकत्र भीड़ पर ब्रिटिश पुलिस ने अचानक लाठियाँ बरसानी शुरू कर दीं। जब यह खबर भोगेश्वरी देवी को प्राप्त हुई, तो वे कस्बे की महिलाओं को साथ तिरंगा हाथ में लेकर अंग्रेजी पुलिस के सामने जा पहुँचीं। आंदोलनकारियों की भीड़ उनके पीछे बढ़ती गई। स्थानीय लोग भोगेश्वरी देवी के नेतृत्व में आगे बढ़ते जा रहे थे। उनके अंदर जबरदस्त हौसला व देशभक्ति का जज्बा हिलोरें ले रहा था।

अंग्रेज कप्तान फिंस ने उग्र होती भीड़ को देखकर गोली चलाने का आदेश दे दिया। प्रतिक्रियास्वरूप क्रुद्ध भोगेश्वरी देवी ने शेरनी की तरह दहाड़ते हुए झंडे के डंडे से कप्तान फिंस पर हमला कर दिया। कप्तान फिंस घायल हो गया, लेकिन पुलिस ने उसी वक्त भोगेश्वरी देवी को गोलियों से छलनी कर दिया।

20 सितंबर, 1942 को क्षण भर में उस महान् वयोवृद्ध वीरांगना का शरीर मातृभूमि पर आ गिरा और वे सदा के लिए अमर हो गईं। उनकी वीरगति व्यर्थ नहीं गई। इस घटना के मात्र पाँच साल बाद ही भारत देश आजाद हो गया। भारत को विदेशी हुकूमत से मुक्ति मिल गई।

सन् 1947 में भारत को स्वतंत्रता मिलने के बाद उनके नाम पर एक अस्पताल और एक इनडोर स्टेडियम स्थापित किया गया। दरअसल इस अस्पताल की स्थापना 1854 में असम के नौगाँव में एक अमेरिकी बैपटिस्ट मिशनरी माइल्स ब्रोंसोनिस द्वारा की गई थी और बाद में इसका नाम बदलकर भोगेश्वरी फुकन सिविल अस्पताल कर दिया गया। उनके नाम का इंडोर स्टेडियम असम के गुवाहाटी में स्थित है। महान् वयोवृद्ध वीरांगना भोगेश्वरी फुकन को शत-शत नमन!

□

मातंगिनी हाजरा

आजादी की लड़ाई में पुरुषों के साथ-साथ महिलाएँ भी बढ़-चढ़कर हिस्सा ले रही थीं। इन महिलाओं ने उस समय अंग्रेजी हुकूमत के खिलाफ मोर्चा तो खोला ही, साथ में पितृसत्तात्मक सोच को भी पीछे ढकेला। मातंगिनी हाजरा वह क्रांतिकारी महिला थीं, जिन्होंने रूढ़िवाद की बेड़ियों को काटकर खुद को क्रांति-पथ से जोड़ दिया और जीवन की अंतिम साँस तक वे क्रांति के मार्ग पर डटी रहीं। महात्मा गांधी की अनुयायी मातंगिनी हाजरा के स्वतंत्रता आंदोलन के जज्बे को देखते हुए सब उनको 'बूढ़ी गांधी' कहते थे। 'बूढ़ी गांधी' के नाम से मशहूर मातंगिनी हाजरा के हौसले इतने बुलंद थे कि वे अपने समय में अंग्रेजों के खिलाफ होने वाले हर आंदोलन में सबसे आगे रहती थीं।

उनका जन्म 19 अक्तूबर, 1870 को ब्रिटिश भारत शासित बंगाल के मिदनापुर जिले के तामलुक क्षेत्र के होगला ग्राम में हुआ। बेहद गरीब परिवार में जन्म होने के कारण मातंगिनी स्कूली शिक्षा लेने से वंचित रहीं। मात्र 12 वर्ष की अवस्था में ही उनका विवाह अलीनान के एक 62 वर्षीय विधुर त्रिलोचन हाजरा के साथ कर दिया गया। दुर्भाग्यवश मात्र 18 वर्ष की आयु में वे निःसंतान ही विधवा हो गईं। उनके पति की पहली पत्नी से उत्पन्न पुत्र उनसे बहुत घृणा करते थे और पति की मौत के बाद सौतेले बच्चों ने उन्हें घर से निकाल दिया।

अतः वे अपनी ससुराल अलीनान से अपने मायके होगला गाँव वापस आ गईं। यहाँ आकर उन्होंने एक झोंपड़ी बनाई और अकेले ही रहना शुरू कर दिया। वे लोगों के घरों में मेहनत-मजदूरी करतीं और उसी से अपना पेट भरतीं। इसके साथ ही वे सामाजिक सेवा भी करतीं। इसी दिनचर्या में उनके जीवन के 44 साल और बीत गए। तामलुक क्षेत्र में चेचक के फैलने के बाद अपनी जान की परवाह करे बगैर वे बीमार लोगों की देखभाल में लग गईं। गाँव वालों के दुःख-सुख में सदा सहभागी रहने के कारण वे पूरे गाँव में माँ के समान पूज्य हो गईं।

सन् 1932 में गांधीजी के नेतृत्व में देश भर में स्वाधीनता आंदोलन चल रहा था। अस्तु, उनके गाँव होसला में वंदेमातरम् का उद्घोष करते हुए प्रतिदिन जुलूस निकलते थे। 1932 की एक दोपहर उनकी झोंपड़ी के सामने से सविनय अवज्ञा आंदोलन की एक विरोध रैली निकली। उस यात्रा को देखकर 62 साल की हाजरा को जाने क्या सूझा, उन्होंने बंगाली परंपरा के अनुसार शंख ध्वनि से उसका स्वागत किया और चल दी जुलूस के साथ। जुलूस चलते हुए तामलुक के कृष्णगंज बाजार में पहुँचा। वहाँ पर एक सामान्य जनसभा हुई। वहाँ पर सबके साथ मिलकर मातंगिनी ने भी नमक बनाकर, नमक कानून को तोड़ा और स्वाधीनता संग्राम में तन, मन, धन से संघर्ष करने की शपथ ली। इस कार्य के बदले में उनकी गिरफ्तारी हुई। उन्हें सजा भी मिली। उनको कई किलोमीटर तक नंगे पैर चलने की सजा दी गई, परंतु वे अपने मार्ग से विचलित नहीं हुईं। देशभक्ति के भाव उनकी साँसों में समा गए थे।

इसके बाद मातंगिनी हाजरा की लगभग प्रत्येक आंदोलन और मोर्चे में सक्रियता बढ़ गई। वे अंग्रेजों के दमन के खिलाफ होने वाले हर कार्यक्रम में भाग लेती थीं। कहा जाता है कि "उनको पहले अफीम की लत थी; परंतु अब उनके सिर पर स्वाधीनता का नशा सवार हो गया था।"

17 जनवरी, 1933 को 'करबंदी आंदोलन' को दबाने के लिए बंगाल के तत्कालीन गवर्नर एंडरसन तामलुक में एक सभा को संबोधित करने आए। उनके विरोध में स्वतंत्रता सेनानियों ने विरोध प्रदर्शन किया। वे भी इस विरोध प्रदर्शन का हिस्सा थीं। उनका उत्साह इतना तीव्र था कि वे सुरक्षा घेरे को भेदते हुए गवर्नर को काला झंडा दिखाकर नारेबाजी करते हुए दरबार तक पहुँच गईं। मौके पर ही पुलिस ने उन्हें गिरफ्तार कर लिया और छह माह का सश्रम कारावास देकर मुर्शिदाबाद जेल में बंद कर दिया।

जेल से रिहा होने के बाद वे क्षेत्रीय स्तर पर भारतीय राष्ट्रीय कांग्रेस में पहले से ज्यादा सक्रिय हो गईं। 1933 में ही उन्होंने सेरमपुर सब-डिवीजन कांग्रेस कॉन्फ्रेंस में हिस्सा लिया। इसमें हिस्सा लेने वालों पर पुलिस ने लाठियाँ चलाईं, जिसमें अन्य लोगों के साथ मातंगिनी हाजरा को भी गहरी चोटें आईं।

सन् 1935 में तामलुक क्षेत्र भीषण बाढ़ के कारण हैजे और चेचक की चपेट में आ गया। मातंगिनी ने अपनी जान की चिंता किए बिना दिन-रात राहत कार्य में अपना पुनीत सहयोग दिया। कई लोगों की जान बचाई। उनका यह सहयोग उन्हें सम्मान की चरम सीमा तक ले गया। आज भी उस क्षेत्र के निवासियों के लिए वे अविस्मरणीय हैं।

समय के साथ-साथ जितनी तेजी से भारतीय स्वतंत्रता संग्राम आगे बढ़ रहा था, उतनी ही तेजी से उम्रदराज वीरांगना मातंगिनी हाजरा का हौसला भी बढ़ता जा रहा था। बढ़ती उम्र, कमजोर शरीर के बावजूद उनकी आंदोलन में सक्रियता बरकरार थी।

मातंगिनी हाजरा गांधीजी को अपना आदर्श मानती थीं। वे उनके बताए रास्ते पर चलकर अपना जीवन जीने लगी थीं। बढ़ती उम्र और आँखों की कमजोर रोशनी के बावजूद उन्होंने चरखे से सूत कातना शुरू किया और वे खुद के बनाए कपड़े पहना करती थीं। देश के लोगों की सेवा और अंग्रेज हुकूमत की भारत से वापसी ही उनके जीवन का लक्ष्य बन गया था। इसके लिए वे कुछ भी करने के लिए तत्पर रहतीं।

अस्तु, 9 अगस्त, 1942 में जब 'भारत छोड़ो आंदोलन' ने जोर पकड़ा, तो मातंगिनी भी उसमें कूद पड़ीं। महात्मा गांधी के 'करो या मरो' के आह्वान के बाद देश के लोगों में सक्रियता बढ़ी। अंग्रेज भी सतर्क हो गए और उन्होंने इस आह्वान के बाद सभी प्रमुख नेताओं को गिरफ्तार कर लिया। अस्तु, कांग्रेस समर्थकों ने नेताओं की रिहाई और 'अंग्रेजो भारत छोड़ो' की माँग के लिए बड़े स्तर पर विरोध प्रदर्शन किया। 8 सितंबर को तामलुक में हुए एक प्रदर्शन में पुलिस की गोली से तीन स्वाधीनता सेनानी मारे गए। लोगों ने इसके विरोध में 29 सितंबर को और भी बड़ी रैली निकालने का निश्चय किया।

इसके लिए 73 वर्षीय मातंगिनी हाजरा ने गाँव-गाँव में घूमकर रैली के लिए 5,000 लोगों को तैयार किया, जिनमें महिलाओं की संख्या अधिक थी। 29 सितंबर, 1942 की दोपहर वे उनका नेतृत्व करते हुए तामलुक पुलिस स्टेशन की ओर चल दीं। इस मार्च का उद्देश्य पुलिस स्टेशन का घेराव करके गिरफ्तार लोगों की रिहाई की माँग करना था। जैसे ही आंदोलनकारी होसला गाँव के बाहर आने लगे, ब्रिटिश हुकूमत ने अपना दमन-चक्र चलाते हुए उस क्षेत्र में धारा 144 लागू कर दी और सभा को अवैध घोषित कर निहत्थे प्रदर्शनकारियों पर गोली चलाने के आदेश दे दिए।

अपने हाथ में तिरंगा झंडा थामे मातंगिनी हाजरा ने आगे बढ़ाकर पुलिस को गोलाबारी करने से रोकने की कोशिश की, लेकिन पुलिस ने उनकी बात सुने बिना ही गोली चलानी प्रारंभ कर दी। अस्तु, एक गोली उनके बाएँ हाथ में लगी। उन्होंने तिरंगे झंडे को गिरने से पहले ही दूसरे हाथ में ले लिया। तभी दूसरी गोली उनके दाहिने हाथ में और तीसरी उनके माथे पर लगी। मातंगिनी की मृत देह वहीं लुढ़क गई।

उनके इस बलिदान से पूरे क्षेत्र में इतना जोश उमड़ा कि जनसामान्य में एक सोच विकसित होने लगी कि जब एक बूढ़ी महिला देश के लिए इतना सब कर सकती है, तो हम क्यों नहीं? अस्तु, स्वतंत्रता के दीवानों ने दस दिन के अंदर ही अंग्रेजों को अपने तामलुक क्षेत्र से खदेड़ दिया। सभी सरकारी दफ्तरों पर कब्जा कर लिया और समूचे तामलुक में अपनी खुद की सरकार घोषित कर एक स्वाधीन सरकार स्थापित कर दी। उल्लेखनीय है कि आंदोलनकारियों की इस सरकार ने करीब 21 महीने तक निडर होकर काम किया।

इस प्रकार यह स्पष्ट होता है कि भारतीय स्वाधीनता के पाँच साल पहले ही

वीरांगना मातंगिनी हाजरा के इलाके को उनके समर्थकों ने अंग्रेजी हुकूमत से आजाद करवा लिया था। इसलिए यह कहा जाता है कि वीरांगना मातंगिनी हाजरा का सम्मान उस इलाके में उस वक्त गांधीजी से किसी मायने में कम नहीं था। गांधीजी भी वीरांगना हाजरा का अदम्य साहस सुनकर हैरान थे। वे इस बात से खुश भी थे कि बदन पर गोलियाँ खाते रहने के बावजूद मातंगिनी हाजरा ने लोगों को हिंसा के लिए भड़काने की कोशिश कतई नहीं की। उनके अहिंसा के सिद्धांत को डिगने नहीं दिया।

उल्लेखनीय है कि इस घटना के करीब दो साल बाद गांधीजी की अपील पर ही वहाँ के लोगों ने सरकारी दफ्तरों से अपना कब्जा छोड़ा। उल्लेखनीय है कि मिदनापुर ही वह जिला है, जहाँ स्वतंत्रता संग्राम के इतिहास में यहाँ से भाग लेने वाली महिलाओं की संख्या सर्वाधिक थी। इसका श्रेय वीरांगना मातंगिनी हाजरा को जाता है।

इस प्रकार देश की आजादी के लिए अंग्रेजों की गोली खाने वाली 'बूढ़ी गांधी' के नाम से जानी जाने वाली मातंगिनी हाजरा के बलिदान को कभी भी भुलाया नहीं जा सकता। उनकी वीरता और तामलुक की घटना का स्मरण सदैव भारतीयों के मन-मस्तिष्क में बना रहे, इस उद्‌देश्य से दिसंबर 1974 में भारत की प्रधानमंत्री इंदिरा गांधी ने अपने तामलुक प्रवास के दौरान वीरांगना मातंगिनी हाजरा की मूर्ति का अनावरण कर उन्हें अपने श्रद्धासुमन अर्पित किए।

उल्लेखनीय है कि मातंगिनी हाजरा पहली महिला स्वतंत्रता संग्राम सेनानी थीं, जिसकी मूर्ति आजाद भारत के कलकत्ता में स्थापित की गई थी। उनके नाम पर बहुत से स्कूल, कॉलोनियों का नामकरण किया गया। पश्चिम बंगाल की राजधानी कलकत्ता में 'हाजरा मार्ग' भी इस वीरांगना के नाम पर है। 2002 में भारतीय डाक विभाग ने उनके सम्मान में एक डाक टिकट भी जारी किया था। ऐसी समर्पित वीरांगना को शत-शत नमन!

□

महारानी तपस्विनी

रानी तपस्विनी भारतीय स्वतंत्रता के प्रथम संग्राम की पूर्व पीठिका की तैयारी करने वाली वीरांगना थीं। उन्होंने क्रांति को जन आंदोलन बनाने के लिए 'चपातियों' व 'लाल कमल' का उपयोग किया। अपने संन्यासियों व साधुओं को मात्र पूजा-पाठ करने के बजाय उन्हें धर्मभ्रष्ट, अत्याचारी व भेदभावमूलक अंग्रेजी हुकूमत के खिलाफ क्रांति के लिए प्रेरित किया।

रानी तपस्विनी से प्रेरित होकर संन्यासीगण 'पाँच चपातियाँ' लेकर गाँव-गाँव जाकर वहाँ के मुखिया को आशीर्वादस्वरूप देते। फिर वही मुखिया अगले पाँच गाँवों में पाँच-पाँच चपातियाँ क्रांति के संदेश के बतौर भिजवाता। संन्यासियों को शहर, कस्बों व गाँव-गाँव में घूम-घूमकर क्रांति को प्रसारित करने के लिए 'लाल कमल' दिया जाता। ये संन्यासी 'लाल कमल' हाथ में लिये सैनिक छावनियों तक पहुँच जाते। रानी तपस्विनी के शिष्य साधु के रूप में विशेष प्रचार करते थे। वे विभिन्न स्थानों में जाकर जनसामान्य से कहते थे, "अंग्रेज तुम्हारा देश हड़पकर ही संतुष्ट नहीं हो रहे, वे तुम्हारा धर्म भी भ्रष्ट करना चाहते हैं। धीरे-धीरे सभी को ईसाई बना लेंगे। तुम्हे गंगा मैया की सौगंध, माता तपस्विनी की सौगंध, जाग उठो और अंग्रेजों को देश से बाहर निकालने के लिए तैयार हो जाओ।"

सन् 1942 में जनमी रानी तपस्विनी का वास्तविक नाम सुनंदा था। झाँसी की रानी लक्ष्मीबाई की भतीजी और बेलूर के जमींदार नारायण राव की बेटी महारानी तपस्विनी की वीरता के किस्से दूर-दूर तक फैले थे। वे एक बाल विधवा थीं। गौर वर्ण की, तेजस्वी मुखवाली वे शक्ति की उपासक ही थीं। वे निरंतर चंडीमाता का नाम जप करती रहती थीं। उनकी दिनचर्या में पूजा-पाठ, धार्मिक ग्रंथों का वाचन और देवी की उपासना शामिल थी। वे एक संन्यासिनी की भाँति रहती थीं। यूँ तो उन्हें ऐहिक जीवन में रुचि नहीं

थी, तदुपरांत वे जन सामान्य के सुख-दु:ख की साझेदार बनी रहीं। उस समय के लोग उन्हें 'माता तपस्विनी' कहते थे।

उन्होंने माता जगदंबा की पूजा-पाठ करने के साथ ही रानी लक्ष्मीबाई के अनुसार ही घुड़सवारी, अस्त्र-शस्त्र चलाने का अभ्यास भी किया था। उनके हृदय में देश की आजादी की ललक थी। उनमें राष्ट्रप्रेम की भावना कूट-कूटकर भरी हुई थी। किशोरी सुनंदा अपने को शेरनी और ब्रिटिश हुकूमत को हाथी समझती थीं। वे उसे समाप्त करने पर तुली हुई थीं। जैसे शेर हाथियों से नहीं डरता, वैसे ही सुनंदा भी अंग्रेजों से नहीं डरती थीं। निराशा जैसे शब्द के लिए उनके जीवन में कोई स्थान ही नहीं था। पिताजी की मृत्यु के पश्चात् वे अपनी पैतृक जागीर भली-भाँति संचालित करने लगी थीं। उन्होंने अपने पिताजी के दुर्ग को दुरुस्त कर दृढ़ बनाया। नए सैनिकों की नियुक्ति कर उन्हें सैनिक शिक्षण देना आरंभ किया।

अंग्रेजों के प्रति उनके मन में अत्यंत तीव्र घृणा थी। इसे कई बार वे अपने वक्तव्य द्वारा प्रकट भी करती थीं। अस्तु, जैसे ही अंग्रेजों को उनके इस बर्ताव की सूचना मिली, बगैर पूछताछ के ही उन्हें नजरबंद कर दिया, लेकिन उनकी संन्यासी वृत्ति देखकर अंग्रेज अधिकारियों ने उन्हें नजरबंदी से मुक्त कर दिया। अंग्रेजों को यह लगा कि यह तो संन्यासिनी है। इसलिए वे उनके प्रति निश्चिंत हो गए, लेकिन वस्तुत: वे देशभक्ति की ज्वाला दिल में छुपाए समयानुसार अपने प्रवचनों के माध्यम से आध्यात्मिक ज्ञान के साथ-साथ क्रांति का संदेश भी प्रसारित कर जनसामान्य को प्रेरित करती थीं।

जब 1857 ई. में क्रांति का बिगुल बजा, तब रानी तपस्विनी ने भी अपनी चाची के साथ इस क्रांति में सक्रिय रूप से भाग लिया। उनकी अपनी एक छोटी सी सैनिक टुकड़ी थी, जो अंग्रेजों की संगठित सेना के समक्ष अधिक समय तक टिक नहीं सकी। क्रांति की विफलता के बाद उन्हें तिरुचिरापल्ली की जेल में रखा गया। जेल से बाहर आने के बाद उन्होंने संस्कृत और योग की शिक्षा प्राप्त की। कालांतर में उन्होंने यह महसूस किया कि युद्ध के माध्यम से अंग्रेजों को पराजित करना आसान कार्य नहीं है। अस्तु, वे नाना साहब के साथ नेपाल चली गईं।

वहाँ जाकर भी रानी तपस्विनी शांति से नहीं बैठीं। उन्होंने अंग्रेजों द्वारा भारत पर किए जा रहे अत्याचारों से नेपाल की जनता को अवगत कराया। वहाँ बसे भारतीयों में देशभक्ति की भावना की अलख जगाई। रानी ने वहाँ अनेक मंदिरों का निर्माण करवाया। यद्यपि उन्हें वहाँ पर इच्छित सफलता प्राप्त नहीं हो सकी, क्योंकि नेपाल के नरेश अंग्रेजों के मित्र थे। फिर भी उन्होंने नेपाल के प्रधान सेनापति चंद्र शमशेर जंग की मदद से गोला-बारूद व विस्फोटक हथियार बनाने की एक फैक्टरी खोली, ताकि क्रांतिकारियों की मदद की जा सके। उन्होंने नेपाल में रहते हुए भी महाराष्ट्र और बंगाल में क्रांतिकारी

गतिविधियों को प्रोत्साहन व समर्थन देना जारी रखा। वे वहाँ से छिपे रूप में भारतीयों को क्रांति का संदेश भिजवाती थीं और उन्हें विश्वास दिलाती थीं कि घबराए नहीं, एक दिन अंग्रेजी शासन पूर्ण रूप से नष्ट हो जाएगा।

इस प्रकार वे अपने देश के लिए तन्मयता के साथ काम कर रही थीं। उन्होंने अपना नाम बदल लिया था, लेकिन सहयोगी खांडेकर के एक मित्र ने धन के प्रलोभन में आकर रानी तपस्विनी के बारे में अंग्रेजों को सबकुछ बता दिया। समय रहते यह खबर रानी तक पहुँच गई, तो वे अपने साथियों की मदद से नेपाल छोड़कर 1890 में कलकत्ता चली गईं।

कलकत्ता में उन्होंने 'महाभक्ति पाठशाला' खोलकर बच्चों को राष्ट्रीयता की शिक्षा दी। इस स्कूल के लिए उन्होंने न तो विदेशियों से कोई वित्तीय सहायता ली और न ही किसी विदेशी शिक्षक को अपनी पाठशाला में रखा। उल्लेखनीय है कि यह पाठशाला सह-शिक्षा की अवधारणा पर आधारित थी। इस पाठशाला का एक अन्य उद्देश्य समाज में बड़ी भूमिकाओं का निर्वहन करने के लिए महिलाओं को तैयार करना था, ताकि हिंदू समाज की गौरवशाली परंपरा को दृढ़ता प्रदान की जा सके।

मई 1897 में उनकी इस पाठशाला का स्वामी विवेकानंद ने दौरा किया और महिला शिक्षा के विकास के लिए एक नया मार्ग स्थापित करने के लिए उनके प्रयासों की सराहना की। 1902 में बाल गंगाधर तिलक जब कलकत्ता आए, तो उन्होंने भी महारानी तपस्विनी से भेंट की। 1905 के बंगाल विभाजन के बाद उपजे स्वदेशी आंदोलन में भी रानी तपस्विनी ने सक्रिय भूमिका का निर्वहन किया था। रानी तपस्विनी का उल्लेख एक पाकिस्तानी लेखिका जहीदा हीना ने अपनी एक पुस्तक 'पाकिस्तानी स्त्री : यातना और संघर्ष' में किया है। 1907 में भारत की महान् विदुषी स्वतंत्रता संग्राम सेनानी रानी तपस्विनी का कलकत्ता में देहांत हो गया। उन्हें शत-शत नमन!

□

महारानी जिंदा

भारतीय पराधीनता के इतिहास में वीरांगनाओं की कमी नहीं है। ऐसी ही एक वीरांगना थीं महारानी जिंदा। उनका असली नाम जिंद कौर था। स्वर्गीय महाराज रणजीत सिंह की रानी जिंदा एक योग्य व क्षमतावान शासक थीं, परंतु क्रूर अंग्रेज अधिकारियों की स्वेच्छाचारिता के कारण महारानी जिंदा को अवर्णनीय पीड़ाओं का सामना करना पड़ा।

सर्वविदित है कि 1857 तक पंजाब को छोड़कर शेष भारत में अंग्रेजी राज्य का विस्तार हो चुका था। भारत में रेल और तारों के जाल सर्वत्र बिछाकर एक प्रांत दूसरे प्रांत से जोड़े जा चुके थे। दूसरी ओर ईस्ट इंडिया कंपनी देशी राज्य को किसी-न-किसी बहाने से हड़प रही थी। लॉर्ड डलहौजी के शासन काल में पंजाब, अयोध्या आदि स्वाधीन राज्यों पर भी अंग्रेजी झंडा फहरा दिया गया।

अंग्रेजी अफसरों की चतुराई और सेनापतियों के विश्वासघात से सोब्राहन की पहली लड़ाई में सिख हार चुके थे। इस लड़ाई के बाद भी सिख राज्यों की स्वाधीनता का नाश नहीं हुआ था, लेकिन महाराज रणजीत सिंह की मृत्यु के उपरांत उनके विश्वासघाती मंत्री अंग्रेजों से मिल गए। अंग्रेजों ने सतलज और रावी के बीच के प्रदेश पर अपना वर्चस्व स्थापित कर लिया था और इस क्षेत्र को लौटाने के बदले में डेढ़ करोड़ रुपए की माँग की। महाराज रणजीत सिंह की मृत्यु के समय खजाने में बारह करोड़ रुपए थे, लेकिन सिख सरदारों की फिजूलखर्ची के कारण खजाने में केवल आधा करोड़ रुपए ही शेष रह गए थे। उस समय के शासक लॉर्ड हार्डिंग ने यह आधा करोड़ ले लिये और एक करोड़ के बदले कश्मीर लेना चाहा, किंतु महाराज रणजीत सिंह के प्रिय पौत्र जंबू के शासनकर्ता राजा गोपाल सिंह ने लॉर्ड हार्डिंग को एक करोड़ रुपए देकर कश्मीर खरीद लिया। इस तरह महाराज रणजीत सिंह के बड़े भारी राज्य का पतन आरंभ हो गया।

जब कश्मीर बेचा गया, उस समय महाराज रणजीत सिंह के पुत्र दलीप सिंह

नाबालिग थे। रणजीत सिंह के जैसा फिर कोई ऐसा वीरात्मा न हुआ, जो अंग्रेजों से निपट सकता था। दलीप सिंह के शासन की बागडोर महारानी जिंदा के हाथ में थी। महारानी जिंदा तथापि शासन कला में निपुण थी, किंतु उनका प्रधानमंत्री राजा गुलाब सिंह बड़ा ही लोभी और विश्वासघाती था।

आतंरिक षड्यंत्रों के फलस्वरूप कश्मीर का पूरा राज्य राजा गुलाब सिंह को मिल गया था। अंग्रेजों के बढ़ते प्रभाव को देखकर महारानी जिंदा के मन में बड़ी शंका हो रही थी, क्योंकि उन्हीं का बेटा दलीप सिंह अंग्रेजों के हाथ की कठपुतली बन गया था। अंग्रेजों ने महारानी जिंदा की तेजस्विता नष्ट करने का निश्चय किया। अंत में वह अशुभ दिन भी आया, जब अंग्रेज रेजिडेंट ने संदेह के आधार पर महारानी को कैद कर लिया। रानी का भाई उनकी कैद का आज्ञापत्र लेकर महल में गया। महारानी ने इस अपमानसूचक दंड-आज्ञा को स्वीकार किया। 19 अगस्त को एक सामान्य कैदी की भाँति उन्हें शेखपुर ग्राम के कैदखाने में रखा गया। सर हेनरी का यह कृत्य महारानी के अपमान की अभिव्यक्ति थी।

कुछ दिनों के उपरांत महारानी के नाबालिग लड़के दलीप सिंह को अंग्रेजों ने पूर्णत: अपने वश में कर महारानी जिंदा को देश-निकाला दे दिया। इस प्रकार उन्हें अपनी प्यारी जन्मभूमि सदा के लिए त्यागनी पड़ी। पहले अंग्रेज उन्हें शेखपुर से फीरोजपुर लाए तत्पश्चात् काशी में एक अंग्रेज अफसर के पहरे में रख दिया। उस समय बालक दलीप सिंह अपने बचपन के खेलों में लगे थे। माता के दु:ख निवारण के लिए वे कुछ भी न कर सके।

सिख खालसा सेनाएँ महारानी जिंदा को अपनी माता की तरह मानती थीं। अस्तु, महारानी के देश-निकाले से उन्हें बड़ा आघात पहुँचा। पंजाब का एक-एक बच्चा अपने को अपमानित समझने लगा। काबुल के अमीर दोस्त मुहम्मद खाँ को भी अंग्रेजों की यह काररवाई नागवार लगी। इन सब भावों से बेखबर अंग्रेज अपने गुमान की दुनिया में गुम थे।

प्रारंभ में नाबालिग बच्चे दलीप सिंह का ट्रस्टी बनकर अंग्रेजों ने पंजाब में कब्जा कर लिया। फिर मौका पाते ही ग्यारह वर्षीय महाराज दलीप सिंह को गद्दी से उतारकर इंग्लैंड भेज दिया गया। उनके पिता महाराज रणजीत सिंह का कोहिनूर हीरा भी अंग्रेजों के अपने कब्जे में ले लिया। उल्लेखनीय है कि यह हीरा अब इंग्लैंड-नरेश के मुकुट में लगा रहता है।

अंत में अनेक परिवर्तनों के बाद बूढ़ी महारानी जिंदा अपने बेटे को हृदय से लगाने के लिए सात समुद्र पार कर इंग्लैंड में गईं, जहाँ 1863 में अपने प्राणप्रिय पुत्र दलीप के पास वे मृत्यु को प्राप्त हुईं। पंजाब की राजमाता महारानी जिंदा को शत-शत नमन!

□

मीरा बेन

एक विदेशी महिला मैडलिन स्लेड गांधीजी के सिद्धांतों व व्यक्तित्व के जादू में बँधी सात समंदर पार काले लोगों के देश हिंदुस्तान चली आई और फिर यहीं की होकर रह गईं। भारतीय स्वतंत्रता संग्राम के लिए अपना पूरा जीवन समर्पित कर दिया। उन्होंने भारतीय स्वतंत्रता संग्राम में महात्मा गांधीजी के आदर्शों पर चलकर खादी को अपनाया, पहना और उसका प्रचार-प्रसार किया। गांधीजी के विचारों को मानने वाली मीरा बेन सादी धोती पहनती थीं, सूत कातती, गाँव-गाँव घूमतीं। किसी विदेशी द्वारा किया गया यह एक साहसिक व सराहनीय कार्य था। गांधीजी का अपनी इस विदेशी पुत्री पर विशेष अनुराग था। इसलिए गांधीजी ने मैडलिन स्लैड का नाम बदलकर मीरा बेन रख दिया। गांधीजी के जीवन में मीरा बेन का विशेष स्थान था। वे उनकी बहन, बेटी व एक मित्र—सबकुछ थीं। उनके हर कदम का सहारा थीं।

मैडलिन स्लैड का जन्म 22 नवंबर, 1892 को इंगलैंड में एक ब्रिटिश सैन्य अधिकारी के घर में हुआ था। इनके पिता का नाम 'एडमिरल सर एडमंड स्लैड' था। जब उनके पिता मुंबई में 'इस्ट इंडिया स्क्वैड्रन' के कमांडर-इन-चीफ के पद पर कार्यरत थे, उस समय उन्होंने कुछ वर्ष भारत में बिताए। वे अंग्रेज थीं, लेकिन उनकी सोच अलग थी। वे बचपन से ही सादे जीवन में विश्वास रखती थीं। उन्हें प्रकृति से प्रेम था। संगीत में उनकी गहरी रुचि थी। 'बिथोवेन' का संगीत उन्हें बहुत पसंद था। उन्होंने फ्रेंच, जर्मन और हिंदी समेत अन्य भाषाएँ सीखीं। गांधी पर लिखी गई रोम्या रोलाँ की पुस्तक पढ़कर स्लैड को गांधीजी के विराट् व्यक्तित्व के बारे में पता चला, तो वे उनसे बेहद प्रभावित हुईं।

कालांतर में मैडलिन स्लैड जब साबरमती आश्रम में गांधीजी से मिलीं तो उन्हें लगा कि जीवन की सार्थकता दूसरों के लिए जीने में ही है। वे गुजरात के साबरमती आश्रम में रहने लगीं। वे भारतीयों के दुःख से द्रवित व महात्मा गांधी की कार्यशैली से प्रभावित थीं।

पारिवारिक पृष्ठभूमि अलग होने के बावजूद वे भारतीय स्वतंत्रता संग्राम की समर्थक थीं। उन्हें लगता था कि भारत को अंग्रेजों से मुक्त हो जाना चाहिए।

इसलिए संयोग देखिए कि मीरा बेन महात्मा गांधी के नेतृत्व में लड़ी जा रही आजादी की लड़ाई में अंत तक उनकी सहयोगी बनी रहीं। 1932 के द्वितीय गोलमेज सम्मेलन में वे महात्मा गांधी के साथ थीं। महात्मा गांधी के राजनीतिक और सामाजिक क्षेत्र में किए सुधारात्मक और रचनात्मक कार्यों में मीरा की अहम भूमिका थी।

उन्होंने गांधीजी के खादी के सिद्धांतों तथा सत्याग्रह आंदोलन को उन्नतशील बनाने के लिए देश के कई भागों की यात्रा की। मीरा बेन अपने सामाजिक पुनरुत्थान के कार्यकलापों के लिए जानी जाती हैं। वे सेवा बस्तियों और पिछड़े वर्ग के लोगों में जाकर निःसंकोच स्वयं सफाई कार्य करतीं। उन्होंने बुनियादी शिक्षा, अस्पृश्यता निवारण जैसे कार्यों में भी गांधीजी का हाथ बँटाया।

महात्मा गांधीजी के साथ कई बार उन्हें भी जेल जाना पड़ा। उल्लेखनीय है कि भारत छोड़ो आंदोलन की घोषणा के तुरंत बाद 9 अगस्त, 1942 को गांधीजी के साथ अन्य बड़े नेताओं को भी गिरफ्तार किया गया था। मीरा बेन भी उनमें से एक थीं। वे मई 1944 तक जेल में रहीं।

उन्होंने 'यंग इंडिया' तथा 'हरिजन' पत्रिका में अपने हजारों लेख लिखकर योगदान दिया। वर्धा के पास सेवा ग्राम आश्रम स्थापित करने में मीरा बेन ने अहम भूमिका निभाई, उन्होंने उत्तर प्रदेश के मुलदासपुर में किसान आश्रम की स्थापना की, ताकि ग्रामीण व मवेशियों की सुचारु रूप से देखभाल की जा सके। वे उत्तर प्रदेश सरकार के अधिकाधिक अनाज उत्पादन अभियान में विशेष सलाहकार के रूप में नियुक्त की गईं। 1947 में उन्होंने ऋषिकेश के नजदीक 'आश्रम पशुलोक' की शुरुआत की, जिसका नाम बाद में 'बापू ग्राम' रखा गया।

भारत के प्रति मीरा बेन का लगाव इतना था कि वे भारत को अपना देश और इंग्लैंड को विदेश मानती थीं। मीरा बेन के प्रति सम्मान प्रकट करने के लिए 'इंडियन कोस्ट गार्ड' ने नए गश्ती पोत का नाम उनके नाम पर रखा है। महात्मा गांधी की हत्या हो जाने के बाद दुःखी मीरा बेन 18 जनवरी, 1959 को भारत छोड़कर वियना के नजदीक एक ग्राम में रहने लगीं। वहाँ भी गांधी व गांधीवाद पर उनकी आस्था बरकरार रही।

सन् 1982 में भारत सरकार ने उन्हें पद्म विभूषण से सम्मानित किया। 20 जुलाई 1982 को उनका वियना में निधन हो गया। मीरा बेन के भारत के प्रति प्रेम व भारतीय स्वतंत्रता संग्राम में दिए गए उनके सहयोग के लिए भारतवासी कृतज्ञ हैं। वीरांगना मीरा बेन को शत-शत नमन!

□

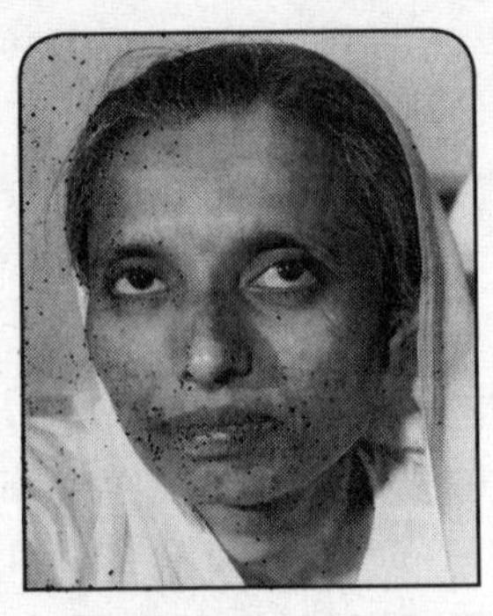

मणिबेन पटेल

भारतीय स्वतंत्रता संग्राम के इतिहास में एक और नाम तारे की भाँति चमकता है, वह है मणिबेन पटेल का। उन्हें देशभक्ति की भावना अपने पिता से विरासत में मिली और उनकी तरह उन्हें भी स्वतंत्रता आंदोलन में उनकी भूमिका के लिए याद किया जाता है।

3 अप्रैल, 1903 को गुजरात के करमसाद में सरदार वल्लभभाई पटेल के घर में उनका जन्म हुआ। जब वे छह साल की थीं, उनकी माँ का देहांत हो गया। पिता वल्लभभाई पटेल भारतीय स्वतंत्रता संग्राम में व्यस्त थे; अस्तु, उनके पालन-पोषण की जिम्मेदारी उनके चाचा, विट्ठलभाई पटेल ने सँभाली। उन्होंने प्रारंभिक शिक्षा बॉम्बे में रहकर 'द क्वीन मैरी हाई स्कूल' से प्राप्त की, जबकि स्नातक की उपाधि गुजरात विद्यापीठ से ली। यह विद्यापीठ महात्मा गांधी द्वारा शुरू किया गया था।

अपने जीवन में उन्होंने महात्मा गांधी की शिक्षाओं को अपनाया और 1918 में अहमदाबाद में उनके आश्रम में नियमित रूप से काम करना शुरू किया। महात्मा गांधी के नेतृत्व में मणिबेन ने असहयोग आंदोलन के साथ-साथ नमक सत्याग्रह में भी सक्रिय रूप से भाग लिया। स्वतंत्रता आंदोलन में उनकी भूमिका के लिए उन्हें कई बार जेल जाना पड़ा। उन्हें भारत छोड़ो आंदोलन के दौरान गिरफ्तार किया गया था और 1942 से 1945 तक पुणे की यरवदा जेल में बंद कर दिया गया था।

उल्लेखनीय है कि जेल में भी वे सख्त अनुशासन का अनुपालन करती थीं। अपने दिन की शुरुआत प्रार्थना, कताई, पढ़ाई व सफाई के साथ करती थीं। बीमार कैदियों को ठीक करना और उनकी देखभाल करना अपना धर्म समझती थीं।

1930 के दशक में मणिबेन अपने पिता की सहयोगी बनीं। उन्होंने उनके दिन-प्रतिदिन के कार्यों का प्रबंधन किया। वे हर जगह अपने पिता के साथ जाती थीं और संबंधित विषय या मुद्दे पर अपने पिताजी के विचारों को समझने का प्रयास करती थीं।

मणिबेन ने एक डायरी में अपने पिता की दिन-प्रतिदिन की गतिविधियों को नोट करने का कार्य भी किया।

आजादी के बाद भी मणिबेन पटेल ने अपने पिता की मृत्युपर्यंत सेवा की। वे नेहरू के नेतृत्व में पहली लोकसभा चुनाव में 1952 में दक्षिण कैरा निर्वाचन क्षेत्र से और दूसरी लोकसभा 1957 में आनंद निर्वाचन क्षेत्र से चुनी गईं। 1953-56 तक वे गुजरात राज्य कांग्रेस की सचिव और 1957-64 तक उपाध्यक्ष रहीं। वे 1964 में राज्यसभा के लिए चुनी गईं और 1970 तक बनी रहीं।

उन्होंने 1976 के आपातकाल का विरोध किया। गिरफ्तार नेताओं की रिहाई और प्रेस सेंसरशिप आदि को हटाने के लिए नारे लगाए। आपातकाल के प्रति लोगों में जागरूकता और निडरता पैदा करने के उद्देश्य से एक और दांडी मार्च भी निकाला। अस्तु, उन्हें गिरफ्तार कर जेल में डाल दिया गया।

उन्होंने गुजरात विद्यापीठ, वल्लभ विद्यानगर, बारडोली स्वराज आश्रम और सरदार पटेल मेमोरियल ट्रस्ट जैसे कई धर्मार्थ संगठनों के साथ काम किया। भारतीय स्वतंत्रता संग्राम में अपने पिता की भूमिका पर उन्होंने एक लेख लिखा। 1990 में कर्मठ देशभक्त मणिबेन ने परलोक गमन किया। उनके जाने के बाद भी भारत उन्हें सदैव याद रखेगा। उन्हें शत-शत नमन!

□

महाबीरी देवी

सर्वविदित है कि 10 मई, 1857 को मेरठ में सिपाहियों ने अंग्रेजी हुकूमत के खिलाफ बगावत करके भारत में आजादी का बिगुल बजा दिया। इस संग्राम में देखते-ही-देखते कई राजा-महाराजा, सम्राट् बहादुर शाह द्वितीय आदि शामिल हो गए। इसी लड़ाई में कई वीरांगनाएँ भी शामिल हुईं। इन वीरांगनाओं में से कई का सामाजिक परिवेश पिछड़े वर्ग का था। इनमें कौरी जाति की झलकारीबाई, पासी समाज की ऊदा देवी, लोधी समुदाय की अवंती बाई, गुर्जर समुदाय की आशा देवी और वाल्मीकि जाति की महाबीरी देवी आदि वीरांगनाओं ने भारत के राजनीतिक इतिहास में अपनी अमिट छाप छोड़ी है और संपूर्ण समाज के लिए बहादुरी की अद्भुत मिसाल स्थापित की। यह बात अलग है कि उन सभी को इतिहास के पन्नों में न्यायोचित स्थान नहीं मिला। अस्तु, इस संदर्भ में समुचित शोध करने की महती आवश्यकता है।

सन् 1857 की क्रांति में शहीद हुईं महाबीरी देवी 'वाल्मीकि' उत्तर प्रदेश के मुजफ्फरनगर जिले के मुंडभर नामक गाँव की रहने वाली थीं। वे वाल्मीकि समाज में जनमी थीं। उनका परिवार मुख्य रूप से मैला ढोने और अन्य घरेलू कार्यों में लगा हुआ था। इसलिए जिस समुदाय में उनका जन्म हुआ, वह अस्पृश्यता की सदियों पुरानी प्रथा के अधीन था। महाबीरी देवी भले ही घोर गरीबी में पली-बढ़ी, लेकिन वे बुद्धिमान और चतुर थीं। वे बहुत साहसी थीं। किसी के खिलाफ किसी भी तरह के शोषण और अन्याय से लड़ने के लिए सदैव तैयार रहती थीं।

इस प्रकार यह कहा जा सकता है कि वे अपने जीवन के शुरुआती दिनों से ही वाल्मीकि समाज के कल्याणार्थ समर्पित रहीं। उन्होंने उन सामाजिक कुप्रथाओं के प्रति आवाज उठाईं, जो वाल्मीकि समाज में प्रचलित थीं। इन कुप्रथाओं में से मैला ढोने की कुप्रथा मुख्य थी। यह प्रथा मानवीय गरिमा के प्रतिकूल थी। अस्तु, यही उनके सुधारात्मक कार्यों की केंद्रबिंदु बनी। उन्होंने अपने वाल्मीकि समाज को इज्जत के

साथ जीने एवं अपने मान-सम्मान के प्रति जागरूक किया। सभी सामाजिक बंधुओं व भगिनियों से प्रार्थना की कि वे इस कार्य को छोड़कर अन्य कार्यों में जाएँ। इस प्रथा से वाल्मीकि समाज को मुक्त करवाने के लिए उन्होंने एक लंबा आंदोलन चलाया।

यद्यपि महाबीरी देवी शिक्षित नहीं थीं, लेकिन वे अपने समाज को लेकर बहुत जागरूक थीं। वे प्रत्येक प्रकार के शोषण के खिलाफ संवेदनशील थीं। भारतीय सामाजिक व्यवस्था में वाल्मीकि समाज की सामाजिक परिस्थिति को लेकर वे गंभीर थीं। वे वाल्मीकि समाज को समानता के सूत्र में पिरोना चाहती थीं। इस कार्य के लिए उन्होंने 22 सदस्यों को लेकर एक महिला टोली बनाई। इस टोली का मुख्य उद्देश्य महिलाओं व बच्चों को मैला ढोने की प्रथा के बारे में जागरूक करना था, ताकि उन्हें इस घृणित कार्य से दूर रखा जा सके तथा वाल्मीकि समाज भी मान-सम्मान के साथ अपना जीवन जी सके।

सन् 1857 में, जब उत्तर भारत के बड़े हिस्से में उपनिवेश विरोधी क्रोध की आग जल रही थी, भारतीय स्वतंत्रता सेनानी अंग्रेजों को हराने के लिए कड़ा संघर्ष कर रहे थे, तब वीरांगना महाबीरी देवी भी अपनी 22 सदस्यीय टोली के साथ भारत की आजादी की लड़ाई में कूद पड़ीं। तब वीरांगना महाबीरी ने आगे बढ़कर अपने साहस और देशभक्ति का परिचय दिया। जब अंग्रेजों ने मुजफ्फरनगर की घेराबंदी की तो उन्होंने अपनी महिला सदस्यों को कट्टा और ग्रास जैसे लोहे के हथियारों से लैस किया और ब्रिटिश सैनिकों पर हमला किया। इन महिला योद्धाओं के हमलों से कुछ ब्रिटिश सैनिकों की मौत हो गई।

क्रुद्ध अंग्रेजी हुकूमत ने बदले में महाबीरी देवी की टोली की सभी सदस्यों को बारी-बारी से मौत के घाट उतार दिया। महाबीरी देवी अपनी अंतिम साँस तक लड़ती रहीं। अंत में वे भी अंग्रेजी हुकूमत के हाथों मारी गईं।

बहादुर वीरांगना महाबीरी देवी ने निडर होकर संघर्ष किया और राष्ट्र के लिए अपना जीवन न्योछावर कर दिया। औपनिवेशिक शासन की इमारत को हिलाने में महत्त्वपूर्ण भूमिका निभाई। यह एक बहुत ही प्रभावशाली आंदोलन था, जिसने ईस्ट इंडिया कंपनी से सत्ता को हस्तांतरित करके सीधे अंग्रेजी सरकार के हाथो में लाने को मजबूर कर दिया। भारतीय स्वतंत्रता आंदोलन में वीरांगना महाबीरी देवी का योगदान व सक्रिय भूमिका अनुसूचित जाति वर्ग के समुदाय की महिलाओं के लिए गर्व की बात हैं। वे उन सब महिलाओं की प्रेरणा स्रोत हैं, जो अपने दायरों से बाहर आने की हिम्मत नहीं करतीं। आज भी महाबीरी देवी की स्मृति और योगदान को लोककथाओं और नाटकों के माध्यम से मुजफ्फरनगर क्षेत्र में प्रदर्शित किया जाता है।

तदुपरांत यह कहा जा सकता है कि भारतीय स्वतंत्रता संग्राम में योगदान देने वाली महिलाओं के एक वर्ग को साहित्य में उतना स्थान नहीं मिला, जितने कि वे हकदार थीं।

खासकर भारत की उन अनुसूचित जाति की महिलाओं को इतिहास के पन्ने पर स्थान देने की आवश्यकता है, जिन्होंने आजादी की लड़ाई में बढ़-चढ़कर हिस्सा लिया और अपने प्राणों की आहुति दे दी, ताकि वर्तमान केंद्रीय सरकार के 'सबका साथ, सबका विकास' लक्ष्य को प्राप्त किया जा सके।

स्वतंत्रता संग्राम में अपनी शहादत देने वाली वीरांगना महाबीरी देवी को शत-शत नमन! कृतज्ञ राष्ट्र उनकी वीरता, गौरव और बलिदान को सदैव याद रखेगा। □

यशोधरा दासप्पा

एक संपन्न परिवार में जन्म लेने के बावजूद अपने सारे सुखों का परित्याग कर भारत के स्वतंत्रता संग्राम का मार्ग चुनने वाली यशोधरा दासप्पा गांधीजी की अनुयायी थीं। उन्होंने भारतीय स्वतंत्रता संघर्ष में अभूतपूर्व योगदान दिया। हरिजनों के उत्थान के लिए भी काम किया, लेकिन इतिहास के आँगन में उनका जिक्र नहीं होने के कारण बहुत से लोग स्वतंत्रता आंदोलन में उनकी भूमिका के बारे में नहीं जानते। अस्तु, वे एक अनजानी स्वतंत्रता सेनानी बनकर रह गईं, जबकि वे एक प्रतिष्ठित परिवार से आती हैं। उनके पिता के.एच. रमैया, जिन्होंने कमजोर वर्गों के लिए, अपने काम के लिए नाम कमाया था। उनके पति एच.सी. दासप्पा ने केंद्रीय रेल मंत्री के रूप में सेवा दी। उनके बेटे तुलसीदास दासप्पा सांसद के रूप में और बाद में केंद्रीय मंत्रिमंडल में राज्य मंत्री बने और उनके एक भाई मरीदेव गौड़ा ने के.आर. सहकारी समिति के रजिस्ट्रार के रूप में सेवा दी। यानी उनके परिवार के सभी सदस्यों ने जरूरतमंद लोगों की सेवा करने का संकल्प लिया था। सभी के मन में समाज-सेवा एक संस्कार के रूप में विद्यमान थी।

यशोधरा दासप्पा का जन्म 28 मई, 1905 को बैंगलोर में हुआ था, उनके पिता के.एच. रमैया एक प्रसिद्ध सामाजिक कार्यकर्ता थे। उन्होंने लंदन मिशन स्कूल में पढ़ाई की और बाद में मद्रास स्थित क्वीन मैरी कॉलेज में दाखिला लिया। उन्होंने जाने-माने वकील एच.सी. दासप्पा से शादी की। उनके दो बेटे और एक बेटी थीं। भारत की आजादी के बाद उनके पति जवाहरलाल नेहरू सरकार में मंत्री बने। उनके बेटे को चरण सिंह के मंत्रालय में केंद्रीय राज्य मंत्री के रूप में भी नियुक्त किया गया था।

उल्लेखनीय है कि उन्होंने भारतीय स्वतंत्रता संग्राम के साथ-साथ 1930 के दशक में वन सत्याग्रह आंदोलन में भी भाग लिया। एक सक्रिय सामाजिक कार्यकर्ता और स्वतंत्रता सेनानी के रूप में उन्होंने महिलाओं को सत्याग्रह आंदोलन में भाग लेने के लिए प्रोत्साहित तथा सत्याग्रह आंदोलन में शामिल किया। इसलिए उन्हें बैंगलोर की

'फायरब्रांड गांधी' कहा जाता है। इस सत्याग्रह के दौरान 1200 से अधिक लोगों को कैद किया गया था।

इसी प्रकार 25 अप्रैल, 1938 को विदुराश्वथ के ग्रामीणों ने एक सत्याग्रह का आयोजन किया, जिसके दौरान पुलिस ने उन पर गोलियाँ चलाईं, जिसमें लगभग 35 लोग मारे गए। घटना के बाद यशोधरा दासप्पा को जेल भेज दिया गया।

जेल से छूटने के बाद वे पुनः आंदोलन में सक्रिय हो जाती थीं। वे अकसर अपने घर में ही सभी आंदोलनकारियों को बुलाकर बैठकें आयोजित करती थीं। अस्तु, 1942 में उनका घर भूमिगत सत्याग्रही गतिविधि के लिए एक बैठक स्थल बन गया था। वे आंदोलन में शामिल लोगों की हर संभव मदद करती थीं। उनका मनोबल बढ़ाती थीं।

उल्लेखनीय है कि वे कर्नाटक में कैबिनेट मंत्री बनने वाली पहली महिला थीं और 1969 में निषेध को हटाने के विरोध में अपना पोर्टफोलियो छोड़ने के बाद वे सुर्खियों में आईं थी। 1972 में उन्हें भारत सरकार द्वारा तीसरा सर्वोच्च नागरिक सम्मान पद्म भूषण से सम्मानित किया गया। 1980 में यशोधरा दासप्पा का निधन हो गया। उन्हें शत-शत नमन!

□

रानी लक्ष्मीबाई

भारतीय वसुंधरा को गौरवान्वित करने वाली झाँसी की रानी लक्ष्मीबाई यथार्थ के धरातल पर एक वीरांगना थी। रानी लक्ष्मीबाई ने अपने बलिदानों और साहसी कामों से न सिर्फ भारत की, बल्कि पूरी दुनिया की महिलाओं के मन में एक साहस व सम्मान की भावना का संचार किया। झाँसी की रानी लक्ष्मीबाई का जीवन देशभक्ति व अमर बलिदान की एक अनुपम गाथा है। रानी लक्ष्मीबाई ने अपने राज्य झाँसी की स्वतंत्रता के लिए ब्रिटिश राज्य की जड़ों पर गहरा प्रहार किया। उनकी वीरता के किस्से आज भी जनसामान्य के दिलो-दिमाग में रमे हुए हैं।

जैसा कि सर्वविदित है कि रानी लक्ष्मीबाई का जन्म 19 नवंबर, 1828 को काशी के भदैनी नगर में हुआ था। उनके बचपन का नाम मणिकर्णिका था, जिन्हें सब प्यार से 'मनु' कहकर पुकारते थे। उनकी माँ का नाम भागीरथीबाई और पिता का नाम मोरोपंत तांबे था। मोरोपंत एक मराठी परिवार से थे। वे बिठूर में न्यायालय में पेशवा थे। बाद में वे पेशवा के दरबार में आ गए। वे एक आधुनिक सोच के पिता थे, जो कि लड़कियों को स्वतंत्रता देने और उनकी पढ़ाई-लिखाई में भरोसा रखते थे। इसी वजह से लक्ष्मीबाई अपने पिता से काफी प्रभावित थीं। उनके पिता ने बचपन से ही अपनी बेटी मनु की प्रतिभा को पहचान लिया था, इसीलिए उन्होंने उन्हें बचपन से ही समस्त प्रकार की शिक्षा देकर एक सशक्त परिवेश दिया था।

उनकी माँ का नाम भागीरथीबाई था, जो कि एक सुसंस्कृत, बुद्धिमान और धर्मनिष्ठ स्वभाव की घरेलू महिला थीं। जब मनु मात्र 4 साल की थीं, तभी उनकी माता की मौत हो गई, जिसके बाद उनके पिता ने मनु का पालन-पोषण किया। इसलिए पिता मनु को अपने साथ पेशवा बाजीराव द्वितीय के दरबार में ले जाने लगे। जहाँ चंचल और मनभावन मनु को सब लोग प्यार से 'छबीली' कहकर पुकारते थे।

मनु ने बचपन में अपनी पढ़ाई-लिखाई व शास्त्रों की शिक्षा के साथ-साथ आत्मरक्षा, घुड़सवारी, निशानेबाजी, घेराबंदी व शस्त्र की शिक्षा भी प्रदान की। जिससे वे विविध शस्त्रविद्याओं में निपुण हो गईं। मनु बाजीराव के पुत्रों के साथ खेलते-कूदते व पढ़ाई-लिखाई करते हुए बड़ी हुईं।

मनु ने नाना साहब से तलवार चलाना, भाला-बरछा फेंकना और बंदूक से निशाना लगाना सीख लिया। इसके अलावा मनु व्यायामों में भी प्रयोग करती थीं। कुश्ती और मलखंभ उनके प्रिय व्यायाम थे।

मात्र 14 साल की आयु में सन् 1842 में उनका विवाह झाँसी के मराठा शासित राजा गंगाधर राव नेवालकर के साथ हुआ और इस तरह काशी की मनु अब झाँसी की रानी बन गईं। विवाह के बाद उनका नाम लक्ष्मीबाई रखा गया। सितंबर 1851 में रानी लक्ष्मीबाई ने एक पुत्र को जन्म दिया। उनका वैवाहिक जीवन काफी सुखद बीत रहा था कि दुर्भाग्यवश उनका बेटा सिर्फ 4 महीने ही जीवित रह सका। बेटे के जाने के बाद उनके परिवार में दुःख के बादल छा गए।

अपने पुत्र के वियोग में महाराज गंगाधर राव का स्वास्थ्य बहुत अधिक बिगड़ जाने पर उन्हें दत्तक पुत्र लेने की सलाह दी गई। पुत्र गोद लेने के बाद 21 नवंबर 1853 को उनकी मृत्यु हो गई। उस समय रानी लक्ष्मीबाई महज 18 साल की थीं।

दत्तक पुत्र आनंद राव का नाम दामोदर राव रखा गया। गोद लिये गए पुत्र को झाँसी का उत्तराधिकारी बनाने के सवाल पर ब्रिटिश सरकार कोई दिक्कत पैदा न करे, इसलिए ब्रिटिश अधिकारियों की मौजूदगी में पुत्र दामोदर राव को गोद लिया गया।

पहले पुत्र के वियोग, फिर पति की मौत से रानी काफी आहत हुईं, लेकिन इतनी कठिन परिस्थिति में भी रानी ने धैर्य नहीं खोया। वे धैर्यवान और साहसी महिला थीं, इसलिए वे हर काम को बड़ी सूझबूझ और समझदारी से करती थीं। अतः दत्तक पुत्र दामोदर की आयु कम होने की वजह से उन्होंने खुद झाँसी राज्य का उत्तराधिकारी बनने का फैसला किया।

उस समय भारत में लॉर्ड डलहौजी गवर्नर था। जो अपनी 'हड़प नीति' के लिए प्रसिद्ध था। इस नीति के तहत ईस्ट इंडिया कंपनी उस राज्य को अपने कब्जे में ले लेती थी, जिसका उत्तराधिकारी पुत्र नहीं होता था। इस नीति में दत्तक पुत्र के लिए कोई स्थान नहीं था।

अस्तु, ब्रिटिश सरकार ने झाँसी राज्य को हथियाने की हर कोशिश कर ली, यहाँ तक कि ब्रिटिश शासकों ने महारानी लक्ष्मीबाई के दत्तक पुत्र दामोदर राव के खिलाफ मुकदमा दायर कर दिया। निर्दयी शासकों ने रानी के राज्य का खजाना भी जब्त कर

लिया, इसके साथ ही राजा नेवालकर ने जो कर्ज लिया था, वह पैसा भी जब्त कर लिया गया। ब्रिटिश शासकों ने 7 मार्च, 1854 को एक सरकारी फरमान जारी किया था, जिसमें झाँसी को ब्रिटिश साम्राज्य में मिलाने का आदेश दिया गया था। इसके परिणामस्वरूप रानी को झाँसी का किला छोड़कर झाँसी के रानीमहल में जाना पड़ा।

इसके बावजूद रानी लक्ष्मीबाई ने हिम्मत नहीं हारी और उन्होंने हर हाल में झाँसी राज्य की रक्षा करने का निश्चय किया। उन्होंने ब्रिटिश शासकों के उस आदेश का उल्लंघन किया। इसके बाद ब्रिटिश शासकों के खिलाफ विद्रोह तेज हो गया।

रानी लक्ष्मीबाई ने झाँसी की सुरक्षा को सुदृढ़ करना शुरू कर दिया और एक स्वयंसेवक सेना का गठन प्रारंभ किया। इस सेना में महिलाओं की भर्ती की गई और उन्हें युद्ध का प्रशिक्षण दिया गया। साधारण जनता ने भी इस संग्राम में सहयोग दिया। झलकारीबाई (जो लक्ष्मीबाई की हमशक्ल थी) को उन्होंने अपनी सेना में प्रमुख स्थान दिया।

झाँसी को बचाने में जुटी महारानी लक्ष्मीबाई ने कुछ अन्य राज्यों की मदद से एक सेना तैयार की, जिसमें अस्त्र-शस्त्रों के विद्वान् गुलाम खान, दोस्त खान, खुदा बक्श, काशी बाई, मोतीबाई, सुंदर-मुंदर, लाला भाऊ बक्शी, दीवान रघुनाथ सिंह, दीवान जवाहर सिंह समेत 1400 सैनिक शामिल थे।

उसी समय अर्थात् 10 मई, 1857 को प्रथम स्वतंत्रता संग्राम का बिगुल बज गया। अंग्रेजों के खिलाफ विद्रोह का तत्कालीन कारण सूअर और गौमांस की परत चढ़ी बंदूकों की गोलियाँ थीं। जिससे हिंदू व मुसलमान दोनों समुदाय की धार्मिक भावनाएँ आहत हुईं। इसी वजह से पूरे देश में आक्रोश फैल गया था। ब्रिटिश सरकार को इस विद्रोह को दबाने के लिए झाँसी राज्य रानी लक्ष्मीबाई को वापस सौंपना पड़ा।

इसके बाद तो झाँसी स्वतंत्रता संग्राम का एक प्रमुख केंद्र बन गया। अंग्रेजों के इशारे पर पड़ोसी राज्य ओरछा तथा दतिया के राजाओं ने झाँसी पर आक्रमण कर दिया। रानी ने सफलतापूर्वक इस आक्रमण को विफल कर दिया।

जनवरी 1858 में ब्रितानी सेना ने झाँसी की ओर बढ़ना शुरू कर दिया और मार्च 1858 में एक बार फिर झाँसी राज्य पर कब्जा करने की जिद में अंग्रेजों ने सर ह्यूरोज के नेतृत्व में झाँसी पर हमला कर दिया। लेकिन इस बार झाँसी को बचाने के लिए तात्या टोपे के नेतृत्व में करीब 20,000 सैनिकों के साथ लड़ाई लड़ी गई। यह लड़ाई करीब दो हफ्ते तक चली।

अंततोगत्वा इस लड़ाई में अंग्रेजों ने झाँसी के किले की दीवारें तोड़कर वहाँ कब्जा कर लिया। सैनिकों ने झाँसी में लूटपाट शुरू कर दी। पूरे शहर को घेर लिया, परंतु रानी

दामोदर राव के साथ अंग्रेजों से बचकर भाग निकलने में सफल हो गईं। वे अपने दल के साथ काल्पी पहुँचीं। यहाँ तात्या टोपे ने रानी लक्ष्मीबाई का साथ दिया। इसके साथ ही पेशवा ने वहाँ के हालात को देखते हुए रानी को काल्पी में शरण दी और इसके साथ ही उन्हें सैन्य बल भी दिया।

तात्या टोपे और रानी लक्ष्मीबाई की संयुक्त सेनाओं ने ग्वालियर के विद्रोही सैनिकों की मदद से ग्वालियर के एक किले पर कब्जा कर लिया। बाजीराव प्रथम के वंशज अली बहादुर द्वितीय ने भी रानी लक्ष्मीबाई का साथ दिया। चूँकि रानी लक्ष्मीबाई ने उन्हें राखी भेजी थी, इसलिए वे भी इस युद्ध में उनके साथ शामिल हो गए।

उल्लेखनीय है कि उस समय ग्वालियर के महाराजा जीवाजी राव ने प्रथम स्वतंत्रता संग्राम के सेनानियों खासकर रानी लक्ष्मीबाई का साथ या सहयोग देने के बजाय अंग्रेजों का साथ दिया। यदि उन्होंने रानी का साथ दिया होता, तो शायद भारत का इतिहास ही कुछ और होता। खैर!

22 मई, 1858 को अंग्रेजी शासक सर ह्यूरोज ने काल्पी पर भी हमला कर दिया। रानी लक्ष्मीबाई ने अपने साहस का परिचय देते हुए अंग्रेजों को हार की धूल चटाई, जिसके बाद अंग्रेज शासकों को पीछे हटना पड़ा।

काल्पी की लड़ाई के बाद राव साहेब पेशवा, बंदा के नवाब, तात्या टोपे और अन्य मुख्य योद्धाओं ने महारानी लक्ष्मीबाई को ग्वालियर पर अधिकार प्राप्त करने का सुझाव दिया। अस्तु, हमेशा अपने लक्ष्य पर अडिग रहने वाली महारानी लक्ष्मीबाई ने तात्या टोपे के साथ मिलकर ग्वालियर के महाराजा के खिलाफ लड़ाई की, लेकिन इस लड़ाई में तात्या टोपे ने पहले ही ग्वालियर की सेना को अपनी तरफ मिला लिया था। वहीं दूसरी तरफ अंग्रेज भी अपनी सेना के साथ ग्वालियर आ धमके थे, लेकिन इस लड़ाई में उन्होंने ग्वालियर के किले पर जीत हासिल की। इसके बाद उन्होंने ग्वालियर का राज्य पेशवा को सौंप दिया।

वहीं दूसरी ओर अपनी हार के कुछ समय बाद फिर से सर हूय रोज ने काल्पी पर हमला कर दिया। 18 जून, 1858 को रानी लक्ष्मीबाई ने किंग्स रॉयल आयरिश के खिलाफ लड़ाई लड़ी और ग्वालियर के पूर्व क्षेत्र का मोर्चा सँभाला। इस युद्ध में रानी के साथ उनकी सेविकाओं ने भी उनका साथ दिया। वे वीरता के साथ युद्ध करती हुईं, रणचंडी की तरह दुश्मन की सेना के सिर काटकर आगे बढ़ती जा रही थीं।

वीरांगना की तलवार के वार को रोकने के लिए अंग्रेजी सेना ने उन्हें चारों ओर से घेर लिया। वे कालिका की भाँति प्रचंड बनकर अंग्रेजी सैनिकों का नरसंहार करते हुए घेरा तोड़कर बाहर निकल आईं। अंग्रेजी सैनिकों ने उनका पीछा किया, लेकिन रानी

अपने घोड़े को आँधी की तरह दौड़ाती हुई चली जा रही थीं, मार्ग में एक नाला आया। जहाँ जाकर उनका घोड़ा रुक गया। दरअसल यह उनका नया घोड़ा था। उनका अपना घोड़ा 'राजरतन' पिछले युद्ध में मारा जा चुका था। रानी घोड़े को कुदाकर नाले के पार निकल जाना चाहती थीं। मगर घोड़ा ऐसा न कर पाया। उसी समय रानी को एक गोली लगी। वे घोड़े से नीचे गिर गईं। क्षण भर में उनके प्राण पखेरू उड़ गए। रानी पुरुष पोषाक पहने हुए थी। अस्तु, अंग्रेज सैनिक उन्हें पहचान नहीं पाए। वे रानी के मृत शरीर को वहीं रणक्षेत्र में छोड़कर आगे बढ़ गए। जिस समय वे शहीद हुईं, उस समय उनकी आयु मात्र 29 साल थी।

कुछ समय के बाद रानी के एक भक्त रामचंद्रराव उनके शव को उठाकर पास में स्थित गंगादास मठ में ले गए और उनके मुँह में गंगाजल डाला व उनका अंतिम संस्कार कर दिया। इस प्रकार अंग्रेजों को रानी का शव तो क्या, उनकी राख भी नहीं मिली। वे हाथ मलते रह गए। उल्लेखनीय है कि जनरल ह्यूरोज की दिली इच्छा थी कि वे रानी लक्ष्मीबाई को जिंदा या मुर्दा प्राप्त करें। दूसरी तरफ, रानी लक्ष्मीबाई की भी अपनी अंतिम इच्छा थी कि "कोई भी अंग्रेज उनके शरीर को हाथ न लगाए।" ईश्वर ने रानी की इच्छा पूर्ण की।

इस लड़ाई की रिपोर्ट में ब्रितानी जनरल ह्यूरोज ने टिप्पणी की थी कि "रानी लक्ष्मीबाई अपनी सुंदरता, चालाकी और दृढ़ता के लिए उल्लेखनीय तो थी ही, विद्रोही नेताओं में सबसे अधिक खतरनाक भी थी।"

इस प्रकार यह कहा जा सकता है कि रानी ने बहादुरी और हिम्मत से अपने शत्रुओं को पराजित कर वीरता का परिचय दिया और देश को स्वतंत्रता दिलवाने में अपनी जान तक न्योछावर कर दी। ऐसी वीरांगनाओं से भारत का सिर हमेशा गर्व से ऊँचा रहेगा। इसके साथ ही रानी लक्ष्मीबाई अन्य महिलाओं के लिए एक प्रेरणास्रोत हैं।

झाँसी की रानी की बहादुरी का वर्णन सुभद्रा कुमारी चौहान ने 'झाँसी की रानी' समेत अपनी कई कविताओं में किया है, इनमें से कई कविताएँ भारतीय स्कूलों के पाठ्यक्रम में भी शामिल हैं। इसके साथ ही रानी लक्ष्मीबाई को भारतीय उपन्यासों, कविता और फिल्मों में भारतीय स्वतंत्रता आंदोलन के प्रतिष्ठित व्यक्ति के रूप में भी चित्रित किया गया है।

उनके जीवन पर कई फिल्में और टेलीविजन सीरीज बनाई गई हैं। 'द टाइगर एंड द फ्लेम' (1953), 'मणिकर्णिका : द क्वीन ऑफ झाँसी' (2018) और 'झाँसी की रानी' (2009) उनके जीवन पर आधारित फिल्में हैं। लक्ष्मीबाई की बहादुरी का वर्णन करते हुए कई किताबें और कहानियाँ भी लिखी गई हैं।

रानी लक्ष्मीबाई की वीरता एक विरासत के रूप में कई पीढ़ियों तक याद रखी जाए, इसलिए झाँसी में 'महारानी लक्ष्मीबाई मेडिकल कॉलेज', ग्वालियर में 'लक्ष्मीबाई नेशनल यूनिवर्सिटी ऑफ फिजिकल एजुकेशन' और झाँसी में 'रानी लक्ष्मीबाई केंद्रीय कृषि विश्वविद्यालय' का नाम उनके सम्मान में रखा गया है।

कहा जाता है कि सच्चा वीर कभी आपत्तियों से नहीं घबराता। उसका लक्ष्य हमेशा उदार और उच्च होता है। वह सदैव आत्मविश्वासी, स्वाभिमानी और धर्मनिष्ठ होता है और ऐसी ही वीरांगना झाँसी की रानी लक्ष्मीबाई थीं। उन्हें शत-शत नमन!

□

रानी गिडालू (गाइदिन्ल्यू)

नागालैंड की 'रानी लक्ष्मीबाई' नाम से विख्यात रानी गिडालू भारत की नागा आध्यात्मिक एवं राजनीतिक नेत्री थीं, जिन्होंने भारत को आजाद करवाने के लिए ब्रिटिश शासन के विरुद्ध विद्रोह का नेतृत्व किया। नागालैंड में क्रांतिकारी आंदोलन का संचालन किया था। वे आज भी नागालैंड में झाँसी की रानी लक्ष्मीबाई के समान ही अपने वीरतापूर्ण कार्य करने के लिए याद की जाती हैं। उनके तेजस्वी व्यक्तित्व और निर्भयता को देखकर जनजातीय लोग उन्हें सर्वशक्तिशाली देवी मानने लगे थे।

रानी गाइदिन्ल्यू का जन्म 26 जनवरी, 1915 को मणिपुर के तमेंगलोंग जिले के नुंगकाओ गाँव में हुआ था। कई लोग इस गाँव को लुआंग ओ नाम से भी जानते हैं। उनकी पढ़ाई-लिखाई भारतीय परंपरा के अनुसार हुई थी। वे नागा जनजाति की थीं, जो कि जेलियांगसांग में आती है। वे बाल्यावस्था से ही बड़े स्वतंत्र और स्वाभिमानी स्वभाव की थीं।

13 वर्ष की आयु में वे अपने भाई कोसिन व हायपोउ जदोनांग के साथ हेराका आंदोलन से जुड़ गई थीं। इस आंदोलन का लक्ष्य हेराका क्षेत्र में दोबारा नागा राज स्थापित करना और अंग्रेजों को अपनी मिट्टी से खदेड़ना था। उन दिनों जादोनाग मणिपुर से अंग्रेजों को निकाल बाहर करने के प्रयास कर रहे थे। वे अपने तय उद्देश्यों को क्रियान्वयन का जामा पहना पाते, इससे पूर्व ही ब्रिटिश हुकूमत ने उन्हें गिरफ्तार कर 29 अगस्त, 1931 को फाँसी पर लटका दिया।

इस घटना ने बालिका गाइदिन्ल्यू को अंदर तक झकझोरकर रख दिया। वे अपने नेता जादोनाग के प्रति श्रद्धा भाव रखती थीं। उनके प्रति विशेष लगाव रखती थीं। अस्तु, उनके सपनों को पूर्ण करने की एक बड़ी जिम्मेदारी एकाएक गाइदिन्ल्यू के ऊपर आ पड़ी थी। अब स्वतंत्रता आंदोलन का नेतृत्व उन्हें ही करना था।

नेता जादोनाग को फाँसी देने से जनसामान्य में जो असंतोष उत्पन्न हुआ था,

बुद्धिमान गाइदिन्ल्यू ने उसे सही दिशा की ओर मोड़ दिया। 16 साल की गाइदिन्ल्यू ने नेतृत्व की बागडोर अपने हाथों में सँभालते ही यह घोषित किया कि वे गांधीजी के आंदोलन के अनुरूप ब्रिटिश सरकार को किसी प्रकार का कर नहीं देंगे। उन्होंने नागाओं के कबीलों में एकता स्थापित करके अंग्रेजों के विरुद्ध संयुक्त मोर्चा बनाने के लिए कई कदम उठाए। इस घोषणा का जनसामान्य के बीच सकारात्मक प्रभाव पड़ा।

उल्लेखनीय है कि गाइदिन्ल्यू हर हाल में अपनी संस्कृति, भाषा, अपनी मिट्टी की रक्षा करना चाहती थीं। गाइदिन्ल्यू के शब्दों में, "धर्म को खो देने का मतलब अपनी संस्कृति को खो देना है और अपनी संस्कृति को खोना, यानी अपनी पहचान को खोना है।" उस समय अंग्रेज जनजातीय कबीलों का जबरन धर्म-परिवर्तन करवा कर उन पर अपनी जीवनशैली थोप रहे थे। अंग्रेजी हुकूमत की ये गतिविधियाँ गाइदिन्ल्यू को नागबार गुजर रही थीं। अस्तु, उन्होंने अंग्रेजों के खिलाफ एक संगठित आंदोलन प्रारंभ कर दिया।

गाइदिन्ल्यू द्वारा संचालित इस आंदोलन को कुचलने के लिए अंग्रेजों ने नागालैंड के कई गाँव जलाकर राख कर दिए। इस अत्याचार के बाद भी वहाँ के लोग स्वतंत्रता संग्राम में सक्रिय रहे। भारतमाता को आजाद करवाने का उनका उत्साह कम नहीं हुआ।

गाइदिन्ल्यू के आह्वान पर ब्रिटिश सरकार द्वारा लगाए गए अमानवीय अत्याचारों व कर और नियमों के खिलाफ जेलियांगसांग में कबीले के लोग एकजुट होने लगे। लोगों ने किसी भी तरह का कर देने से मना कर दिया। साथ ही अंग्रेजों को छकाने के लिए 17 वर्षीय गाइदिन्ल्यू ने अंग्रेजों के खिलाफ गुरिल्ला युद्ध छेड़ दिया।

18 मार्च, 1932 को हान्ग्रुम गाँव के करीब 50-60 सशस्त्र नागाओं ने 'असम राइफल्स' की सरकारी चौकी पर खुलेआम हमला कर दिया। इस हमले से अंग्रेजी हुकूमत तिलमिला उठी। हालाँकि बंदूक के सामने भाले और तीर-धनुष कमजोर पड़ गए। इस युद्ध के बाद गाइदिन्ल्यू भूमिगत हो गईं। गाइदिन्ल्यू को खोजने के लिए तत्परता से हर गली व गाँव में पुलिस सक्रिय हो गई, लेकिन अंग्रेज गाइदिन्ल्यू को ढूँढ़ नहीं पाए। दूसरी बात, अंग्रेज अधिकारी रानी की लोकप्रियता से पहले से ही बहुत परेशान थे और गोरिल्ला युद्ध उनके चेहरे पर तमाचा मारने जैसा था। दरअसल गाइदिन्ल्यू की रणनीति के तहत नागा सेनानी अंग्रेजों की सेना पर छापामार प्रहार करने के उपरांत अपना स्थान बदल देते थे। इसलिए वे पकड़ में नहीं आ पाते थे। इस प्रकार उन्होंने सरकार की नाक में दम कर रखा था।

एक बार गाइदिन्ल्यू ने एक बड़ा सा किला बनाने का निश्चय किया, ताकि उसके चार हजार नागा साथी एक साथ रह सकें। किला बनाने का काम अभी चल ही रहा था कि अंग्रेजों सेना को इसकी सूचना मिल गई। अंग्रेज सरकार ने असम राइफल्स के कैप्टन मैकडॉनल्ड के नेतृत्व में गाइदिन्ल्यू को पकड़ने के लिए पुलोमी गाँव पर हमला

बोल दिया। इस हमले में रानी गाइदिन्ल्यू को 17 अक्तूबर, 1932 को गिरफ्तार कर लिया गया। यहाँ से गाइदिन्ल्यू को कोहिमा, फिर इंफाल ले जाया गया। यहाँ पर उन्हें हत्या और हत्या की साजिश का आरोप लगाकर उम्रकैद की सजा सुना दी गई। वहीं उनके ज्यादातर साथियों को या तो मौत की सजा हुई या फिर उन्हें जेल में डाल दिया गया। इस दौरान वे गुवाहाटी, शिलांग, आइजोल और तुरा की जेलों में सजा भुगतती रहीं। उनकी गिरफ्तारी और उनके साथियों की मृत्यु के बाद हेराका आंदोलन की लौ भी बुझ गई थी।

सन् 1947 में देश आजाद होते ही वे जेल से रिहा कर दी गईं। जेल से छूटने के बाद रानी गाइदिन्ल्यू ने अपने लोगों के लिए काम जारी रखा। वर्ष 1952 तक वे अपने छोटे भाई मारंग के साथ तुएनसांग के विमरप गाँव में रहीं। इसके बाद 1952 में उन्हें अपने गाँव लौटने की इजाजत मिली थी।

आजाद भारत में रानी गाइदिन्ल्यू 'नागा नेशनल काउंसिल' के खिलाफ थीं। यह काउंसिल नागाओं के लिए अलग देश की माँग कर रही थी और भारत से अलग होना चाहती थी। रानी गाइदिन्ल्यू ने भारत में ही अलग जेलियांगसांग क्षेत्र की माँग की। इस प्रकार कतिपय मुद्दों को लेकर नागा कबीलों में आपसी स्पर्धा होने लगी। अस्तु, 1960 में स्थिति इतनी बिगड़ गई कि रानी को अपने सहयोगियों के साथ आजाद भारत में भी फिर से भूमिगत हो जाना पड़ा था।

सन् 1965 में रानी के समर्थकों ने 9 नागा लीडर्स की हत्या कर दी। इस घटना से रानी गाइदिन्ल्यू एक बार फिर चर्चा में आ गईं। 1966 में भारत सरकार से बातचीत के बाद उन्होंने हिंसा का रास्ता छोड़ने का निर्णय लिया। तदुपरांत वे जनसामान्य की सेवा में जुट गईं।

उल्लेखनीय है कि 1972 में उन्हें स्वतंत्रता सेनानी ताम्रपत्र, 1982 में पद्म भूषण, 1983 में सेवा सम्मान और 1996 में बिरसा मुंडा पुरस्कार से सम्मानित किया गया। अंततः जनजातीय समाज के लिए कार्य करते-करते वे 17 फरवरी, 1993 को चिरनिद्रा में लीन हो गईं। उनके मरणोपरांत 1996 में भारत सरकार ने उनके सम्मान में एक डाक टिकट जारी किया था। अंग्रेजों के खिलाफ जंग में उनके विशेष योगदान के लिए उनको शत-शत नमन!

□

रानी द्रौपदी बाई

भारत के स्वच्छ शहर इंदौर के पास स्थित एक छोटी सी रियासत धार है। जहाँ पर स्थित मांडू अपनी एतिहासिक विरासत के लिए प्रसिद्ध है। धार की रानी द्रौपदी बाई निःसंदेह भारत की एक प्रसिद्ध वीरांगना थीं, लेकिन उनके बारे में बहुत कम लोगों को जानकारी है। वे धार क्षेत्र की क्रांति की सूत्रधार थीं। उन्होंने अपने कर्म से यह सिद्ध कर दिया कि भारतीय ललनाओं की धमनियों में भी रणचंडी और दुर्गा का रक्त प्रवाहित होता है। धार की राजमाता द्रौपदी बाई एवं राज दरबार द्वारा विद्रोह को प्रेरणा दिए जाने के कारण कर्नल ड्यूरेंड बहुत चिंतित हो गए। उन्हें भय था कि समस्त माल्वान क्षेत्र में शीघ्र क्रांति फैल सकती है। नाना साहब भी धार के आसपास ही जमे हुए थे। इसलिए इन तमाम कारणों से ब्रिटिश हुकूमत रानी द्रौपदी बाई से भयभीत थी।

उल्लेखनीय है कि 21 मई, 1857 को धार के राजा ने अपने मरने से एक दिन पहले आनंदराव बाला साहब को गोद ले लिया था। दूसरे ही दिन 22 मई, 1857 को उनका देहावसान हो गया। चूँकि आनंदराव बाला साहब नाबालिग थे। इसलिए राजा की बड़ी रानी द्रौपदी बाई ने धार राज्य के नेतृत्व की डोर सँभाली। रानी ने रामचंद्र बापूजी को अपना दीवान नियुक्त किया। बापूजी उनके विश्वासपात्र व अंध समर्थक थे। उन्होंने 1857 की क्रांति में ब्रिटिश हुकूमत का विरोध किया और क्रांतिकारियों की हर संभव सहायता करने में रानी का साथ दिया था।

यद्यपि अन्य राजवंशों के विपरीत ब्रिटिश शासकों ने धार के अल्पवयस्क राजा आनंदराव को मान्यता प्रदान कर दी। उन्हें आशा थी कि ऐसा करने से धार राज्य उनका विरोध नहीं करेगा, लेकिन रानी द्रौपदी के हृदय में तो क्रांति की ज्वाला धधक रही थी। अतः रानी के कार्यभार सँभालते ही समस्त धार क्षेत्र में क्रांति की लपटें प्रचंड रूप से फैलने लगीं। धार के सैनिकों ने अमझेरा राज्य के सैनिकों के साथ मिलकर सरदारपुर पर आक्रमण कर दिया। रानी के भाई भीम राव भोंसले ने क्रांतिकारियों का स्वागत किया।

वे एक पक्के देशभक्त थे। उन्होंने लूट में लाई गई तीन तोपों को रानी के राजमहल में रख दिया था। 31 अगस्त को धार के किले पर क्रांतिकारियों का अधिकार हो गया। क्रांतिकारियों को रानी की ओर से पूर्ण समर्थन दिया गया था।

रानी ने अंग्रेजी हुकूमत की इच्छा के विपरीत अपनी सेना में अरब, अफगान आदि सभी वर्ग के लोगों को नियुक्त किया। अंग्रेज कर्नल ड्यूरेंड ने रानी के कार्यों का विरोध करते हुए लिखा कि 'आगे की समस्त काररवाई का उत्तरदायित्व उन पर होगा।' रानी ने इस चेतावनी की परवाह किए बगैर अक्तूबर 1857 में क्रांतिकारियों से एक समझौता कर लिया। क्रांतिकारियों के नेता गुलखान, बादशाह खान, सआदत खान स्वयं रानी द्रौपदी बाई के दरबार में आए और उन्होंने रानी के साथ क्रांति के संबंध में विस्तृत बातचीत की।

अंग्रेजी हुकूमत क्रांतिकारियों से बहुत परेशान थी। वे उनकी डाक लूट लेते थे। उनके घरों में आग लगा देते थे। अस्तु, 22 अक्तूबर, 1857 को ब्रिटिश सैनिकों ने धार का किला घेर लिया। यह किला मैदान से 30 फीट की ऊँचाई पर लाल पत्थर से बना था। किले के चारों ओर 14 गोल तथा दो चौकोर बुर्ज बने हुए थे। क्रांतिकारियों ने उनका डटकर मुकाबला किया। ब्रिटिश सैनिकों का अनुमान था कि वे शीघ्र आत्मसमर्पण कर देंगे, पर ऐसा न हुआ। 24 से लेकर 30 अक्तूबर तक संघर्ष चलता रहा। अंततः किले की दीवार में दरार पड़ने के कारण ब्रिटिश सैनिक किले में घुस गए। अस्तु, क्रांतिकारियों को गुप्त मार्गों से किले से बाहर निकलना पड़ा।

कर्नल ड्यूरेंड तो पहले से ही रानी का विरोधी था। उसने किले को ध्वस्त कर दिया। धार राज्य पर अपना अधिपत्य स्थापित कर लिया। दीवान रामचंद्र बापू को बंदी बना लिया गया। 1860 में धार का राज्य पुनः अल्पवयस्क राजा को वयस्कता प्राप्त करने पर सौंप दिया गया।

निःसंदेह रानी द्रौपदी बाई एक प्रमुख क्रांति की अग्रदूत रही हैं। क्रांतिकारी नेता गुलफाम बादशाह खान, सआदत खान और रानी स्वयं अंग्रेजों को बहुत परेशान करते थे। वे सदा स्वतंत्र विचारधारा की समर्थक रहीं। अंग्रेज उनसे डरते थे, वे उनसे कभी नहीं डरीं। रानी द्रौपदी बाई धार क्षेत्र के क्रांतिकारियों को प्रेरणा देती रहीं। उन्होंने बहादुरी के साथ शक्तिशाली ब्रिटिश सरकार का विरोध किया। रानी द्रौपदी को शत-शत नमन!

□

रानी ईश्वरी कुमारी

अवध की 'रानी लक्ष्मीबाई' के नाम से प्रसिद्ध वीरांगना रानी ईश्वरी कुमारी गोंडा जिले में स्थित तुलसीपुर की रानी थीं। उल्लेखनीय है कि झाँसी की रानी लक्ष्मीबाई की तरह ही तुलसीपुर की रानी राज एश्वरी देवी उर्फ ईश्वरी देवी ने ईस्ट इंडिया कंपनी के सामने झुकने से इनकार कर दिया था। उन्होंने फैसला कर लिया था कि वे जीते-जी तुलसीपुर को अंग्रेजों के हवाले नहीं करेंगी। इसलिए उन्होंने अंग्रेजों की अधीनता स्वीकार करने के बजाय खुद को न्योछावर कर देना उचित समझा। यही कारण था कि प्रथम स्वाधीनता संग्राम, 1857 में तुलसीपुर का राज महल ब्रिटिश हुकूमत के विद्रोहियों की शरण स्थली बना था।

अवध क्षेत्र में हिमालय की शिवालिक पर्वतमाला से सटे राज्य तुलसीपुर की उत्तरी सीमा वर्तमान नेपाली प्रदेशों और दक्षिणी सीमा वर्तमान भारतीय क्षेत्रों में शामिल रही है। नेपाल में 22 राज्यों में से एक राज्य तुलसीपुर-दांग के रूप में और भारत में इसे तुलसीपुर परगना के रूप में जाना जाता था। जो अवध के सबसे बड़े तालुकों में से एक था।

उल्लेखनीय है कि तुलसीपुर की रियासत प्रारंभ से ही अंग्रेजों की आँखों में खटकती आ रही थी, क्योंकि अंग्रेजी हुकूमत के बढ़ते प्रभाव से कई रियासतें अंग्रेजों के भय से दासता स्वीकार कर रही थी, लेकिन अंग्रेजों की नजर गोंडा जिले की रियासतों पर थी। तुलसीपुर रियासत उनकी राह में सबसे बड़ा रोड़ा थी। जहाँ पर स्वतंत्रता संग्राम की चिनगारी पहले से ही ज्वाला बन चुकी थी।

तुलसीपुर के राजा दृग नारायण सिंह शुरू से ही अंग्रेजों के खिलाफ थे। इसलिए वे उनसे कटुता रखते थे, क्योंकि वे न तो उनके मित्र बलरामपुर नरेश दिग्विजय सिंह से बनाकर रखते थे, न ही उनकी सत्ता स्वीकार करते थे। इसीलिए दिग्विजय सिंह के उकसावे पर अंग्रेजों ने बगावत से पहले ही रानी के पति राजा दृग नारायण सिंह के विरुद्ध एक षड्यंत्र रचा। जब महाराजा अपने ननिहाल डोकम जिले की बस्ती में थे और उनकी

सेना राज्य के कमदा कोट में थी। इसी बीच अंग्रेज अफसर बिंग फील्ड ने वहाँ पहुँचकर सैनिकों को झूठी खबर दे दी कि 'राजा ने ब्रिटेन की अधीनता स्वीकार कर ली है।' इस छल से जब सेना ने अपने हथियार डालकर अंग्रेजों की अधीनता स्वीकार कर ली, तो इस मौके का फायदा उठाकर बिंग फील्ड ने राजा के ननिहाल पर आक्रमण कर दिया। उस समय उनके पास सैनिक पर्याप्त संख्या में नहीं थे। अस्तु, अंग्रेजों ने राजा को आसानी से बंदी बनाकर लखनऊ के बेलीगारद बंदीगृह में डाल दिया।

अंग्रेजों के इस छलमय कारनामे की खबर आग की तरह फैल गई। जनता बगावत पर उतर आई। बगावत को कुचलने के लिए राजा दृगनारायण की मदद माँगी गई। उन्होंने फिरंगियों की मदद करने से इनकार कर दिया। उन पर तमाम प्रकार से दबाब डाला गया। लेकिन नजरबंदी की यातनाएँ भी दृग नारायण की नैतिक दृढ़ता को डिगा न सकीं और उन्होंने प्राण देकर भी फिरंगियों की मदद करना स्वीकार नहीं किया। अंततः अपनी असफलता से तिलमिलाए अंग्रेजों ने बेलीगारद में ही उन्हें गोली मार दी। उनकी शहादत आज भी वंदनीय है।

इस छल-कपट के उपरांत भी तुलसीपुर पर कब्जा स्थापित करने का सपना अंग्रेज पूरा नहीं कर सके, क्योंकि इस घटना की जानकारी मिलते ही महारानी ईश्वरी देवी ने आंदोलन की बागडोर अपने हाथ में ले ली थी। वे अवध की बेगम हजरत महल जैसी ही ओज और तेज से भरी एक और वीरांगना थीं। उन्होंने अंग्रेजों से लोहा लेते हुए न सिर्फ सेना के सफल संचालन में बल्कि देवीबख्श सिंह जैसे आसपास के राजाओं के साथ समन्वय स्थापित रखने में भी अद्‍भुत कौशल का परिचय दिया।

जब गोंडा का अंग्रेज कलेक्टर ब्वायलू तुलसीपुर रियासत पर अमानवीय अत्याचार करने लगा, तब रानी ईश्वरी देवी के कट्टर समर्थक स्वतंत्रता सेनानी नवयुवक फजल अली ने 10 फरवरी, 1857 को कमदा कोट के पास कलेक्टर ब्वायलू का सिर कलम कर दिया। प्रतिक्रियास्वरूप अंग्रेजों ने सैकड़ों निरीह लोगों की नृशंस हत्या कर दी।

9 जून, 1857 को जब सकरौरा की छावनी में सैनिकों ने विद्रोह किया, तो रानी ईश्वरी देवी ने इस विद्रोह की बागडोर सँभाली। वे हर मोर्चे पर अंग्रेजी फौजों से सामना करती रहीं। अंग्रेजों ने रानी ईश्वरी कुमारी पर बार-बार हमले किए, मगर वे उन्हें परास्त नहीं कर सके। वे अंत तक उनसे लड़ती रहीं, अंततोगत्वा उनके अद्‍भुत पराक्रम के आगे अंग्रेज सैनिक टिक न सके। उन्हें युद्ध के मैदान से पीछे हटना पड़ा।

इसी बीच अंग्रेज सेनापति कर्नल वाकर ने गोंडा के राजा देवी बख्श सिंह घाघरा और सरयू के मध्य क्षेत्र महँगूपुर में पराजित कर दिया। अपनी जान बचाने के लिए देवी बख्श सिंह उतरौला के रास्ते से होते हुए राप्ती नदी पार कर रानी ईश्वरी कुमारी की शरण में आ गए।

इसी समय अंग्रेजों द्वारा पीछा किए जाने पर बेगम हजरत महल, बिरजिस कद्र, नानाजी व बालाजी राव ने भी तुलसीपुर में शरण ली। यानी यह वह वक्त था, जबकि लगभग सभी बड़े स्वतंत्रता संग्राम सेनानी रानी ईश्वरी कुमारी के राज्य तुलसीपुर में थे। इसलिए अंग्रेजों का निशाना तुलसीपुर बन गया। रानी ईश्वरी कुमारी के लिए यह बड़ा ही चुनौतीपूर्ण भरा काल था।

जैसा कि अंदेशा था, अंग्रेज सेनापतियों जनरल होपग्रांट व ब्रिगेडियर रोक्राफ्ट ने बिरजिस कदर और बेगम हजरत महल को दबोचने के लिए तुलसीपुर की ओर रुख किया। अंग्रेजों ने ईश्वरी कुमारी के पास यह संदेश भेजा कि वे बेगम व बिरजिस को उन्हें सौंप दें और निर्भय होकर राज करें। भारतमाता की स्वाभिमानी पुत्री ईश्वरी कुमारी ने उनके इस प्रस्ताव को ठुकरा दिया।

ईश्वरी कुमारी ने अपने सहयोगियों मेहंदी हसन व बालाराव के साथ अपनी सेना को लिया और वे अंग्रेजी सेना को रोकने के लिए निकल पड़ीं। यह जानते हुए भी कि उस दुर्दिन में उनके मुट्ठी भर सैनिक अंग्रेजों की विशाल सेना का कुछ बिगाड़ नहीं पाएँगे। तदुपरांत रानी ने प्रतिज्ञा की कि जब तक बिरजिस और हजरत बेगम अचवागढ़ी से सुरक्षित निकल नहीं जाते, वे फिरंगियों को तुलसीपुर में घुसने नहीं देंगी।

इस बेहद विषम मुकाबले में जब तुलसीपुर के सैनिकों पर एक-एक पल भारी था और अंग्रेज हर हाल में जीतने पर आमादा थे, तभी रानी ईश्वरी कुमारी के पास युद्ध के मैदान में यह खबर आई कि बेगम हजरत व बिरजिस गढ़ी से सकुशल निकल गए हैं। यह खबर मिलते ही उन्होंने सुकून की साँस ली, क्योंकि उनकी प्रतिज्ञा पूर्ण हो चुकी थी। इसके बाद उन्होंने अचानक सैनिकों के साथ अपने कदम पीछे खींचने प्रारंभ कर दिए। फिर मौका देखकर 25 वर्षीय रानी ईश्वरी कुमारी अपने ढाई वर्षीय दुधमुँहे राजकुमार तीर्थराम सिंह को साथ लेकर नेपाल के दांग-देवखुर स्थित घाटियों में चली गईं। उस समय उनके साथ, उनके अपने कुछ विश्वसनीय साथी व सैनिकगण भी थे।

उल्लेखनीय है कि उन दिनों दांग-देवखुर की ये घाटियाँ बिरजिस कदर व बेगम हजरत महल समेत अवध के हजारों पराजित क्रांतिकारियों की शरण स्थली बन गई थीं। दरअसल ये वे घाटियाँ थीं, जहाँ पर अंग्रेजी सेना प्रवेश नहीं करती थीं, क्योंकि इन घाटियों में मलेरिया बीमारी फैलाने वाले कीटाणुओं की भरमार रहती थी। यहाँ की जलवायु कालापानी के समान प्राणघातक थी। इसी डर से अंग्रेज सेनाएँ यहाँ पर नहीं आती थीं, जिसका फायदा भारतीय स्वतंत्रता के सेनानियों को मिलता था।

रानी ईश्वरी देवी और अन्य विद्रोहियों के पलायन के बाद तुलसीपुर पर भी अंग्रेजों का कब्जा हो गया। इसी के साथ यहाँ के हजारों वर्ष पुराने गौरवशाली चौहान राजवंश का शासन भी समाप्त हो गया। मातृभूमि की स्वतंत्रता के लिए लड़ रहे सभी विद्रोही

राजाओं की रियासतें 10 अप्रैल, 1859 ई. को ईस्ट इंडिया कंपनी द्वारा जब्त कर ली गईं। उसके ध्वज को नष्ट कर दिया गया और तुलसीपुर राज्य को बलरामपुर के राजा को दे दिया गया। रानी ईश्वरी देवी भले ही अपनी मातृभूमि को दोबारा न पा सकीं, लेकिन उनके द्वारा छेड़ी गई जंग कालांतर में इतनी तेज हुई कि अंग्रेजों को भारत छोड़ना पड़ा। अस्तु, उनके योगदान व साहस को भारत कभी विस्मृत नहीं कर सकता। उन्हें शत-शत नमन!

□

राजकुमारी अमृत कौर

अपनी सुविधाओं को त्यागकर जब कोई देशभक्ति का मार्ग अपनाता है, तो वह अनुकरणीय हो जाता है। कहावत है—'भारत की नारी, सब पर भारी।' भारत की स्वतंत्रता संग्राम सेनानी तथा सामाजिक कार्यकर्ता अमृत कौर के व्यक्तित्व व कृतित्व के बारे में यही कहा जा सकता है कि वे भारत की शान थीं। उनका पूरा नाम राजकुमारी अमृत कौर अहलुवालिया था। वे एक प्रसिद्ध विदुषी महिला थीं। उन्हें दिल्ली विश्वविद्यालय, स्मिथ कॉलेज, वेस्टर्न कॉलेज, मेकमरे कॉलेज आदि से डॉक्टरेट की उपाधि मिली थी।

उत्तर प्रदेश राज्य के लखनऊ नगर में 2 फरवरी, 1889 को जनमी राजकुमारी अमृत कौर को स्वतंत्र भारत की प्रथम स्वास्थ्य मंत्री बनने का गौरव हासिल है। दरअसल वे महात्मा गांधी के विचारों से प्रभावित थीं। अस्तु, ऑक्सफोर्ड विश्वविद्यालय इंग्लैंड से एम.ए. पास करने के उपरांत भारत लौटते ही 1919 में बॉम्बे में महात्मा गांधी से मिलीं और करीब 16 सालों तक महात्मा गांधी की अनुयायी तथा सचिव रहीं।

सन् 1919 में वे औपचारिक रूप से कांग्रेस में शामिल हो गईं। जलियाँवाला बाग हत्याकांड के बाद भारत में ब्रिटिश शासन की एक प्रमुख आलोचक बन गईं। सामाजिक सुधार ही किसी आंदोलन की सफलता का मार्ग प्रशस्त कर सकता है। यह बात वे अच्छे से जानती थीं। अस्तु, अपने इस उद्देश्य की खातिर उन्होंने भारत के स्वतंत्रता आंदोलन में सक्रिय भागीदारी दर्ज करनी शुरू की। वे परदा प्रथा और बाल-विवाह की घोर विरोधी थीं। अत: उन्होंने निरक्षरता को कम करने तथा बाल-विवाह और महिलाओं के लिए परदा प्रथा को समाप्त करने के लिए काम किया। भारत में देवदासी प्रथा को समाप्त करने के लिए एक जन अभियान चलाया।

उन्होंने 1927 में अखिल भारतीय महिला सम्मेलन की सह-स्थापना की। 1930 में उन्होंने इसके सचिव और 1933 में अध्यक्ष का दायित्व सँभाला। 1930 में महात्मा गांधी के नेतृत्व में दांडी मार्च में भाग लिया गया। अस्तु, ब्रिटिश शासन द्वारा उन्हें बंदी

बना लिया। 1937 में वे भारतीय राष्ट्रीय कांग्रेस की प्रतिनिधि के रूप में वर्तमान खैबर-पख्तूनख्वा में बन्नू के लिए सद्‌भावना मिशन पर गईं, तो उन्हें पुनः कैद कर उन पर राजद्रोह का आरोप लगा दिया। बाद में ब्रिटिश शासन ने उन्हें 'शिक्षा सलाहकार बोर्ड' के सदस्य के रूप में नियुक्त किया, लेकिन 1942 में उन्होंने अपने इस पद से इस्तीफा देकर भारत छोड़ो आंदोलन में अपनी सक्रियता दर्ज की। प्रतिक्रियास्वरूप वे फिर जेल की सलाखों के पीछे पहुँचा दी गईं।

वे सार्वभौमिक मताधिकार की सशक्त समर्थक थीं। अस्तु, भारतीय मताधिकार और संवैधानिक सुधारों पर लोथियन समिति के समक्ष गवाही दी। कालांतर में भारतीय संवैधानिक सुधारों पर ब्रिटिश संसद् की संयुक्त चयन समिति के समक्ष भी उन्होंने सार्वभौमिक मताधिकार की पैरवी की। वे नई दिल्ली में लेडी इरविन कॉलेज की कार्यकारी समिति की सदस्य रहीं। अखिल भारतीय महिला शिक्षा कोष संघ की अध्यक्ष का उत्तरदायित्व भली भाँति सँभाला।

सन् 1945 में यूनेस्को की बैठकों में सम्मिलित होने के लिए एक भारतीय प्रतिनिधि दल गठित किया गया। इस प्रतिनिधि दल में राजकुमारी अमृत कौर अहलुवालिया का चयन भी उपनेत्री के बतौर किया गया। 1946 में वे दूसरी बार भी प्रतिनिधिमंडल के संग यूनेस्को की सभाओं में भाग लेने के लिए पेरिस गईं। उन्होंने ऑल इंडिया स्पिनर्स एसोसिएशन के न्यासी बोर्ड के सदस्य के बतौर भी कार्य किया। कुछ दिनों के लिए उन्होंने 'ऑल इंडिया कॉन्फ्रेंस ऑफ सोशल वर्क' की अध्यक्षता भी की थी।

हिमाचल के मंडी से उन्होंने पहला चुनाव लड़ा था, जिसमें वे विजयी हुईं। अस्तु, उन्हें आजाद भारत की पहली स्वास्थ्य मंत्री बनने का गौरव हासिल हुआ। 1947 से 1957 ई. तक वे इस पद पर रहीं। 1950 ई. में वे वर्ल्ड हेल्थ असेंबली की अध्यक्षा निर्वाचित हुईं। 1957 ई. में नई दिल्ली में उन्नीसवीं इंटरनेशनल रेडक्रॉस कॉन्फ्रेंस की बैठक उनकी अध्यक्षता में हुई। 1964 तक वे लीग ऑफ रेडक्रॉस सोसाइटीज की सहायक अध्यक्ष रहीं। साथ ही वे ऑल इंडिया इंस्टीट्यूट ऑफ मेडिकल साइंस की अध्यक्षा भी रहीं।

उल्लेखनीय है कि अखिल भारतीय आयुर्विज्ञान संस्थान (एम्स) राजकुमारी अमृत कौर की देन है। उन्होंने एम्स की स्थापना के लिए 1956 में लोकसभा में एक विधेयक पेश किया। जिसके बाद भारत सरकार द्वारा राष्ट्रीय स्वास्थ्य सर्वेक्षण कराने के बाद की गई सिफारिश के बाद एम्स की स्थापना के लिए स्वीकृति दी गई। इस संस्थान के लिए आवश्यक धन जुटाने में भी राजकुमारी अमृत कौर ने महत्त्वपूर्ण भूमिका निभाई थी। उनके प्रयासों से एम्स के लिए न्यूजीलैंड, ऑस्ट्रेलिया, पश्चिम जर्मनी, स्वीडन और संयुक्त राज्य अमेरिका से आर्थिक सहायता प्राप्त हुई थी।

उनके खेल के प्रति प्रेम की अभिव्यक्ति 'नेशनल स्पोर्ट्स क्लब ऑफ इंडिया' की स्थापना से होती है। प्रारंभ में इस क्लब की वे अध्यक्ष रहीं। उन्हें कई बार टेनिस चैंपियनशिप प्राप्त हुई। वे ट्यूबरक्लोसिस एसोसिएशन ऑफ इंडिया तथा हिंद कुष्ठ निवारण संघ की भी आरंभ से अध्यक्ष रही थीं। वे गांधी स्मारक निधि और जलियाँवाला बाग नेशनल मेमोरियल ट्रस्ट की ट्रस्टी, कौंसिल ऑफ साइंटिफिक तथा इंडस्ट्रियल रिसर्च की गवर्निंग बॉडी की सदस्या तथा दिल्ली म्यूजिक सोसाइटी की अध्यक्षा थीं।

स्वतंत्रता से पहले व स्वतंत्रता के बाद भी भारतमाता के लिए अतुलनीय कार्य करते हुए 2 अक्तूबर, 1964 को दिल्ली में उनकी मृत्यु हुई। उल्लेखनीय है कि उनकी इच्छा के अनुसार उनके मृतक शरीर को दफनाया नहीं गया, बल्कि जलाया गया। मरणोपरांत भी वे भारतीयों के दिलों में वास करती हैं। उन्हें शत-शत नमन!

□

रमादेवी चौधरी

रमादेवी चौधरी एक प्रमुख स्वतंत्रता सेनानी होने के साथ-साथ एक समाज सुधारक भी थीं। 3 दिसंबर, 1899 को उनका जन्म उड़ीसा (अब ओडिशा) के कटक जिले में हुआ था। उनके चाचा मधुसूदन दास राज्य के पहले अधिवक्ता थे और उत्कल गौरब के रूप में प्रतिष्ठित थे। 15 साल की छोटी उम्र में उन्होंने गोपबंधु चौधरी से शादी कर ली, जो उस समय पेशे से डिप्टी कलेक्टर थे।

23 मार्च, 1921 को वे बेनोद बिहारी में एक महिला सभा में महात्मा गांधी और उनकी पत्नी कस्तूरबा गांधी से मिलीं। वे महात्मा गांधी से अत्यधिक प्रभावित हुईं और अपने पति के साथ भारतीय राष्ट्रीय कांग्रेस में शामिल हो गईं। उन्होंने अंग्रेजों के खिलाफ असहयोग आंदोलन में गांधीजी का साथ दिया। उनके आंदोलन के समर्थन में गाँव-गाँव जाकर प्रचार किया। लोगों का समर्थन प्राप्त करने का प्रयास किया।

सन् 1930 में वे उड़ीसा राज्य में चल रहे नमक सत्याग्रह में शामिल हुईं। 1932 में उन्होंने देश को पूर्णतया स्वतंत्र करवाने के लिए एक सार्वजनिक शपथ ली। अस्तु, उन्हें जेल में डाल दिया गया। जेल से रिहा होने के बाद उन्होंने बाढ़ से प्रभावित गाँवों के पुनर्वास के लिए एक सेवा घर की स्थापना की। उन्होंने कांग्रेस के कराची अधिवेशन में भाग लिया और पार्टी आलाकमान से अपने राज्य में अगला सत्र आयोजित करने का आग्रह किया।

सन् 1942 के भारत छोड़ो आंदोलन के दौरान रमा देवी और उनके परिवार के सदस्यों को जेल की सलाखों के पीछे भेज दिया गया था। इस प्रकार उन्हें कई बार गिरफ्तार किया गया। उन पर कई प्रकार के जुल्म ढाए गए। लेकिन वे हिम्मत नहीं हारीं। आजीवन देश के हित में कार्य करती रहीं। आजादी के लिए किए जाने वाले विभिन्न प्रयासों में शामिल रहीं। कस्तूरबा गांधी की मृत्यु के बाद, गांधीजी ने उन्हें कस्तूरबा ट्रस्ट के उड़ीसा प्रतिनिधि के रूप में नियुक्त किया। उन्होंने इसे महिलाओं के कल्याण के लिए एक अवसर के रूप में इस्तेमाल किया।

स्वतंत्रता के उपरांत रमा देवी ने भूदान और ग्रामदान आंदोलन में भाग लेकर अपना जीवन भूमिहीनों और गरीबों के लिए समर्पित कर दिया। उन्होंने अपने पति के साथ इस बाबत करीब 4000 किलोमीटर की पैदल यात्रा की। उन्होंने उत्कल खादी आश्रम और रामचंद्रपुर में एक शिक्षक प्रशिक्षण संस्थान की स्थापना की। रमा देवी ने 1962 के चीन–भारत युद्ध से प्रभावित भारतीय सैनिकों की मदद करने की दिशा में भी काम किया।

26 जून, 1975 की आधी रात को राष्ट्रपति फखरुद्दीन अली अहमद ने संविधान के अनुच्छेद 352 के तहत आपातकाल की घोषणा की। प्रेस सेंसरशिप लगाई गई और नागरिक स्वतंत्रता में कटौती की गई। जिसके कारण प्रधानमंत्री इंदिरा गांधी को काफी आलोचनाओं का सामना करना पड़ा। रमा देवी ने आपातकाल का खुलकर विरोध किया, अस्तु उन्हें गिरफ्तार कर लिया गया।

तानाशाही शासन की आलोचना करने के लिए उन्होंने अपना खुद का अखबार निकाला। अस्तु उनकी 'ग्राम सेवक' नामक प्रेस पर प्रतिबंध लगा दिया गया और उन्हें अन्य नेताओं के साथ गिरफ्तार कर लिया गया।

22 जुलाई, 1985 को कटक में रमा देवी का निधन हो गया। उल्लेखनीय है कि आज भी ओडिशा के लोग उन्हें प्यार से 'माँ' के नाम से याद करते हैं। उन्हें शत–शत नमन!

□

रुक्मिणी लक्ष्मीपति

गांधीजी के आह्वान पर 1930 के नमक सत्याग्रह में सक्रिय होने के कारण एक साल के लिए जेल जाने वाली पहली महिला रुक्मिणी लक्ष्मीपति थीं। वे भारत की प्रतिष्ठित स्वतंत्रता सेनानियों में से एक थीं। प्रमुख कांग्रेसी राजनीतिज्ञ होने के साथ-साथ वे तत्कालीन मद्रास प्रेसीडेंसी की पहली महिला मंत्री थीं।

6 दिसंबर, 1892 को रुक्मिणी का जन्म एक किसान परिवार में हुआ था। उनके दादा एक जमींदार थे। मद्रास में महिला क्रिश्चियन कॉलेज से स्नातक की पढ़ाई करने के बाद रुक्मिणी ने डॉ. अचंता लक्ष्मीपति से शादी की। जिसके परिणामस्वरूप वे रुक्मिणी लक्ष्मीपति बन गईं।

रुक्मिणी लक्ष्मीपति ने 1911 में महिला आंदोलन में अपनी सक्रियता दर्ज की। वे भारत स्त्री महामंडल की सचिव बनीं। इसके बाद 1917 में वे महिला भारत संघ में भी शामिल हुईं, जहाँ उन्होंने महिलाओं के हितार्थ कई उल्लेखनीय कार्य किए।

1920 के दशक में वे स्वदेशी आंदोलन में शामिल हो गईं और खादी के वस्त्र बनाने के लिए सूत कातने लगीं। इस कार्य के लिए उन्होंने कई युवतियों को भी राजी किया। अस्तु, उनके साथ महिलाओं का एक बड़ा समूह सूत कातने में लग गया। महिलाओं के उत्थान, उनकी शिक्षा, बाल विवाह की निंदा और अन्य सामाजिक सुधारों के लिए उन्होंने बहुत कार्य किया।

वे 1923 में सामाजिक कार्य के साथ ही राजनीति में भी सक्रिय हो गईं। इसकी शुरुआत उन्होंने भारतीय राष्ट्रीय कांग्रेस में शामिल होकर की। दरअसल वे महात्मा गांधी, सी. राजगोपालाचारी और सरोजिनी नायडू जैसे नेताओं से काफी प्रभावित थीं। उन्होंने कांग्रेस की युवा लीग के आयोजन में सक्रिय भूमिका निभाई। सामाजिक समता स्थापित करने व महात्मा गांधी के मिशन को गति प्रदान करने के लिए उन्होंने अपने सभी आभूषण हरिजन कल्याण कोष में दान कर दिए थे।

सन् 1930 में उन्होंने ब्रिटिश हुकूमत के खिलाफ नमक सत्याग्रह में भाग लिया। भारत में अंग्रेजों द्वारा लगाए गए 'नमक कर' के विरोध में प्रदर्शन किया। 150 स्वयंसेवकों के उस प्रदर्शन मार्च का नेतृत्व सी. राजगोपालाचारी ने किया था। प्रदर्शन अभियान 13 अप्रैल, 1930 को त्रिचिनापल्ली (तिरुचिरापल्ली) से शुरू होकर वेदारण्यम में समाप्त हुआ था, जहाँ पर सभी प्रदर्शनकारियों को गिरफ्तार कर लिया गया था। गिरफ्तार किए गए स्वतंत्रता संग्राम सेनानियों में रुक्मिणी लक्ष्मीपति भी थीं। इस आंदोलन में जेल जाने वाली वे पहली महिला बनीं।

सन् 1934 में उपचुनाव जीतने के बाद वे मद्रास विधान परिषद् के लिए चुनी गईं। तीन साल बाद वे मद्रास विधानसभा की सदस्य बनीं। उन्हें विधानसभा की पहली महिला सदस्य होने का भी गौरव प्राप्त है। उन्होंने 1945 तक डिप्टी स्पीकर का कार्य भी सँभाला। 1946 में मुख्यमंत्री टी. प्रकाशम मंत्रिमंडल में वे स्वास्थ्य मंत्री रहीं। वे प्रदेश की पहली महिला मंत्री थीं।

सन् 1952 में 60 साल की उम्र में उनकी मृत्यु हो गई। 1997 में भारत सरकार ने उनके सम्मान में एक डाक टिकट जारी किया। उन्हें शत-शत नमन!

□

लीला रॉय नाग

प्रसिद्ध बंगाली पत्रकार व स्वतंत्रता सेनानी लीला रॉय नाग का नाम भारत की उन महिला क्रांतिकारियों में समाहित है, जिन्होंने आजादी के लिए कार्य किया, किंतु गुमनामी के अँधेरे में खो गईं। 1946 में लीला रॉय संविधानसभा में शामिल हुईं और कई बार सदन की विभिन्न बहसों में सक्रिय रूप से भाग लिया। उन्होंने 'हिंदू कोड बिल' के तहत महिलाओं को कई अधिकार दिलवाए। संविधान के साथ भारतीय समाज के निर्माण में भी महत्त्वपूर्ण भूमिका का निर्वहन किया। दुर्भाग्य से उन्हें अपने योगदान के अनुरूप ख्याति नहीं मिल पाई।

2 अक्तूबर, 1900 को ढाका में जनमी लीला नाग के पिता गिरीशचंद्र नाग बंगाल में अंग्रेज सरकार के उच्चाधिकारी थे। फिर भी छिपे तौर पर उन्होंने रासबिहारी बोस जैसे क्रांतिकारी नेता की सहायता की। उन्हें छद्म नाम से भारत से बाहर जाने का 'पासपोर्ट' दिलवाने में मदद की। उनकी माँ कुंजलता नाग भी एक शिक्षित महिला थीं, जिन्होंने अपनी बेटी लीला नाग को आदर्श जीवन की शिक्षा दी।

सन् 1921 में उन्होंने बेथने कॉलेज से अंग्रेजी ऑनर्स में बी.ए. में प्रथम स्थान प्राप्त किया। 1923 में उन्होंने ढाका विश्वविद्यालय से स्नातकोत्तर की डिग्री हासिल की। वे ढाका विश्वविद्यालय की पहली छात्रा थीं। 'छात्र संघ' की सचिव रह चुकी थीं और 'निखिल बंगाल महिला मताधिकार कमेटी' की सदस्या भी रही थीं।

ढाका में शिक्षा प्राप्त करते हुए वे 'मुक्ति संघ' के संपर्क में आईं एवं लड़कियों को शिक्षित करने के लिए दिसंबर 1932 में 'दीपाली संघ' नामक एक संगठन बनाया। स्वतंत्रता संग्राम की ज्वाला उनके दिल में कुछ इस कदर धधक रही थी कि उन्होंने 'दीपाली स्कूल', 'नारी शिक्षा मंदिर', 'शिक्षा भवन' एवं 'शिक्षा निकेतन' आदि नाम से कई शाखाएँ खोलीं। बाद में अंग्रेजों की गुप्तचर रिपोर्ट के अनुसार ऊपर से सीधी-सादी दिखने वाली इन संस्थाओं में लड़कियों को क्रांति की शिक्षा और प्रशिक्षण दिया

जाता था। प्रथम महिला शहीद प्रीतिलता वड्डेदार को इन्हीं संस्थाओं में दीक्षा मिली थी।

सन् 1929 में अनिल चंद्र रॉय से विवाह के बाद लीला नाग से लीला रॉय बन गईं। विवाहोपरांत वे जगह-जगह जनसभाओं में भाषण करने लगीं और एक लोकप्रिय वक्ता बन गईं। उनके पति खुद 'श्री संघ' के संस्थापक व सुप्रसिद्ध नेता और क्रांतिकारी थे, इसलिए वे अपनी पत्नी लीला को पूर्ण सहयोग व प्रोत्साहन देते थे। शनैः-शनैः लीला राय का प्रभाव इतना बढ़ गया कि रवींद्रनाथ ठाकुर ने उन्हें शांति निकेतन में आमंत्रित किया, लेकिन उन्होंने नम्रता से इनकार कर अपनी क्रांतिकारी गतिविधियों को जारी रखा।

कहा जाता है कि ढाका के इंसपेक्टर जनरल पुलिस की दिन-दहाड़े हत्या के पीछे लीला रॉय और उनके पति अनिल रॉय का भी हाथ था, लेकिन उनकी बुद्धिमत्ता व योजनाबद्ध कार्य के कारण पुलिस को उन पर जरा भी संदेह नहीं हुआ।

18 अप्रैल, 1930 को 'चटगाँव शस्त्रागार कांड' में शामिल उनके पति अनिल रॉय को गिरफ्तार कर उन पर मुकदमा चलाया गया। उस स्थिति में लीला रॉय ने 'श्री संघ' और 'दीपाली संघ' दोनों को भली-भाँति संचालित किया। उल्लेखनीय है कि ढाका और कलकत्ता के बीच छिपे तौर पर गोला-बारूद और शस्त्र लाने-ले जाने का काम 'दीपाली संघ' की सदस्याएँ ही करती थीं। शहीद प्रीतिलता और अनेक प्रसिद्ध क्रांतिकारी बंगाली लड़कियाँ इसी 'दीपाली संघ' की सदस्य थीं।

देश की स्थिति निरंतर बदलती जा रही थी। अंग्रेजों का दमन-चक्र तेजी से चल रहा था। लीला रॉय के लिए गुप्त रूप से अपनी गतिविधियाँ जारी रखना आसान काम नहीं रह गया था। वे ब्रिटिश हुकूमत की शंका के घेरे में आ गई थीं। अपनी गिरफ्तारी से सात महीने पहले लीला रॉय ने महिलाओं की एक पत्रिका 'जयश्री' का संपादन, संचालन भी किया था। पत्रिका के उद्घाटन के समय गुरुदेव रवींद्रनाथ ठाकुर उपस्थित थे। इस पत्रिका के माध्यम से उनके जोशीले विचारों के कारण भी उनकी गिरफ्तारी निकट आ गई थी। अस्तु, मौका देखकर अंग्रेजी हुकूमत ने 20 दिसंबर, 1931 को 'बंगाल अध्यादेश' के अंतर्गत उन्हें भी गिरफ्तार कर लिया।

6 साल के लंबे अंतराल के बाद 8 अक्तूबर, 1937 को उन्हें रिहा कर दिया गया। जेल में रहते हुए उन्हें जेल में कैदियों की माँगों को लेकर दो बार भूख हड़ताल भी करनी पड़ी। जेल से रिहा होने के बाद लीला रॉय 'राष्ट्रवादी आंदोलन' में शामिल हो गईं। पुलिस की निगाहों से बचकर लीला रॉय 'मुक्ति संघ' और बाद में 'श्री संघ' के माध्यम से अपनी गुप्त गतिविधियों का संचालन करती रहीं।

सन् 1946 में लीला संविधानसभा में शामिल हुईं और विभिन्न बहसों में सक्रिय रूप से भाग लिया। उन्होंने 'हिंदू कोड बिल' के तहत महिलाओं को संपत्ति का अधिकार,

न्यायपालिका की स्वतंत्रता, हिंदुस्तानी को राष्ट्रीय भाषा घोषित करने जैसे मामलों की जबरदस्त पैरवी की थी, जिसे आज तक याद किया जाता है।

11 जून, 1970 को 69 वर्ष की अवस्था में कलकत्ता में अंतिम साँस लेने वाली वीरांगना के बारे में कहा जाता है कि वे नेताजी सुभाष चंद्र बोस की सहायिका थीं। इसलिए जब नेताजी सुभाष चंद्र बोस कांग्रेस से निष्कासित किए गए, तब लीला रॉय ने उनका बराबर साथ दिया और मरते दम तक उनके साथ रहीं।

12 दिसंबर, 1981 को इसी पत्रिका 'जयश्री' की 'स्वर्ण जयंती' का उद्‍घाटन करते हुए भूतपूर्व राष्ट्रपति श्री नीलम संजीव रेड्डी ने श्रीमती लीला रॉय के प्रति अपनी श्रद्धांजलि अर्पित की थी। इस प्रकार यह कहा जा सकता है कि लीला जैसी वीरांगनाओं के त्याग और बलिदान की बुनियाद पर ही हमारा स्वतंत्रतारूपी भवन खड़ा है। उन्हें शत-शत नमन!

□

विजयलक्ष्मी पंडित

भारतीय स्वतंत्रता संग्राम में हर तबके की महिलाओं ने अपनी-अपनी भूमिकाओं का निर्वहन किया। सभी की समर्थता का अपना-अलग दायरा था। इनमें से यदि हम स्वतंत्रता सेनानी, राजनीतिज्ञ और देश की प्रमुख महिला नेत्रियों में से एक पं. विजयलक्ष्मी पंडित की बात करें, तो वे एक संपन्न, कुलीन घराने से आती हैं, जहाँ देशभक्ति उनके रग-रग में बसती है। गांधीजी का उनके घर आनंद भवन आना-जाना था। वे बाल्यावस्था से ही गांधीजी की कार्यशैली से प्रभावित हो गईं। अस्तु, 'असहयोग आंदोलन' के दौर में वे जंग-ए-आजादी में कूद पड़ी थीं। वे गांधीजी के लगभग हर आंदोलन में आगे रहतीं, जेल जातीं और फिर रिहा होने के उपरांत पुनः आंदोलनों में सक्रिय हो जातीं। सर्वप्रथम 1932 में उन्हें गिरफ्तार किया गया था।

सन् 1937 के चुनाव में विजयलक्ष्मी उत्तर प्रदेश विधानसभा की सदस्य चुनी गईं। उन्होंने भारत की प्रथम महिला मंत्री के रूप में शपथ ली। मंत्री स्तर का दर्जा पाने वाली भारत की वे प्रथम महिला थीं। द्वितीय विश्वयुद्ध आरंभ होने के बाद मंत्री का पद छोड़ते ही उन्हें फिर बंदी बना लिया गया। जेल से बाहर आने पर 1942 के 'भारत छोड़ो आंदोलन' में वे फिर से गिरफ्तार की गईं, लेकिन बीमारी के कारण नौ महीने बाद ही उन्हें रिहा कर दिया गया। उल्लेखनीय है कि 1975 में उन्होंने इंदिरा गांधी द्वारा लागू आपातकाल का भी भर जोर विरोध किया था और वे अपने दल को छोड़कर जनता दल में शामिल हो गई थीं।

विजयलक्ष्मी पंडित का जन्म 18 अगस्त, 1900 को इलाहाबाद, उत्तर प्रदेश में हुआ था। ये प्रसिद्ध स्वतंत्रता संग्राम सेनानी पंडित मोलीलाल नेहरू की पुत्री तथा भारत के प्रथम प्रधानमंत्री व प्रसिद्ध स्वतंत्रता संग्राम सेनानी पंडित जवाहरलाल नेहरू की बहन थीं। भारत की पहली महिला प्रधानमंत्री इंदिरा गांधी की बुआजी थी। उनका

बचपन का नाम 'स्वरूप' था। उन्होंने अपनी सारी शिक्षा एक अंग्रेज अध्यापिका से घर पर ही प्राप्त की थी। वे एक उच्च दर्जे की वक्ता थीं। उनकी कार्यशैली बहुत प्रभावशाली थी।

सन् 1921 में उन्होंने काठियावाड़ के सुप्रसिद्ध वकील रणजीत सीताराम पंडित से विवाह कर लिया, लेकिन विवाहोपरांत भी वे आजादी की जंग में सक्रिय रहीं और कई बार जेल गईं। उनके पति रणजीत सीताराम पंडित भी भारतीय आंदोलन में भाग लेते थे। अस्तु, भारत की स्वतंत्रता के लिए किए जा रहे आंदोलनों का समर्थन करने के आरोप में उन्हें गिरफ्तार करके लखनऊ की जेल में डाला गया था। जहाँ 14 जनवरी, 1944 को उनका निधन हो गया।

वे मंत्रिमंडलीय मंत्री बनने वाली प्रथम भारतीय महिला थीं। 1937 में वो संयुक्त प्रांत की प्रांतीय विधानसभा के लिए निर्वाचित हुईं और स्थानीय स्वशासन और सार्वजनिक स्वास्थ्य मंत्री के पद पर नियुक्त की गईं। 1946-50 तक आप भारतीय संविधानसभा की सदस्य चुनी गईं। वर्ष 1945 में विजयलक्ष्मी पंडित अमेरिका गईं और अपने भाषणों के द्वारा उन्होंने भारत की स्वतंत्रता के पक्ष में जोरदार प्रचार किया।

विजयलक्ष्मी ने 1952 में ग्रामीण सभ्यता व संस्कृति से परिचय होने के उद्देश्य से राजस्थान के बाडमेर जिले के सांस्कृतिक गाँव बिसाणिया में 'मालाणी डेलुओं की ढाणी' का ऐतिहासिक दौरा किया था। 1953 में संयुक्त राष्ट्र महासभा की अध्यक्ष बनने वाली वे विश्व की पहली महिला थीं। वे कुछ समय तक महाराष्ट्र की राज्यपाल भी रही थीं। वे एक पढ़ी-लिखी और प्रबुद्ध महिला थीं तथा विदेशों में आयोजित विभिन्न सम्मेलनों में उन्होंने भारत का प्रतिनिधित्व किया।

राजदूत जैसे कई महत्त्वपूर्ण पदों पर रहीं। विजयलक्ष्मी पंडित स्वतंत्र भारत की पहली महिला राजदूत थीं, जिन्होंने मास्को, लंदन और वाशिंगटन, मैक्सिको, आयरलैंड और स्पेन में भारत का प्रतिनिधित्व किया। उन्होंने इंग्लैंड में हाई कमिश्नर के पद पर कार्य किया। 1952 और 1964 में विजयलक्ष्मी पंडित लोकसभा की सदस्य चुनी गईं।

एक बार इंदिरा गांधी और नेहरू के साथ विजयलक्ष्मी पंडित अल्बर्ट आइंस्टीन से मिलने गईं। अल्बर्ट आइंस्टीन ने विजयलक्ष्मी की जमकर तारीफ की। कहते हैं, उसके बाद पं. नेहरू उन्हें कहीं पर अपने साथ नहीं ले गए। उन्होंने अपनी बेटी इंदिरा के लिए स्थान बनाया और विजयलक्ष्मी पीछे होती गईं।

कालांतर में वे केंद्र की कांग्रेस सरकार की नीतियों की आलोचना करने लगी थीं। उल्लेखनीय है कि 1975 में जब तत्कालीन प्रधानमंत्री इंदिरा गांधी ने आपातकाल लगाया, तो उन्होंने अपने पारिवारिक रिश्तों के बजाय देशहित को प्राथमिकता दी।

पहले तो उन्होंने इंदिरा गांधी को समझाइश दी। जब उससे बात नहीं बनी, तो उन्होंने आपात का खुलकर विरोध किया। इतना ही नहीं, इसके बाद वे कांग्रेस को छोड़कर जनता दल में शामिल हो गईं थीं।

1 दिसंबर, 1990 को देहरादून के उत्तरी प्रांत में उनका निधन हो गया। स्वतंत्र भारत उनके योगदान को सदा याद रहेगा। उन्हें शत-शत नमन!

□

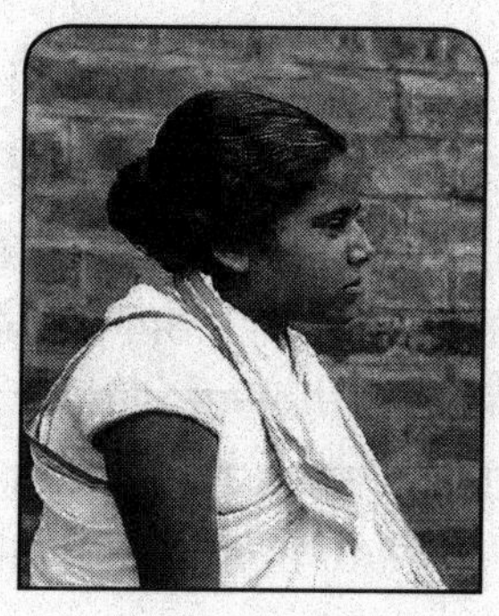

शांति घोष

भारतीय स्वतंत्रता संग्राम की क्रांतिकारी वीरांगना शांति घोष को संसार की सबसे कम उम्र की क्रांतिकारी माना जाता है। उन्होंने मात्र 16 साल की उम्र में एक ब्रिटिश जिला मजिस्ट्रेट की हत्या कर भारतीय स्वतंत्रता संग्राम को गति प्रदान की थी।

22 नवंबर, 1916 को कलकत्ता में जनमी राष्ट्रवादी शांति घोष पूर्वी बंगाल में कोमिला के विक्टोरिया कॉलेज में एक राष्ट्रवादी और दर्शनशास्त्र के प्रोफेसर देवेंद्रनाथ घोष की बेटी थीं। आवाज बहुत मधुर थी, इसलिए वे गायन भी करती थीं। 1931 में उन्होंने छत्री संघ (गर्ल स्टूडेंट्स एसोसिएशन) की संस्थापक सदस्य व सचिव के रूप में कार्य किया।

14 दिसंबर, 1931 को उन्होंने अपनी सहपाठिनी सुनीति चौधरी के साथ मिलकर एक ब्रिटिश नौकरशाह और कोमिला के जिला मजिस्ट्रेट को उसके बँगले पर गोली मारी थी। अस्तु, शांति और सुनीति को अंग्रेज सरकार ने आजीवन काले पानी की सजा दी थी। जिस समय उन्होंने यह साहस किया, उस समय वे कोमिला के स्थानीय विद्यालय फैजुन्नेसा बालिका विद्यालय की आठवीं कक्षा की छात्रा थीं।

कोमिला में फैजुन्नेसा गर्ल्स स्कूल की छात्रा प्रोफुल्लानंदिनी ब्रह्मा से प्रेरित वीरांगना शांति का विश्वास क्रांति में था। अत: वे जुगंतर पार्टी में शामिल हो गईं। यह एक उग्रवादी क्रांतिकारी संगठन था, जिसका मुख्य उद्देश्य ब्रिटिश औपनिवेशिक शासन को उखाड़ फेंकना था। यह संगठन अपने लक्ष्य को पाने के लिए राजनीतिक हत्या करने पर भरोसा रखता था। इसी संगठन में वीरांगना घोष को तलवारों, क्लबों और आग्नेयास्त्रों के साथ आत्मरक्षा करने का प्रशिक्षण दिया गया।

इसलिए बड़े ही नियोजित ढंग से आत्मविश्वास से लबालब शांति अपनी सहेली के संग ब्रिटिश मजिस्ट्रेट चार्ल्स स्टीवंस के कार्यालय गईं, लेकिन उस समय क्रिसमस

की छुट्टियाँ चल रही थीं, इसलिए वे उनके घर चली गईं। उन्होंने सर्वप्रथम मजिस्ट्रेट को कैंडी और चॉकलेट दी। उसे खाकर मजिस्ट्रेट ने कहा, "ये स्वादिष्ट हैं!"

उसकी बात सुनकर घोष और चौधरी ने अपने वस्त्रों में छुपाकर रखी स्वचालित पिस्तौलें निकालकर दिखाते हुए कहा, "अच्छा, और यह कैसी हैं मिस्टर मजिस्ट्रेट?" उनके उत्तर की प्रतीक्षा किए बिना उनको गोली मार दी। मौके पर ही मजिस्ट्रेट की मौत हो गई। शांति घोष व उसकी साथी को तुरंत हिरासत में लेकर स्थानीय ब्रिटिश जेल में कैद कर दिया गया।

समकालीन पश्चिमी कई पत्रिकाओं ने इस हत्या को "अर्ल ऑफ विलिंगडन द्वारा एक अध्यादेश के खिलाफ भारतीयों के आक्रोश के संकेत के रूप में चित्रित किया, लेकिन इस समाचार को दबा दिया गया।

फरवरी 1932 में घोष और चौधरी को कलकत्ता की अदालत में पेश किया गया। सुनवाई के बाद उन्हें 10 साल के कारावास की सजा सुनाई गई थी। न्यायालय के इस निर्णय से दुःखी होकर वीरांगना घोष ने कहा कि "फाँसी की सजा नहीं मिलने से मैं निराश हूँ।" दरअसल वे मौत को गले लगाकर देश के लिए अपनी शहादत देना चाहती थीं, लेकिन जब ऐसा नहीं हुआ, तो वे दुःखी हो गईं। एक साक्षात्कार में उन्होंने कहा भी था कि "घोड़े के अस्तबल में रहने से मरना बेहतर है।"

उन्हें 'द्वितीय श्रेणी के कैदी' के रूप में रखा गया। उल्लेखनीय है कि उन्होंने जिस मजिस्ट्रेट को मारा था, उस पर भारतीय महिलाओं से बलात्कार करने का आरोप था। वीरांगना शांति ने दूसरी महिलों को शोषित होने से बचाने के लिए उस हैवान मजिस्ट्रेट को तो मार दिया, परंतु उन्हें खुद ही उसी प्रताड़ना, दुर्व्यवहार, अपमान और शारीरिक शोषण का शिकार होना पड़ा।

अस्तु, भारतीयों के साथ जानवरों की भाँति व्यवहार करने वाले अंग्रेजों से मुक्ति पाने का एक ही रास्ता था, उन्हें देश से बाहर निकालना। शांति घोष के संगठन जुगंतर का यही मुख्य ध्येय था। यह बात अलग है कि वे यह लक्ष्य हिंसा के मार्ग पर चलकर प्राप्त करना चाहती थीं। रास्ते जो भी हों, लेकिन ध्येय एकसूत्रीय था—ब्रिटिश हुकूमत से मुक्त भारत!

सन् 1939 में गांधीजी के हस्तक्षेप से उन्हें सात साल में ही जेल से रिहा कर दिया गया। अपनी रिहाई के बाद घोष ने बंगाली महिला कॉलेज ए कोमिला में दाखिला लिया और भारत के कम्युनिस्ट आंदोलन में भाग लिया। कालांतर में वे भारतीय राष्ट्रीय कांग्रेस में शामिल हो गईं।

सन् 1942 में उन्होंने प्रोफेसर चितरंजन दास से शादी कर ली। 1952-62 और

1967–68 तक उन्होंने पश्चिम बंगाल विधान परिषद् और 1962–64 तक पश्चिम बंगाल विधानसभा में भी कार्य किया। वीरांगना घोष की 'अरुण बहनी' नामक एक पुस्तक भी प्रकाशित हुई। करीब 73 साल की अवस्था में 1989 में उनका निधन हो गया। उन्हें शत–शत नमन!

□

सरोजिनी नायडू

भारत की प्रमुख स्वतंत्रता संग्राम सेनानी, प्रथम महिला राज्यपाल, कवयित्री व राजनीतिक कार्यकर्ता सरोजिनी नायडू अपने युग की एक ऐसी हस्ती थीं, जिन्हें भारत का हर नागरिक 'कोकिला' के नाम से जानता है। उन्होंने भारत के स्वतंत्रता आंदोलन में अपनी अहम भूमिका निभाते हुए महत्त्वपूर्ण योगदान दिया। महात्मा गांधी के साथ मिलकर उन्होंने स्वतंत्रता अभियानों में हिस्सा लिया और राष्ट्र को ब्रिटिश सरकार से मुक्त कराने के लिए अनेक प्रयत्न किए। उनका गौरवशाली व्यक्तित्व अनुकरणीय है।

उनका जन्म 13 फरवरी, 1879 को वर्तमान तेलंगाना राज्य के हैदराबाद शहर में हुआ था। उनका परिवार हैदराबाद के सम्मानित परिवारों में से एक था। इसका एक कारण यह था कि पिता अघोरनाथ चट्टोपाध्याय हैदराबाद के निजाम कॉलेज के प्रिंसिपल थे। उनकी माता बराडा सुंदरी देवी बंगाली भाषा की कवयित्री थीं। वे अपने आठ भाई-बहनों में सबसे बड़ी थीं। उसके दो छोटे भाई—वीरेंद्रनाथ चट्टोपाध्याय तथा हरिंद्रनाथ थे। विरेंद्रनाथ एक क्रांतिकारी थे, जबकि हरिंद्रनाथ एक कवि व अभिनेता थे।

सरोजिनी बचपन से ही कुशाग्र बुद्धि की थीं। 1891 में मात्र 12 वर्ष की आयु में मैट्रिकुलेशन की परीक्षा पास कर उन्होंने यह तथ्य प्रमाणित कर दिया था। 1895 में एग्जाम चैरिटेबल ट्रस्ट की स्कॉलरशिप पर वे उच्चतर शिक्षा के लिए इंग्लैंड गईं। इंग्लैंड में पहले किंग्स कॉलेज और उसके बाद गिर्टन कॉलेज में दाखिल हुईं। इंग्लैंड में 3 साल रहने के बाद वे 1898 में वापस भारत आ गईं।

सन् 1898 में उन्होंने श्री मुत्तयला गोविंदराजुलु नायडू से शादी कर ली। गोविंदराजुलु एक भौतिकविद् थे। उनका सरोजिनी के घर आना-जाना था, परंतु दोनों की जाति अलग-अलग थी। एक बंगाली तो दूसरा नायडू। तत्कालीन समय के रीति-रिवाजों के मुताबिक ऐसे विवाह संभव नहीं हुआ करते थे। अत: उन दोनों ने अंतरजातीय विवाह कर लिया। उस समय में अंतरजातीय विवाह करना साहस का कार्य माना जाता था। उन दोनों

के चार बच्चे जयसूर्य, पद्मजा, रणधीर और लीलामणि थे। उनकी एक पुत्री पद्मजा ने भारत छोड़ो आंदोलन में सक्रिय भूमिका निभाई थी।

सरोजिनी नायडू ने 1904 से भारत के स्वतंत्रता आंदोलन में भाग लेना प्रारंभ किया। उन्होंने सर्वप्रथम महिलाओं के अधिकारों व शिक्षा के प्रति लोगों में जागरूकता पैदा की। 1914 में वे पहली बार महात्मा गांधी से मिलीं। इसके बाद वे महात्मा गांधी के पदचिह्नों पर चलते हुए भारतीय स्वतंत्रता आंदोलन के सशक्तीकरण का केंद्रबिंदु बन गईं।

सन् 1917 में उन्होंने मुथुलक्ष्मी रेड्डी के साथ मिलकर भारतीय महिला संगठन की स्थापना की। 1917 में ही उन्होंने गांधीजी के द्वारा प्रवर्तित नील सत्याग्रह में भागीदारी दर्ज की। इसके साथ ही उन्होंने लखनऊ पैक्ट का समर्थन किया। 1919 में वे ऑल इंडिया होमरूल लीग के एक सदस्य के रूप में भारत को ब्रिटिश शासन से मुक्ति दिलाने के लिए लंदन गईं। वहाँ से वापस आने के बाद वे असहयोग आंदोलन से जुड़ गईं। इस आंदोलन में गांधीजी व सरोजिनी नायडू के आह्वान पर बड़ी संख्या में महिलाओं ने भाग किया।

अपनी लोकप्रियता और प्रतिभा के कारण 1925 में कानपुर में हुए कांग्रेस अधिवेशन की वे अध्यक्षा बनीं। 1930 में गांधीजी नहीं चाहते थे कि दांडी यात्रा में महिलाओं को सम्मिलित होने की अनुमति दी जाए, क्योंकि आंदोलनकारियों के गिरफ्तार होने का खतरा था, लेकिन गांधीजी के इस निर्णय का विरोध करने के लिए प्रसिद्ध स्वतंत्रता संग्राम सेनानी कमला चट्टोपध्याय आगे आईं। उनके द्वारा प्रस्तुत तर्क सुनकर गांधीजी ने महिलाओं को भी दांडी यात्रा में शामिल होने की अनुमति दी। अस्तु, सरोजिनी नायडू व कमला चट्टोपाध्याय इस यात्रा में शामिल हुईं। जब 6 अप्रैल, 1930 को गांधीजी को गिरफ्तार कर लिया गया। तब सरोजिनी नायडू इस अभियान की नेत्री घोषित की गईं। इस बीच 1932 में वे भारत की प्रतिनिधि बनकर दक्षिण अफ्रीका के दौरे पर भी गईं।

सन् 1932 में सरोजिनी नायडू को भी जेल में डाल दिया गया। वहाँ से छूटने के बाद वे संकटों से न घबराते हुए एक धीर वीरांगना की भाँति गाँव-गाँव घूमकर देश-प्रेम का अलख जगाती रहीं और देशवासियों को उनके कर्तव्य की याद दिलाती रहीं। उनके वक्तव्य जनता के हृदय को झकझोर देते थे और देश के लिए अपना सर्वस्व न्योछावर करने के लिए प्रेरित कर देते थे।

सन् 1942 में भारत छोड़ो आंदोलन में भाग लेने के कारण गांधीजी सहित उन्हें पुन: जेल में बंद कर दिया गया। वे बार-बार जेल जाती रहीं, लेकिन स्वतंत्रता संग्राम के प्रति उनका जुझारूपन कम नहीं हुआ। श्रीमती एनी बेसेंट की प्रिय मित्र और गांधीजी की इस प्रिय शिष्या ने अपना सारा जीवन देश के लिए अर्पण कर दिया। अंततोगत्वा अंग्रेजों को भारत छोड़ना ही पड़ा।

उल्लेखनीय है कि वे बहुभाषाविद् थीं और क्षेत्रानुसार अपना भाषण अंग्रेजी, हिंदी, बंगला या गुजराती में देती थीं। लंदन की सभा में अंग्रेजी में बोलकर उन्होंने वहाँ उपस्थित सभी श्रोताओं को मंत्रमुग्ध कर दिया था। सरोजिनी नायडू की भाषण-शैली अद्‍भुत थी। उनके विभिन्न भाषणों को सर्वप्रथम 1918 में, उसके बाद 1919 में और उसके बाद 1925 में पुन: प्रकाशित करवाया गया। उनके पहले भाषण संग्रह का नाम 'स्पीच एंड राइटिंग्स ऑफ सरोजिनी नायडू' था।

यह भी उल्लेखनीय है कि उन्होंने 12 साल की आयु से लेखन कार्य शुरू कर दिया था। 13 वर्षीय सरोजिनी की 'लेडी ऑफ दी लेक' नामक कविता प्रसिद्ध हुई। वे इंग्लिश भाषा में कविताएँ लिखती थीं। 1905 में उनकी पहली पुस्तक 'द गोल्डन थ्रेसोल्ड' को लंदन में प्रकाशित किया गया था। उनका दूसरा कविता-संग्रह 'द बर्ड ऑफ टाइम' 1912 में प्रकाशित किया गया था। उनका तीसरा कविता संग्रह 1917 में प्रकाशित हुआ। इस पुस्तक का नाम 'द ब्रोकन विंग : सॉन्ग्स ऑफ लव, डेथ एंड द स्प्रिंग' था, जोकि मोहम्मद अली जिन्ना को समर्पित थी। 1915 में उन्होंने 'अवैक' नामक कविता की रचना महिलाओं को जाग्रत् करने के लिए की। 1928 में 'द सेप्ट्रड फ्लूट' नाम से उनकी कविताओं को न्यूयॉर्क में प्रकाशित किया गया।

स्वतंत्रता-प्राप्ति के बाद, 15 फरवरी, 1949 को उन्हें उत्तर प्रदेश का राज्यपाल नियुक्त कर दिया गया। इस पद पर नियुक्त होने वाली वे पहली महिला थीं। उस पद को स्वीकार करते हुए उन्होंने कहा, 'मैं अपने को कैद कर दिए गए जंगल के पक्षी की तरह अनुभव कर रही हूँ।' लेकिन वे प्रधानमंत्री जवाहरलाल नेहरू की इच्छा को टाल न सकीं, जिनके प्रति उनके मन में गहन प्रेम व स्नेह था। इसलिए अपने राजनीतिक कर्तव्यों का निर्वहन करने के लिए वे लखनऊ में जाकर बस गईं।

दिल्ली से उत्तर प्रदेश आने के बाद उनका स्वास्थ्य बिगड़ने लगा था। अत: चिकित्सकों ने उन्हें आराम करने की सलाह दी थी। इलाज चलने के बावजूद उनका स्वास्थ्य बदतर होता जा रहा था। अंतत: 2 मार्च, 1949 को लखनऊ के गवर्नमेंट हाउस में सरोजिनी नायडू की हृदय गति रुक जाने के कारण मृत्यु हो गई। 13 फरवरी, 1964 को भारत सरकार ने उनकी जयंती के अवसर पर उनके सम्मान में 15 पैसे का एक डाक टिकट भी जारी किया। राष्ट्रीय आंदोलनों की कुशल सेनापति व प्रसिद्ध कवयित्री सरोजिनी नायडू को शत-शत नमन!

□

सरला देवी

महात्मा गांधी के असहयोग आंदोलन में शामिल होने वाली पहली उड़िया महिला स्वतंत्रता सेनानी सरला देवी ने आधुनिक उड़ीसा के निर्माण में योगदान दिया। वे उड़ीसा विधानसभा का हिस्सा बनने वाली पहली महिला थीं। एक नारीवादी और सामाजिक कार्यकर्ता सरला देवी अपने समय से बहुत आगे थीं। भले ही वे एक मामूली शैक्षिक पृष्ठभूमि से आई हों, फिर भी वे उड़ीसा के विपुल लेखकों में विशेष बनकर उभरीं। उन्होंने स्वतंत्रता संग्राम में सक्रिय भूमिका निभाई। उस समय जबकि महिलाएँ पर्दे के पीछे बैठकर भाषण सुनती थीं। उस समय वे सार्वजनिक सभा में तीखा भाषण भी दिया करती थीं।

उनका जन्म 9 अगस्त, 1904 को बासुदेव कानूनगो और पद्मावती देवी के घर एक संपन्न जमींदार परिवार में हुआ था, लेकिन उनके बड़े पिता बालमुकुंद कानूनगो ने उन्हें गोद लेकर उनका पालन-पोषण किया था। उनके ताउजी ने औपनिवेशिक सरकार में डिप्टी मजिस्ट्रेट के रूप में काम किया, लेकिन उन्होंने सरला देवी को एक सामाजिक कार्यकर्ता बनने के लिए प्रेरित किया।

अस्तु, बहुत कम उम्र से सरला ने प्रतिबंधों के खिलाफ विद्रोह करना प्रारंभ कर दिया। उन दिनों लड़कियों को उच्च अध्ययन करने की अनुमति नहीं थी, लेकिन सरला की शिक्षा में उनकी गहरी रुचि देखकर उनके लिए एक होम ट्यूटर की व्यवस्था की गई। शनैः-शनैः वे उड़िया, बंगाली, हिंदी और अंग्रेजी में पारंगत हो गईं। 1917 में 14 साल की उम्र में उनका विवाह भागीरथी महापात्र के साथ कर दिया गया। वे कटक जिले के जगतसिंहपुर में एक जमींदार के बेटे थे। भागीरथी पेशे से एक वकील थे।

विवाह होने के बाद वे 1918 में भारतीय राष्ट्रीय कांग्रेस में शामिल हो गईं। प्रतिबंधात्मक सामाजिक रीति-रिवाजों और परंपराओं की परवाह किए बिना सरला देवी ने महिलाओं को उनकी पददलित स्थिति से ऊपर उठाने का काम किया। इस कार्य के

लिए वे 'महिला समाज' का हिस्सा बनीं। यह एक ऐसा संगठन था, जिसने महिलाओं को भारत के स्वतंत्रता संग्राम में भाग लेने के लिए प्रेरित किया था।

सन् 1924 में स्वतंत्रता संग्राम के लिए कटक में एक सम्मेलन आयोजित किया गया था। उस सम्मेलन में कई महिलाएँ परदे के पीछे बैठकर भाषण सुन रही थीं। सरला देवी भी उनमें से एक थीं। एकाएक वे बैरियर के बाहर आईं और उस सभा में एक उग्र भाषण देने लगीं। उनका यह साहसिक कार्य उन्हें एक पृथक् स्थान दे गया। इसके बाद वे क्रमशः सभा सम्मेलनों में जाती रहीं। आंदोलन का हिस्सा बनती रहीं।

कुछ समय के बाद उन्होंने बालासोर के इंचुडी में नमक सत्याग्रह में भाग लिया और उड़ीसा के विभिन्न जिलों की यात्रा भी की। परिणामस्वरूप वे अंग्रेजों की निगाह में आ गईं। उन्हें गिरफ्तार कर छतरपुर जेल में कैद कर दिया गया। बाद में उन्हें वेल्लोर जेल में स्थानांतरित कर दिया गया, जहाँ से उन्हें छह महीने बाद रिहा कर दिया गया। 8 दिसंबर, 1930 को कटक लौटने पर उनका विशाल सार्वजनिक स्वागत किया गया।

उल्लेखनीय है कि वे एक उच्च दर्जे की लेखका भी थीं। उन्होंने अपने जीवनकाल में 30 पुस्तकें और लगभग 300 निबंध लिखे।

स्वतंत्रता सेनानी सरला देवी ने 4 अक्तूबर, 1986 को 82 वर्ष की आयु में अंतिम साँस ली। उन्हें शत-शत नमन!

□

सुचेता कृपलानी

एक भारतीय स्वतंत्रता सेनानी एवं राजनीतिज्ञ 'भारत छोड़ो आंदोलन' के दौरान भूमिगत रहकर आजादी की अलख जगाने वाली सुचेता कृपलानी अद्‌भुत व्यक्तित्व की स्वामिनी थीं। स्वतंत्र भारत में उन्हें उत्तर प्रदेश की मुख्यमंत्री का दायित्व सौंपा गया। उल्लेखनीय है कि उन्हें भारत की प्रथम महिला मुख्यमंत्री का दर्जा प्राप्त हुआ। प्रसिद्ध गांधीवादी नेता आचार्य कृपलानी उनके पति थे। नोआखाली के दंगा पीड़ित इलाकों में गांधीजी के साथ चलते हुए पीड़ित महिलाओं की मदद की। 15 अगस्त, 1947 को संविधानसभा में वंदेमातरम् गाया।

25 जून, 1908 को सुचेता का जन्म भारत के हरियाणा राज्य के अंबाला शहर में एक बंगाली परिवार में हुआ। अस्तु, विवाह से पूर्व वे अपना उपनाम मजूमदार लिखती थीं। उनकी शिक्षा लाहौर और दिल्ली में हुई थी। उन्होंने बी.ए. के बाद इतिहास में स्नातकोत्तर की डिग्री ली। कॉलेज से निकलने के बाद 21 वर्ष की उम्र में ही ये स्वतंत्रता संग्राम में कूदना चाहती थीं, परंतु दुर्भाग्यवश वे ऐसा कर नहीं पाईं, क्योंकि 1929 में उनके पिता और बहन की मृत्यु हो गई और परिवार की जिम्मेदारी उनके कंधों पर आ गई। अस्तु, उन्हें बनारस हिंदू विश्वविद्यालय (बीएचयू) के इतिहास विभाग में प्रोफेसर की नौकरी करनी पड़ी।

वहीं पर उनकी मुलाकात आचार्य कृपलानी से हुई। शनैः-शनैः आचार्य कृपलानी उनके मार्गदर्शक और विश्वस्त बन गए। जब दोनों का काफी समय एक-दूसरे के साथ बीतने लगा तो वे करीब आने लगे, हालाँकि किसी को भी अंदाजा नहीं था कि कृपलानी जैसे शख्स के जीवन में भी प्रेम दस्तक दे सकता है और दबे पाँव उनके मन के घर पर कब्जा कर सकता है। कृपलानी लंबे कद के सुदर्शन व्यक्तित्व के धनी थे, तो सुचेता साधारण कद-काठी वाली थीं, लेकिन कुछ तो था उनके व्यक्तित्व में, जिसने कृपलानी जैसी शख्सियत को अपने प्यार में बाँध लिया था। जब उन्होंने आपस में शादी करने की

इच्छा अपने परिवारों के सामने जाहिर की, तो उन्हें विरोध का सामना करना पड़ा। इस खबर से गांधीजी भी हैरान रह गए थे।

सुचेता ने अपनी किताब 'सुचेता एन अनफिनिश्ड ऑटोबायोग्राफी' में लिखा— "गांधीजी ने उनके विवाह का विरोध किया था। उन्हें यह लगता था कि पारिवारिक जिम्मेदारियाँ उन्हें आजादी की लड़ाई से विमुख कर देंगी।" गांधीजी ने सुचेता से कहा, अगर तुम उससे शादी करोगी, तो मेरा दायाँ हाथ तोड़ दोगी। तब सुचेता ने उनसे कहा, वह ऐसा क्यों सोचते हैं, बल्कि उन्हें तो यह सोचना चाहिए कि उन्हें आजादी की लड़ाई में एक के बजाय दो कार्यकर्ता मिल जाएँगे। आचार्य कृपलानी इस बात से नाखुश थे कि गांधीजी उनके व्यक्तिगत मामलों में दखल दे रहे हैं।

सन् 1936 में गांधीजी ने सुचेता और आचार्य कृपलानी को बुलावा भेजा। गांधीजी ने उनसे कहा कि उन्हें उनकी शादी से कोई दिक्कत नहीं है, लेकिन वे उन्हें आशीर्वाद नहीं दे सकेंगे। गांधीजी ने कहा कि वे उनके लिए प्रार्थना करेंगे। अप्रैल 1936 में सुचेता और आचार्य कृपलानी ने शादी कर ली। उस समय कृपलानी 48 साल के थे तो सुचेता मात्र 28 साल की थीं। बाद में हालात ने ऐसी करवट ली कि दोनों विरोधी दलों में शामिल हो गए। रहते दोनों साथ थे, लेकिन एक कांग्रेस में रहा तो दूसरा आजीवन कांग्रेस विरोध की राजनीति करता रहा। खैर, 1939 में नौकरी छोड़कर वे पूरी तरफ से राजनीति में आ गईं।

सन् 1940 में वे विनोवा भावे के नेतृत्व में संचालित व्यक्तिगत सत्याग्रह में सक्रिय हो गईं, जिसमें उन्हें गिरफ्तार होना पड़ा। 1941-1942 में वे अखिल भारतीय कांग्रेस कमेटी के महिला विभाग और विदेश विभाग की मंत्री रहीं।

अगस्त क्रांति 1942 में जब सारे पुरुष नेता जेल चले गए, तो सुचेता कृपलानी ने अलग रास्ते पर चलने का फैसला किया। वे भूमिगत हो गईं। उस दौरान उन्होंने कांग्रेस का महिला विभाग बनाया और पुलिस से छुपते-छुपाते दो साल तक आंदोलन भी चलाया। इसके लिए अंडरग्राउंड वालंटियर फोर्स बनाई। लड़कियों को ड्रिल, लाठी चलाना, प्राथमिक चिकित्सा और संकट में घिर जाने पर आत्मरक्षा के लिए हथियार चलाने की ट्रेनिंग भी दी। राजनीतिक कैदियों के परिवार को राहत देने का जिम्मा भी उठाती रहीं। 1942 से 1944 तक निरंतर सफल भूमिगत आंदोलन चलाते हुए अंततः 1944 को उन्हें भी गिरफ्तार कर लिया गया।

वे दिसंबर 1946 में बनी भारतीय संविधानसभा की सदस्य चुनी गईं। संविधानसभा में शामिल 15 महिलाओं में से वे भी एक थीं, जिन्होंने संविधान के साथ भारतीय समाज के निर्माण में भी महत्त्वपूर्ण भूमिका निभाई। बाद में वे प्रारूप समिति की सदस्य बनीं। 1946 में ही वे केंद्रीय विधानसभा की सदस्य बनीं।

सुचेता कृपलानी उन चंद महिलाओं में शामिल थीं, जिन्होंने बापू के करीब रहकर देश की आजादी की नींव रखी। आजादी के बाद बँटवारे की त्रासदी के समय भी वे महात्मा गांधी के बेहद करीब रहीं। वे नोआखाली यात्रा में बापू के साथ थीं। 1948-1951 तक कांग्रेस कार्यकारिणी की सदस्य रहीं।

वे 1948 में पहली बार विधानसभा के लिए चुनी गईं और 1949 में संयुक्त राष्ट्रसंघ महासभा अधिवेशन में भारतीय प्रतिनिधिमंडल की सदस्य के रूप में गईं। वे 1948 से 1960 तक भारतीय राष्ट्रीय कांग्रेस की महासचिव रहीं।

भारत के स्वतंत्र होने के बाद वे भारतीय राजनीति में सक्रिय हो गईं। जब उनके पति व्यक्तिगत व राजनीतिक मतभेदों के कारण पं. जवाहरलाल नेहरू से अलग हो गए और अपनी खुद की पार्टी 'किसान मजदूर प्रजा पार्टी' बनाई, तब सुचेता भी उनके साथ हो लीं। 1952 में सुचेता 'किसान मजदूर दल' की ओर से नई दिल्ली से चुनाव लड़ी और जीती भी। लेकिन घेरलू स्तर पर उत्पन्न राजनीतिक मतभेदों के कारण वे कांग्रेस में लौट आईं।

सन् 1952 और 1957 में नई दिल्ली से लोकसभा के लिए निर्वाचित हुईं और केंद्रीय मंत्रिपरिषद् में लघु उद्योग मंत्रालय में राज्य मंत्री रहीं। इसके बाद वे 1962-1967 तक मेंहदावल से उत्तर प्रदेश विधानसभा की सदस्य रहीं। वे चीनी हमले के बाद भारत आए तिब्बती शरणार्थियों के पुनर्वास या फिर किसी से भी मिलने पर उसका दुःख-दर्द पूछकर उसका हल तलाशने की कोशिश हमेशा करती रहती थीं।

2 अक्तूबर, 1963 को उत्तर प्रदेश की मुख्यमंत्री बनीं। सुचेता कृपलानी देश की पहली महिला मुख्यमंत्री थीं। वे दिल से तो कोमल थीं, लेकिन प्रशासनिक फैसले लेते समय वे दिल की नहीं, दिमाग की सुनती थीं। उनके मुख्यमंत्रित्व काल के दौरान राज्य के कर्मचारियों ने लगातार 62 दिनों तक हड़ताल जारी रखी, लेकिन वे कर्मचारी नेताओं से सुलह को तभी तैयार हुईं, जब उनके रुख में नरमी आई। इस प्रकार उन्होंने राज्य कर्मचारियों की हड़ताल को मजबूत इच्छाशक्ति के साथ वापस लेने पर मजबूर किया। वे पहले साम्यवाद से प्रभावित हुईं और फिर पूरी तरह गांधीवादी हो गईं, जबकि सुचेता के पति आचार्य कृपलानी खुद समाजवादी थे। आजादी के आंदोलन में भाग लेने के लिए उन्हें भी जेल की सजा हुई।

वे 13 मार्च, 1967 तक उत्तर प्रदेश की मुख्यमंत्री रहीं। उनकी जिंदगी के ये पहलू उन्हें ऐसी महिला की पहचान देते हैं, जिसमें अपनत्व और जुझारूपन कूट-कूटकर भरा था। एक शख्सियत कई रूप—आज इतने गुणों वाले राजनेता शायद ही मिलें।

सन् 1967 में उन्होंने उत्तर प्रदेश के गोंडा जिले से चौथी बार लोकसभा चुनाव लड़कर जीत हासिल की। वे अपने राजनीतिक जीवन के अंत तक भारतीय राष्ट्रीय

कांग्रेस में शामिल रहीं। उल्लेखनीय है कि उन्होंने कांगेस के सहायता विभाग की सेक्रेटरी की हैसियत से भारत के विभाजन के समय शरणार्थियों के पुनर्वासन का कार्य भी किया। वे ट्रेड यूनियनों की अध्यक्षा तथा इंडियन नेशनल ट्रेड यूनियन कांग्रेस की दिल्ली शाखा की सभापति रहीं। कस्तूरबा गांधी मेमोरियल ट्रस्ट की संगठन सचिव और गांधी स्मारक निधि की उपसभापति रहीं। दिल्ली विश्वविद्यालय की सीनेट तथा मिरांडा हाउस व लेडी श्रीराम कालेज की गवर्निंग कौंसिलों की सदस्या रहीं। उन्होंने नव हिंद एजूकेशन सोसाइटी की अध्यक्षा का दायित्व भी सँभाला था।

वे 1949 में संयुक्त राष्ट्र संघ में भारतीय प्रतिनिधिमंडल की सदस्या होकर अमेरिका गई थीं। 1954 तथा 1957 में संसदीय प्रतिनिधिमंडल का नेतृत्व कर तुर्किस्तान गईं। इसके अलावा उन्होंने बैंकॉक में संयुक्त राष्ट्र संघ के तत्त्वावधान में आयोजित सभा में भाग लिया।

सन् 1971 से धीरे-धीरे उनका स्वास्थ्य गिरने लगा; अस्तु, राजनीति से संन्यास लेकर अपने पति आचार्य कृपलानी के साथ दिल्ली में बस गईं। नि:संतान होने के कारण उन्होंने अपना सारा धन और संसाधन लोक कल्याण समिति को दान कर दिया। इसी समय उन्होंने अपनी आत्मकथा 'एन अनफिनिश्ड ऑटोबायोग्राफी' लिखनी शुरू की, जो तीन भागों में प्रकाशित हुई।

1 दिसंबर, 1974 को हृदय गति रुक जाने से नई दिल्ली में उनका निधन हो गया। अपने शोक संदेश में श्रीमती इंदिरा गांधी ने कहा कि "सुचेता जी ऐसे दुर्लभ साहस और चरित्र की महिला थीं, जिनसे भारतीय महिलाओं को सम्मान मिलता है।" भारतीय स्वतंत्रता आंदोलन में सुचेता कृपलानी के योगदान को हमेशा याद किया जाएगा। उनके योगदान को शत-शत नमन!

□

सुहासिनी गांगुली

यह भारतीयों के लिए गौरव की बात है कि भारत भूमि में ऐसी वीरांगनाओं ने जन्म लिया है, जिनके जीवन का एकमात्र सपना 'अंग्रेज मुक्त भारत' था। सामान्य व्यक्ति के जीवन का सपना स्वयं की प्रगति व सुख-समृद्धि होती हैं, लेकिन इस संसार में ऐसे विरले ही होते हैं, जिनके सपने देशहित से जुड़े होते हैं। परतंत्र भारत में ऐसी ही एक वीरांगना थीं सुहासिनी गांगुली, जिनके जीवन का एकमात्र लक्ष्य भारतमाता को गुलामी की जंजीरों से मुक्त कराना था। इसके लिए उन्होंने अपना समूचा जीवन अर्पित कर दिया।

3 फरवरी, 1909 को उनका जन्म खुलना, बंगाल में हुआ था। सुहासिनी का पैतृक घर बाधिया नामक गाँव में था, जो ढाका के जिला विक्रमपुर में अवस्थित था। वे अविनाश चंद्र गांगुली और सरलासुंदरी देवी की बेटी थीं। 1924 में उन्होंने ढाका ईडन हाई स्कूल से मैट्रिक पास करके ईडन कॉलेज से स्नातक की डिग्री पास की। जब वे तैराकी का प्रशिक्षण देने एक स्कूल जाती थीं, तो वहीं उनकी मुलाकात कल्याणी दास और कमला दासगुप्ता से हुई।

वे दोनों 'छात्री संघा' नाम का क्रांतिकारी संगठन चलाती थीं। ये क्रांतिकारी युवतियाँ दिन भर जान हथेली पर लेकर अंग्रेजी हुकूमत को धूल चटाने के ख्वाब दिल में लिये घूमती थीं। उनके हॉस्टल में बम, गोली इत्यादि बनाए जाते थे। इन दोनों के हाथों में सारे हथियारों की कमान होती थी। मुख्य इंचार्ज कमलादास गुप्ता थीं। इसी समय प्रीतिलता वादेदार से भी उनका संपर्क हुआ। प्रीतिलता मास्टर सूर्य सेन के क्रांतिकारी गुट की वो वीरांगना थीं, जिनको एक यूरोपीय क्लब के नोटिस बोर्ड पर यह लिखा दिखा कि 'इंडियंस एंड डॉग्स आर नॉट एलाउड।' यह बात उन्हें इतनी अपमानजनक लगी कि उन्होंने अपने कुछ क्रांतिकारियों के साथ उस क्लब पर हमला बोल दिया। इस हमले में उन्होंने अपनी जान गँवा दी, लेकिन गोलियों की बौछार कर दी। आखिरकार वो क्लब बंद ही हो गया।

सुहासिनी के संपर्क में एक और वीरांगना आई बीना दास, जिन्होंने दीक्षांत समारोह में बंगाल के गवर्नर जैक्सन पर एक-एक करके पाँच गोलियाँ दाग दीं। बीना दास को भी वह पिस्तौल कमलादास गुप्ता ने ही दी थी। ये सारी लड़कियाँ 'छात्री संघा' नामक संगठन से जुड़ी थीं।

चार-पाँच साल तक कार्य करने के बाद 1929 में वे क्रांतिकारी रसिक लाल दास के संपर्क में आने के बाद में जुगांतर पार्टी से भी जुड़ गईं। एक और क्रांतिकारी हेमंत तरफदार के संपर्क में आने से उनके क्रांतिकारी विचार और मजबूत होते चले गए। उल्लेखनीय है कि 1930 के 'चटगाँव शस्त्रागार कांड' के बाद बहुत से क्रांतिकारी ब्रिटिश पुलिस की धर-पकड़ से बचने के लिए चंद्रनगर चले गए थे। तब इन क्रांतिकारियों का साथ व सुरक्षा देने के लिए सुहासिनी गांगुली भी कलकत्ता से चंद्रनगर पहुँचीं।

चंद्रनगर पहुँचकर उन्होंने वहीं के एक स्कूल में अध्यापन-कार्य प्रारंभ किया। दिन में एक सामान्य अध्यापिका के रूप में काम पर जाती थीं और घर में शशिधर आचार्य की छद्‌म पत्नी बनकर रहती थीं, ताकि किसी को संदेह न हो और यह घर एक सामान्य गृहस्थ का घर लगे और वह क्रांतिकारियों को सुरक्षा भी दे सके।

सभी क्रांतिकारियों के बीच वे सुहासिनी दीदी के तौर पर जानी जाती थीं। हर वक्त हर एक की हर समस्या के समाधान के लिए वे सदैव उपलब्ध रहती थीं। क्रांतिकारियों के नेटवर्क व संगठन को परदे के पीछे चलाने में उनका बड़ा हाथ रहता था। उन पर कोई आसानी से शक भी नहीं करता था। यानी सुहासिनी गांगुली का घर क्रांतिकारियों के लिए छुपने का ठिकाना बन गया था। अस्तु, हेमंत तरफदार, गणेश घोष, जीवन घोषाल, लोकनाथ बल जैसे तमाम क्रांतिकारियों को समय-समय पर पुलिस से बचने के लिए उनकी शरण लेनी पड़ी।

कालांतर में उनके घर में पनाह लेने के लिए इंग्लैंड, फ्रांस से क्रांतिकारी साथी आने लगे। इससे उनकी मुश्किलें बढ़ गईं। अंग्रेजी पुलिस को शक हो गया और सुहासिनी गांगुली भी उनके निशाने पर आ गईं। पुलिस चंद्रनगर की गलियों में भी अपना जाल बिछाने लगी। एक दिन पुलिस ने उनके घर पर छापा मार दिया। पुलिस के संग क्रांतिकारियों की आमने-सामने की लड़ाई हुई जिसमें जीवन घोषाल मारे गए। शशिधर आचार्य और सुहासिनी को गिरफ्तार कर लिया गया। वीरांगना सुहासिनी को 1938 तक हिजली डिटेंशन कैंप में बंदी बनाकर रखा गया। दिलचस्प बात है कि आज इसी कैंप की जगह पर खड़गपुर आईआईटी का कैंपस बना हुआ है।

अंग्रेजों की कैद से छुटी तो उनके एक साथी ने सुहासिनी को भी कम्युनिस्ट पार्टी से जोड़ दिया। 1942 के भारत छोड़ो आंदोलन में हिस्सा नहीं लेना कम्युनिस्ट पार्टी की दलगत नीति थी। अस्तु, वे खुले तौर पर इस आंदोलन में सक्रिय नहीं हुईं, लेकिन इस

आंदोलन में शामिल अपने साथी हेमंत तरफदार की सहायता करती रहीं। उन्होंने हेमंत को शरण भी दी। वे खुद भी चुपके से आंदोलन में सक्रिय रहीं। इसी आरोप में उनको भी गिरफ्तार कर जेल भेज दिया गया।

सन् 1945 में वे जेल से बाहर आईं, तो उन्हें पता चला कि हेमंत तरफदार धनबाद के एक आश्रम में रह रहे हैं। सुहासिनी भी उसी आश्रम में जाकर रहने लगीं। हमेशा खादी पहननेवाली सुहासिनी गांगुली आध्यात्मिक तबीयत की थीं। उन्होंने कभी भी अपनी जिंदगी के बारे में नहीं सोचा।

15 अगस्त, 1957 को भारत के आजाद होते ही उनका सपना भी पूरा हो गया। भारत को आजाद कराना ही उनका एकमात्र लक्ष्य था। उसके बाद भी उन्होंने अपने बारे में कुछ नहीं सोचा। वे दुनिया के तामझाम से दूर रहीं। भारतीय राजनीति उन्हें रास भी नहीं आई। उन्होंने अपना सारा जीवन सामाजिक, आध्यात्मिक कामों में ही लगा दिया। कैमरे से भी वो काफी दूर रहती थीं। इसलिए उनकी कम ही तसवीरें मिलती हैं।

एक दिन जब वीरांगना सुहासिनी गांगुली कहीं जा रही थीं, रास्ते में उनका एक्सीडेंट हो गया। उन्हें कलकत्ता के पीजी हॉस्पिटल में भर्ती करवाया गया, लेकिन आजादी के बाद देश क्रांतिकारियों की उपेक्षा का शिकार हो गया था। अस्तु, उनके इलाज में लापरवाही बरतने से उन्हें बैक्टीरियल इंफेक्शन हो गया। अत: 23 मार्च, 1965 को उनका देहांत हो गया।

उनके इस त्यागमय जीवन और साहसिक कार्य को सम्मान देने के लिए कलकत्ता की एक सड़क का नाम 'सुहासिनी गांगुली सरनी' रखा गया है। रचना भोला यामिनी ने अपनी पुस्तक 'स्वतंत्रता संग्राम की क्रांतिकारी महिलाएँ' में उनके जीवन चरित्र का वर्णन किया है। भारतवर्ष की आजादी अपना सपना मानने वाली वीरांगना सुहासिनी को शत-शत नमन!

□

सुनीति चौधुरी

बंगाली बाला सुनीति चौधुरी भारत के स्वतंत्रता संग्राम के क्रांतिकारी पक्ष की समर्थक थीं। भारत को ब्रिटिश हुकूमत से मुक्त करवाने के लिए उन्होंने बाल्यावस्था में ही दीपाली संघ की सदस्यता ग्रहण कर ली थी।

वर्ष 1930 में भारत की फिजाओं में सविनय अवज्ञा आंदोलन के तहत कुछ कर-गुजरने का जज्बा चारों ओर खुशबू की भाँति फैल रहा था। देश के हर घर में बालक-बालिकाएँ आंदोलन की उष्मा को महसूस कर रहे थे। ऐसे समय में बालिका सुनीति चौधुरी के दिलो-दिमाग में भी देशप्रेम का बीजारोपण हो गया।

उनका जन्म 22 मई, 1917 को पश्चिम बंगाल के कोमिला जिले में हुआ था। वे कोमिला में फैजुन्नेसा बालिका विद्यालय में अध्ययनरत थीं। स्कूल के समय से ही वे कोमिला के क्रांतिकारी चौधरी उल्लासकर दत्ता की क्रांतिकारी गतिविधियों से प्रभावित थीं। इसलिए वे अपने स्कूल की सीनियर प्रफुल्ल नलिनी ब्रह्मा के नजदीक आ गईं। वे बालिका को देश में संचालित क्रांतिकारी विचारधारा व गतिविधियों के बारे में बतातीं। उन्हें इससे संबधित किताबें और ब्रिटिश द्वारा प्रतिबंधित क्रांतिकारी साहित्य भी प्रदान किया। इस साहित्य ने चौधुरी पर बहुत प्रभाव डाला।

सुनीति को उनकी सीनियर ने जुगंतर पार्टी की सदस्यता दिलवा दी थी। इसी के साथ वे जुगंतर से संबद्ध संगठन की महिला विंग त्रिपुरा जिला छात्री संघा में भी शामिल हुईं। बाद में उन्होंने जिला वालंटियर कोर के मेजर का दायित्व सँभाला। एक बार जब नेताजी सुभाष चंद्र बोस छात्र संगठन को संबोधित करने के लिए शहर में थे, सुनीति ने लड़कियों की परेड का नेतृत्व किया। परेड के बाद जब शांति घोष ने नेताजी से ऑटोग्राफ देने के लिए अनुरोध किया, तो सुभाष चंद्र बोस ने लिखा—“हे माताओ, अपने सम्मान की रक्षा के लिए अपने आप हथियार उठाओ।” बालिका सुनीति ने भी सुभाष चंद्र बोस के ऑटोग्राफ लिये और उन्हें सँभालकर रखा।

6 मई, 1931 को त्रिपुरा जिला छत्री संघ के वार्षिक सम्मेलन में उनको महिला स्वयंसेवी कोर की कप्तान के रूप में चुना गया। समर्पित व सक्रिय बालिका सुनीति को 'आग्नेयास्त्रों के संरक्षक' के रूप में चुना गया था और लाठी, तलवार और खंजर के खेल में महिला सदस्यों को प्रशिक्षित करने का प्रभार सौंपा गया। इस दौरान उन्हें 'मीरा देवी' के उपनाम से जाना जाता था।

पूर्व योजनानुसार 14 दिसंबर, 1931 को सुनीति चौधुरी ने अपनी साथी व शांति घोष के साथ एक अत्याचारी ब्रिटिश मजिस्ट्रेट बी.जी. स्टीवेंसन से उसके घर में मिलकर उस पर गोली चला दी। उन वीरांगनाओं का निशाना अचूक था। स्टीवेंसन वहीं मर गया। दोनों वीर बालाएँ गिरफ्तार कर ली गईं। उस समय वे मात्र 14 साल की थीं। उनका एक ही सिद्धांत था—'जीवन मातृभूमि के लिए एक बलिदान है'।

17 फरवरी, 1932 को उन्हें आमरण काला पानी का दंड हुआ। 1857 की क्रांति के बाद यह पहली घटना थी, जिसमें किसी महिला ने राजनीतिक हत्या की। उल्लेखनीय है कि सभी कठिनाइयों के बावजूद, चौधुरी और घोष जेल में और अदालत में सुनवाई के दिनों में शांत और प्रफुल्लित रहीं। उन्हें उम्मीद थी कि इस हत्याकांड के बदले उन्हें शहीद की मौत मिलेगी, लेकिन नाबालिग होने के कारण दोनों को 10 साल की जेल की सजा सुनाई गई। इस पर प्रतिक्रिया व्यक्त करते हुए उन्होंने कहा था कि "घोड़ों के अस्तबल में रहने से मरना बेहतर है।"

उनकी इस गतिविधि का असर उनके परिवार पर भी पड़ा। उनके पिताजी की पेंशन रोक दी गई। दोनों भाइयों को बिना कारण बताए जेल में डाल दिया गया। कुपोषण के कारण छोटे भाई की मृत्यु हो गई।

गांधीजी के हस्तक्षेप से ब्रिटिश हुकूमत ने उन्हें सात साल के कारावास के बाद 1939 में रिहा कर दिया। उनके साथ उनकी साथी शांति घोष को भी जेल से रिहा कर दिया गया। रिहा होने के बाद उन्होंने अपनी पढ़ाई फिर से शुरू की। फिर 1947 में उन्होंने प्रद्योत कुमार घोष से शादी कर ली। उनसे उन्हें एक बेटी हुई। 12 जनवरी, 1988 को भारत की यह वीरांगना सदा के लिए मृत्यु की गोद में सो गई। उन्हें शत-शत नमन!

□

सुशीला दीदी

भारतीय स्वतंत्रता संग्राम की प्रसिद्ध क्रांतिकारी सुशीला मोहन को 'सुशीला दीदी' के नाम से जाना जाता है। भगत सिंह और बटुकेश्वर दत्त, भगवती चरण और उनकी पत्नी दुर्गा देवी वोहरा के संग मिलकर क्रांतिकारी गतिविधियों में सक्रिय होकर उन्होंने भारतमाता को आजाद करवाने में महती भूमिका का निर्वहन किया। जब क्रांतिकारियों के द्वारा 'काकोरी कांड' को अंजाम दिया गया, तो ब्रिटिश सरकार के द्वारा राम प्रसाद बिस्मिल और उनके साथियों पर काकोरी षड्यंत्र का मुकदमा चलाया गया। मुकदमे की पैरवी में धन की आवश्यकता को देखते हुए सुशीला दीदी ने अपनी शादी के लिए रखे गए 10 तोला सोने के जेवर क्रांतिकारियों की पैरवी हेतु दे दिए। कालांतर में अपनी ब्रिटिश विरोधी गतिविधियों के कारण उन्हें जेल भी जाना पड़ा।

सुशीला दीदी का जन्म 5 मार्च, 1905 को तत्कालीन पंजाब के दत्तोचूहड़ (अब पाकिस्तान में) में हुआ। जालंधर के आर्य कन्या महाविद्यालय में उनकी शिक्षा हुई। देशभक्ति और क्रांतिकारी विचारधारा से प्रभावित होकर वे भारतीय आंदोलन से जुड़ गईं। 1926 में अपनी पढ़ाई के दौरान ही उन्होंने बिस्मिल, रोशन सिंह और राजेंद्र लाहिड़ी को फाँसी दिए जाने की घटना सुनी। इस घटना ने उनके जीवन में गहरा प्रभाव डाला। वे बहुत दुःखी हुईं। स्वतंत्रता आंदोलन के प्रचार-प्रसार हेतु जुलूस को बुलाना, क्रांतिकारी गतिविधियों के लिए गुप्त सूचनाओं को पहुँचाना एवं चंदा इकट्ठा करने इत्यादि कार्य उन्होंने बड़ी ही मुस्तैदी से किए।

सुशीला दीदी के घर वालों ने उन्हें क्रांति की राह को छोड़ने की सलाह दी। जब वे नहीं मानीं, तो उन पर दबाव भी बनाया। अस्तु, उन्होंने स्वतंत्रता आंदोलन की राह छोड़ने के बजाय अपना घर ही छोड़ दिया और कलकत्ता जाकर शिक्षिका की नौकरी कर स्वतंत्रता संग्राम में सक्रिय हो गईं। यहाँ पर वे क्रांतिकारियों के संपर्क में रहकर उनकी मदद करने लगीं। दरअसल उनका एक ही मकसद था, भारतीय स्वतंत्रता संघर्ष में अपना

सर्वश्रेष्ठ देना। अंग्रेजों को उनकी भाषा में जवाब देना व भारत को ब्रिटिश हुकूमत के जाल से मुक्त करवाना।

क्रांतिकारी गतिविधियों के समर्थन में किए जा रहे कार्यों के दौरान ही उनकी मुलाकात भगत सिंह से हुई। भगत सिंह के जरिए उनकी मुलाकात भगवती चरण और उनकी पत्नी दुर्गा देवी वोहरा से हुई। गौरतलब है कि सुशीला दीदी ने ही सबसे पहले 'दुर्गा देवी' को 'दुर्गा भाभी' नाम दिया, इसके उपरांत हर क्रांतिकारी उन्हें 'दुर्गा भाभी' के नाम से संबोधित करने लगा। सुशीला दीदी को भगत सिंह अपनी बड़ी बहन मानते थे।

काकोरी कांड में सुशीला दीदी व अन्य क्रांतिकारियों के अथक प्रयासों के बावजूद 4 क्रांतिकारियों को फाँसी की सजा दी गई, जिसके फलस्वरूप सुशीला दीदी समेत सभी भारतीय क्रांतिकारियों को गहन झटका लगा।

सन् 1928 में साइमन कमीशन के विरोध करने पर लाठीचार्ज में घायल हुए लाला लाजपत राय की मृत्यु हो गई थी। क्रांतिकारियों के द्वारा उनकी मौत का बदला लेने का निर्णय लिया गया। अस्तु, योजनानुसार ब्रिटिश पुलिस अफसर सांडर्स को मारने के बाद भगत सिंह व दुर्गा भाभी छद्म वेश में कलकत्ता पहुँचे। जहाँ पर सुशीला दीदी ने उन्हें अपने घर में आश्रय दिया।

इसी प्रकार जब भगत सिंह और बटुकेश्वर दत्त द्वारा केंद्रीय असेंबली में बम विस्फोट की योजना बनाई गई, तब इस योजना को सफल बनाने के लिए भगत सिंह ने पहले सुशीला दीदी, दुर्गा भाभी और भगवती चरण से मुलाकात की थी। केंद्रीय असेंबली में बम विस्फोट के कारण भगत सिंह पर 'लाहौर षड्यंत्र केस' चलाया गया। न्यायालयी प्रक्रिया में पैसों की आवश्यकता थी। अतः सुशीला दीदी ने भगत सिंह को बचाने के लिए चंदा इकट्ठा करना शुरू किया। उन्होंने लोगों से 'भगत सिंह डिफेंस फंड' में दान देने की अपील की।

इस समय सुशीला दीदी ने क्रांतिकारी गतिविधियों के सुचारु संचालन के लिए अपनी शिक्षिका की नौकरी छोड़ दी। भगत सिंह को बचाने के लिए फंड इकट्ठा करने के लिए उन्होंने 'मेवाड़पति' नामक नाटक खेलकर भी चंदा इकट्ठा किया। क्रांतिकारियों के द्वारा भगत सिंह और बटुकेश्वर दत्त को छुड़ाने के कार्य को पूरा करने के लिए उन्होंने सिख युवक का भेष बदलकर क्रांतिकारियों के द्वारा चलाई जा रही फैक्टरी में बम भी बनाए।

उल्लेखनीय है कि क्रांतिकारियों के द्वारा भगत सिंह और बटुकेश्वर दत्त को छुड़ाने की योजना बनाईं गई एवं इस अभियान के लिए जब चंद्रशेखर आजाद के नेतृत्व में दल ने प्रस्थान किया, तो सुशीला दीदी ने अपनी उँगली चीरकर अपने रक्त से सबको तिलक किया। 1 अक्तूबर, 1931 को उन्होंने अपने अन्य साथियों के साथ मिलकर यूरोपीय सर्जेंट टेलर तथा उसकी पत्नी को गोली मारी और बच निकलीं।

सन् 1930 के सविनय अवज्ञा आंदोलन में 'इंदुमति' के छद्म नाम से सुशीला दीदी ने भाग लिया, तो कुछ दिनों के लिए उन्हें कैदखाने में डाल दिया गया। इस के बाद से सुशीला दीदी ब्रिटिश हुकूमत के निशाने पर आ गई। इसके बावजूद दुर्गा भाभी के साथ मिलकर उन्होंने एक विशाल जुलूस का संचालन किया। ब्रिटिश विरोधी गतिविधियों के कारण 1932 में उन्हें पुन: गिरफ्तार कर लिया गया एवं 6 महीने बाद रिहा करते हुए उन्हें ब्रिटिश अफसरों के द्वारा अपने घर यानी पंजाब लौटने की हिदायत दी गई।

आगे चलकर सुशीला दीदी ने श्याम मोहन से विवाह किया, जो न केवल एक वकील थे, बल्कि एक स्वतंत्रता सेनानी भी थे। उल्लेखनीय है कि भारत छोड़ो आंदोलन के दौरान दोनों पति-पत्नी को गिरफ्तार होना पड़ा था।

सन् 1947 में भारतीय स्वतंत्रता के बाद ही सुशीला दीदी ने राहत की साँस ली और अपने जीवन को गुमनामी की ओर मोड़ दिया। समस्त प्रकार की चकाचौंध से दूर दिल्ली के बल्लीमारान मोहल्ले में एक छोटे से विद्यालय का संचालन कर अपना भरण-भोषण करने लगीं। यहीं पर कार्य करते-करते 3 जनवरी, 1963 को इस महान् आत्मा ने सदा के लिए इस दुनिया को अलविदा कह दिया। उन्हें शत-शत नमन!

□

हंसा मेहता

स्वतंत्रता सेनानी हंसा जीवराज मेहता भारत की एक सुधारवादी, सामाजिक कार्यकर्ता, शिक्षाविद्, नारीवादी और लेखिका भी थीं। उनके पिता मनुभाई मेहता बड़ौदा और बीकानेर रियासतों के दीवान थे। 1918 में दर्शनशास्त्र में स्नातक करने के बाद हंसाबेन जब पत्रकारिता की पढ़ाई करने इंग्लैड पहुँचीं, तब वहाँ उनकी मुलाकात सरोजिनी नायडू से हुई। सरोजिनी नायडू के साथ हंसाबेन महिला आंदोलन से जुड़ गईं, इसके साथ ही उन्होंने सार्वजनिक सभाओं में भी शामिल होना शुरू कर दिया।

सरोजिनी नायडू के साथ वे एक अंतरराष्ट्रीय सम्मेलन में भाग लेने के लिए जेनेवा भी गईं। पत्रकारिता की पढ़ाई खत्म करके हंसाबेन अमेरिका की यात्रा पर गईं, जहाँ वे शैक्षणिक एवं सामाजिक कार्य सम्मेलनों में शामिल हुईं। वे मताधिकार करने वाली महिलाओं से मिलीं। हंसाबेन सैन फ्रांसिस्को, शंघाई, सिंगापुर और कोलंबो होती हुई भारत आईं। उन्होंने अपनी यात्रा के अनुभवों को 'बॉम्बे क्रॉनिकल' में प्रकाशित किया।

सन् 1922 में महात्मा गांधी से मिलीं। भारतीय स्वतंत्रता संग्राम को गति प्रदान करने के लिए हंसाबेन ने विदेशी कपड़े और शराब बेचने वाली दुकानों के बहिष्कार का आयोजन किया और महात्मा गांधी की सलाह पर स्वतंत्रता आंदोलन से संबंधित अन्य गतिविधियों में भाग लिया। स्वतंत्रता आंदोलन में सक्रिय भागीदारी दर्ज करवाने के कारण 1932 और 1940 में जेल भी जाना पड़ा।

हंसाबेन का जन्म 3 जुलाई, 1897 को बॉम्बे राज्य (वर्तमान में गुजरात) के एक नागर ब्राह्मण परिवार में हुआ था। वे मनुभाई मेहता की बेटी थीं और नंदशंकर मेहता की पोती थीं, जिन्होंने गुजराती भाषा के पहले उपन्यास 'करण घेलो' का लेखन कार्य किया था। शैक्षणिक उत्कृटता के परिवारिक माहौल में पली-बढ़ीं हंसा ने भी साहित्य में गहरी रुचि ली।

उस दौर में प्रतिलोम विवाह, दूसरे शब्दों में अपने से नीची जाति में विवाह, समाज

को स्वीकार्य नहीं था। यह सामाजिक संरचना के विरुद्ध जाकर बहुत बड़ा कदम था। लेकिन हंसाबेन ने डॉ. जीवराज एन. मेहता से विवाह करना तय किया, तो नागर गृहस्थ समाज में शोर मच गया, लेकिन अपने पिता तथा परिवार के अन्य सदस्यों के अनुमोदन से 3 जुलाई, 1924 को वे हंसाबेन से हंसा मेहता हो गईं। विवाह के पश्चात् हंसा मेहता बंबई आ गईं, जहाँ वे गुजरात महिला सहकारी समिति, बंबई नगरपालिका विद्यालय समिति, राष्ट्रीय महिला परिषद्, अखिल भारतीय महिला सम्मेलन आदि संस्थाओं से जुड़ी रहीं। भारतीय स्वतंत्रता संग्राम में भाग लेने के कारण उन्हें 1932 में अपने पति के साथ अंग्रेजों ने गिरफ्तार कर जेल तक भेज दिया था।

सन् 1945-46 में अखिल भारतीय महिला सम्मेलन की अध्यक्ष बनीं। हैदराबाद में आयोजित अखिल भारतीय महिला सम्मेलन में अपने अध्यक्षीय भाषण में उन्होंने महिला अधिकारों का एक चार्टर प्रस्तावित किया। उन्होंने 1946 में महिलाओं की स्थिति पर एकल उप-समिति में भारत का प्रतिनिधित्व किया। 1947-48 में संयुक्त राष्ट्र मानवाधिकार आयोग में भारतीय प्रतिनिधि के रूप में भाग लिया।

हंसा मेहता को भारत के संविधानसभा की उस सदस्या के रूप में जाना जाता है, जिन्होंने 14 अगस्त, 1947 की अर्धरात्रि को सत्ता के हस्तांतरण के ऐतिहासिक अवसर पर भारतीय महिलाओं की ओर से राष्ट्र-ध्वज भेंट करने का गौरव प्राप्त किया था।

स्वतंत्र्योत्तर भारत में वे उन 15 महिलाओं में शामिल थीं, जो भारतीय संविधान का मसौदा तैयार करने वाली घटक विधानसभा का हिस्सा थीं। वे सलाहकार समिति और मौलिक अधिकारों की उप-समिति की सदस्य थीं। उन्होंने भारत में महिलाओं के लिए समानता और न्याय की वकालत की। इसके अलावा वे अनेक उल्लेखनीय पदों पर रहीं, जैसे—एसएनडीटी महिला विश्वविद्यालय की कुलपति, अखिल भारतीय माध्यमिक शिक्षा बोर्ड की सदस्य, इंटर यूनिवर्सिटी बोर्ड ऑफ इंडिया की अध्यक्ष इत्यादि। बड़ौदा विश्वविद्यालय की वाइस चांसलर के रूप में हंसा मेहता ने शिक्षा जगत् में अपनी छाप छोड़ी। बाद में वे बॉम्बे विधान परिषद् से प्रतिनिधि चुनी गईं। 1950 में संयुक्त राष्ट्र के मानवाधिकार आयोग की उपाध्यक्ष बनीं। वे यूनेस्को के कार्यकारी बोर्ड की सदस्य भी थीं।

हंसा मेहता ने गुजराती भाषा में बच्चों के लिए बाल साहित्यक अनुवाद करना उस दौर में शुरू किया, जब बच्चों के लिए कुछ भी उपलब्ध नहीं था। उस समय केवल गिजूभाई बधेका बाल साहित्य के लिए गंभीरता से कार्य कर रहे थे। हंसाबेन ने 'बालवार्त्तावली' तैयार की, जो बाल कहानियों का संग्रह था। इसके बाद उन्होंने 'किशोरवार्त्तावली', 'बावलाना पराक्रम', 'पिननोशियों' और 'गुलिवस ट्रैवल्स' का अनुवाद किया। विभिन्न देशों की यात्रा का वर्णन उन्होंने 'अरुण नू अद्‌भुत स्वप्न,

एडवेंचर्स ऑफ विक्रम, प्रिंस ऑफ अयोध्या' शीर्षक से भी प्रकाशित किया। इसके साथ ही फ्रेंच भाषा की कुछ रचनाओं का भी गुजराती अनुवाद प्रकाशित किया। अंग्रेजी में तीन पुस्तिकाएँ प्रकाशित की, 'वीमन अंडर द हिंदू लॉ ऑफ मैरिज एंड सक्सेशन', 'सिविल लिबर्टी' और 'इंडियन वीमन'।

हंसा मेहता ने महिलाओं के अधिकारों के विषय पर राजनीतिक, सामाजिक और आर्थिक अधिकारों का घोषणापत्र तैयार करने की जोरदार वकालत की। उनकी अध्यक्षता में एक समिति का गठन हुआ, जिसमें राजकुमारी अमृतकौर और लक्ष्मी मेनन शामिल थीं। इस घोषणापत्र में महिलाओं के स्तर को प्रभावित करने वाले प्रायः सभी पक्ष मौलिक अधिकार, नागरिक अधिकार, शिक्षा और स्वास्थ्य, संपत्ति से संबंधित अधिकार, विवाह, परिवार में स्थान, महिलाओं के कर्तव्यों इत्यादि का समावेश था। हंसाबेन समान नागरिक संहिता को राष्ट्रीय एकीकरण के लिए जरूरी मानती थी, जिसको लेकर पंडित नेहरू से उनके गहरे मतभेद भी थे।

उन्हें 1959 में पद्मभूषण से विभूषित किया गया। कठिन परिस्थितियों में आशावादी रहने वाला लंबा जीवन जीते हुए 4 अप्रैल, 1995 को उनकी मृत्यु हो गई। एक कालजयी विदुषी महिला के रूप में उनके योगदानों को भारतवासी सदैव याद करते रहेंगे। उन्हें शत-शत नमन।

□

संदर्भ ग्रंथ

1. अग्रवाल, शालिनी, 2011, भारत में महिलाएँ, आदि प्रकाशन, शांति नगर, जयपुर
2. अरोड़ा, रंजना (संपा.), 1993, आधुनिक भारत की महान् महिलाएँ; दीप प्रकाशन, आई.एस.बी.एन. 9788171004621।
3. बंद्योपाध्याय, शेखर, 2013, भारत में राष्ट्रवादी आंदोलन, ओयूपी, नई दिल्ली
4. बेतूला, उर्वशी, 1998, द अदर साइड ऑफ साइलेंस : वॉयस फ्रॉम द पार्टिशन ऑफ इंडिया, पेंगुइन बुक्स इंडिया, नई दिल्ली
5. बसु, अपर्णा, 1976, स्वतंत्रता आंदोलन में महिलाओं की भूमिका, विकास प्रकाशन, दिल्ली
6. चंद्रा, बिपन; मुखर्जी, मृदुला; मुखर्जी, आदित्य; महाजन, सुचेता; पणिक्कर, के.एन., 1989, भारत का स्वतंत्रता संघर्ष, पेंगुइन बुक्स, नई दिल्ली
7. घोष, दुर्बा, 2017, जेंटलमैनली टेररिस्ट : पॉलिटिकल वॉयलेंस एंड द कोलोनियल स्टेट इन इंडिया, 1919–1947, कैंब्रिज यूनिवर्सिटी प्रेस
8. गोयल, डॉ. मुरारी लाल 'शापित', 1989, क्रांतिकारी महिलाएँ, सूर्य भारती प्रकाशन, नई दिल्ली–11001
9. ग्रोवर, बी.एल. एवं यशपाल, 1994, आधुनिक भारत का इतिहास : एक नवीन मूल्यांकन, एस. चंद्र एंड कंपनी लि. रामनगर, नई दिल्ली
10. गांधी, करमचंद, सत्य के साथ मेरे प्रयोग, (प्रथम प्रकाशन) 1948, पब्लिक अफेयर्स प्रेस संस्करण का डोवर प्रकाशन, अनुवाद महादेव देसाई, 1993 संयुक्त राज्य—सिसेला बोक, बीकन प्रेस, 1983

11. हीह्स, पीटर, 1998, भारत का स्वतंत्रता संग्राम : एक संक्षिप्त इतिहास। दिल्ली : ऑक्सफोर्ड यूनिवर्सिटी प्रेस

12. कुमार, आर. 1999, ए हिस्ट्री ऑफ डूइंग : एन इलस्ट्रेटेड अकाउंट ऑफ मूवमेंट्स फॉर वीमन राइट्स एंड फेमिनिस्ट इन इंडिया, वर्सो, लंडन

13. कृपलानी, जे.बी., 1971, गांधी हिज लाइफ एंड थॉट, रूपा पब्लिकेशन डिवीजन, नई दिल्ली, भारत

14. मजूमदार, आर.सी., 1988, (पहली बार 1962 में प्रकाशित)। भारत में स्वतंत्रता आंदोलन का इतिहास, दक्षिण एशिया पुस्तकें

15. मजूमदार आर.सी.; पुसालकर, ए.डी. (संपा.) 2001, भारतीय लोगों का इतिहास और संस्कृति, खंड-I, वैदिक युग, भारतीय विद्या भवन, बंबई, ओसीएलसी 500545168।

16. नागपाल, डॉ. ओम, 1986, भारतीय राष्ट्रीय आंदोलन, कमल प्रकाशन, इंदौर।

17. नारायण, बद्री, 2006, उत्तर भारत में महिला नायकों और दलित अभिकथन : संस्कृति, पहचान और राजनीति, ऋषि प्रकाशन, इलाहाबाद

18. रॉय सान्याल, रत्ना, 2012, 'रिमेंबरिंग प्रीतिलता वाडेदार : ए सेंटेनरी ट्रिब्यूट' (पीडीएफ) यूनिवर्सिटी जर्नल ऑफ हिस्टरी, नॉर्थ बंगाल

19. सरकार, सुमित ,1983, आधुनिक भारत : 1885-1947, मद्रास : मैकमिलन

20. सील, अनिल, 2007, (प्रथम प्रकाशन 1968)। भारतीय राष्ट्रवाद का उदय : उन्नीसवीं सदी के अंत में प्रतिस्पर्धा और सहयोग, कैंब्रिज यूनिवर्सिटी प्रेस, लंदन

21. श्रीवास्तव, राजेंद्र, 2018, भारतीय वीरांगनाएँ, सर्व सेवा संघ-प्रकाशन, राजघाट, वाराणसी

22. सुंदराजन, विजयलक्ष्मी, राजम कृष्णन, अनुवाद, 2000, भारतीय स्वतंत्रता संग्राम में महिलाएँ, नेशनल बुक ट्रस्ट, इंडिया, नई दिल्ली

23. सिंहल, डॉ. एस.सी. 2007, भारतीय राष्ट्रीय आंदोलन व संवैधानिक विकास, लक्ष्मी नारायण अग्रवाल प्रकाशन, आगरा

24. शुक्ल, डॉ. परशुराम, 2007, भारतीय वीरांगनाएँ, सन्मार्ग प्रकाशन, 16-यू. बी. बँगलो रोड, जवाहर नगर, दिल्ली

25. थापर-बजोर्कर्ट, सुरुचि, 2006, राष्ट्रीय आंदोलन में महिलाएँ अनसीन चेहरे और अनसुनी आवाजें, 1930-1942, ऋषि, नई दिल्ली

26. वोहरा, आशारानी, जुलाई 1986, क्रांतिकारी महिलाएँ, सूचना और प्रसारण मंत्रालय, भारत सरकार, नई दिल्ली।